FÜR DEN LYKANER BESTIMMT

Die Schattenreiche

REGINE ABEL

COVERGESTALTUNG

Regine Abel

ILLUSTRATIONEN VON

Tommy

Atenebris

Niklas Cloister

Vvevelur

Lau_Isa_Sen

Hojolabor

HERAUSGEBER

Die Autorenflüsterin

INHALT

FÜR DEN LYKANER BESTIMMT

Sie vertraut ihm ihr Leben an.

Unheilbar krank und ohne Aussicht auf eine medizinische oder magische Heilung wendet sich Amara in ihrer Verzweiflung an die Weberin. Zu ihrer Bestürzung schickt die von ihr angebotene Lösung Amara auf eine Mission, die noch tödlicher als die Krankheit ist, die sie langsam umbringt. Sie gewinnt Remus für sich, den einzigen Lykaner, der bereit ist, sie auf diese gefährliche Reise zu führen. Obwohl Remus selbst unter seinem Fluch leidet, ist er stark, furchtlos und der wildeste Beschützer, den Amara sich nur wünschen kann. Die sanfte Seele hinter seiner einschüchternden Fassade berührt sie tief und gibt ihr einen noch größeren Grund, leben zu wollen.

Er würde gerne sterben, um sie zu retten.

Von Geburt an verflucht und von seinem Rudel wie ein Ausgestoßener behandelt, hat sich Remus damit abgefunden, als einsamer Wolf zu leben. Als Amara ihn um Hilfe bittet, wird seine Freude darüber, dass sie seine Zwillingsflamme ist, schnell zunichte gemacht. Amara stirbt, und ihre einzige Rettung liegt außerhalb jeder Vernunft. Entgegen aller Logik schwört Remus, die liebenswerte und mutige Frau zu retten, die ihn wie einen würdigen Mann ansieht und nicht wie ein wildes Ungeheuer, das verbannt werden muss.

Nach einem Leben voller Elend wird Remus gegen die Götter selbst kämpfen, um das einzige Gute zu beschützen, das ihm das Schicksal jemals geschenkt hat ... oder dabei sterben.

WIDMUNG

Für alle, die niemals aufgeben, egal wie viele unerwartete Wendungen das Leben für sie bereithält. Selbst wenn die Karten gegen euch stehen, selbst wenn ihr scheinbar eine Krise nach der anderen durchstehen müsst, denkt daran, dass die Sonne irgendwann immer wieder scheint. Und wenn es unvermeidlich soweit ist, wird ihr Licht für euch, die ihr euch aus der Dunkelheit herausgekämpft habt, umso heller strahlen.

Für alle, die Mitgefühl um des Mitgefühls willen zeigen, nicht wegen des Lobes, nicht wegen Profit und nicht im Austausch für irgendeinen Vorteil. Die Freundlichkeit, die ihr heute zeigt, wird euch oft auf unerwartete Weise und in dem Moment, in dem ihr sie am meisten braucht, zurückgezahlt werden.

Für diejenigen, die sich dafür entscheiden, keine Monster zu sein, insbesondere wenn dies der Weg des geringsten Widerstands ist.

KAPITEL 1
AMARA

Das beruhigende Läuten der Glöckchen über mir hallte durch Ronikas Laden, als ich die Tür aufstieß. Der Laden diente sowohl als Apotheke als auch als Arztpraxis. Bevor ich nach Willow Grove gezogen war, hatte ich Wunderbares über die eher durchschnittliche Schutzhexe gehört, die plötzlich enorme Kräfte erlangt hatte und zur renommiertesten Heilerin der Region geworden war. Dass sie auch die einzige bekannte Person war, die einen Kampf gegen den berüchtigten Nekromanten Cornelius gewonnen hatte, verstärkte die Mystik, die sie umgab, noch zusätzlich.

Nach dem Tod des widerwärtigen Mannes vor einigen Monaten fragten sich viele, ob sie daran beteiligt gewesen war. Aber die Art der dunklen Magie, mit der er in endloser Qual gefangen gehalten wurde, konnte nicht von ihr stammen. Nur ein Halbgott – oder vielleicht sogar einer der Alten selbst – hatte ihm diese wohlverdiente Strafe für all das Leid und den Schaden zugefügt, den er bei anderen über Generationen hinweg verursacht hatte.

Ronika winkte mich hinter dem Tresen hervor, wo sie gerade einige kleine Gläser mit verschiedenen Heilkräutern füllte. Das

Lächeln, das ihr schönes Gesicht erhellte, erwärmte mich von innen heraus. Seit ich sie zum ersten Mal getroffen hatte, überlegte ich, ob sie ein Engel sein könnte, der unter den Sterblichen wandelte. Obwohl ich es besser wusste, stand außer Frage, dass etwas passiert war, als sie plötzlich diese größere Macht erlangte, und dass sie nun mehr als ein gewöhnlicher Mensch war.

Das war nichts Ungewöhnliches, da sich immer mehr Menschen mit geheimnisvollen Praktiken beschäftigten. Die Frage drehte sich immer darum, ob sie sich mit der hellen oder der dunklen Seite umgaben. Ronika strahlte Licht und Mitgefühl aus.

Ich erwiderte ihr Lächeln und atmete tief den angenehmen Duft ein, der immer in der vorderen Hälfte des Ladens lag. Er war leicht und blumig, mit einem Hauch von Würze und Süße. Vor allem aber weckte er sofort ein Gefühl von Frieden und Wohlbefinden. Da sich im hinteren Teil des Ladens ein Beratungs- und Heilungsraum befand, war es nur logisch, dass sie die perfekte Mischung aus Heilrunen und Räucherwerk verwendete, um die richtige Atmosphäre für ihre Patienten und Kunden zu schaffen.

„Hallo, Amara! Komm doch rein", sagte Ronika herzlich, während sie eine Strähne ihres langen Haares über ihre Schulter schob.

Es hatte eine ungewöhnliche Farbe, ein atemberaubendes Mitternachtsblau, das zu den Spitzen hin allmählich in ein helleres Violett überging. Es sah wunderschön aus zu ihrer leicht gebräunten Haut, die einen blassen Braunton hatte. Während ich es liebte, mich in den leuchtenden Farben meiner beninischen Herkunft zu kleiden – im krassen Gegensatz zu den meisten Bewohnern von Willow Grove –, trug Ronika normalerweise gedeckte Farbtöne, in diesem Fall ein waldgrünes Kleid.

Sie streckte mir ihre Hände entgegen. „Ich sehe, du hast ganz schön zu tragen. Was hast du heute für mich dabei?"

Ich überbrückte die Distanz zwischen uns, meine mittelhohen Absätze klackerten auf dem dunklen Hartholzboden des Ladens.

„Es ist ein brandneues Set mit zwanzig Kerzen, das speziell für dich kreiert wurde", antwortete ich begeistert, als ich ihr den Korb reichte.

„Für mich?", wiederholte Ronika und hob neugierig die Augenbrauen, während sie in den Korb spähte.

Ich nickte. „Mmhmm. Sie sind aus Sojawachs und Caladrius-Federn hergestellt."

Ronika klappte der Mund auf, und ihr hübsches Gesicht strahlte vor Begeisterung. Sie winkte mit der Hand über eine der Kerzen, und eine mächtige Magie wirbelte um sie herum. Ich konnte die Welle der Eifersucht, die mich überkam, nicht unterdrücken. Obwohl ich aus einer langen Reihe talentierter Mambos – Vodou-Priesterinnen – stammte, achtete meine Mutter darauf, dass ich meine Kräfte nicht entwickeln konnte. Tragische Ereignisse ließen sie sich von dem abwenden, worauf meine Familie zuvor sehr stolz gewesen war.

„Das ist fantastisch! Du bist wirklich die Beste auf deinem Gebiet!", rief Ronika aus. „Weißt du, wie lange ich schon nach jemandem gesucht habe, der die Heilkräfte des Caladrius in geheimnisvollen Utensilien nutzen kann? Selbst ohne es anzuzünden, kann ich seine Kraft spüren. Es wird Wunder bei der Behandlung meiner Patienten bewirken. Aber ich sehe auch, dass es den einfachen Leuten viel Gutes tun würde, wenn sie es einfach zu Hause verwenden würden. Du solltest sie in deinem eigenen Laden verkaufen."

Ich lächelte und nickte. „Das habe ich vor. Aber da du meine liebste und geschätzteste Kundin sind, wollte ich sie dir zuerst bringen."

Ihr Gesicht verzog sich zu einem liebevollen Ausdruck, der mich erneut tief bewegte. Sie war kaum zehn Jahre älter als ich, und doch erinnerte mich die Art, wie sie mich ansah, an meine Mutter. Nicht zum ersten Mal wünschte ich mir, sie wäre mir hierher gefolgt, als ich vor ein paar Monaten nach Willow Grove gezogen war.

„Genauso wie du einer meiner liebsten Geschäftspartnerinnen und Kunden bist", antwortete sie sanft, bevor sie einen besorgten Ausdruck annahm. „Wie geht es dir in letzter Zeit?"

Meine Schultern sackten herab, und ein vertrautes Gefühl der Verzweiflung und Niederlage stieg in mir auf.

„Nicht so gut, fürchte ich", antwortete ich niedergeschlagen.

„Es ist wieder da?", fragte Ronika mit niedergeschlagener Miene.

Ich nickte. „Ich fühle mich wieder unwohl. Das Essen fällt mir schwer, und ich bin ständig schwach und mir ist schwindlig. In völlig zufälligen Momenten breche ich in Schweiß aus, und meine Sicht verschwimmt."

Ronika runzelte die Stirn und wirkte wirklich verwirrt. „Das ergibt keinen Sinn. Hast du wieder Blut gehustet?"

Ich schüttelte den Kopf. „Nein. Aber die gleichen Symptome, die ich beim ersten Mal hatte, kommen wieder, nur noch schneller als zuvor. Zumindest scheint es so ..."

Diese ganze Situation ergab noch weniger Sinn, weil ich immer bei bester Gesundheit war. Als ich vor zwei Monaten nach Willow Grove gezogen war, war noch alles in Ordnung gewesen. Die ersten Symptome traten am Ende der vierten Woche auf. Zunächst dachte ich, dass mich der Stress und die Erschöpfung durch den Umzug in einen anderen Bundesstaat und die Gründung eines neuen Unternehmens endlich eingeholt hätten. Aber als ich anfing, Blut zu husten, konnte ich nicht länger leugnen, dass etwas viel Ernsthafteres vor sich ging.

„Meine Mutter glaubt, ich sei verflucht", sagte ich spöttisch.

Ronika schüttelte entschieden den Kopf und lehnte diese Möglichkeit eindeutig ab. „Ich sehe keinen Fluch auf dir lasten. Was auch immer dich plagt, es ist nichts Magisches, das kann ich fast beschwören. Komm, gehen wir in mein Untersuchungszimmer."

Obwohl sie mich anwies, ins Zimmer zu gehen, marschierte sie zur Eingangstür, um das Schild aufzuhängen, dass sie gerade eine Beratung hatte, damit neue Kunden wussten, dass sie sich gedulden mussten.

Als ich den Raum betrat, konnte ich nicht umhin, einen Blick auf die Tür links zu werfen. Ronika hielt sie immer geschlossen. Ich vermutete, dass sie dort einen Altar oder Schrein hatte. Gerüchten zufolge führte sie einige Exorzismen durch, für die eine ganz andere Einrichtung erforderlich war als der traditionelle Behandlungsraum, den wir gerade betraten. Der gesamte Laden war eigentlich eine Erweiterung ihres Hauses, in dessen Garten auch ein mächtiger Wächterbaum stand.

„Warum glaubt deine Mutter, dass du verflucht bist?", fragte Ronika mit aufrichtiger Neugier, während sie die Tür hinter sich schloss.

Gleichzeitig forderte sie mich auf, mich auf den Untersuchungstisch in der Mitte des Raumes zu setzen. Zu meiner angenehmen Überraschung bemerkte ich, dass sie tatsächlich eine meiner Caladrius-Kerzen mitgebracht hatte. Der mythische Vogel, dessen Federn ich zur Herstellung dieser Kerzen verwendet hatte, war ein mächtiger Heiler. Wenn ein kranker Patient das Glück hatte, einem solchen Vogel zu begegnen, musste er nur still sitzen bleiben, während der schneeweiße Vogel ihn anstarrte. Währenddessen absorbierte er die Krankheit aus dem Patienten und flog dann zur Sonne, um sie aus ihm herauszubrennen. Wenn der Vogel jedoch keinen Blickkontakt herstellte, bedeutete dies entweder, dass er die Krankheit nicht beseitigen konnte oder dass er sich dagegen entschied, weil man es nicht verdient hatte.

Ich hatte das große Glück, einem Caladrius zu begegnen, aber er wollte keinen Blickkontakt mit mir aufnehmen.

„Sie weiß eigentlich gar nicht, dass ich krank bin", gestand ich verlegen. „Es würde sie erschüttern."

„Ich bin verwirrt", entgegnete Ronika vorsichtig.

„Ich habe dieselben Symptome wie bei der mysteriösen Krankheit, an der mein Vater starb, als ich noch ein Kleinkind war", erklärte ich düster. „Als die Ärzte und Heiler weder die Ursache finden noch ihn heilen konnten, wandte sich meine Mutter an die Houngans und Mambos, in der Hoffnung, dass die Geister helfen würden. Schließlich diente meine Familie seit Generationen treu den Loas. Aber auch sie hatten keine Antworten für uns. Mama war am Boden zerstört und verließ Benin kurz darauf, um hier neu anzufangen. Und obwohl sie mir unsere Kultur beigebracht hat, bestand sie darauf, dass Magie in unserem Leben keinen Platz haben sollte. Sie toleriert es kaum, dass ich Hexenkerzen herstelle. Aber sie sorgen für Essen auf dem Tisch."

„Ich kann verstehen, warum sie so denkt", antwortete Ronika mitfühlend. „Hast du deshalb deinen Bundesstaat verlassen, um hierher nach Willow Grove zu ziehen?"

Ich schüttelte den Kopf. „Mein Onkel – Mamas älterer Bruder – ist kürzlich verstorben. In seinem Testament hat er mir sein Anwesen vermacht. Er hat nur eine Tochter, die im alten Land geblieben ist und keine Lust hat, hierher zu ziehen."

Ronika runzelte die Stirn. „Mein Beileid. Ist er an derselben Krankheit gestorben?"

„Nein", sagte ich entschieden. „Es war ein dummer Reitunfall. Etwas hat sein Pferd erschreckt. Mein Onkel wurde aus dem Sattel geworfen, fiel unglücklich und brach sich das Genick. Ich war einfach schockiert, als ich herausfand, dass ich hier Blutsverwandte habe, und vor allem, dass er mich in sein Testament aufgenommen hatte, da ich keine Erinnerung an ihn hatte. Ich war zu jung, als wir wegzogen."

„Wusste deine Mutter davon?", fragte Ronika.

Ich nickte. „Wir hatten einen heftigen Streit deswegen. Lange Zeit sagte ich meiner Mutter, dass ich nach Hause zurückkehren wolle, um unsere Familie zu besuchen und wieder Kontakt zu ihr aufzunehmen. Aber sie hatte immer eine Ausrede, um das aufzuschieben. Um ehrlich zu sein, hat sie uns ziemlich isoliert gehalten. Ohne mein Kerzengeschäft hätte ich kaum jemanden getroffen. Es versteht sich von selbst, dass sie durchgedreht ist, als ich ihr sagte, dass ich das Geschenk meines Onkels annehmen wollte. Sie schwor hoch und heilig, dass es verflucht sei und dass ich einen schrecklichen Tod sterben würde, wenn ich dorthin ginge."

Der schockierte Ausdruck auf dem Gesicht der Heilerin spiegelte die Verzweiflung wider, die ich empfand, als ich zum ersten Mal erkannte, dass die Symptome, die sich kurz nach meiner Ankunft zeigten, die schreckliche Vorhersage meiner Mutter zu bestätigen schienen.

„Ist es das?", fragte Ronika vorsichtig. „Ist das Haus verflucht?"

Ich schüttelte den Kopf. „Leider nicht. Das wäre zu einfach gewesen. In Willow Grove leben einige der mächtigsten Zauberer und Exorzisten. Ich habe drei verschiedene herbeigeholt, um herauszufinden, ob mich eine böse Kraft im Inneren langsam umbringt. Aber sie konnten keine bösen Zauber oder böswilligen Präsenzen feststellen."

Ronika presste die Lippen zusammen, ihre schönen dunkelbraunen Augen wurden unscharf, während sie über meine Worte nachdachte.

„Ich erinnere mich, dass du erwähnt hast, dass du etwa einen Monat nach deiner Ankunft hier zum ersten Mal krank wurdest", sinnierte sie laut. „Wenn das Haus dich nicht krank macht, fällt dir dann vielleicht ein ungewöhnlicher Ort ein, den du auf der Suche nach Zutaten für deine Kerzen oder einfach nur bei der Erkundung der Region besucht hast?"

„Glaub mir, das habe ich mich auch gefragt. Aber ich war an keinem der verfluchten Orte, vor denen uns alle warnen, schon gar nicht an einem so unheimlichen Ort wie Hemdell. Was meine Zutaten angeht, so habe ich sie nur hier im Charmers District gekauft, abgesehen von denen, die ich bereits hatte und mit hierhergebracht habe. Allerdings habe ich einige exotische Reagenzien von den Artefakt-Händlern in der Stadt erworben. Zuerst dachte ich, dass ich vielleicht auf eines davon allergisch reagiere. Aber es handelt sich um nichts, was noch niemand zuvor verwendet hat. Wären sie die Ursache gewesen, hätte sicherlich jemand die Symptome erkannt.

Ronika nickte langsam und sah mich besorgt an. Sie deutete mir an, mich auf den Tisch zu legen. Ich kam ihrer Aufforderung sofort nach. Trotz der Angst, die das Besprechen meiner Gesundheitsprobleme immer mit sich brachte, musste ich stolz lächeln, als sie den Docht meiner Caladrius-Kerze kürzte, bevor sie sie anzündete. Dann begann sie, sie langsam ein paar Zentimeter über mir hin und her zu bewegen, wie man etwas mit einer Lupe untersuchte.

In vielerlei Hinsicht wirkte sie für jemanden mit ihren arkanen Kräften genau so. Für gewöhnliche Menschen würde diese Kerze nur kleinere Krankheiten oder Verletzungen beseitigen, wie zum Beispiel besonders unangenehme Kopfschmerzen lindern, stark schmerzende Muskeln und Gelenke beruhigen, eine Erkältung heilen oder Fieber senken. Aber in den Händen einer Meisterheilerin wie Ronika würde sie ihr einen Einblick in meine Beschwerden verschaffen.

Da ich mich hinlegte, konnte ich nur die Luft um die Kerze herum verschwommen sehen. Ihre Flamme änderte ihre Farbe und Intensität, je nachdem, wo Ronika die Kerze über mir bewegte. Sie würde ein klares Bild sehen, fast wie ein Röntgenbild. Ich hatte nicht die Magie, um dasselbe zu tun, aber die Farben der Flamme zeigten unbestreitbar, dass etwas mit mir nicht stimmte.

„Bei den Göttern", flüsterte Ronika ungläubig.

„So schlimm?", fragte ich nervös lachend, um meine Verzweiflung zu verbergen.

„Die Krankheit ist tatsächlich zurückgekehrt. Aber dieses Mal breitet sie sich viel schneller als zuvor aus. Es sieht aus wie ein Fall von häufiger Exposition gegenüber einer Art Gift oder Toxin. Nur habe ich so etwas noch nie zuvor gesehen. Ich weiß nicht, was deinen Körper auf diese Weise angreifen könnte. Bist du sicher, dass du nichts ausgesetzt warst?"

„Ich kann mir wirklich nichts vorstellen", antwortete ich niedergeschlagen. „Die Arkanisten und ich haben das ganze Haus durchsucht und nichts gefunden. Und ich war nur an Orten, die auch andere Menschen regelmäßig besuchen. Ich habe keine Ahnung, was das sein könnte."

Ronika sah mich traurig an. „Ich werde dich nicht anlügen, Amara. Deine Krankheit übersteigt mein Verständnis."

„Das kann nicht dein Ernst sein!", flüsterte ich niedergeschlagen. „Du bist meine einzige Hoffnung. Dr. Osborne hat mich auch aufgegeben. Und keine der Hexen konnte mir helfen. Du konntest die Krankheit letztes Mal heilen. Kannst du das nicht noch einmal tun?"

Sie sah mich entschuldigend an. „Ich kann dich nicht heilen, Amara. Ich sollte in der Lage sein, einen Teil der Infektion zu entfernen und die Schäden an deinen Organen zu reparieren. Aber das ist keine Heilung. Was auch immer dich plagt, es ist immer noch da und wird wieder wachsen. Leider weiß es jetzt, wie es dich angreifen kann, und wird sich jedes Mal schneller ausbreiten."

„Also bin ich dem Untergang geweiht?", fragte ich niedergeschlagen.

Als sie zögerte, keimte tief in mir ein Funken Hoffnung auf. Dass sie nicht sofort Nein gesagt hatte, bedeutete, dass es noch eine Möglichkeit gab.

„Ich habe keine Ahnung, wo ich mit der Untersuchung deines Falls anfangen soll. Im Moment wird dieses Gift in deinem Körper dich früher oder später töten. Ich kann nur versuchen, das hinauszuzögern", erwiderte Ronika vorsichtig. „Du brauchst jemanden mit größerer Macht."

„Jemanden wie wer?", fragte ich, als hätte sie etwas Lächerliches gesagt.

„Cliona Nox, die Weberin", sagte sie in einem fast feierlichen Tonfall.

Ich zuckte zurück und starrte sie geschockt an. „Die Weberin?", rief ich aus. „Sie weist jeden ab, der an ihre Tür klopft. Soweit ich weiß, schenkt sie niemanden Beachtung, wenn man nicht etwas besitzt, was für sie von extremem Wert ist. Was könnte ich denn haben, das sie interessieren könnte? Ich bin nur eine Kerzenmacherin."

„Ich werde nicht lügen und so tun, als hätte sie eine Politik der offenen Tür. Niemand weiß wirklich, warum sie einigen hilft und anderen nicht. Du wärst überrascht, was sie als wertvoll erachtet. Wie auch immer, was hast du zu verlieren? Wenn sich ihre Tore öffnen, hast du Glück. Wenn nicht, suchen wir weiter nach anderen Alternativen. Aber zumindest wissen wir dann mit Sicherheit, dass wir alle Möglichkeiten ausgeschöpft haben."

Der Drang zu widersprechen, brannte mir auf der Zunge. Ich hatte so viele Dinge über die Weberin gehört, die meisten davon beängstigend. Niemand wusste genau, was sie war. Während das einfache Volk sie oft als die Hexe bezeichnete, ging das Gerücht um, dass sie in Wirklichkeit eine der Alten war, vielleicht sogar eine Göttin, die unter die Sterblichen herabgestiegen war, um sich zu vergnügen.

Das Problem war, dass die wenigen Glücklichen, die von ihrer Hilfe profitierten, nie darüber sprachen, was zwischen ihnen vorgefallen war oder was ihre Dienste gekostet hatten. Das führte natürlich dazu, dass die Leute alle möglichen abwegigen Behauptungen verbreiteten, die implizierten, dass man ihr seine Seele verkaufen, einen geliebten Menschen – insbesondere ein Kind – opfern oder sich einer Art unheiligen Ritual unterziehen musste, um ihre Hilfe zu erhalten.

Ronika hat nie angedeutet – geschweige denn darauf hingewiesen –, dass sie persönlich von der Hilfe der Weberin profitiert hätte. Das hinderte jedoch niemanden in Willow Grove – mich eingeschlossen – daran, zu glauben, dass ihre neu entdeckten beeindruckenden Heilkräfte ein Geschenk der Weberin waren. Aber was war der Preis dafür gewesen?

„Na gut", gab ich schließlich nach. „Wie du gesagt hast, habe ich an diesem Punkt nichts zu verlieren. Das Schlimmste, was passieren kann, ist, dass ich umgedreht werde."

Ronika lächelte und begann dann, mich so gut sie konnte mit einer Mischung aus Magie und Tränken zu heilen. Als sie fertig war, war der stechende Schmerz, den ich nicht ganz bewusst wahrgenommen hatte, vollständig verschwunden. Er war so allmählich und auf so subtile Weise gewachsen, dass ich mich daran gewöhnt und ihn verdrängt hatte. Aber jetzt konnte ich den Unterschied spüren, als mich plötzlich ein Gefühl der Freiheit, Gesundheit und Energie durchströmte. Es war nur eine vorübergehende Linderung, aber ich wollte sie so gut wie möglich nutzen, um ein Heilmittel zu finden, bevor der Schmerz mit voller Wucht zurückkehrte.

Bevor sie mich entließ, gab mir die Heilerin mehrere Fläschchen mit einem starken Tonikum, das mir helfen sollte, wenn meine Energie wieder nachließ. Es kam mir seltsam vor, dass sie mich für die Kerzen bezahlen ließ, wo ich doch das Gefühl hatte, ihr für die Behandlung noch viel mehr zu schulden. Aber sie verlangte lächerlich niedrige Preise, bestenfalls symbolisch. Sie war wirklich eine Heilerin aus Leidenschaft, die ihren Beruf ausübte, um das Leben ihrer Patienten zu verbessern, und nicht, um sich selbst zu bereichern.

Während der gesamten Fahrt zu meinem neuen Zuhause überlegte ich, wann ich zu dem Haus der Weberin fahren sollte und vor allem, was ich ihr als Gegenleistung anbieten könnte, sollte sie mir die Ehre erweisen, mir ihre Tore zu öffnen. Was könnte eine Göttin von jemandem wie mir schon wollen?

Ich überquerte die kleine Brücke über den Graben, der zum Eingang führte, und hielt meine Kutsche direkt vor meiner Villa an. Ich hatte ein gut gepflegtes gotisches Haus auf einem großen

Privatgrundstück geerbt. Vier Türme ragten über das dreistöckige Haus hinaus. Schwarze Giebel schmückten die Hexenkappen, die sie krönten. Die dekorativen Schindeln, Säulen und Geländer um die Balkone in den oberen Stockwerken sowie auf der Veranda hatten alle dieselbe dunkle Farbe. Glücklicherweise hellte der hellere Sandsteinton der Steinmauern den ansonsten etwas unheimlichen Stil des Hauses auf.

In der Ferne flog ein Vogelschwarm auf und schwebte über die hohen Bäume des friedlichen Waldes, der das Anwesen umgab. Man konnte darin Kleinwild jagen, hauptsächlich Kaninchen, Rehe und gelegentlich Fasane.

Seufzend stieg ich die kurze Treppe hinauf, begleitet vom beruhigenden Geräusch des unter mir fließenden Wassers und dem Klang der Windspiele, die über der Veranda baumelten. Ich ging schnurstracks zu meiner Werkstatt, um die Vorräte wegzuräumen, die ich im Charmers District gekauft hatte. Die Aussicht, endlich mit dem Hufstaub eines Zentauren und dem Gift einer Chimäre arbeiten zu können, begeisterte mich unbeschreiblich. In der kleinen Stadt Harmstead, in der ich aufgewachsen war, hätte ich solche Reagenzien niemals bekommen können. Ich warf einen Blick auf meinen Kessel und konnte es kaum erwarten, mit der Arbeit zu beginnen. Aber zuerst musste ich mein Pferd in den Stall bringen.

Nein, du musst zuerst zur Weberin gehen.

Meine Schultern sackten herab und mein Magen verkrampfte sich vor Angst. Man musste kein Genie sein, um zu erkennen, dass ich zögerte. Die Aussicht, die Weberin zu treffen, machte mir Angst. Ich konnte ehrlich gesagt nicht sagen, ob es die Frau selbst war oder das, was sie mir möglicherweise sagen würde, was ich am meisten fürchtete. Mein Bauchgefühl sagte mir, dass ihr Urteil – vorausgesetzt, sie würde mich überhaupt empfangen – ein vernichtender Schlag sein würde.

Aufschieben würde das Problem nicht lösen.

Tatsächlich würde das Aufschieben nur dazu führen, dass die

Krankheit weiter fortschreitete. Jede verschwendete Minute könnte ein weiterer Nagel in meinem Sarg sein.

Ich stöhnte innerlich, verließ meine Werkstatt und ging zurück zu meiner Kutsche. So aufgeregt ich auch war, mit neuen Kerzenrezepten zu experimentieren, ich würde nicht lange genug leben, um zu sehen, wie gut sie bei den Leuten ankommen würden, wenn ich tot umfiel.

Einen kurzen Moment lang überlegte ich, ob ich einfach zu Pferd reiten oder wieder meine Kutsche nehmen sollte. Letztendlich entschied ich mich für Letzteres. Ich schämte mich, zugeben zu müssen, dass die Tatsache, dass die Kutsche langsamer war, eine große Rolle bei dieser Entscheidung spielte.

Die einstündige Fahrt zum Haus der Weberin dauerte ewig und verging doch viel zu schnell. Ich hatte viel zu viel Zeit, mir die schlimmsten Szenarien auszumalen, was sie als Bezahlung für ihre „Hilfe" verlangen könnte. Wie weit war ich bereit zu gehen? Was würde ich als zu hohen Preis für die Rettung meines Lebens ansehen? Der Teil von mir, der es kaum erwarten konnte, dort anzukommen und diese ganze Tortur hinter mich zu bringen, kämpfte mit dem Teil, der sich vor dem fürchtete, was bevorstand. Ich hoffte fast, dass sich die Tore nicht öffnen würden.

Die Silhouette der Tore erschien in der Ferne, flankiert von hohen Säulen, auf denen gargoylesähnliche Kreaturen Wache standen. Nach allem, was man so hörte, sollte man sich von ihrem steinernen Aussehen nicht täuschen hielten. Es handelte sich nicht um Statuen, sondern um mächtige Wächter, die jeden potenziellen Eindringling in Stücke reißen konnten, wenn er ihre Warnung, umzukehren, nicht beachtete.

Zu meinem Erstaunen öffneten sich die Türen, lange bevor ich überhaupt in Reichweite war, leise, als würden sie von einer unsichtbaren Hand gedrückt. Mein Herz schlug schneller, meine widersprüchlichen Gefühle gerieten außer Kontrolle, als Angst und Hoffnung in gleichem Maße in mir kämpften. Ich schnappte leise nach Luft, als die Augen beider Kreaturen gelb aufleuchteten. Sie gaben keinen einzigen Laut von sich, sondern drehten nur ihre Köpfe, um mich anzustarren, als ich durch das Tor ging. Das Einzige, was mich davon abhielt, mich einzunässen, war das völlige Fehlen jeglicher bedrohlichen Gesten ihrerseits.

Mit großen Augen überquerte ich den zweihundert Meter langen Weg zum Haus, umrahmt von dem exotischsten Wald, den ich je gesehen hatte. Während ich einige der Pflanzen und Bäume wiedererkannte, waren mir andere völlig fremd. Eines war sicher: Nur sehr wenige Menschen konnten sich rühmen, Zugang zu diesem immensen Reichtum an Grünpflanzen zu haben. Selbst von hier aus konnte ich die mächtige Magie spüren, die in ihnen steckte. Was würde ich nicht für nur ein paar Blätter, Blütenblätter oder den Saft aus diesem Schatz geben.

Verwirrt runzelte ich die Stirn, als ich mich der bescheidenen, klischeehaften Hexenhütte näherte, die mich am Ende des Weges erwartete. Es war unmöglich, dass ein so mächtiges Wesen in einem solchen Haus lebte. Sicherlich handelte es sich um eine Art Illusion. Aber als sich die Tür von selbst öffnete, noch bevor ich meine Kutsche angehalten hatte, verdrängte ich all diese wirren Gedanken aus meinem Kopf.

Ich schluckte schwer, als eine weitere Welle der Sorge mein Inneres umklammerte. Aber sobald ich das Tor durchschritten hatte, war Zurückweichen keine Option mehr. Was auch immer kommen mochte, ich war entschlossen. Ich stieg aus meiner Kutsche, tätschelte gedankenverloren beruhigend den Hals meines Pferdes und machte mich auf den Weg zum Haus. Trotz des sanften Lichts, das aus der offenen Tür drang, glich sie immer noch einem klaffenden Schlund, der mich verschlingen wollte.

Mit einer Zuversicht, die ich ganz und gar nicht empfand, betrat ich das Haus und sah die Weberin hinter einem Tisch sitzen, der dem Eingang zugewandt war. Wäre da nicht ihr etwas überirdisches Aussehen und die unbestreitbare Kraft gewesen, die von ihr ausging, hätte man sie für eine Rezeptionistin gehalten, die am Empfang saß.

Sie war wunderschön, ihr Alter aufgrund ihrer glatten, leicht gebräunten Haut nicht zu bestimmen, und doch zweifellos uralt. Ihre Pupillen verengten sich zu vertikalen Schlitzen in dem violetten Meer ihrer Iris, als sie mich näherkommen sah. Sie neigte den Kopf zur Seite und fuhr sich abwesend mit der Hand durch ihr endlos langes, silberweißes Haar, das zu einem einzigen Zopf geflochten war, der bis zum Boden reichte.

„Sei gegrüßt, Amara Sanni. Ich habe dich erwartet", sagte die Weberin mit einer kehlig-verführerischen Stimme, die mir einen Schauer über den Rücken jagte.

Zu verblüfft darüber, dass sie bereits meinen vollständigen Namen kannte, blieb ich wie angewurzelt stehen und starrte sie an, während mein Verstand versuchte, das Geschehene zu verarbeiten. Dieses unbeholfene Verhalten passte überhaupt nicht zu mir. Ich war nicht der Typ, der angesichts von Widrigkeiten einfach erstarrte oder in Panik geriet. Welche inneren Turbulenzen ich auch immer verspürte, normalerweise schob ich sie beiseite und stellte mich der Situation, bis sie gelöst war.

Aber ich hatte noch nie zuvor in der Gegenwart einer Göttin gestanden.

Ein spöttisches Lächeln umspielte ihre Lippen. Mit einer Überzeugung, die ich nicht erklären konnte, wurde mir klar, dass sie genau wusste, welche Gedanken mir gerade durch den Kopf gingen.

„Nimm Platz", sagte sie und deutete leicht nach links.

Bevor ich fragen konnte, wo, erschreckte mich ein knirschendes Geräusch hinter mir. Ich staunte, als ich über meine Schulter blickte und sah, wie ein Stuhl, den ich neben der Tür nicht bemerkt hatte, über den Holzboden glitt und vor dem Tisch zum Stehen kam. Ich hatte zwar schon Magier und Zauberer gesehen, die telekinetische Fähigkeiten einsetzten, aber noch nie war es so mühelos gewesen.

Ich schluckte schwer und tat, wie mir geheißen.

„Danke, Weberin", sagte ich, als ich endlich meine Stimme wiederfand. „Und danke, dass Sie sich bereit erklärt haben, mich zu empfangen. Da du meinen Namen kennst, scheinen die Gerüchte zu stimmen, dass du alles weißt, was es zu wissen gibt", fügte ich hinzu und wechselte zu DU wie sie es mit mir getan hatte,

Sie schnaubte, ein amüsierter Schimmer blitzte in ihren violetten Augen auf, während sich ihre Pupillen wieder zu einer runderen Form erweiterten – was sie ehrlich gesagt weniger einschüchternd wirken ließ.

„Alles, nein. Ich wünschte, das wäre der Fall. Aber das meiste, ja. Ich kenne zum Beispiel nicht dein endgültiges Schicksal, sondern nur mögliche Ergebnisse", antwortete sie.

Ich wurde sofort munter. „Gibt es auch positive?", fragte ich, leicht verlegen über die übertriebene Begeisterung in meiner Stimme.

Sie presste die Lippen zusammen und musterte mich. „Ja", sagte die Weberin schließlich.

„Du kennst also die Ursache meiner Krankheit oder was auch immer es ist?", fragte ich und beugte mich vor.

„Es ist keine Krankheit, sondern Gift, das dich langsam tötet", erklärte sie sachlich.

Ich zuckte zurück. „Gift?! Welches? Wo und wie habe ich mich angesteckt?"

Ein spekulativer Ausdruck huschte über ihr Gesicht, bevor es wieder einen neutralen Ausdruck annahm. „Das musst du selbst herausfinden."

Ich blinzelte und starrte sie verwirrt an. „Was? Wenn du weißt, was es ist, warum sagst du es mir dann nicht einfach?"

„Ich kann deine Probleme nicht für dich lösen", antwortete sie vorsichtig, wobei ihr Gesicht einen Ausdruck von Intensität annahm, der mich fast auf meinem Stuhl zusammenzucken ließ. „Du brauchst ein Heilmittel, und ich kann dir sagen, wo du es finden kannst. Aber es zu beschaffen, ist deine Aufgabe. Ich darf dir zwar sagen, dass du vergiftet bist, aber du musst die Quelle finden und sie beseitigen."

Ich nahm mir einen Moment Zeit, um ihre Worte zu verdauen. Alle Zweifel, die ich noch gehabt hatte, ob sie eine Göttin oder eine der Alten war, verschwanden vollständig. Nur Götter und Halbgötter waren an Bündnisse gebunden. Einige Dämonen und Vertraute konnten ebenfalls solchen Beschränkungen unterliegen, aber sie gehörte zu keinem dieser niederen Wesen.

„Na gut", antwortete ich zögernd, während meine Gedanken noch immer rasten. „Ich habe vergeblich versucht, die Ursache meiner Krankheit zu finden. Aber was passiert, wenn ich zuerst das Heilmittel finde, ohne die Ursache zu finden?"

Sie winkte ab. „Es wird dir gut gehen. Wenn du das Heilmittel bekommst, bist du für immer immun."

„Ist es dasselbe, was meinen Vater getötet hat?", fragte ich mit angespannter Stimme.

„Ja", antwortete sie sachlich.

Meine Brust zog sich zusammen, als der unangenehme Gedanke, der mich seit dem Auftreten der ersten Symptome geplagt hatte, wieder in mir aufkam.

„Du sagtest, es sei ein Gift, das mich tötet. Es handelt sich also nicht um eine genetische Veranlagung, richtig? Es ist keine Erbkrankheit, die an mich weitergegeben wurde?"

„Nein."

Ich biss die Zähne zusammen, als Wut in mir aufstieg. „Das bedeutet, dass jemand hinter uns her ist."

„Das ist eine berechtigte Vermutung", antwortete sie ausweichend.

Auch das machte mich wütend. Ich wollte sie anschnauzen und verlangen, dass sie mir richtige Antworten gab. Sie hatte die Informationen, die ich brauchte. Ich zweifelte keinen Moment daran, dass sie die genaue Identität der Person kannte, die meinem Vater das Leben genommen hatte und nun hinter mir her war. Aber wer waren sie und warum? Vor allem, warum gerade jetzt?

Soweit ich wusste, hatte mein Onkel keine weiteren Kinder oder Lebenspartner, die hier in Amerika lebten. Niemand hatte sein Testament angefochten oder auch nur das geringste Interesse daran gezeigt, hierher zu ziehen oder Anspruch auf das Haus zu erheben. Daher ergab es keinen Sinn, dass dieses Erbe das Motiv für den Angriff sein könnte. Aber wenn es das nicht war, warum hatte man dann nicht schon vor vielen Jahren gehandelt, als ich noch in Harmstead lebte, sondern bis zu meiner Ankunft hier?

Ich hätte sie fast zu all dem befragt, bevor ich mich zurückhielt. Sie konnte keine dieser Fragen beantworten. Sie damit zu bedrängen, wäre nicht nur sinnlos gewesen, sondern hätte auch das Risiko mit sich gebracht, sie zu verärgern. Da ich dringend ihre Hilfe brauchte, formulierte ich meine folgenden Bitten vorsichtig.

„Werde ich den Täter finden?"

„Das ist eine mögliche Spur", räumte sie ein, und ein Funken Zustimmung blitzte in ihren ungewöhnlichen Augen auf.

Das schien meine Vermutung, dass sie meine Gedanken lesen konnte, nur noch zu bestätigen. Da ich emotional gerade völlig am Boden war, war das nicht gerade ideal. Ich konnte mich einfach damit trösten, dass sie mit meiner bisherigen Vorgehensweise offenbar nicht unzufrieden war.

„Und wenn ich sie nicht fange, wie schlimm wird es dann für mich?"

Sie zögerte lange. Für den Bruchteil einer Sekunde fragte ich mich, ob sie die Frage nicht gehört hatte. Dann bemerkte ich, dass ihr Blick leicht unscharf geworden war. Die Weberin durchforstete zweifellos das komplexe Netz der Zukunft, bevor sie antwortete.

„Es gibt zu viele mögliche Ergebnisse, die von einem Extrem zum anderen reichen. Die Entscheidungen, die du triffst, während du versuchst, das Heilmittel zu finden, werden dazu beitragen, die wahrscheinlichen Ergebnisse einzugrenzen", sagte sie schließlich in unverbindlicher Weise.

Ich öffnete den Mund, um weiter nachzuhaken, aber ihr Gesichtsausdruck machte deutlich, dass sie das Thema für abgeschlossen hielt und es Zeit für mich war, weiterzumachen.

Ich räusperte mich und rutschte unruhig auf dem Holzstuhl hin und her.

„Was muss ich also tun, um dieses Heilmittel zu erhalten?", fragte ich mit gedämpfter Stimme.

Wieder huschte ein seltsamer Ausdruck über ihr Gesicht. Aus einem mir unerklärlichen Grund versteifte sich mein Rücken augenblicklich. Ich würde ihre Antwort hassen.

„Du musst ein noch stärkeres Gift erhalten, um das zu töten, das sich in dir ausbreitet."

Ich sprang fast aus meinem Stuhl, mein ganzer Körper zuckte, als hätte mich ein Schlag getroffen.

„WAS?! Ein stärkeres Gift wird mich noch schneller töten!", rief ich in einem selbstverständlichen Ton.

„Nicht ganz", erklärte sie ruhig. „Was du brauchst, ist ein Biss vom Schwanz der verfluchten Dämonenwolfschlange."

Ich starrte sie an, als hätte sie den Verstand verloren.

Unbeeindruckt von meinem entsetzten Gesichtsausdruck fuhr die Weberin in einem gesprächigen Ton fort: „Das Gift greift zuerst das Gift an, das dich von innen auffrisst. Erst wenn es ausgerottet ist, beginnt das Gift, dir zu schaden. Wenn das geschieht, brauchst du einen zweiten Biss von den Reißzähnen des kranken Wolfes. Dieses Mal neutralisiert der Speichel das Gift."

„Das ist Selbstmord!", rief ich aus. „Der verfluchte Dämonenwolf ist tollwütig! Nach allem, was man hört, tötet er alles, was dumm genug ist, sich ihm zu nähern. Und du erwartest von mir, dass ich mich freiwillig seinem Biss aussetze, nicht nur einmal, sondern zweimal?"

Sie senkte den Kopf in Anerkennung. „Ranael ist aufgrund des Fluchs tatsächlich tollwütig. Aber er ist auch Marchosias' Sohn. Dämonenwölfe sind Beschützer. Das liegt in ihrer DNA. In Ranaels Fall hast du Recht, dass er jeden angreifen wird, dem er zufällig begegnet, weil seine Verrücktheit ihn beherrscht. Wenn er jedoch beschworen wird, übernimmt sein Beschützerinstinkt die Kontrolle."

Ich blinzelte und hatte Mühe, ihre Worte zu akzeptieren.

„Verstehe ich das richtig, dass seine Beschwörung seinen Fluch aufhebt?", fragte ich ungläubig.

Sie schüttelte den Kopf, was mich noch mehr verwirrte. „Sie *hebt* ihn nicht *auf*, sondern unterbricht nur vorübergehend seine wilde Seite. Du musst um seinen Schutz bitten, während du ihn beschwörst. Er wird daran gebunden sein. Aber sobald er kommt, musst du dich beeilen. Das schützende Band hält nur so lange, bis ihn der Wahnsinn wieder überkommt."

Ich nickte langsam und erkannte, dass er effektiv denselben Beschränkungen unterliegen würde wie jeder andere beschworene Dämon. Dann weiteten sich meine Augen plötzlich, als mir ein Gedanke kam.

„Moment mal, sind Dämonenwölfe nicht auch an die Wahrheit gebunden?", fragte ich.

Ein diskretes Lächeln huschte über ihre Lippen. „Ja. Dämonenwölfe werden jede Frage immer wahrheitsgemäß beantworten. Aber denk daran, du hast wenig Zeit. Verschwende sie nicht mit Belanglosigkeiten. Sichere dir schnell einen sicheren Biss von Ranael."

„Aber wie soll ich ihn überhaupt beschwören? Ich habe nur sehr grundlegende Kenntnisse der Arkanen Künste", sagte ich verlegen. „Alles, was mit Kerzenmagie zu tun hat, beherrsche ich, aber Beschwörungen gehören definitiv nicht dazu."

„Keine Angst, Kind. Ich werde dir das Ritual zeigen", antwortete sie mit einer abweisenden Geste.

Ich leckte mir nervös die Lippen. „In Ordnung, danke. Wie

finde ich ihn? Ich habe von der Legende des verfluchten Dämonenwolfs gehört, aber sonst nicht viel."

„Beauftrage einen Führer in Wolfmoon Mountain", sagte Cliona bestimmt. „Das Howl Inn ist ein ausgezeichneter Ort, um einen zu finden. Aber sei gewarnt, dass die Reise gefährlich ist. Wähle deinen Führer also mit Bedacht aus. Sobald du von der Schlangenschwanz gebissen wurdest, brauchst du deinen Führer, um dich in Sicherheit zu bringen."

Ich schluckte schwer und nickte langsam. „Woher weiß ich, wann ich für den zweiten Biss bereit bin?"

„Die Kapillaren unter deiner Haut werden schwarz werden", sagte die Weberin mit einem fast boshaften Glitzern in ihren violetten Augen.

Ein Teil von mir erkannte, dass sie mich absichtlich erschrecken wollte, da es ihr offenbar Spaß machte.

Ich schluckte erneut schwer und weigerte mich, ihr zu zeigen, wie gut ihr das gelang.

„Das klingt ziemlich schmerzhaft", sagte ich vorsichtig. „Werde ich in der Lage sein, für den zweiten Biss zu Ranael zurückzukehren?"

Ein seltsamer Ausdruck huschte über ihr Gesicht. Sie antwortete nicht sofort. Obwohl ihr Gesicht nichts von ihren Gedanken verriet, verstand ich instinktiv, dass dies ein wichtiger Teil der Prüfung sein würde, die mich erwartete.

„Wähle einen Führer, dem du buchstäblich dein Leben anvertrauen würdest, und alles wird gut", antwortete sie in geheimnisvollem Ton.

„Mit meinem Leben vertrauen?", wiederholte ich ungläubig. „Wie soll ich das bei jemandem tun, den ich gerade erst kennengelernt habe?"

Sie zuckte mit den Schultern und sah mich spöttisch an. „Das musst du selbst herausfinden. Aber beeil dich. Die Zeit ist nicht auf deiner Seite. Nur damit du es weißt, Ronika kann dir nicht noch einmal helfen."

Mir sank das Herz, und ein Gefühl der Angst und fast schon Verzweiflung überkam mich. Dass sie davon wusste, obwohl ich nicht einmal ansatzweise angedeutet hatte, dass mir die Heilerin geholfen hatte, verwirrte mich zutiefst. Aber diese Bestätigung, dass ich dieses Sicherheitsnetz nicht mehr hatte, machte mich fertig.

„Wie viel Zeit habe ich noch?", flüsterte ich mit leicht zittriger Stimme.

Zu meiner Überraschung antwortete die Weberin nicht sofort. Stattdessen blickte sie auf die Wand hinter sich zu ihrer Linken. Ich konnte dort nichts außer einer leeren Wand sehen. Die Art, wie sie sie musterte, ließ vermuten, dass sich dort etwas befand, das ich nicht wahrnehmen konnte. Erst dann nahm ich mir einen Moment Zeit, um mich in dem großen Raum umzusehen, in dem ich die letzten zwanzig Minuten verbracht hatte.

Er wirkte innen geräumiger, als man von außen erwarten würde. Das bestätigte meine Theorie, dass das Äußere eine Illusion war. Auf der linken Seite des Raumes befanden sich eine Vielzahl von Schriftrollen, Grimoires und verschiedenen Pergamenten, die zweifellos die Art von fortgeschrittener Magie enthielten, für die die meisten Zauberer, Beschwörer und Arkanisten ihre Seele verkaufen würden. Auf der gegenüberliegenden Seite des Raumes standen unzählige Fläschchen mit Tränken und Flüssigkeiten. Ich konnte mir nicht einmal ansatzweise vorstellen, welchem Zweck sie dienten. Außerdem gab es dort eine beeindruckende Sammlung von Kräutern und Reagenzien, die auf dem freien Markt wahrscheinlich einen wahnsinnigen Wert hätten.

Aber es war das Spinnrad neben der Wand, das meine Aufmerksamkeit auf sich zog. Erst dann bemerkte ich endlich, dass ein goldener Faden vom Rad zur Wand führte, bevor er verschwand. Das konnte nur bedeuten, dass das, was sie spann, an dieser Wand zu sehen war, aber für meine Laienaugen unsichtbar blieb.

Bevor ich weiter darüber nachdenken konnte, wandte die Weberin ihre Aufmerksamkeit wieder mir zu.

„Wenn du dich auf diese Mission begibst, um Ranael zu suchen, wird sich dein Schicksal in den nächsten sechs Wochen entscheiden. Aber wenn du nicht gehst, wirst du in weniger als zwei Monaten sterben", erklärte sie sachlich.

Das traf mich wie ein Schlag in die Magengrube. Ich verschränkte meine Hände im Schoß und drückte sie fest zusammen, damit sie nicht zitterten. Ich holte tief Luft und merkte gar nicht, dass ich langsam nickte, als würde ich das Unvermeidliche akzeptieren.

„Ich verstehe. Gibt es keinen anderen Weg, als mich dem Biss des verfluchten Dämonenwolfes auszusetzen?", fragte ich und hasste den flehenden, hoffnungsvollen Ton in meiner Stimme.

„Doch, den gibt es. Aber mach dir keine Hoffnungen. Du würdest nicht lange genug leben, um die alternativen Wege zu beschreiten. Wärst du vor einem Monat zu mir gekommen, als du die ersten Symptome bemerkt hast, hättest du andere Optionen gehabt. Diese Chance ist nun vorbei. Aber selbst, wenn du damals gekommen wärst, hätte ich dir dringend empfohlen, stattdessen zu Ranael zu gehen. Dieser Weg ist derjenige, der dir das bestmögliche Ergebnis garantiert."

Meine Schultern sackten herab, und ich nickte erneut, diesmal resigniert. „Soll ich dann jetzt gehen?"

Sie schüttelte den Kopf und nahm einen ernsten Gesichtsausdruck an. „Nicht heute, sondern in drei Tagen. Geh erst am Tag nach Vollmond zum Howl Inn."

„*Nach* Vollmond?", wiederholte ich misstrauisch.

„Es heißt nicht ohne Grund Wolfsmondberg", antwortete die Weberin, als hätte ich etwas Dummes gesagt. „Verschiedene Lykanerrudel teilen sich das Gebiet."

„Ja, das habe ich auch gehört. Aber ich dachte, die Geschichte mit dem Vollmond sei nur eine Legende und ein

Märchen, das Eltern ihren Kindern erzählen, wenn sie sich schlecht benehmen, so wie der schwarze Mann?"

Sie schenkte mir ein nachsichtiges und leicht spöttisches Lächeln. „Alle Legenden und Volksmärchen haben ihren Ursprung in der Realität. Lykaner sind tatsächlich nicht vom Werwolf-Fluch betroffen. Der Vollmond hat keine Auswirkungen auf sie. Aber es *gibt* Werwölfe. Du willst nicht bei Vollmond von einem von ihnen erwischt werden. Komm am Tag danach zum Gasthaus."

„Verstanden", sagte ich, bevor ich mich räusperte und ihr einen vorsichtigen Blick zuwarf. „Also ... Was kostet mich deine Hilfe? Ich bezweifle, dass meine seltensten Hexenkerzen dich überzeugen werden."

Ihr verächtliches Schnauben tat weh.

„Ich habe ein respektables Vermögen und könnte verkaufen ..."

„Dein Blut", unterbrach mich die Weberin.

„Wie bitte?", fragte ich fassungslos.

„Sobald du geheilt bist, gibst du mir eine Phiole mit deinem Blut", sagte die Weberin bestimmt.

Ich wich zurück und starrte sie empört an. „Was? Das kommt nicht in Frage!"

„Beruhige dich, dummes Mädchen!", sagte sie streng. „Ich werde es nicht benutzen, um dir zu schaden, dich zu kontrollieren oder zu binden. Wenn du diese Tortur überlebst, wird dein Blut das Serum gegen das tödlichste Gift enthalten, das es gibt. Ich will es haben."

Die Anspannung in meinem Rücken löste sich augenblicklich, aber nur teilweise. „Was, wenn ich nicht überlebe?", fragte ich herausfordernd.

Sie zuckte mit den Schultern. „Dann habe ich versagt, dir zu helfen, und deine Schuld ist damit getilgt."

„Also würden meine überlebenden Familienmitglieder nicht zur Verantwortung gezogen werden?", hakte ich nach.

„Nein", antwortete sie in einem Ton, der keinen Widerspruch duldete. „Der Vertrag besteht zwischen dir und mir. Wenn du geheilt wirst, schuldest du mir eine Ampulle deines Blutes. Wenn du stirbst, verlieren wir beide, und der Vertrag wird ungültig."

Ich presste die Lippen zusammen, während mir noch immer alle möglichen Szenarien durch den Kopf gingen, wie das schiefgehen könnte.

Zu meiner Überraschung verdrehte die Weberin genervt die Augen. „Ich verspreche dir, dass dein Blut ausschließlich zur Herstellung eines Heilmittels verwendet wird. Es wird auf keinen Fall dazu benutzt werden, dir oder jemand anderem Schaden zuzufügen."

Ich war sprachlos. Mit einem Schwur spielte man nicht. Er war wie ein Blutschwur. Sein Wort zu brechen hatte schwerwiegende Konsequenzen, denen sich niemand stellen wollte. Man musste nur vorsichtig mit den Bedingungen des Schwurs sein. Ein geschicktes Wortspiel reichte aus, um einem vorzugaukeln, der Schwur würde einem weitaus mehr Schutz bieten, als er tatsächlich tat.

Aber in diesem Fall konnte ich keinen Fehler oder keine Lücke darin finden.

„Na gut. Dann sind wir uns einig", bestätigte ich leise.

Das triumphierende Lächeln, das sich über die sinnlichen Lippen der Weberin breitete, verwirrte mich. Es war so kurz und schnell wieder verschwunden, dass ich mich fragte, ob ich es mir nur eingebildet hatte. Da ich bezweifelte, dass die Rettung meines Lebens für sie hohe Priorität hatte, konnte ich nur annehmen, dass das Serum in meinem Blut für sie wirklich einen großen Wert hatte.

Die nächsten zwanzig Minuten verbrachte sie damit, mir beizubringen, wie ich Ranael herbeirufen konnte. Als ich ihr Haus verließ, strahlte ein Licht über mir und verdrängte die erdrückende Verzweiflung, die mich zuvor überwältigt hatte.

So aussichtslos die Lage auch war, ich hatte nun Hoffnung.

KAPITEL 2
AMARA

Ich brach kurz vor Mittag am Morgen nach Vollmond auf. Ursprünglich hatte ich vorgehabt, bei Sonnenaufgang aufzubrechen, aber ein heftiger Sturm verzögerte meine Abreise. Wieder einmal überlegte ich, ob ich einfach mit meinem Pferd reiten oder eine Kutsche nehmen sollte. Letztendlich erschien mir mein Phaeton am sinnvollsten, da die Haube mir etwas Schutz bieten würde, falls das Wetter wieder umschlagen sollte, und außerdem mehr Platz für zusätzliche Kleidung, grundlegende Wanderausrüstung und die Utensilien bot, die mir beim Beschwörungsritual helfen würden.

Die Reise nach Kairn – dem kleinen Touristendorf am Eingang zum Wolfsmondgebirge – zog sich endlos hin. Ich hatte nicht nur viel zu viel Zeit, um mir auszumalen, was alles schiefgehen könnte, sondern auch der Anblick der langsam untergehenden Sonne verstärkte meine Besorgnis noch. Glücklicherweise verlief meine Reise ereignislos, da die Straße dorthin recht sicher war. Je näher ich meinem Ziel kam, desto mehr Touristen und Reisenden begegnete ich in beide Richtungen, was mir sehr half. Kurz vor 21 Uhr erreichte ich endlich die Herberge.

Das dreistöckige Hostel aus dunklem Holz und beigen Ziegeln dominierte die anderen, viel kleineren Gebäude des Dorfes. Auf einen Blick zählte ich etwa zwanzig Gebäude, von denen mich die meisten an Touristenfallen erinnerten, abgesehen vom Lebensmittelladen und der Schmiede. Nach meinen Recherchen der letzten drei Tage, während ich auf das Ende des Vollmonds wartete, lebten nur eine Handvoll Familien tatsächlich in Kairn. Nämlich die Gastwirtin Misty Starlight und ihre Familie sowie der Sheriff Darion Lovell. Alle anderen lebten bei einem der Lykaner-Rudel, denen jeweils ein Teil des umliegenden Gebiets gehörte.

Die großen Türen des Gasthauses öffneten sich und gaben mir einen Blick in den geschäftigen Speisesaal frei. Der köstliche Duft von gebratenem Fleisch wehte mir entgegen, begleitet vom Klang von Musik und dem undefinierbaren Geräusch lebhafter Gespräche. Ein großer Mann kam sofort auf mich zu und winkte mir mit seiner riesigen Hand zur Begrüßung zu.

Als ich erkannte, dass er nur ein Teenager war, schaute ich zweimal hin. Die ungewöhnliche silberne Farbe seiner Augen und die pelzige Oberfläche eines spitzen Ohrs, die unter seinem üppigen schwarzen Haar hervorschaute, verrieten die Tatsache, dass er kein Mensch war. Ich hatte noch nie zuvor einen Lykaner getroffen. Aber man musste kein Genie sein, um diesen Jungen als einen solchen zu erkennen.

„Guten Tag, gnädige Frau. Werden Sie über Nacht bleiben?", fragte er, wobei seine etwas höhere Stimme seine Jugend noch unterstrich.

„Ja. Es ist schon viel zu spät, um sich in die Wildnis zu wagen", sagte ich nervös lächelnd.

„Eine kluge Entscheidung", stimmte er zu und lächelte breiter.

Obwohl er keine Reißzähne hatte, waren seine makellos weißen Eckzähne deutlich schärfer und markanter als die eines normalen Menschen. Ich nahm gerne die Hand an, die er mir reichte, um mir aus der Kutsche zu helfen. Seine Nasenflügel blähten sich, und ein schnell wieder versteckter besorgter Ausdruck huschte über sein jugendliches Gesicht und trübte die fröhliche Herzlichkeit, die er zunächst gezeigt hatte. Ich hätte ihn fast gefragt, was los sei, aber er wandte sich schnell von mir ab, um meine Sachen aufzuheben und sie ins Haus zu tragen.

Ich tätschelte meinem Pferd den Hals und folgte dann dem jungen Mann hinein. Obwohl die Gespräche nicht aufhörten, als ich eintrat, wurden einige von ihnen leiser, da mich viele der Gäste mit unverhohlener Neugierde musterten. Die meisten von ihnen waren Männer, weniger als ein Viertel waren Frauen. Zu meiner Überraschung befanden sich nur eine Handvoll Menschen unter den Gästen. Plötzlich wurde mir klar, dass die Lykaner diesen Ort als ihren Stammtreff nutzten. Das war ein gutes Zeichen, denn es ist immer ein gutes Zeichen, wenn die Einheimischen regelmäßig ein Lokal besuchen. Das bedeutete guten Service und Qualität.

Da ich eher introvertiert bin, machte mich die ganze Aufmerksamkeit, die mir zuteilwurde, selbstbewusst. Zumindest war keiner der Blicke einschüchternd. Während Neugierde vorherrschte, musterten mich einige der Männer mit offensichtlicher Bewunderung, ohne dass dies vulgär oder respektlos gewirkt hätte.

Aus einem mir unerklärlichen Grund ging ich nicht zur Theke, um den Wirt anzusprechen, sondern blieb ein paar Schritte innerhalb des Raumes stehen und wandte mich der Menge zu.

Ich räusperte mich, und alle Gespräche verstummten, sogar die beiden Musiker, die für Unterhaltung sorgten, hörten auf zu spielen. Alle Augen waren auf mich gerichtet, ich schluckte schwer und nahm all meinen Mut zusammen, bevor ich laut sprach, damit alle mich hören konnten.

„Es tut mir leid, Ihren Abend zu unterbrechen, aber ich suche einen Führer, der mich auf eine gefährliche Mission begleitet. Ich werde gut bezahlen", sagte ich. "

Viele Leute wurden hellhörig, hoben interessiert die Augenbrauen und musterten mich kritisch.

„Wie gefährlich?", rief ein Mann und zog meine Aufmerksamkeit auf sich.

Er saß hinter dem größten Tisch in der Taverne, umgeben von acht anderen Personen, darunter zwei Frauen. Selbst im Sitzen konnte ich erkennen, dass er extrem groß war. Seine breiten Schultern und sehnigen Muskeln zeugten von enormer Kraft. Während alle anderen Lykaner-Männer mit ihrem beeindruckenden Körperbau die meisten menschlichen Männer in den Schatten stellten, hob sich dieser von den anderen ab. Ich vermutete, dass er der Anführer seines Rudels war.

„Sehr gefährlich", antwortete ich.

Er musterte mich langsam von oben bis unten und bedeutete mir, näher zu kommen. Auch diesmal war nichts Unangemessenes in der Art, wie seine silbernen Augen über mich glitten. Ich würde es als klinisch beschreiben, als würde er versuchen, Informationen über mich zu sammeln, um sich ein besseres Bild davon zu machen, mit wem er es zu tun hatte.

Als Händler habe ich oft dasselbe mit Kunden gemacht, insbesondere mit denen, die mich nach Kerzen fragten, die für fortgeschrittene arkane Rituale verwendet wurden. Obwohl ich eine große Verfechterin davon war, mich um meine eigenen Angelegenheiten zu kümmern, würde ich kein Produkt an jemanden verkaufen, von dem ich glaubte, dass er es für böse oder schädliche Zwecke verwenden wollte. Dunkle Magier trugen oft Symbole der Macht oder Artefakte, um ihre Magie zu verstärken. Das gab einen guten Eindruck davon, mit welchen Praktiken sie sich beschäftigten. Ähnlich verhielten sich die Geizhälse, die in schicken Gewändern gekleidet waren, aber immer versuchten, einen günstigeren Preis auszuhandeln.

Als ich mich jedoch durch die belebten Tische schlängelte,

versteiften sich einige der Lykaner-Gäste, manche zuckten sogar zurück, während sie die Nase rümpften oder das Gesicht verzogen. Bevor ich diese seltsame Reaktion hinterfragen konnte, sprach mich einer von ihnen mit schockierter Stimme an, sodass ich ins Stocken geriet.

„Du bist krank!", rief der Mann aus. „Der Gestank des Todes haftet an dir."

Ich zuckte zusammen, meine Brust zog sich zusammen, weil das Gift in mir so weit fortgeschritten sein musste, dass es für Wesen mit hochsensiblen Nasen bereits so leicht zu erkennen war. Ich weigerte mich, der Verzweiflung nachzugeben, hob trotzig mein Kinn und starrte den jüngeren Mann an. Er schien etwa in meinem Alter zu sein, Ende zwanzig oder Anfang dreißig. Obwohl er etwas weniger imposant war als derjenige, den ich für ihren Anführer hielt, war dieser Mann dennoch kräftig gebaut. Sein schmutzig-blondes Haar lockte sich prächtig um sein gutaussehendes Gesicht. Er hatte ebenfalls die silbernen Augen eines Wolfes, aber ein längeres, ovaleres Gesicht statt des eckigeren Kinns seines Gegenübers.

„Ja, ich sterbe. Deshalb ist diese Mission so dringend. Ich brauche das Gegenmittel für das Gift, das mich tötet."

„Und was wäre das für ein Gegenmittel?", fragte der erste, ältere Mann und lenkte meine Aufmerksamkeit wieder auf sich.

Ich schloss die verbleibende Distanz zu ihm und fuhr mir nervös mit den Fingern durch mein lockiges Haar. Seine Nasenflügel blähten sich auf, als er meinen Geruch einatmete, und die anderen Anwesenden um ihn herum taten es ihm gleich, während sich die weiter entfernt stehenden zu ihm hinüberbeugten, um besser riechen zu können. Der Ausdruck des Mitleids, der sich auf vielen Gesichtern zeigte, ließ mein Inneres sich noch mehr zusammenziehen.

„Suchst du die Orestan-Blumen aus dem Dunklen Tal?", fragte er, als ich nicht sofort antwortete.

Ich schüttelte den Kopf und leckte mir die Lippen, um mich auf ihre Reaktion auf meine Antwort vorzubereiten.

„Nein, es ist etwas, das viel schwieriger zu beschaffen ist. Ich muss vom Schlangenschwanz des verfluchten Dämonenwolfs Ranael gebissen werden", erklärte ich so bestimmt wie möglich.

Eine ohrenbetäubende Stille breitete sich im Raum aus, während mich alle ungläubig anstarrten. Ich konnte nicht sagen, ob Sekunden oder Minuten vergingen. Für mich fühlte es sich wie eine Ewigkeit an. Dann löste das dröhnende Lachen einer Männerstimme hinter mir einen Dominoeffekt aus, und alle anderen stimmten schnell mit ein.

„Du bist verrückt!", rief der jüngere Mann hinter mir. „Das Gift hat dir eindeutig das Gehirn zerfressen, Frau!"

„Das reicht, Ulric", sagte der ältere Mann streng und brachte alle anderen zum Schweigen.

„Ich möchte nicht respektlos sein, Rolf", konterte Ulric in einem etwas versöhnlichen Ton. „Aber diese arme Frau kann offensichtlich nicht klar denken. Wer, der bei klarem Verstand ist, würde absichtlich Ranael aufsuchen?"

„Ich bin nicht verrückt", entgegnete ich energisch, bevor ich meine Aufmerksamkeit wieder auf den älteren Mann richtete, den er Rolf genannt hatte. „Sein Gift ist das einzige Heilmittel für mein Leiden. Ich habe die Bestätigung von der Weberin selbst erhalten."

Ein allgemeines Raunen ging durch den Raum, gefolgt von ungläubigem Geflüster unter den Gästen. Rolf kniff die Augen zusammen und sah mich mit einer Mischung aus Misstrauen und Neugierde an.

„Die Weberin hat dir eine Audienz gewährt?", fragte er in zweifelndem Ton.

„Ja, das hat sie", antwortete ich und hielt seinem Blick standhaft stand.

„Wie zum Teufel hast du das geschafft?", fragte er herausfordernd, offenbar immer noch unsicher, ob er beeindruckt war oder weiterhin an der Wahrhaftigkeit meiner Aussage zweifelte. „Und zu welchem Preis? Die Weberin hilft niemandem, es sei denn, er hat etwas von großem Wert für sie."

„In der Tat", warf Ulric ein. „Was könnte sie schon von einem sterbenden Mädchen wollen, so hübsch du auch bist? Hat sie deine Seele verlangt?"

Ich biss mir auf die Zunge, um ihm nicht zu sagen, er solle sich verpissen, und warf ihm einen genervten Blick zu. „Die Gegenleistung für ihre Hilfe ist eine Sache zwischen ihr und mir. Das geht niemanden etwas an. Ich möchte nur wissen, ob jemand von euch mein Führer sein wird."

Alle drehten sich gleichzeitig zu Rolf um, was meine Vermutung bestätigte, dass er einer ihrer Anführer war. Mein Herz sank, als er mit mitfühlendem Blick den Kopf schüttelte.

„Ich fürchte, das wird nicht möglich sein", sagte er in einem sanften, fast väterlichen Ton. „Dich zu ihm zu bringen, wäre Mord und Selbstmord. Ranael würde dich als Vorspeise und deinen Führer als Hauptgericht verzehren. Nur ein Narr würde sich auf eine solche Mission begeben. Es tut mir leid. Ich kann ein Treffen für Sie mit einem unserer Schamanen arrangieren. Vielleicht können sie Ihnen eine alternative Heilmethode anbieten, bei der wir Ihnen gerne helfen. Aber nicht das hier."

„*Das* ist meine einzige Hoffnung", sagte ich flehentlich.

Die Art, wie sich sein Gesicht verschloss, während er meinen Blick, ohne zu zucken erwiderte, machte mich fertig. Ich kannte diesen Blick. Rolf würde sich nicht umstimmen lassen. Verzweifelt blickte ich mich im Raum um und versuchte, mit jemandem Augenkontakt aufzunehmen. Aber alle wandten ihren Blick ab.

„Will mir denn niemand helfen?", fragte ich herum.

„Verschwenden Sie nicht Ihre Zeit", sagte Ulric mit sanfter, aber bestimmter Stimme. „Wir haben Verständnis für Ihre Lage, aber keines der Rudel wird sich an diesem Wahnsinn beteiligen. Das Beste, was wir Ihnen anbieten können, ist, Sie zu einem Schamanen zu bringen."

Ich öffnete den Mund, um zu widersprechen, schloss ihn dann aber wieder, besiegt. Es würde nichts bringen, sie umzustimmen, zumindest nicht in diesem Moment. Ich musste mich sammeln, meine Gedanken ordnen und mir eine Alternative überlegen, die sie vielleicht überzeugen würde. Die Weberin hätte mich nicht umsonst hierhergeschickt. Es gab eine Lösung, und ich würde sie finden.

Trotz der nicht zu vernachlässigenden Personenmenge entdeckte ich noch ein paar freie Tische. Ich biss die Zähne zusammen, nickte den beiden Männern steif zu und machte mich auf den Weg zu einer Sitzecke ganz hinten in dem großen Raum. Noch bevor ich mich auf die Holzbank gesetzt hatte, begannen die Musiker wieder zu spielen, scheinbar genau dort, wo sie aufgehört hatten, als ich hereingeplatzt war, und die Gespräche wurden fortgesetzt, als hätte ich ihren Abend nie unterbrochen.

Das gab mir das Gefühl, noch mehr verlassen und unwichtig zu sein. Wen interessierte schon ein zufälliger Mensch? Mein Tod würde in ihrem Leben keinen Unterschied machen. Und meine Kunden würden bald einen Konkurrenten finden, der mich ersetzen würde. In ein paar Monaten würde ich zu einer dieser „lustigen" Anekdoten werden, die Reiseführer ihren Kunden erzählen, wenn es um die seltsamsten Anfragen geht, die sie je erhalten haben. Mit der Zeit würde die Geschichte ausgeschmückt werden. Sie würden mich wahrscheinlich als verrückt beschreiben, mit halb zerrissenen Kleidern, Schaum vor dem Mund, wie ich die Straßen aus festgestampfter Erde entlanglaufe und aus voller Kehle rufe, dass Ranael mich holen soll.

Tränen stiegen mir in die Augen, und meine Kehle schnürte sich zusammen. Ich konnte mich nicht entscheiden, ob ich mich lieber in Selbstmitleid suhlen oder alle hier anschreien wollte, um sie für ihre Feigheit und Herzlosigkeit zur Rede zu stellen. Und doch konnte der rationale Teil von mir ihnen keinen Vorwurf machen. An ihrer Stelle hätte ich mich wahrscheinlich auch gegen mich entschieden. Aber was sollte ich tun?

Die Weberin hatte mir gesagt, ich solle hierherkommen. Was übersehe ich also?

Eine Bewegung am Rande meines Blickfeldes ließ mich zusammenzucken. Ich war so in meine düsteren Gedanken versunken, dass ich eine ältere Frau nicht bemerkt hatte, die sich näherte. Es war eine asiatische Frau mit strahlend blauen Augen. Ich erinnerte mich vage daran, sie hinter der Theke gesehen zu haben, als ich hereinkam. Zu meiner Überraschung hielt sie ein Tablett mit einer riesigen Brotschale in der Hand. Sie stellte es vor mich hin, und der köstliche Duft des dicken Eintopfs, der darin war, stieg mir in die Nase.

Mein Magen knurrte sofort zustimmend. Ich hatte gar nicht bemerkt, wie hungrig ich war.

„Danke", flüsterte ich und schenkte ihr ein trauriges, aber dankbares Lächeln.

„Gern geschehen, Schatz", sagte sie mit mütterlicher Stimme, die mir ein Kloß im Hals verursachte.

„Ich heiße Misty", erklärte sie herzlich. „Ich bin die Besitzerin dieses Lokals. Darf ich mich zu dir setzen?"

Überrascht und etwas verwirrt nickte ich und deutete ihr an, fortzufahren. Sie lächelte und kam meiner Aufforderung nach. Trotz ihrer schlanken, fast zierlichen Statur war Misty keineswegs zerbrechlich. Hinter ihrem verschrumpelten Äußeren verbarg sich eine unbestreitbare Stärke. Abgesehen von der ungewöhnlichen Farbe ihrer Augen verrieten auch ihre spitzen Wolfsohren und ihre leicht hervorstehenden Eckzähne, dass sie eine Lykanerin war. Das Gegenteil wäre schockierend gewesen, da dies offenbar der Haupttreffpunkt ihrer Spezies war.

„Mein Name ist Amara", antwortete ich, als sie sich auf die Bank mir gegenübersetzte.

„Ein schöner Name für eine schöne junge Dame", stellte sie sanft fest.

Ich ertappte mich dabei, wie ich lächelte. Diese Frau hatte etwas unglaublich Beruhigendes an sich. Zu meiner Überraschung überkam mich plötzlich das starke Verlangen, von ihr umarmt und getröstet zu werden. Ich war zwar zweifellos ein Kuschelmensch, aber ich hatte nicht einfach so das Bedürfnis, Fremde zu umarmen oder von ihnen umarmt zu werden.

„Es tut mir leid, von deiner Notlage zu hören", begann sie vorsichtig. „Wie du wahrscheinlich schon erkannt hast, hat es keinen Sinn, die Angelegenheit weiter mit den Leuten hier zu diskutieren. Niemand wird deinen Auftrag annehmen. Aber es gibt noch jemanden, der das vielleicht tun würde."

Ich erstarrte, als ich gerade dabei war, einen Löffel mit fleischigem Eintopf zum Mund zu führen. „Jemand anderes?! Wen?"

„Sein Name ist Remus", sagte sie in verschwörerischem Ton.

„Misty! Zieh den Verfluchten nicht mit rein!", rief Rolf.

Die ältere Frau drehte ihren Kopf ruckartig in Richtung des Alphas und warf ihm einen finsteren Blick zu. „Er ist nicht verflucht. Er ist lediglich ein kranker Wolf."

Ich erstarrte und meine Augen weiteten sich, als ich diese Worte hörte.

„Ein kranker Wolf?", wiederholte ich mit hörbarer Anspannung in meiner Stimme.

Sie nickte mit grimmiger Miene. „Remus wurde ‚krank' geboren, obwohl selbst das nicht ganz richtig ist. Während ihrer Schwangerschaft wurde seine Mutter von Ranael, dem wahren Verfluchten Wolf, infiziert. Sie starb an dem Gift, das sie leider an Remus weitergab. Er wurde mit demselben Gift in seinen Adern geboren, aber es hat keine Auswirkungen auf ihn. Wenn man ihn herumlaufen sieht, würde man nie vermuten, dass sein Blut giftig ist."

„Also ist er eigentlich nicht krank", entgegnete ich vorsichtig. „Er hat nur giftiges Blut, richtig?"

Sie zögerte. „Das stimmt in 99 % der Fälle. Aber das Gift wird nur bei Vollmond giftiger, was sich auch auf seinen ... Verstand auswirkt."

Mir klappte vor Überraschung der Kiefer herunter. „Er wird bei Vollmond tollwütig?!"

Sie presste die Lippen zusammen und nickte widerwillig. „Ja. Aber nur in dieser einen Nacht. Ansonsten ist er der liebenswerteste Mann, den du je treffen wirst", fügte sie schnell in beruhigendem Ton hinzu. „Remus ist eigentlich auf schwierige und gefährliche Missionen spezialisiert, die andere nicht übernehmen würden. Ich habe keinen Zweifel, dass er dir gerne helfen wird."

Ich runzelte die Stirn, verwirrt von ihrem offensichtlichen Eifer, mich zu überzeugen, aber auch von den offensichtlichen Schwächen in ihrer Argumentation.

„Warum ist er auf gefährliche Missionen spezialisiert? Ist er selbstmordgefährdet?", fragte ich herausfordernd.

Zu meiner Überraschung war Misty nicht überrascht oder suchte nach einer Antwort, sondern lächelte zustimmend, als hätte sie gehofft, dass ich genau diese Frage stellen würde.

„Er ist überhaupt nicht selbstmordgefährdet, ganz im Gegenteil. Seine Notlage hat ihm geholfen, das Leben und die Schwierigkeiten, mit denen Lebewesen konfrontiert sind, noch stärker zu schätzen. Remus weiß, wie es ist, verzweifelt nach einer Lösung für ein Problem zu suchen, das unlösbar erscheint. Sein Zustand hat ihn mutig, entschlossen und unerschrocken gemacht", erklärte Misty mit Überzeugung.

„Warum zum Teufel sollte Remus das akzeptieren? Ranael hat ihn verflucht und seine Eltern getötet! Warum um alles in der Welt sollte er an einer Mission teilnehmen wollen, die ihn direkt zu dem Wesen zurückbringt, das seinen Zustand überhaupt erst verursacht hat? Er ist das letzte Wesen, dem Remus jemals nahekommen möchte! Du machst diesem armen Mädchen falsche Hoffnungen", warf Rolf ein.

Misty schnaubte und machte eine abweisende Geste.

„Das tue ich nicht! Remus wurde von dem Dämonenwolf infiziert. Ihr Blut weist Ähnlichkeiten auf. Ranael sieht Remus als Mitglied seines Rudels ... fast wie einen Verwandten. Er wird ihn nicht angreifen."

Ich riss die Augen auf, als ich verstand.

„Wenn diese Einschätzung zutrifft, dann scheint dieser Remus tatsächlich der ideale Führer zu sein, um mich dorthin zu bringen", überlegte ich laut.

„Das ist er auf jeden Fall!", antwortete Misty begeistert.

„Er ist verflucht!", wandte Ulric ein. „Tu das nicht ..."

„Genug!", fuhr Misty sie an. „Keiner von euch will diesem Mädchen helfen, und jetzt verbreitet ihr auch noch Lügen über die einzige Person, die ihr vielleicht helfen könnte? Ist euer Hass auf den armen Jungen so groß, dass ihr sie damit in den sicheren Tod schickt?"

Die beiden Männer wichen zurück, sichtlich verletzt von ihren Worten.

„Wir hassen ihn nicht", entgegnete Rolf beleidigt. „Und wir wünschen dieser Frau ganz sicher nichts Böses. Aber diese Mission ..."

„*Ihr* hasst ihn vielleicht nicht, aber eure Worte sind genauso verletzend", unterbrach Misty ihn streng.

„*Ich hasse* ihn auch nicht", protestierte Ulric. „Aber ich habe am eigenen Leib erfahren, wie tödlich es sein kann, ihm zu vertrauen."

„Du verwechselst völlig unterschiedliche Situationen, ignorierst dabei geflissentlich deine eigene Verantwortung für dieses unglückliche Missgeschick und klammerst dich an etwas, das vor Jahrzehnten passiert ist. Lass es gut sein, du törichter Junge!", knurrte Misty.

Trotz ihres offensichtlichen Wunsches, weiter zu streiten, hielten beide Männer Frieden, während der harte Blick in den Augen der älteren Frau sie herausforderte, sie weiter zu provozieren. Als die beiden Männer widerwillig ihren Blick abwandten, schien sie zufrieden zu sein und wandte ihre Aufmerksamkeit wieder mir zu.

„Wo ist dieser Remus?", fragte ich. „Letztendlich ist er derjenige, der bestätigen kann, ob er es tun wird oder nicht."

„Er ist auf der Jagd", antwortete sie mit sanfterer Stimme, und ihre freundliche Art kehrte zurück. „Er sollte morgen oder übermorgen hier sein, um seinen Fang zu verkaufen und zu sehen, ob es Kunden gibt, die einen Führer brauchen."

„Perfekt", sagte ich, und ein Funken Hoffnung schwang in meiner Stimme mit. „Dann brauche ich für ein paar Tage ein Zimmer, und ich habe auch einen Phaeton, um den sich dein Stallbursche gekümmert hat."

„Natürlich, meine Liebe. Wir werden dafür sorgen, dass du dich während deiner Wartezeit wohlfühlst. Remus ist ein guter Mann", wiederholte sie.

Die Zuneigung in ihrer Stimme warf in meinem Kopf eine Million Fragen auf. Waren sie irgendwie miteinander verwandt? Sie war nicht seine Mutter, aber ihre Beschützerhaltung und die Art, wie sie ihn lobte, deuteten auf eine tiefe Verbindung hin.

Aus irgendeinem Grund beruhigte mich das. Ich kannte diese Frau nicht und hatte keinen besonderen Grund, ihr zu vertrauen. Und doch tat ich es. Auf einer instinktiven Ebene glaubte ich, dass sie ehrenhaft war.

Misty streckte ihre Hand über den Tisch, drückte meine Hand auf fast mütterliche Weise, stand dann auf und kehrte zu ihren Aufgaben hinter der Theke zurück. Auch wenn die Lage weiterhin ungewiss war, hatte ich wieder Hoffnung.

KAPITEL 3
REMUS

Ich zog sanft an den Zügeln meines Pferdes und hielt meine Kutsche vor dem Gasthaus an. Ein stolzes Lächeln huschte über meine Lippen, als ich einen Blick auf die beeindruckende Beute warf, die ich Misty brachte. Obwohl Fleischvorräte in Wolfmoon Mountain nie ein Problem waren, waren die seltenen Fleischsorten, die ich beschaffen konnte, sehr gefragt und schwer zu bekommen. Man musste in gefährlichen Gebieten jagen, die kluge Leute mieden.

Es war weder Arroganz noch Dummheit oder Gier, die mich dazu trieb, mich in diese gefährlichen Gebiete zu wagen, um zu jagen. Aber Monster erkannten sich gegenseitig. Sie fürchteten mich mehr, als ich sie fürchtete. Oder besser gesagt, sie fürchteten mein verdorbenes Blut. Mich zu beißen würde ihnen mehr schaden als mir, sodass ich so ziemlich überall, wo ich hinging, freie Bahn hatte.

Das war der einzige Segen des Fluchs, der mich mein ganzes Leben plagte.

Geschickt sprang ich von meinem Wagen herunter, zog zwei der großen Tiere vom Wagen und legte mir jeweils eines über die Schulter. Ich schnappte mir zwei kleinere Tiere – die aber immer noch so groß wie große Hunde waren – und trug sie in meinen Händen. Aus einem Grund, den ich nicht erklären konnte, ging es mir nicht so sehr darum, die Anzahl der Gänge zu reduzieren, die nötig waren, um alles ins Haus zu bringen. Ich wollte einfach nur einen beeindruckenden Auftritt hinlegen. Das ergab keinen Sinn, da ich nie ein Angeber gewesen war.

Da mir diese Beute eine Menge Geld einbringen würde, könnte ich mir eine ausgiebige Pause gönnen, wenn sich keine interessanten Jagd- oder Begleitaufträge ergäben. Ich war nie besonders geldgierig gewesen. Mit meinen Fähigkeiten könnte ich einen riesigen Reichtum anhäufen. Aber ein gemütliches Dach über dem Kopf, ein voller Magen und die Möglichkeit, alle meine Rechnungen ohne Sorgen zu bezahlen, waren mir mehr als genug.

Aber mein Herz sank, sobald ich mich den großen Türen des Gasthauses näherte. Dem Klang der vielen Stimmen im Inneren nach zu urteilen – von denen ich zu viele erkannte – war der Ort brechend voll. Ich hatte gehofft, dass die meisten von ihnen auf der Jagd oder damit beschäftigt wären, Kunden durch die Berge oder die benachbarten Wälder zu führen. Ich war wirklich nicht in der Stimmung für die passiv-aggressiven Bemerkungen und das halb versteckte Mobbing meiner Kritiker.

Im Laufe der Jahre war es besser geworden, da mich die meisten Rudel in Ruhe ließen. Selbst die widerwärtigsten Hasser waren nicht mehr so aggressiv und unerbittlich wie zu meiner Jugendzeit. Meine enorme Größe und Kraft, die ich im Laufe meiner Entwicklung aufgebaut hatte, trugen zweifellos wesentlich zu ihrer neuen Zurückhaltung bei. Dennoch schmerzten die stillen, aber feindseligen Blicke oft genauso sehr – wenn nicht sogar mehr – als die offen abfälligen und herabwürdigenden Kommentare.

Obwohl ich schwer beladen war, öffnete ich mühelos die schweren Türen der Herberge. Das laute Geräusch der Gespräche wurde um die Hälfte leiser. Das hätte mich nicht überraschen dürfen. Meine Anwesenheit löste zwar oft solche Reaktionen aus, aber nie in diesem Ausmaß. Einige Gespräche wurden unterbrochen oder verlangsamten sich, als sie mich eintreten sahen, bevor sie mich aus ihren Gedanken verdrängten und genau dort weitermachten, wo sie aufgehört hatten.

Diesmal wurde mein Auftritt von einer fast ohrenbetäubenden Stille begleitet, die nichts mit meinem beeindruckenden Fang zu tun hatte. Aber mein Gehirn konnte sich nicht auf dieses seltsame Verhalten konzentrieren.

Sobald sich die Türen öffneten, schlug mir ein verlockender Duft entgegen. Mir lief das Wasser im Mund zusammen, meine Haut wurde heiß, mein Blut kochte und meine Schritte stockten, als mich eine Welle von Schwindel überkam.

Unmöglich!

Und doch konnte diese physiologische Reaktion nicht geleugnet werden. Etwas – oder besser gesagt jemand – hatte meine Paarungslust in Raserei versetzt.

Meine Zwillingsflamme war hier.

Meine Nasenflügel blähten sich auf, als ich tief einatmete, und mein Kopf zuckte hin und her, während ich nach der Quelle dieses göttlichen Duftes suchte. Es dauerte eine halbe Sekunde, die mir wie eine Ewigkeit vorkam, bis mein Blick auf die schöne Fremde fiel, die in der hintersten Ecke des Speisesaals des Gasthauses saß.

Bei Ferazan, sie war atemberaubend!

Die engen, schwarzen Locken ihrer glänzenden Mähne umrahmten ihr atemberaubendes Gesicht mit obsidianfarbenen Augen, einer edlen Nase und vollen Lippen, die mich anlockten. Sie war in Gedanken versunken, ihr leicht spitzes Kinn auf ihrer Handfläche ruhend. Mir lief noch mehr das Wasser im Mund zusammen, als mein Blick über ihre makellose Haut wanderte, die so dunkel wie Kalena-Steine war, wenn sie einen Wunsch erfüllten.

War sie mein unerreichbarer Wunsch, der wahr geworden war?

In dem Bruchteil einer Sekunde, den ich brauchte, um all diese Details über die faszinierende Fremde zu registrieren, war die Stille um mich herum noch ohrenbetäubender geworden. Ich riss meinen Blick von ihr los und zwang mich, zum Tresen zu gehen, wo Misty damit beschäftigt war, Getränke einzuschenken. Aber das makellose, ärmellose Oberteil meiner Zwillingsflamme und ihr langer, feurig-orangefarbener Rock schrien mich an, meine Aufmerksamkeit zurückzugewinnen.

Obwohl die Gespräche allmählich wieder aufgenommen wurden, lasteten unzählige Blicke schwer auf mir.

„Remus! Da bist du ja, mein Lieber!", rief Misty aus, und ihr Gesicht nahm diesen mütterlichen Ausdruck an, der mich immer von innen heraus zum Schmelzen brachte.

„Ja, hier bin ich!", antwortete ich mit aufrichtiger Begeisterung, obwohl ich immer noch völlig abgelenkt von der Fremden war. „Und ich habe Geschenke mitgebracht!"

„Das sehe ich! Obwohl Geschenke normalerweise kostenlos sind", fügte sie neckisch hinzu. „Diese hier werden mein Portemonnaie ruinieren, aber diese Ausgabe nehme ich gerne in Kauf. Du hättest mir diese Fülle an Dämmerungswildschweinen zu keinem besseren Zeitpunkt bringen können!"

„Oh? Steht etwas Großes an?", fragte ich, während ich um den Tresen herumging und die beiden Flussziegen auf einen großen Wagen legte, auf den Misty zeigte.

Sie nickte mit einem breiten Grinsen. „Diese Woche kommt eine große Gruppe menschlicher Jäger aus Übersee. Sie möchten einige der exotischeren Wild- und Fischspezialitäten der Region probieren", erklärte sie.

„Bitte sag mir, dass sie nicht vorhaben, selbst Dämmerungswildschweine zu jagen?", fragte ich entsetzt.

Sie lachte leise. „Entspann dich, mein Junge. So verrückt sind sie nun auch wieder nicht. Sie wollen nur probieren, was für sie selbst zu gefährlich ist, um es zu fangen. Aber sie werden jagen wollen."

„Gut", entgegnete ich, und die Anspannung in meinen Schultern ließ nach. „Gibt es noch andere interessante Kunden, die einen Führer suchen?"

Obwohl ich die Worte nonchalant aussprach, deutete Misty mit ihrem Blick an, dass sie sich nicht täuschen ließ. Die Blicke, die ich immer wieder in Richtung der schönen Fremden warf, waren meiner Sache nicht gerade förderlich.

„In den letzten Tagen gab es ziemlich viele Besucher. Alle außer einem haben sich einen Führer gesichert. Ein ganz besonderer Fall", fügte sie in einem seltsamen Ton hinzu, während sie das Dämmerungswildschwein von meiner linken Schulter nahm.

„Ein besonderer Fall?", wiederholte ich neugierig.

Sie nickte. Die Art und Weise, wie ihre fröhliche Miene sich verdüsterte, versetzte jedoch alle meine Sinne in höchste Alarmbereitschaft.

„Ja. Sie ist eine Kundin speziell für dich."

Ich hob überrascht die Augenbrauen. „Für mich? Warum?"

Obwohl ich instinktiv wusste, dass sie von der schönen Fremden sprach, ergab es keinen Sinn, dass sie sagte, sie sei speziell für mich. Wenn man kein Seher war, konnte man nicht erraten, dass eine Person die Zwillingsflamme eines anderen war. Sicher, wenn man ihre physiologischen Reaktionen in der Gegenwart dieser Person beobachtete, würde man es erkennen. Aber Misty hatte mich noch nicht in der Nähe dieser Frau gesehen. Was konnte also zu einer solchen Aussage führen?

„Niemand sonst wird es annehmen", erklärte Misty sachlich. „Ihre Mission ist nicht nur schwierig, sie könnte sogar als selbstmörderisch gelten."

Ich erstarrte und ein Gefühl der Angst überkam mich. Natürlich würde es an dem Tag, an dem ich meine Zwillingsflamme finden würde, irgendeine Art von Drama geben, das sie dazu bringen würde, sich selbst zu verletzen. Zu meiner Bestürzung lief mir trotz der Sorge, die sich in meinem Magen festgesetzt hatte, noch mehr das Wasser im Mund zusammen, und das Feuer, das in meinen Adern brannte, wurde noch ein bisschen stärker. Ich schluckte schwer und richtete meinen Blick wieder auf Misty.

Meine Wangen glühten vor Verlegenheit, als ich sah, dass die ältere Frau mich schockiert anstarrte, ihre Nasenflügel bebten.

„Bei Ferazan! Remus, bist du in der Brunst?!"

Ich zuckte zusammen, wandte meinen Blick ab und fühlte mich zutiefst beschämt. Es gab keinen Grund, mich dafür zu schämen, dass ich meine Zwillingsflamme gefunden hatte. Und doch hatte mir ein Leben lang zu hören, ich sei eine Abscheulichkeit, die man bei der Geburt hätte töten sollen, unauslöschliche Narben hinterlassen. Die Rudel machten mir immer klar, dass ich mich von unseren Weibchen fernhalten musste, um ihnen nicht zu schaden oder sie zu beschmutzen. Bis zum heutigen Tag fühlte ich mich bei jeder Beziehung zu einer Frau – oder auch nur beim bloßen Gedanken daran – wie ein Verbrecher.

„Ich bin nicht in der Brunst", murmelte ich und wünschte mir, ich könnte verschwinden.

„Warum bist du dann ...?"

Mistys Stimme verstummte, als ihr langsam klar wurde, was los war. Eine Flut von Emotionen huschte über ihr faltiges Gesicht: Schock, Ungläubigkeit und schließlich Hochstimmung. In diesem letzten Augenblick wurde mir bewusst, dass ich den Atem angehalten hatte, um mich auf die unvermeidliche Empörung und Abscheu vorzubereiten, die jemand wie ich hervorrufen würde, der es wagte zu glauben, ich könnte jemandes Schicksalsgefährte sein. Mein Herz füllte sich mit Liebe für die ältere Frau, als ihr Gesicht vor lauter Freude für mich strahlte.

„Deine Zwillingsflamme! Dieses süße Kind ist deine Seelenverwandte!", flüsterte sie mit aufgeregter Stimme. Bevor ich antworten konnte, wanderte ihr Blick hin und her, als wäre sie in intensive Gedanken versunken. „Wie die Sterne stehen. Jetzt macht alles Sinn. Es war Schicksal."

„Was? Was meinst du damit?", fragte ich verwirrt.

Sie runzelte die Stirn, musterte mich kritisch und dann, sichtlich unzufrieden mit meinem Aussehen, zog mich die Wirtin in die Küche.

„Misty, was machst du da?", rief ich, als sie ein sauberes Tuch nahm, es nass machte und anfing, mich zu schrubben, wie eine Mutter ein wildes Kind säubern würde, das sich beim Spielen draußen mit Dreck beschmutzt hat.

„Du musst mit deiner Partnerin sprechen. Aber zuerst muss ich dich vorbereiten", antwortete Misty abwesend, während sie mich weiter schrubbte.

Ich wusste nicht, ob ich lachen oder mich empören sollte. Sie schien gar nicht zu merken, was sie da tat. Ich war eigentlich gar nicht *schmutzig*. Bestenfalls hatte ich vielleicht einen winzigen Streifen getrockneten Blutes und ein paar vereinzelte Fellsträhnen davon, dass ich die Tiere auf meinen Schultern getragen hatte.

„Sie heißt Amara und sie stirbt", sagte Misty brutal.

Ich erstarrte, alle Aufregung war vergessen, als mein Blut zu Eis wurde. „Was?", hauchte ich.

„Sie ist vergiftet und braucht ein seltenes Gegenmittel, das nur in diesen Bergen zu finden ist", stellte sie grimmig fest.

„Ich werde es für sie besorgen", erklärte ich, ohne zu zögern. „Was braucht sie?"

Der traurige Blick, den sie mir zuwarf, ließ mich innerlich zusammenzucken. Misty warf das – im Grunde noch saubere – Tuch in die Spüle und nahm meine beiden Hände in ihre. Als sie mir in die Augen sah, bereitete ich mich auf eine schreckliche Nachricht vor.

„Du musst stark sein, mein Sohn. Das Heilmittel ... Es hat mit Ranael zu tun", sagte sie in entschuldigendem Ton.

Ich machte einen Schritt zurück, ihre Worte trafen mich wie

ein Schlag. Ich schüttelte den Kopf und versuchte, mich von ihr loszureißen, aber sie verstärkte ihren Griff um meine Hände und schloss die Distanz zwischen uns.

„Hör ihr zu, Remus. Amara ist weder dumm noch eine verrückte Irre, die einem weit hergeholten Scharlatan-Heilmittel nachjagt", fügte sie schnell in flehendem Ton hinzu. „Du bist ihre einzige Hoffnung. Ich habe dich nur gewarnt, damit du vorbereitet bist. Aber bitte, hör ihr mit offenem Geist zu."

„Das ist Wahnsinn, Misty! Ranael zerstört alles, was er anfasst. Er hat mir meine Eltern genommen, und jetzt willst du, dass ich ihm meine Gefährtin ausliefere, damit er sie abschlachtet?", fuhr ich sie an und riss meine Hände aus ihren.

„Natürlich nicht, du Dummkopf. Ich möchte, dass du glücklich bist, Remus", sagte Misty in einem vernünftigen, aber bestimmten Ton. „Du bist vielleicht nicht mein leibliches Kind, aber ich habe dich immer geliebt, als wärst du es. In dem Moment, als ich dieses Mädchen sah, wusste ich, dass sie eine wunderschöne, besondere Seele hat. Jetzt verstehe ich auch warum. Das Schicksal hat Amara zu dir geschickt. Welche Herausforderungen auch immer vor euch liegen, wer könnte sie besser durchstehen als du? Hör dir an, was sie zu sagen hat. Und wenn du immer noch nicht einverstanden bist, dann kannst du ihr darlegen, warum eine andere Vorgehensweise besser wäre."

Ich starrte sie intensiv an, hin- und hergerissen zwischen widersprüchlichen Gefühlen. Jeder Instinkt in mir schrie, dass sie völlig verrückt war, mir überhaupt vorzuschlagen, eine solche Mission in Betracht zu ziehen, geschweige denn, dass meine Zwillingsflamme ein offensichtlich selbstmörderisches Unterfangen verfolgen sollte.

Voss unterbrach uns, als er schüchtern mit einer großen Schüssel dampfendem Gewürzwein herankam. Mit siebzehn Jahren war der Junge bereits ein Berg von einem Mann. Ich konnte es kaum erwarten zu sehen, zu welcher prächtigen Bestie er sich entwickeln würde, wenn er einmal voll ausgewachsen war. Schade, dass er ein zu sanftes und freundliches Wesen hatte. Er hätte ein beeindruckender Alpha sein können.

„Danke, mein Schatz", sagte Misty herzlich zu ihrem Enkel und klang erleichtert über die willkommene Ablenkung.

Sie eilte zu dem Jungen, nahm ihm die Schüssel mit beiden Händen ab und brachte sie mir.

„Hier, bring das deiner Partnerin. Sie hat es bestellt, während sie auf dich gewartet hat. Geh schon, mein Junge. Und bitte sei offen für Neues", drängte Misty mich, während sie mich sanft aus der Küche schob.

Ich hätte mich fast gewehrt, um weiter zu diskutieren, aber sie war nicht die Kundin, die überzeugt werden musste. Und das gab mir die Ausrede, die ich brauchte, um mich meiner Zwillingsflamme zu nähern, ohne zu verraten, dass mein Interesse an ihr weit über eine geschäftliche Transaktion hinausging.

Zu meiner Überraschung sah ich, sobald ich die Küche verlassen hatte, dass Amara in meine Richtung starrte, mit einem hoffnungsvollen Ausdruck auf ihrem atemberaubenden Gesicht. Die Enttäuschung, die sie sofort überkam, als sie die Schüssel in meinen Händen sah, brachte mich fast zum Lächeln. Unter anderen Umständen hätte ich mich darüber amüsiert, dass sie mich für einen Kellner hielt. Aber Mistys Enthüllungen verwirrten mich.

Ich kannte diese Frau nicht, aber sie war meine Lebensgefährtin. Ich wollte verdammt sein, wenn irgendein Gift mir das einzige Gute nahm, das mir seit Jahrzehnten widerfahren war.

Ein höfliches Lächeln huschte über Amaras sinnliche Lippen, als ich vor ihrem Tisch stehen blieb. Sie streckte ihre zarten Hände aus, um die Schale entgegenzunehmen. Mein Blick fiel auf ihre langen, schlanken Finger, die sich um die Schale schlossen, und ich musste unwillkürlich lächeln, als ich den perlfarbenen Nagellack sah, der ihre gepflegten Nägel zierte. Ich hatte schon immer eine unerklärliche Vorliebe für schöne Hände, insbesondere für gepflegte Nägel oder Krallen.

Leider erwiesen sich meine Lykaner-Kollegen in dieser Hinsicht oft als ziemlich nachlässig. Sie rechtfertigten dies damit, dass, sobald sie sich in ihre Wolfsgestalt verwandelten, um zu rennen oder zu jagen, Schmutz oder Blut unweigerlich unter ihre Krallen gelangten. Das war zwar wahr, aber das Reinigen dauerte nur wenige Sekunden.

„Danke", sagte Amara freundlich.

Neun Höllen! Der Klang ihrer Stimme jagte mir einen köstlichen Schauer über den Rücken. Sie war weich und ein wenig kehlig und glitt wie eine warme Sommerbrise über meine Haut. Aus der Nähe war sie noch atemberaubender. Meine Finger zuckten erneut vor Verlangen, sich in die glänzenden Locken ihres üppigen Haares zu versenken. Ich wollte tief in die unergründlichen Tiefen ihrer obsidianfarbenen Augen eintauchen, die intimsten Winkel ihrer Seele erkunden und all die verborgenen Schönheiten der Göttin entdecken, die mir vom Schicksal bestimmt war.

„Gern", antwortete ich mit sanfter Stimme, überrascht, dass ich überhaupt sprechen konnte, und deutete dann auf die Bank gegenüber von ihr. „Darf ich mich setzen?"

Sie wich leicht zurück und starrte mich mit einem zurückhaltenden, von Verwirrung geprägten Blick an.

„Mein Name ist Remus Beltaine. Misty hat mir gesagt, dass Sie einen Führer brauchen?", sagte ich.

Ihr Gesicht hellte sich vor Verständnis und Freude auf, was eine seltsame Wirkung auf mich hatte. Ich konnte an einer Hand abzählen, wie viele Menschen jemals so glücklich waren, als sie meine Identität erfuhren.

„Oh, Remus! Ja! Ja, bitte nimm doch Platz!", rief sie mit Begeisterung in der Stimme. „Mein Name ist Amara ... Amara Sanni. Und ich suche tatsächlich verzweifelt nach einem Begleiter für eine schwierige Mission. Misty hat nur Gutes über dich zu berichten. Ich hoffe also, dass du bereit bist, mich an mein Ziel zu begleiten."

Den letzten Satz sprach sie mit einem leicht nervösen Lachen aus. Die Verletzlichkeit, mit der sie mich ansah, und das fast flehende Leuchten in ihren Augen ließen mich danach verlangen, einfach zu allem Ja zu sagen, was sie sich wünschte.

Aber das wäre reiner Wahnsinn.

Als ich mich auf die lange Bank der Nische setzte, atmete ich diskret ihren berauschenden Duft ein. Er machte mich schwindelig und meine Haut wurde etwas wärmer. Der darunter liegende süßliche Gestank des bevorstehenden Todes krallte sich jedoch in mein Herz und bestätigte Mistys unheilvolle Worte. So schockierend ihr brutales Eingeständnis auch gewesen war, war ich doch dankbar für die Warnung, die es mir nun ermöglichte, stoischer mit allem umzugehen, was Amara mir entgegenwerfen würde.

„Ich werde alles in meiner Macht Stehende tun, um dir zu helfen, dein Ziel zu erreichen", antwortete ich vorsichtig und wechselte zu DU, da sie es bei mir ebenfalls benutzte. „Allerdings muss ich mehr über diese Mission erfahren, bevor ich mich zu irgendetwas verpflichten kann. Misty hat angedeutet, dass sie ziemlich gefährlich ist."

Ein Hauch von Angst huschte über ihr Gesicht. Instinktiv wusste ich, dass es nicht die Mission selbst war, die ihr Angst machte, sondern die Möglichkeit, dass ich mich weigern könnte, sie mitzunehmen, wenn sie mir davon erzählte. Wieder einmal verspürte ich das irrationale Bedürfnis, ihr einfach alles zu geben, was sie wollte. Aber so sehr mein Beschützerinstinkt auch verlangte, sie zu beruhigen und zu beschwichtigen, war es nun meine neue Priorität, sie zu beschützen – auch gegen ihren besseren Willen.

Amara nickte und fuhr sich nervös mit der Hand durch die Haare.

„Das ist es", gab sie zu. „Ich bin krank. Oder besser gesagt, ich habe mich irgendwie mit einem tödlichen Gift infiziert, das mich langsam umbringt. Das Heilmittel gibt es nur in diesen Bergen."

„Es tut mir leid, das zu hören. Aber warum brauchst du einen Führer, der dich zum Heilmittel bringt? Wäre es nicht sicherer für dich, hier zu bleiben und jemanden wie mich zu beauftragen, es für dich zu holen?", fragte ich und tat so, als hätte Misty mir diese Bombe nicht gerade vor die Füße geworfen.

In Amaras Augen blitzte dieselbe Angst auf, die sie jedoch schnell verbarg. Sie leckte sich die Lippen, straffte die Schultern und begann dann, ausführlich zu erzählen, welche Umstände sie dazu gebracht hatten, ihr friedliches Leben in Harmstead aufzugeben und sich in Willow Grove niederzulassen. Wie sich die Symptome einen Monat nach ihrer Ankunft manifestiert hatten und wie sie mit der mysteriösen Krankheit übereinstimmten, die ihrem Vater das Leben gekostet hatte, als sie noch ein Kleinkind war.

„Lass mich das klarstellen", forderte ich sie heraus, mit einem Anflug von Unglauben in meiner Stimme. „Du bist mit einem Gift infiziert, weißt aber nicht, mit welchem. Du weißt auch nicht, wer dich vergiftet hat oder wie sie es getan haben. Aber du *weißt,* welches Gegenmittel du brauchst und wo du es finden kannst?!"

Als ich sah, wie Amara wegen meines Tonfalls, als ich diese Worte sprach, zusammenzuckte, oder wegen meines ungläubigen Gesichtsausdrucks, oder wegen beidem, schämte ich mich zutiefst. Ich hatte ihr nicht den Eindruck vermitteln wollen, dass ich sie für dumm oder leichtsinnig hielt. Aber man konnte nichts heilen, wenn man nicht wusste, womit man es zu tun hatte.

Ich öffnete meinen Mund, um mich zu entschuldigen, aber sie gab mir keine Gelegenheit dazu.

„Ich weiß, wie das klingt", antwortete sie in einem defensiven Tonfall, während sie trotzig ihr Kinn hob. „Aber ich bin keine dumme Gans, die sich auf eine sinnlose Mission begibt. Vor ein paar Tagen habe ich Ronika konsultiert, die beste

Heilerin in der Region – wenn nicht sogar im ganzen Land. Sie empfahl mir, die Hilfe der Weberin in Anspruch zu nehmen, und das habe ich getan. Es war Cliona Nox selbst, die mir sagte, was das Heilmittel ist und wo ich es bekommen kann."

Mein Rücken versteifte sich, als ich sie geschockt und ungläubig anstarrte.

„Die Weberin hat dir eine Audienz gewährt?", rief ich aus.

Sie nickte. „Um ehrlich zu sein, hat mich das umgehauen. Ich hätte nie erwartet, dass sich ihre Tore für mich öffnen würden. Aber ich hatte nichts zu verlieren, wenn ich es zumindest versuchte ..."

Ich starrte sie weiterhin an, sprachlos und mit wirbelnden Gedanken. So oft hatte ich im Laufe der Jahre die Hilfe der Weberin gesucht, aber ohne Erfolg. Bedeutete das, dass mir nicht geholfen werden konnte oder einfach, dass ich ihr nichts Wertvolles zu bieten hatte?

„Aber ... was hat sie als Gegenleistung für ihren Rat verlangt?", fragte ich, beschämt von der Eifersucht, die mir den Magen umdrehte.

„Etwas von meinem Blut, sobald ich geheilt bin. Daraus kann sie ein wirksames Gegenmittel herstellen", erklärte Amara und hob dann schnell ihre Handflächen in einer beschwichtigenden Geste, als sie meinen empörten Gesichtsausdruck sah. „Keine Sorge. Ich bin mir der Tatsache bewusst, dass mein Blut in ihren Händen auf äußerst schädliche Weise gegen mich verwendet werden könnte. Aber sie hat versprochen, mir nichts Böses zu tun und mein Blut ausschließlich zur Gewinnung eines Serums zu verwenden, das ebenfalls nur für gute Zwecke eingesetzt wird."

„Ein Versprechen?", rief ich verblüfft aus. „Du hast der Weberin ein Versprechen abgerungen?"

Amara schüttelte den Kopf. „Ich *habe* ihr nichts *abgerungen*, sie *hat* es mir *freiwillig gegeben*. Meine Reaktion auf ihre Bitte machte deutlich, dass ich mich nicht wohl dabei fühlte, einer

Arkanistin ihres Kalibers eine Zutat zu geben, die gegen mich verwendet werden könnte. Wen auch immer sie mit diesem Serum heilen will, muss für sie von großer Bedeutung sein", fügte sie nachdenklich hinzu.

„Hmmm", antwortete ich unverbindlich. „Und was ist das Gegenmittel, das du in den Bergen suchst?"

Meine Zwillingsflamme rutschte unruhig auf ihrem Stuhl hin und her. Abwesend griff sie nach dem Medaillon an ihrer Halskette. Ich kannte den tränenförmigen, bernsteinfarbenen Stein darin nicht, aber es faszinierte mich, ihre zierlichen Finger damit spielen zu sehen.

„Ich muss zwei verschiedene Gifte erhalten, um das zu bekämpfen, das mich derzeit tötet. Das erste ist ein Biss aus dem Schlangenschwanz des verfluchten Dämonenwolfes, um das Gift in meinen Adern zu zerstören. Und sobald das geschehen ist, muss er mich mit seinen Reißzähnen beißen. Sein Speichel neutralisiert sein Gift. Und dann bin ich geheilt."

Trotz Mistys Warnung starrte ich Amara mit offenem Mund an. Das war nicht nur schlimmer als ich erwartet hatte, es war mehr als wahnsinnig.

„Ich weiß, wie verrückt das klingt", fügte Amara hinzu, als ich sie weiterhin anstarrte, als hätte sie den Verstand verloren – was ich langsam auch zu glauben begann. „Aber die Weberin hat mir ein Beschwörungsritual beigebracht, das Ranael vorübergehend als meinen Beschützer bindet. Während dieser kurzen Zeit kann er nichts tun, was mir schaden würde."

„Dir sein Schlangengift zu injizieren, wird dir schaden!", entgegnete ich selbstverständlich.

Sie schenkte mir ein nachsichtiges Lächeln und antwortete in einem vernünftigen Tonfall. „Technisch gesehen stimmt das für alle anderen. Aber in meinem Fall wird es mir sogar guttun, da es das Gift beseitigt, das mir schadet."

„Na gut", gab ich widerwillig zu. „Dämonenwölfe sind in der

Tat Beschützer. Aber Ranael ist tollwütig. Man kann nicht erwarten, dass er normal auf einen Schutzruf reagiert."

Ohne eine Sekunde zu zögern, erzählte Amara mir alles, was die Weberin ihr in dieser Hinsicht gesagt hatte. Als sie fertig war, war ich völlig hin- und hergerissen, wie ich darauf reagieren sollte. Dieser ganze Plan schrie geradezu nach purem Irrsinn. Wie meine Kollegen war auch meine instinktive Reaktion, ihre Bitte, ihr bei diesem Vorhaben zu helfen, abzulehnen. Es kam mir wirklich wie Mord und Selbstmord vor. Allerdings war sie nicht nur irgendeine potenzielle Kundin. Amara war meine Zwillingsflamme. Allein schon deshalb hatte ich die Pflicht, ihr beizustehen, komme, was wolle.

So sehr ich auch daran zweifelte, dass diese Mission auch nur den geringsten Erfolg versprach, konnte ich doch nicht die Tatsache ignorieren, dass die Weberin sie auf diesen Weg gebracht hatte. Cliona Nox würde sich *niemals* auf etwas einlassen, wenn sie nicht fest davon überzeugt wäre, dass es auch gelingen könnte. Außerdem würde sie nur helfen, wenn sie selbst etwas davon hätte, etwas Einzigartiges, das sie unbedingt haben wollte. Sie *wollte*, dass meine Frau Erfolg hatte.

Und das kann Amaras Leben retten ...

Ich fuhr mir nervös mit den Fingern durch die Haare, während ich sie weiterhin anstarrte, innerlich zutiefst gespalten. Und doch muss etwas in meinem Gesicht verraten haben, dass mein Herz bereits nachgegeben hatte, auch wenn mein Verstand weiterhin damit rang, sich mit dem Unvermeidlichen abzufinden. Das schüchterne Lächeln, das sich auf ihren Lippen abzeichnete, und der hoffnungsvolle Glanz, der ihre schönen Augen erhellte, verrieten es.

„Ich bin vier Mal zur Weberin gegangen, aber ihre Tore haben sich mir nie geöffnet", sinnierte ich laut mit einem Hauch von Selbstironie.

Amara sah mich mit einer Mischung aus Neugier und Mitgefühl an. „Darf ich fragen, warum du zu ihr gegangen bist?", fragte sie mit sanfter Stimme.

Ich musterte sie abschätzend. „Du hast wahrscheinlich gehört, dass ich gewisse ... Probleme habe?"

Zu meiner Erleichterung stellte sie sich nicht dumm und schien sich auch nicht unwohl dabei zu fühlen. Sie nickte nur, ihr Gesichtsausdruck war weiterhin freundlich und aufmerksam.

„Manche Leute sagen, du seist verflucht, aber Misty sagt, du seist krank."

Jetzt war ich an der Reihe zu nicken. „Ehrlich gesagt glaube ich, dass es ein bisschen von beidem ist. Vor dreiunddreißig Jahren gingen meine Eltern auf die Jagd, trafen aber auf Ranael. Das hätte nie passieren dürfen, da der Dämonenwolf weit außerhalb seines üblichen Streifgebiets lauerte. Er griff sie an, und obwohl meine Eltern beide entkommen konnten, wurde mein Vater schwer verletzt. In den Tagen nach dem Angriff wurden sie mit mir schwanger. Und dann begann sich der Gesundheitszustand meines Vaters plötzlich zu verschlechtern."

„Oh nein", flüsterte Amara mitfühlend.

„In den ersten drei Tagen nach dem Angriff dachte er nur, dass er sich aufgrund seiner Prellungen und Verletzungen unwohl fühlte. Aber am vierten Tag verschlechterte sich sein Zustand exponentiell. Am zwölften Tag holte ihn der Tod."

„Deine arme Mutter muss am Boden zerstört gewesen sein."

„Nach allem, was man so hört, war sie am Boden zerstört. Sie hatte keine Kratzer davongetragen, aber ihr Gesundheitszustand begann sich in den folgenden Wochen zu verschlechtern. Zunächst gingen die Leute davon aus, dass es sich um eine Depression handelte und dass sie gleichzeitig mit einer schwierigen Schwangerschaft zu kämpfen hatte. Aber dann, im fünften Monat, konnten sie Ranael an ihr riechen – oder besser gesagt, um ihren Bauch herum."

„Ranaels Gift hatte auch den Samen deines Vaters infiziert!", flüsterte Amara entsetzt, als sie begriff, was geschehen war.

Ich nickte und biss die Zähne zusammen, weil mich jedes Mal, wenn ich daran dachte, wie diese eine schreckliche Begegnung unser Leben zerstört hatte, die alte Wut überkam.

„Sie suchten die Hilfe aller möglichen Heiler und Schamanen, aber ohne Erfolg. Meine Mutter starb zu Beginn des achten Monats ihrer Schwangerschaft. Sie mussten mich aus ihrem Körper herausschneiden. Lykaner kommen normalerweise in unserer menschlichen Gestalt aus dem Mutterleib. Ich kam in meiner Wolfsgestalt heraus und stank nach Ranael. In einer fast einstimmigen Entscheidung beschloss das Rudel, mich zu verstoßen und mich im Wald zurückzulassen, damit ich entweder erfror oder gefressen wurde.“

„WAS?! Aber du warst doch ein unschuldiges Kind!“, rief Amara empört aus.

„Das war ich“, antwortete ich versöhnlich. „Aber ich verstehe ihre Angst. Ich war eine Gefahr, die dem Rudel wahrscheinlich Tod und Zerstörung gebracht hätte. Für viele war ich ein Gräuel, der unheilige Nachkomme des verfluchten Wolfes.“

Amara schüttelte angewidert den Kopf. „Doch trotz ihrer Grausamkeit hast du überlebt“, fügte sie voller Ehrfurcht hinzu.

Das löste etwas Seltsames in mir aus. Mein Volk sah mein Überleben normalerweise als weiteren Beweis dafür, dass ich eine Art unnatürliches Wesen war, das nicht existieren sollte. Sie glaubten, ich würde den Schutz einer unaussprechlichen Wesenheit genießen, die darauf aus war, mich zum richtigen Zeitpunkt auf die Welt loszulassen.

„In der Tat, entgegen aller Wahrscheinlichkeit. Eine Wildkatze nahm mich auf. Ich habe nie verstanden, warum sie das tat. Schließlich konnte sie Ranael an mir riechen. Und doch zog sie mich zusammen mit ihren Jungen auf, als wäre ich ihr eigenes Kind“, berichtete ich, und die alte Zuneigung zu dem wilden Tier, das mir mehr Mitgefühl entgegengebracht hatte als meine eigenen Leute, kam wieder zum Vorschein.

„Das ist unglaublich!“, sagte Amara voller Bewunderung.

„Ich glaube, nichts ist stärker als der Instinkt einer Mutter, ein Junges in Not zu beschützen und zu versorgen. Aber wie hast du wieder Anschluss an das Rudel gefunden?"

„Kurz nachdem ich zwei Jahre alt geworden war, kam das Rudel auf ihr Territorium, um zu jagen. Mama versuchte, mich und meine Geschwister zu beschützen, aber am Ende war ich es, der sie alle beschützte", sagte ich wehmütig und lachte dann über ihren verwirrten Gesichtsausdruck. „Auch wenn wir nicht derselben Spezies angehören, werde ich sie und ihre Jungen immer als meine Familie betrachten, da sie technisch gesehen in den ersten entscheidenden Jahren meines Lebens für mich da waren."

„Das kann ich nachvollziehen", antwortete Amara zustimmend, was mich noch mehr berührte. „Aber wie hast du sie beschützt? Hast du das Rudel angegriffen?"

Ich schüttelte den Kopf. „Ich habe mich nur bedrohlich vor ihnen aufgestellt, und die Meute ist irgendwie ausgeflippt, als sie mich gesehen hat. Da ich nie sprechen gelernt hatte, hatte ich keine Ahnung, was sie sagten. Später erfuhr ich jedoch, dass sie mich für einen Dämon oder einen Wiedergänger hielten. Sie machten sich einfach aus dem Staub. Als eine der Weisen des Rudels kam Misty, um Nachforschungen anzustellen. Es dauerte viele Tage, bis sie sich mir vorsichtig näherte und mein Vertrauen gewann."

„Wow! Eure Beziehung reicht also schon lange zurück!"

Ich nickte. „Ohne sie wäre ich ein wildes Tier geblieben. Nach ein paar Monaten überzeugte sie mich schließlich, mit ihr zu kommen", sagte ich, und mein Herz füllte sich mit Liebe für die ältere Frau. „Ohne Mamas Segen hätte ich das wohl nicht geschafft. Aber ein Teil von ihr verstand, dass ich zu meinem Volk gehen musste, um mein volles Potenzial zu entfalten. Ich besuchte sie weiterhin, bis sie vor ein paar Jahren starb."

„Siehst du deine Geschwister noch?", fragte sie sanft.

„Nein. Die meisten von ihnen sind weggezogen, sobald sie

erwachsen waren. Je ‚menschlicher' ich wurde, desto unwohler fühlten sie sich in meiner Gegenwart", erklärte ich nachdenklich. „Um mich besser anzupassen, war ich jetzt fast immer in meiner menschlichen Gestalt, während ich die ersten Jahre ausschließlich in meiner Wolfsgestalt verbracht hatte. Es war nicht leicht, sprechen zu lernen, auf zwei Beinen zu gehen, meine Hände und Besteck zu benutzen, Essen zu kochen und all die anderen seltsamen Dinge, die Menschen tun. Kleidung zu tragen war definitiv der nervigste Teil."

Amara schnaubte und ihr Blick wurde etwas unscharf, als sie sich wahrscheinlich vorstellte, wie mein jüngeres Ich einen Wutanfall bekam, als es aufgefordert wurde, Kleidung anzuziehen.

„Aber wie war dein Leben hier, nachdem dich das Rudel akzeptiert hatte?", fragte sie vorsichtig.

Ich schnaubte selbstironisch. „Bis heute hat mich keines der Rudel vollständig akzeptiert. Sie tolerieren mich hauptsächlich wegen Misty. Jetzt ist es besser als früher, aber ich bin immer noch so etwas wie ein Ausgestoßener. Sie haben Angst vor mir."

„Warum ist das so?", fragte sie mit derselben sanften Stimme, die glücklicherweise frei von jeglicher Verurteilung oder Misstrauen war.

„Mein Blut und alle meine Körperflüssigkeiten enthalten eine geringe Konzentration des Giftes des Dämonenwolfes. Am geringsten ist es in meinem Urin und Speichel, was bedeutet, dass beides niemandem schaden kann, der damit in Kontakt kommt. Aber häufiger Kontakt mit meinen anderen Körperflüssigkeiten würde zum Tod führen."

„Hmmm ... Ich verstehe, warum das die Leute beunruhigt, aber solange du nicht vorhast, sie mit deinem Blut zu bespritzen oder sie mit deinem Schweiß zu übergießen, scheint mir ihre Angst etwas übertrieben", überlegte Amara laut.

Meine unruhige Bewegung blieb nicht unbemerkt. Meine

Zwillingsflamme sah mich sofort intensiv an und wartete darauf, dass ich fortfuhr.

„Im Laufe der Jahre hatten sie sich in meiner Gegenwart tatsächlich allmählich entspannt, bis ich in die Pubertät kam. Von diesem Moment an wurde ich negativ vom Vollmond beeinflusst. Ich wurde irgendwie ... tollwütig, bis die Sonne wieder aufging."

Meine Brust zog sich zusammen, und ich schluckte schwer, als Amara leicht zurückwich und ein schockierter Ausdruck über ihr Gesicht huschte. Obwohl sie nicht das Entsetzen zeigte, das eine solche Beichte normalerweise bei anderen auslöste, trafen meine Worte sie offensichtlich hart. Ich konnte einfach nicht deuten, welche Emotionen in ihr vor sich gingen. Aber ein Leben lang Ablehnung hatte mich befürchten lassen, dass ihre aus einem ähnlichen Grund herrührte.

„Der Vollmond?", wiederholte sie und überlegte angestrengt. „Ich frage mich, ob die Weberin mir deshalb gesagt hat, ich solle bis nach dem Vollmond warten, bevor ich komme. Was passiert dann mit dir? Was machst du?"

Auch das traf einen Nerv. Hatte die Weberin vorausgesehen, dass niemand außer mir in Betracht ziehen würde, sie auf diese Mission mitzunehmen? Hatte sie Amara ausdrücklich gebeten, ihre Ankunft zu verschieben, bis es sicher war, in meiner Nähe zu sein?

„Nichts", antwortete ich mit Nachdruck. „Ich habe viele sichere Orte, an denen ich mich einschließe, bis die Sonne aufgeht. Wenn ich wütend bin, bin ich zu benommen, um die Tür meines Käfigs aufzuschließen. Und als zweite Sicherheitsmaß-nahme gibt es einen magischen Kreis um jeden dieser Orte, der mich nicht herauslässt, bis mein Geist wieder zur Ruhe gekommen ist. Niemand muss sich also Sorgen machen, dass ich in dieser Nacht jemals Schaden anrichten könnte."

Mein Herz machte einen Sprung, als sich ihre Schultern fast unmerklich vor Erleichterung entspannten.

„Das ist gut. Es klingt, als hättest du alles unter Kontrolle."

Sie zögerte, leckte sich nervös die Lippen und stellte dann vorsichtig die Frage, die ich erwartet hatte. „Gab es jemals Zwischenfälle?"

Ich schüttelte den Kopf. „Niemals, nicht einmal beim ersten Mal. Es gibt ausreichend Anzeichen dafür, dass die Veränderung bevorsteht, sodass ich mich rechtzeitig an einen sicheren Ort begeben kann. Außerdem hätte mich das Rudel längst ausgestoßen, wenn meine Wut jemals jemandem geschadet hätte."

Das strahlende Lächeln, das sie mir schenkte, ließ mich innerlich dahinschmelzen.

„Dann ist das für mich in Ordnung. Die Frage ist, ob du bereit bist, mein Führer zu sein. Ich bin nicht zu stolz, um zu betteln. Ich brauche dringend deine Hilfe", sagte sie und sah mir dabei in die Augen.

Ich seufzte tief.

„Jede Faser meines Wesens schreit danach, eine so verrückte Bitte abzulehnen. Die Logik verlangt, dass ich nein sage", antwortete ich sanft.

„Aber?", beharrte sie mit einer Stimme voller Hoffnung.

Ich zögerte und sah sie prüfend an. „Schaffst du es überhaupt dorthin? Ranael wohnt auf einem Plateau jenseits des Dunklen Waldes. Der Weg dorthin ist beschwerlich, und wir können nur ein Stück weit reiten, bevor wir zu Fuß weitergehen müssen. Das bedeutet einen langen und schwierigen Aufstieg. Keine fliegenden Reittiere können uns dorthin bringen. In deinem derzeitigen Gesundheitszustand bist du dazu möglicherweise nicht in der Lage. Das Wetter kann in diesen Gegenden sehr launisch sein. Und manchmal finden wir vielleicht nicht einmal eine Höhle, in der wir Schutz suchen können."

„Ich werde weitergehen, selbst wenn ich kriechen muss", erklärte sie entschlossen. „Ich sterbe, Remus. Die Weberin sagte, ich müsse den Verfluchten Wolf mindestens eine Woche vor Vollmond erreichen. Was auch immer es kostet, selbst wenn ich mich alleine auf den Weg machen muss, ich werde dort hinkommen. Ich weigere mich, tatenlos zuzusehen, wie mein Leben dahinschwindet."

Ihre Worte ließen mich die Stirn runzeln. „Warum eine Woche vor Vollmond?"

„Bis jetzt habe ich mich das auch gefragt. Ich glaube, sie wollte immer, dass *du* mein Führer bist. Das erklärt, warum sie wollte, dass ich nach dem Vollmond komme, und warum wir die Mission mindestens eine Woche vor dem nächsten Vollmond abschließen müssen. Ranael muss mich zweimal beißen, das zweite Mal ein paar Tage nach dem ersten Mal."

„Das lässt uns noch ein paar Tage Zeit, um dich in Sicherheit zu bringen, bevor ich mich einsperre", flüsterte ich, als mir plötzlich alles klar wurde.

Sie nickte entschlossen und hielt meinen Blick unverwandt fest. „Ja. Das kann kein Zufall sein. Die Weberin hat immer gewollt, dass du es bist."

Ich wusste nicht, wie ich mich dabei fühlen sollte. Ein Teil von mir jubelte. Sicherlich war dies ein weiteres Zeichen des Schicksals. Aber was, wenn ich sie enttäuschte?

„Na gut", gab ich schließlich nach. „Aber ich brauche etwas Zeit, um mich vorzubereiten. Wir werden übermorgen aufbrechen."

„Danke!", rief Amara aus.

In ihrer Begeisterung griff sie unbewusst nach meiner rechten Hand und umfasste sie mit beiden Händen. Das Feuer in meinem Blut, das während unseres Gesprächs abgekühlt war, flammte wieder auf und versetzte meine Haut in Glut. Ich schluckte schwer und drückte sanft ihre Hand zurück, um sie zu beruhigen.

In diesem Moment wusste ich, dass mich nichts und niemand davon abhalten würde, ihr zu helfen, ihr Ziel zu erreichen. Wir würden ihr das Heilmittel besorgen, das sie brauchte, selbst wenn es mich mein Leben kosten würde.

KAPITEL 4

AMARA

Nach einer unruhigen ersten Nacht zog sich der nächste Tag endlos hin, ohne dass Remus auch nur ein einziges Mal auftauchte. Mehr als einmal zwang ich mich, die panische kleine Stimme zum Schweigen zu bringen, die mir einflüsterte, dass er mich verlassen hatte und am nächsten Morgen nicht mehr auftauchen würde. Und doch sagte mir eine andere, viel lautere Stimme, ich solle aufhören, mich verrückt zu machen.

Dieser völlig Fremde weckte in mir ein tiefes Vertrauen, das ich mir nicht erklären konnte. Zugegeben, Remus war wahnsinnig gutaussehend, groß und muskulös, sodass ich mich fast zerbrechlich fühlte. Die animalische Aura, die von ihm ausging, war sowohl einschüchternd als auch verlockend. In ihm lauerte ein wahrhaft wildes Wesen, das von einem sanften und äußerst beschützenden Mann gezähmt wurde.

Die Tatsache, dass er bei Vollmond tollwütig wurde, hätte mich erschrecken und ihn automatisch als potenziellen Kandidaten ausschließen müssen. Aber obwohl ich sie auch nicht kannte, vertraute ich Misty ebenfalls bedingungslos. Ihre Bürgschaft für ihn und die Worte der Weberin, ich solle am Tag nach dem Vollmond jemanden finden, dem ich mein Leben anvertrauen würde, bestärkten mich in meiner Überzeugung, dass er der Richtige war.

Zu meinem Leidwesen nahm ich mir nicht wirklich die Zeit, das Dorf zu besuchen oder auch nur im Gemeinschaftsraum abzuhängen. Die Besuchergruppen machten mich unruhig. Das Mitleid und die Missbilligung in ihren Augen gingen mir gegen den Strich. So sehr ich auch schätzte, dass sie aus dem Wunsch heraus handelten, mich vor dem Mann zu schützen, den sie als Bedrohung – um nicht zu sagen als Abscheulichkeit – empfanden, so sehr ärgerte mich doch, wie sie ihn behandelten.

Während unseres Gesprächs in dieser ersten Nacht wanderten ihre Blicke nie von uns ab, alle verurteilten uns, viele kämpften sichtlich gegen den Drang an, einzugreifen. Ich hätte mir fast gewünscht, dass einer von ihnen dies tatsächlich getan hätte, als Remus schließlich zustimmte, mein Begleiter zu sein. So sehr ich Konfrontationen auch hasste, hätte ich ihnen gerne eine neue gegeben, weil sie sich weigerten, mir zu helfen, und dennoch versuchten, denjenigen daran zu hindern, der dies tun wollte.

Angesichts der langen Reise, die uns bevorstand, ruhte ich mich so viel wie möglich in dem bequemen Bett aus, das Misty mir zur Verfügung gestellt hatte, und nahm die meisten Mahlzeiten in meinem Zimmer ein.

Am zweiten Tag begab ich mich in den Speisesaal, mein Magen flatterte vor Nervosität und Aufregung. Remus erklärte, dass wir gegen 8:00 Uhr morgens aufbrechen würden. Ich wollte ein reichhaltiges Frühstück einnehmen, bevor wir uns auf den Weg machten, und ein paar Snacks für unterwegs mitnehmen.

Auf halber Treppe erreichte mich der Klang einer hitzigen Unterhaltung. Ich hätte beinahe mit den Füßen gestampft, um meine Anwesenheit anzukündigen, damit sie gewarnt wären, falls es sich um eine private Angelegenheit handelte. Ich erkannte jedoch sofort Ulrics Stimme, der wütend mit Misty sprach. Dieser eine Satz machte deutlich, dass sie über mich sprachen.

„Er kann sie nicht mitnehmen!", zischte Ulric. „Du weißt genauso gut wie ich, dass das Selbstmord ist!"

„Lass es sein, Ulric", sagte Misty streng. „Die Entscheidung ist gefallen."

„Du weißt, dass er sie nur ficken will!", schnauzte Ulric.

Ich unterdrückte mühsam einen Aufschrei und fühlte mich empört für Remus.

„Hör auf!", knurrte Misty.

„Es ist wahr!", beharrte Ulric stur.

„Das ist es nicht. Und selbst wenn es wahr wäre, was macht das schon? Remus würde sich niemals einer Frau aufzwingen. Oder unterstellst du ihm das Gegenteil?"

„Natürlich nicht", entgegnete er wütend, was mich sowohl überraschte als auch beruhigte. „Aber sein Samen ist verdorben. Er hätte schon vor Jahrzehnten getötet werden sollen."

„Bei Ferazan, warum kannst du ihn nicht einfach in Ruhe lassen?", rief Misty entmutigt aus.

Der gleiche Gedanke kam mir in den Sinn, als eine schützende Wut in mir aufstieg. Diese Gehässigkeit gegenüber Remus empfand ich als persönlich. Was war zwischen den beiden Männern vorgefallen, dass sie solchen Hass schürte?

„Remus wird sie ruinieren", betonte Ulric mit Nachdruck, als wäre das die einzige Rechtfertigung, die er brauchte.

„Hast du vergessen, dass sie im Sterben liegt?", fragte Misty genervt. „Was, wenn er es schafft, sie zu retten? Wäre das nicht eine gute Sache? Zumindest gibt er ihr eine Chance."

„Nein, er wird nur das Unvermeidliche hinauszögern, denn er wird sie mit seinem Samen töten", argumentierte Ulric hartnäckig. „Und selbst wenn sie überlebt – was ich stark bezweifle –, wird sie ihm verfluchte Welpen gebären. Willst du wirklich noch mehr von *ihm* herumlaufen sehen?"

Eine weitere Welle der Wut stieg in mir auf, als ich die

Verachtung hörte, mit der er das Wort „ihn" aussprach. Gerade als ich mich fragte, warum er so überzeugt davon war, dass es eine romantische Beziehung zwischen uns beiden geben würde, lieferte Misty die Antwort.

„Erstens liebe ich diesen Jungen. Mehr von ihm um mich zu haben, wäre ein Segen, kein Fluch", sagte Misty mit einer Überzeugung, die mein Herz mit Zuneigung für sie und Dankbarkeit gegenüber Remus erfüllte. „Zweitens weißt du und alle anderen, dass sie seine Zwillingsflamme ist. Du hast die Symptome gesehen, als er den Raum betrat. Die Partnerbindung ist heilig. Wir haben die Pflicht, sie zu ehren."

„Dieser Dämon sollte keine Zwillingsflamme haben!", zischte Ulric.

„Genug!", fuhr Misty mit gedämpfter Stimme ihn an, während sie nervös einen Blick zur Treppe warf.

Mein Magen verkrampfte sich. Ich hatte nicht vorgehabt, zu lauschen. Angesichts der Zeit, die ich dort gestanden hatte, konnte ich nur vermuten, dass ich unbewusst so reagiert hatte, dass meine Anwesenheit verraten wurde. Andererseits war vielleicht auch mein Geruch endlich zu ihnen gedrungen. So oder so hatte es keinen Sinn, meine Anwesenheit weiter zu verbergen.

Ulric zuckte abweisend mit den Schultern und wandte sich entschlossen der Treppe zu.

„Versuch nicht, mich zum Schweigen zu bringen! Sie hat ein Recht darauf, die Wahrheit zu erfahren!"

„Und welche Wahrheit ist das?", fragte ich herausfordernd, während ich die restlichen Stufen hinunterstieg und alle Gedanken an eine Entschuldigung für mein Lauschen verblassten.

„Remus ist gefährlich!"

„Inwiefern gefährlich? Weil er mir hilft, wenn es sonst niemand tut?", sagte ich trotzig.

„Indem er dich begehrt, obwohl er krank ist!", rief Ulric, als wäre das selbstverständlich.

Ich zuckte mit den Schultern und blieb in respektvollem Abstand vor ihm stehen. „Angenommen, du hast recht, dann ist keines dieser Dinge ein Verbrechen. Zumindest ist er bereit, mir zu helfen, während der Rest von euch mich dem Tod überlassen würde."

„Nur damit er mit dir schlafen kann!"

Ich verdrehte die Augen. „Na und? Was auch immer seine Motive sein mögen, er ist der Einzige, der mir in meiner Not geholfen hat. Die Frage ist, warum interessiert dich das so sehr? Warum bist du so entschlossen, dich einzumischen?"

„Remus glaubt, dass ihr Zwillingsflammen seid", erklärte Ulric langsam, als würde er mich für zu begriffsstutzig halten, um etwas zu verstehen, das eigentlich offensichtlich sein sollte. „Deshalb wird er versuchen, dich zu verführen und für sich zu gewinnen."

„Noch einmal: Warum ist das schlecht? Er ist gutaussehend, talentiert, respektvoll und wurde mir wärmstens empfohlen", fügte ich hinzu und warf Misty einen vielsagenden Blick zu. „Ich könnte mir weitaus schlimmere Männer vorstellen, mit denen ich zusammen sein könnte, vorausgesetzt, er und ich sind überhaupt Seelenverwandte. Und erspare mir bitte die Bemerkung, dass er krank ist. Ich bin es auch, weißt du noch?"

„Du verstehst das nicht", seufzte Ulric frustriert.

„*Du* bist derjenige, der nichts versteht", warf ich gereizt ein. „Wenn er und ich wirklich Zwillingsflammen sind, dann wird das Schicksal dafür sorgen, dass alles gut für uns läuft. Wenn wir es nicht sind, dann gehen wir einfach getrennte Wege. Wenn diese Mission zu meinem Tod führt, dann sei es so. Ich sterbe ohnehin schon. Ich habe nichts zu verlieren, aber viel zu gewinnen. Wenn du also niemanden kennst, der mich bis zum Ende begleitet, dann will ich wirklich nichts von dem hören, was du zu sagen hast. Halte dich einfach aus meinen Angelegenheiten heraus."

Ulric stand wütend da, seine Finger zuckten, als würde er

gegen den Drang ankämpfen, mich an den Schultern zu packen und mich kräftig durchzuschütteln, um mir etwas Verstand einzubläuen. Nach ein paar Augenblicken knurrte er frustriert, stieß eine Reihe von Schimpfwörtern aus und stürmte aus dem ansonsten leeren Gasthaus.

Ich starrte verwirrt auf seinen sich entfernenden Rücken, bevor ein leises Lachen von Misty meine Aufmerksamkeit wieder auf sich zog. Sie lächelte mich mit einem zärtlichen Ausdruck an, der mich sofort nach einer Umarmung meiner Mutter sehnen ließ. Es war seltsam, wie stark ich mich in so kurzer Zeit mit dieser Frau verbunden fühlte.

„Was ist mit ihm los?", fragte ich die ältere Frau, ehrlich verwirrt.

„Das ist eine lange Geschichte", antwortete sie mit einem entmutigten Seufzer. „Frag Remus nach ihm. Es ist *seine* Geschichte, die er erzählen muss."

Ich öffnete und schloss ein paar Mal den Mund und zögerte, wie ich meine Frage formulieren sollte, bevor ich sie herausplatzte.

„Ist Remus in Sicherheit?", fragte ich schüchtern.

„Ja", antwortete Misty mit einer Überzeugung und Entschlossenheit, die alle meine verbleibenden Zweifel ausräumte. „Du wirst niemals einen edleren und vertrauenswürdigeren Mann finden als meinen Remus."

Die mütterliche Besitzgier, mit der sie diesen letzten Satz aussprach, brachte mich zum Lächeln. So ungewöhnlich ihre Beziehung auch geworden war, diese Frau liebte ihn wirklich wie ihr eigenes Kind.

„Ist es wahr, was er behauptet hat?", hörte ich mich erneut fragen. „Glaubt Remus, dass wir Zwillingsflammen sind?"

Mistys Gesicht wurde weicher, obwohl ich den Anflug von Sorge in ihren silbernen Augen nicht übersehen konnte. Ich konnte nicht erklären, warum, aber ich glaubte, dass die Sorge darüber, wie ich auf ihre Antwort reagieren würde, diese Reaktion ausgelöst hatte.

„Es ist wahr", bestätigte sie vorsichtig. „Es gibt eindeutige Anzeichen, wenn Lykaner ihre andere Hälfte treffen."

„Du meinst Fieber, trockener Mund, hoher Puls, erweiterte Pupillen und eine dunklere Sklera", fragte ich.

Mistys Augen weiteten sich überrascht. „Das ist richtig. Allerdings hast du die schmerzenden Reißzähne und die Veränderung des Geruchs übersehen. Trotzdem weißt du viel über mein Volk."

Ich zuckte mit den Schultern, um zu verbergen, wie geschmeichelt ich mich durch ihren beeindruckten Gesichtsausdruck fühlte. „Ich hatte ein paar Tage Zeit, bevor ich mich auf die Reise hierher machte. Also habe ich alles gelesen, was ich über Lykaner finden konnte, um eine bessere Vorstellung davon zu bekommen, womit ich es zu tun haben würde."

„Kluges Mädchen", sagte Misty anerkennend. „Aber leg alle Ängste ab, die du vielleicht hast. Remus ist ein guter Mann. Er ist wirklich wie ein Sohn für mich. Du hättest dir keinen besseren Führer für diese gefährliche Reise wünschen können. Für uns alle steht außer Frage, dass ihr Zwillingsflammen seid. Er hätte es dir nicht gesagt, bis die Mission beendet war. Er wird dich in keiner Weise unter Druck setzen. Folge einfach deinem Herzen und deinen Instinkten. Das Schicksal wird den Rest regeln. Nichts davon ist Zufall."

„Danke", erwiderte ich aufrichtig dankbar.

„Jetzt aber genug geplaudert. Setz dich, damit ich dich richtig stärken kann, bevor du aufbrichst", sagte Misty in einem Ton, der keinen Widerspruch duldete.

Ich kicherte, als sie mich zu einem der Hocker an der Bar schickte, bevor sie in der Küche verschwand. Kurz darauf kam sie mit einem Berg von Essen zurück. Ich langte gierig zu und aß weit mehr, als ich mir zugetraut hätte. Der gefräßige Teil von mir wollte weiteressen, aber mich durch übermäßiges Essen krank zu machen, wäre kontraproduktiv gewesen.

Gerade als ich meinen Teller zurückschob, erregte das leise Quietschen der Eingangstür meine Aufmerksamkeit. Mein Herz setzte einen Schlag aus, als ich Remus hereinkommen sah. Bei den Göttern, er sah zum Anbeißen aus. Bei unserer ersten Begegnung war ich zu aufgewühlt gewesen, um seine Schönheit voll und ganz zu würdigen, aber dieser Mann war wirklich umwerfend.

Er musste mindestens 1,95 m groß sein und 104 kg reine Muskelmasse haben. Das seidige, dunkelbraune Haar, das in weichen Wellen über seine Schultern fiel, ließ meine Finger jucken, weil ich mich so gerne darin vergraben hätte. Der besitzergreifende und doch beschützende Glanz in seinen goldenen Augen, als sie über mich glitten, ließ meine Zehen sich sofort krümmen. Zu sehen, wie sich seine weiße Sklera immer mehr verdunkelte, als er sich mir näherte, verwirrte mich. Diese physiologische Reaktion bestätigte zweifelsfrei, dass wir tatsächlich füreinander bestimmt waren. Lykaner hatten keine Kontrolle darüber.

Anstatt mich zu erschrecken, breitete sich eine angenehme Wärme in meiner Brust aus. Ich hatte nicht nach Liebe gesucht, und ich konnte nicht leugnen, dass meine verzweifelte Lage wahrscheinlich meine positive Reaktion auf diese Situation beeinflusst hatte. Aber das gab mir nur noch mehr Grund zum Leben und Kämpfen. Ich kannte diesen Mann nicht, aber ich war glücklich und bereit, zu erkunden, was möglich sein könnte.

Er kam direkt auf mich zu, ein sanftes Lächeln umspielte seine vollen Lippen. Ich hatte mich noch nie besonders für behaarte Männer interessiert. Er hatte zwar einen schön gestutzten Schnurrbart und Bart, die sein kantiges Kinn zierten, aber es gab nur ein paar Haarbüschel an den Außenkanten seiner Schultern und Arme und ein paar Haare, die unter dem locker geschnürten Kragen seines ärmellosen Hemdes hervorschauten.

Meine schamlose Fantasie fragte sich sofort, ob sich das unter seinem Hemd zu einem Happy Trail fortsetzte.

Ja, Remus ist wirklich ein köstlich aussehender Mann. Und er gehört mir ...?!

Ich rutschte nervös von meinem Hocker herunter und stellte mich vor Remus, als er die Distanz zwischen uns verringerte.

„Guten Morgen, Amara", begrüßte Remus mich, als er vor mir stehen blieb.

„Guten Morgen, Remus", antwortete ich und kam mir dumm vor, als ich versuchte, einen unerklärlichen Drang zu unterdrücken, wie ein Schulmädchen zu kichern.

„Ich bin froh, dass du schon gegessen hast", sagte er, offenbar ohne meine innere Unruhe zu bemerken. „Ich hoffe, du bist ausgeruht, denn ich möchte, dass wir sofort aufbrechen. Idealerweise reiten wir heute schnell und zügig, da die Wettervorhersagen bestenfalls ungewiss sind und ich Sturmregen in der Luft riechen kann. Wenn wir gut vorankommen, sollten wir die Hunters Lodge vor Einbruch der Dunkelheit erreichen, hoffentlich noch bevor der Sturm losbricht."

Ich nickte und warf einen verstohlenen Blick durch eines der großen Fenster nach draußen, bevor ich meine Aufmerksamkeit wieder ihm zuwandte.

„Klingt nach einem Plan. Aber was ist, wenn wir es nicht schaffen?"

„Unterwegs gibt es Höhlen, in denen wir Schutz finden können. Das wird nicht so bequem sein, aber wir bleiben trocken und warm", erklärte er mit sanfter Stimme.

„Perfekt", antwortete ich erleichtert.

Natürlich würde ich schlafen, wo immer es nötig war, aber ich war noch nie besonders begeistert davon, draußen zu übernachten. Ich kam mit Krabbeltieren nicht besonders gut zurecht.

Misty kam mit ein paar Ledertaschen aus der Küche und reichte sie Remus.

„Hier ist etwas zu essen für die erste Etappe deiner Reise", sagte sie in diesem mütterlichen Tonfall, an den ich mich langsam gewöhnt hatte. „Es ist nichts Besonderes, nur etwas Brot, Trockenfleisch, Nüsse und Obst."

„Danke, Misty", sagte Remus, bevor er ihr einen Kuss auf die Stirn gab.

Ich lächelte, gerührt davon, wie sie ihm durch sein langes Haar strich, als wäre er ein kleiner Junge. Es war umso rührender, als sie im Vergleich zu seiner beeindruckenden Größe und Statur so zierlich und zerbrechlich wirkte.

„Pass gut auf mein Mädchen auf da draußen", sagte Misty mit gespielter Strenge. „Ich werde ein Festmahl vorbereiten, um deine Rückkehr zu feiern."

Ich hatte einen Kloß im Hals, als ich die ältere Frau anlächelte. Sie streichelte meine Wange und führte uns aus dem Gasthaus. Zu meiner Überraschung warteten draußen nur zwei Pferde auf uns. Ich warf einen Blick in Richtung Stall, in der Erwartung, dass Voss meine Kutsche herausbringen würde, doch Remus sah mich nur entschuldigend an.

„Wir können deine Kutsche nicht benutzen. Sie wäre nicht nur zu langsam, sondern wir müssten die Pferde auch in der Herberge lassen, wenn wir in vier Tagen dort ankommen. Wir müssen mit leichtem Gepäck reisen. Ich habe bereits alles gepackt, was wir brauchen", erklärte Remus mit sanfter Stimme.

Obwohl ich damit hätte rechnen müssen, war ich dennoch ein wenig verzweifelt, so wenig mitnehmen zu können. Abgesehen von den Kerzen und Reagenzien für die Beschwörung und ein paar Kleidungsstücken zum Wechseln konnte ich keine der anderen Annehmlichkeiten mitnehmen, die ich mir erhofft hatte, darunter auch eine gerollte Schlafmatte.

Als wir uns verabschiedeten, kamen die ersten bekannten Gesichter auf uns zu. Ich hob trotzig mein Kinn, um ihren missbilligenden Blicken zu trotzen, und folgte Remus, als wir das kleine Dorf verließen. Zu meinem Leidwesen legte er sofort ein schnelles Tempo vor, das nicht gerade förderlich für Gespräche war, während wir uns auf den Weg nach Norden machten, um unserem Schicksal entgegenzutreten.

KAPITEL 5
REMUS

Zum tausendsten Mal warf ich Amara einen schuldbewussten Blick zu. Wir waren schon seit Stunden unterwegs und hatten nur angehalten, um unseren Pferden eine kleine Pause zu gönnen und kurz etwas zu essen und zu trinken. Trotz ihres offensichtlichen Unbehagens zeigte meine Frau eine beeindruckende Widerstandsfähigkeit, ohne sich auch nur einmal zu beschweren. Ich hasste es, dass ihre erste Erkundung der Wolfsmondberge unter solch schwierigen Umständen und auf so anstrengende Weise stattfinden musste.

Als ich jedoch zum sich verdunkelnden Himmel hinaufblickte, bestätigte sich die Richtigkeit des straffen Tempos, das ich vorgegeben hatte. Die sich zusammenbrauenden Wolken beunruhigten mich mehr, als ich in Worte fassen konnte. Ich hatte gehofft, dass wir viel weitergekommen wären, bevor der Sturm uns einholte. Normalerweise hätte ich unsere Abreise verschoben, bis das Wetter besser war. Aber meine Frau hatte nur noch wenig Zeit.

In dem einen Tag, den ich von ihr getrennt war, hatte sich der Geruch des Todes, der an ihr haftete, trotz seiner Subtilität deutlich verstärkt. Das Bedürfnis, Amara zu beschützen und zu retten, brannte in mir. Ich wünschte mir nur, ich hätte Flügel, um sie direkt zu unserem Ziel zu fliegen und all das für sie hinter mich zu bringen.

Als ich von der unbefestigten Straße abbog, der wir seit dem Verlassen des Dorfes gefolgt waren, warf mir meine Gefährtin einen fragenden Blick zu. Ich verlangsamte mein Pferd zu einem langsamen Trab, und sie passte die Geschwindigkeit ihres Pferdes sofort an meine an.

„Der Sturm wird bald losbrechen", erklärte ich und deutete mit meinem Kinn auf die dunklen Wolken, die bedrohlich über uns hingen. „Wir müssen Schutz finden, bevor es soweit ist."

„Okay", antwortete Amara mit leiser Stimme, die ihre offensichtliche Erleichterung nicht verbergen konnte.

Eine weitere Welle der Schuld überkam mich. Ich konnte nicht sagen, ob die Angst, draußen von den Elementen erwischt zu werden, oder die Erschöpfung von unserer bisherigen beschwerlichen Reise diese Reaktion ausgelöst hatte. Andererseits könnte es auch eine Mischung aus beidem gewesen sein.

„Weniger als eine Meile von hier entfernt gibt es eine Höhle. Wenn wir uns beeilen, sind wir in Kürze dort", sagte ich und zeigte in die ungefähre Richtung.

„Reite voran", antwortete sie mit einem dankbaren Lächeln.

Ich beschleunigte das Tempo und durchquerte den Wald, bis wir unser Ziel erreichten. Diese Gegend war sicher, die heimische Tierwelt bestand hauptsächlich aus Pflanzenfressern und kleinen Säugetieren, die eher vor uns davonlaufen als uns angreifen würden.

Als ich sah, wie Amaras Gesicht aufleuchtete, als sich die Bäume teilten und einen hohen Felsvorsprung freigaben, musste ich lächeln. Obwohl dieser Ort alles andere als schick oder komfortabel war, gefiel mir das Gefühl, mich um meine Gefährtin kümmern zu können.

Ich hielt die Pferde vor dem Eingang der natürlichen Höhle an. Im Laufe der Jahre hatten unsere Rudelmitglieder die

Öffnung so umgebaut, dass sie eine schützende Wand bildete, die starken Wind oder Regen abhielt, wenn wir darin Zuflucht suchten. Sie hatten einen zusätzlichen Bereich herausgemeißelt, der als provisorischer Stall für unsere Reittiere diente.

Ich sprang von meinem Pferd und eilte zu Amara, um ihr beim Absteigen zu helfen. Die Art, wie sie mich anstrahlte, machte mich ganz schwindelig. Wie konnte jemand so viel Freundlichkeit, Dankbarkeit und Wärme in einem einzigen Lächeln vereinen? Aber es war das Gefühl ihrer schlanken Taille unter meinen Handflächen, als ich sie von ihrem Pferd hob, das mich durcheinanderbrachte. Die Erinnerung an ihre Hände, die meine hielten, kam mir wieder in den Sinn. Ich wollte sie nicht loslassen, nachdem ich sie auf ihre Beine gestellt hatte. Ich wollte sie einfach nur in meine Arme ziehen und mein Gesicht in ihren lockigen Haaren vergraben.

Meine Haut wurde heiß und mein Blick klärte sich, als ich mich zwang, sie loszulassen. Zu meiner Überraschung huschte ein fast schüchterner Ausdruck über das schöne Gesicht meiner Gefährtin. Aber es war der zufriedene – fast selbstgefällige – Ausdruck in ihrem Lächeln, der meine Aufmerksamkeit auf sich zog.

Wusste sie, was mit mir geschah?

Angesichts meiner körperlichen Reaktionen zweifelte ich nicht daran, dass sich meine Sklera verfärbt hatte. Wusste sie, was das bedeutete? Hatte sie bemerkt, wie viel wärmer meine Haut wurde, wenn ich ihr nahe war? Wenn ja, wäre es dann zu vermessen von mir anzunehmen, dass dieses zufriedene Lächeln bedeutete, dass sie nichts gegen eine Beziehung mit jemandem wie mir einzuwenden hätte?

Aber jetzt war nicht die Zeit für Spekulationen. Ein lautes Grollen in der Ferne deutete darauf hin, dass der Sturm jeden Moment beginnen würde. Ich sicherte schnell unsere Pferde in der Nische, die durch eine Tür auf der linken Seite mit dem

Hauptbereich verbunden war, und befreite sie von ihrer Last, während Amara sie fütterte.

Kurz darauf kam sie zu mir in den Hauptraum. Seine organische Form ähnelte vage einem Oval, mit einer hohen Decke in der Mitte, die zu den Rändern hinabfiel. Die Rucksäcke hatten die Stalaktiten und scharfen Kanten geglättet, die den Aufenthalt hier etwas gefährlich machten. Fünf Wandleuchten erhellten den Raum mit violetten magischen Flammen und schufen eine intime und beruhigende Atmosphäre. Obwohl die Höhle größtenteils karg war, gab es einen provisorischen Tisch und Bänke, die direkt aus dem Stein gehauen worden waren.

„Setz dich und iss", bot ich freundlich an, während ich etwas von dem Essen hervorholte, das Misty uns gegeben hatte. „Morgen werde ich für uns jagen und dir eine frisch zubereitete Mahlzeit servieren, sobald wir die Hütte erreicht haben."

„Mach dir darüber keine Gedanken", sagte Amara. „Das ist keine Freizeitreise mit einem Führer. Ich erwarte keine Gourmetmahlzeiten und luxuriösen Unterkünfte. Solange ich mit vollem Magen ins Bett gehe und wir nicht im Regen stehen, bin ich zufrieden."

„Diese beiden Dinge kann ich dir auf jeden Fall versprechen", sagte ich neckisch. „Aber ein bisschen zusätzlicher Komfort ist immer willkommen."

„Stimmt", antwortete Amara. „Aber ich möchte nicht, dass du dir darüber Gedanken machst oder dich besonders anstrengst, um das zu erreichen. Ich bin einfach dankbar, dass du zugestimmt hast, mich auf diese Reise mitzunehmen."

„Das ist lieb von dir, aber ich werde mich immer um das Wohlergehen der Menschen kümmern, für die ich verantwortlich bin", antwortete ich neutral, obwohl ich eigentlich sagen wollte, dass ich alles tun würde, um meiner Gefährtin Komfort zu bieten.

„Ich verstehe", antwortete sie und deutete auf die Höhle. „Das ist keine zufällige Formation. Dieser Tisch und diese Bänke sind eindeutig von Menschenhand geschaffen, auch wenn sie noch recht grob sind."

Ich nickte. „Jäger nutzen diesen Ort häufig, ebenso wie Wanderer. Normalerweise legen sie für die Nacht eine Schlafmatte auf diese Platte."

Sie runzelte die Stirn, während sie auf den großen Steinblock blickte, auf den ich zeigte. Zwei weitere ähnliche Platten waren grob zu einem rechteckigen Einzelbett zurechtgeschnitten worden.

„Wenn die Leute sie hier regelmäßig benutzen, warum hast du mich dann nicht meine eigene Matte mitbringen lassen?", fragte sie verwirrt. „Direkt auf dem Felsen oder auf dem Boden zu schlafen, wird heute Nacht ziemlich unbequem sein."

„Weil die Matte später auf unserer Reise zu unhandlich werden wird", erklärte ich in entschuldigendem Ton. „Ich hatte wirklich gehofft, dass wir heute Abend die Lodge erreichen würden, damit du es bequemer hättest. Wie ich bereits erwähnt habe, wird der Weg, den wir zurücklegen müssen, immer beschwerlicher werden. Tatsächlich werde ich dich auf dem letzten Abschnitt der Reise tragen."

Ihre Augen weiteten sich vor Schreck. „Mich tragen?!"

Ich nickte mit einem neckischen Ausdruck. „Genau genommen wirst du auf meinem Wolf reiten."

Ich steckte das Stück Trockenfleisch, das ich in der Hand hielt, in den Mund, um meine Hand frei zu haben, und bückte mich, um das Geschirr aus einer meiner Taschen zu holen, die an der Seite der Bank lehnten. Amara starrte mich ungläubig an, als ich es auffaltete, um es ihr zu zeigen.

„Das war einer der Gründe, warum ich vor unserer Abreise einen zusätzlichen Tag brauchte", erklärte ich selbstgefällig, obwohl ich angesichts ihrer möglichen Reaktion ein wenig nervös wurde. „Ich habe dieses Geschirr gestern für dich angefertigt."

Amara war sprachlos und blickte ungläubig zwischen dem Geschirr und meinem Gesicht hin und her.

„Dich wie ein Pferd reiten?", fragte sie zögerlich.

„Ja", antwortete ich und fühlte mich plötzlich unsicher.

Sie starrte mich noch einen Moment lang an und schien sich nicht sicher zu sein, was sie davon halten sollte. „Machst du das oft für andere Leute?"

Ich zuckte zurück und sah sie an, als hätte sie etwas Unverschämtes gesagt. Obwohl diese Frage unter den gegebenen Umständen berechtigt war, kam sie mir dennoch unangenehm vor.

„Niemals! Das ist mein erstes Mal", antwortete ich, ein wenig beleidigt.

„Aber du würdest es für mich tun?", beharrte sie mit einem seltsamen Ausdruck im Gesicht.

Ich antwortete mit einem Grunzen und einem steifen Nicken.

„Warum?", fragte Amara aufrichtig verwirrt.

„Weil du krank bist und es unbedingt nötig ist, wenn wir unser Ziel erreichen wollen. Die Reise wird dich ohne meine Hilfe viel zu sehr belasten. Ich habe versprochen, dich zum Heilmittel zu bringen, und ich halte mein Wort", erklärte ich.

Der gleiche seltsame Ausdruck huschte über ihr Gesicht. Sie kaute auf ihrer Unterlippe, als würde sie darüber nachdenken, ob sie die Frage stellen sollte, die ihr offensichtlich auf der Zunge brannte.

„Würdest du das auch für einen anderen kranken Kunden tun?", fragte sie schließlich.

„Nein."

Ihre Augenbrauen schossen nach oben, als sie meine schnelle und entschiedene Antwort hörte.

„Würdest du einen anderen Sterbenden zu Ranael bringen, wenn er dich darum bittet?", hakte Amara nach, als ich nicht weiter darauf einging.

Ich zögerte. „Wahrscheinlich nicht."

Sie verzog das Gesicht, als ich nach einem weiteren Stück Trockenfleisch griff und zu kauen begann, anstatt meine Haltung näher zu erläutern.

„Ist es aus den Gründen, die Ulric erwähnt hat?"

Ich erstarrte, hielt mitten beim Kauen inne und musterte ihr Gesicht, als würde es mir verraten, was sie meinte. Meine Gedanken rasten, während ich darüber spekulierte, was für Schreckliches er über mich gesagt haben könnte.

„Was hat er gesagt?", fragte ich vorsichtig.

Sie hielt meinem Blick standhaft stand, ihr Gesicht war unlesbar.

„Er hat eine Menge wilder Anschuldigungen gesagt", antwortete sie ausweichend.

„Was zum Beispiel?", hakte ich nach, verärgert darüber, dass sie mir nun mit gleicher Münze heimzahlte.

„Er behauptet, dass du gefährlich bist und dass du mich nur mitnimmst, um mit mir zu schlafen."

Ich sprang auf, Wut und Empörung stiegen in mir auf. „Ich bin kein Vergewaltiger! Ich würde niemals eine Frau in eine Falle locken oder sie in den Wald bringen, nur um mich an ihr zu vergehen!"

Amara hob beschwichtigend die Hand und deutete mir an, mich wieder zu setzen.

„Ich weiß. Ulric hat das auch bestätigt. Bitte setz dich", sagte sie mit beruhigender Stimme.

Ich war sprachlos und blieb wie erstarrt stehen, während meine Gedanken kreisten, bis sie mir erneut andeutete, mich zu setzen.

„Hat er das?", fragte ich verwirrt, als ich mich wieder auf die Bank setzte.

Sie nickte. „Er behauptet, dass du glaubst, wir seien Seelenverwandte."

Eine Hitzewelle schoss mir in die Wangen, die sich anfühlten, als würden sie gleich in Flammen aufgehen. Ich wand mich auf meinem Sitz und kratzte mich am Nacken, während ich mich zutiefst beschämt fühlte.

„Dieser Idiot redet, bevor er denkt", murrte ich. „Er muss lernen, sich um seine eigenen Angelegenheiten zu kümmern."

„Willst du damit sagen, dass er gelogen hat?", hakte sie nach, offensichtlich nicht bereit, das Thema fallen zu lassen.

Ich wollte das Thema wechseln, zumal ihr Gesichtsausdruck unmöglich zu deuten war. Was, wenn ich die falsche Antwort gab? Was, wenn ich es zugab und sie das abschreckte?

„Ich sage nur, dass es nicht wichtig ist", antwortete ich ausweichend.

„Für *mich* ist es wichtig", beharrte Amara, und ihre Stimme wurde etwas härter.

Ich verfluchte Ulric innerlich in die dunkelsten Tiefen der Neun Höllen, während mein Verstand nach einer passenden Antwort suchte.

„Amara, ich werde alles in meiner Macht Stehende tun, um dir die Heilung zu verschaffen und dich vor allem Unheil zu schützen, auch vor mir selbst", erwiderte ich und wählte meine Worte sorgfältig.

Mir sank das Herz, als ich sah, wie sich ihr Gesicht verschloss, und ihre Enttäuschung traf mich tiefer als das schärfste Messer. Ich seufzte schwer und ließ meine Schultern resigniert hängen. So hatte ich das Thema der Verbindung, die zwischen uns stand, nicht ansprechen wollen.

„Meine physiologischen Reaktionen in deiner Gegenwart sagen mir, dass du tatsächlich meine Zwillingsflamme bist", murmelte ich und senkte beschämt den Blick.

Ich bereitete mich auf einen empörten Ausbruch vor, der jedoch ausblieb. Mein ganzes Leben lang hatte man mir gesagt, dass es Blasphemie und sogar kriminell wäre, wenn jemand wie ich einen Partner hätte und, schlimmer noch, sich fortpflanzen würde.

„Siehst du? Das war doch gar nicht so schwer", behauptete Amara sanft.

Fassungslos hob ich den Blick und sah ihr in die Augen. Ich war sprachlos, als ich sah, dass sie mich fast schüchtern anlächelte.

„Hast du mir deshalb geholfen?", hakte sie weiter nach und neigte den Kopf zur Seite.

Noch immer verblüfft von ihrer Reaktion, nickte ich abwesend. „Im Großen und Ganzen, ja. Obwohl ich wahrscheinlich versucht hätte, dich zu überzeugen, einen anderen Weg einzuschlagen, wenn du nicht von der Weberin auf diese Mission geschickt worden wärst."

„Ohne diese beiden Faktoren hättest du mich also wie die anderen abgelehnt?", hakte sie nach.

In diesem Moment wurde mir klar, dass diese Fragen über die bloße Bestätigung eines Gerüchts hinausgingen, das sie gehört hatte. Meine Gefährtin versuchte herauszufinden, was für ein Mann ich war. Ich unterdrückte meinen instinktiven Drang, zu erraten, welche Antwort sie von mir hören wollte. Wenn es das Schicksal so wollte, dass wir zusammen waren, würden wir uns in das verlieben, was wir waren, und nicht in das, was wir vorgaben zu sein.

„Da du meine Zwillingsflamme bist, würde ich alles in meiner Macht Stehende für dich tun. Aber selbst, wenn du es nicht wärst, hätte ich trotzdem versucht, dir zu helfen. Ich würde wahrscheinlich nicht so weit gehen, wie ich es für dich tun würde. Aber ich kann ehrlich gesagt nicht mit Sicherheit sagen, was ich getan hätte. Was ich ohne Zweifel sagen *kann*, ist, dass ich ohne die Beteiligung der Weberin wohl nicht zugestimmt hätte, so weit zu gehen. Selbst jetzt kommt es mir noch wie ein wahnsinniges Unterfangen vor", gab ich zu.

Amara presste die Lippen zusammen und nickte langsam, während sie meine Worte abwägte. „Ich verstehe. Um ehrlich zu sein, bin ich hierhergekommen, weil ich dachte, dass niemand zustimmen würde. Deshalb bin ich froh, dass du es getan hast."

Ich lächelte sie schüchtern an, und eine etwas unangenehme Stille breitete sich zwischen uns aus. So wie sie mich ansah, schien meine Gefährtin zu erwarten, dass ich noch etwas sagen würde. Ich räusperte mich und wagte es.

„Stört es dich, dass wir ... füreinander bestimmt sind?", fragte ich vorsichtig und bereitete mich auf ihre Antwort vor.

Zu meiner Überraschung lächelte Amara, und wieder zeigte sich diese bezaubernde Schüchternheit in ihrem schönen Gesicht. Sie schüttelte den Kopf.

„Überhaupt nicht. Ehrlich gesagt finde ich es sehr schmeichelhaft", entgegnete sie verlegen. „Du bist ein sehr gutaussehender Mann. Und allem Anschein nach sind Wolfsflammen äußerst treu und beschützen ihre Partnerinnen sehr. Welche Frau würde das nicht für sich selbst wollen?"

„Ich bin krank", widersprach ich.

Sie zuckte mit den Schultern. „Ich auch."

„Aber das wirst du nicht mehr sein, wenn wir dich geheilt haben", entgegnete ich.

„*Falls* wir mich heilen", entgegnete sie.

„*Wenn* wir dich heilen", sagte ich streng und warf ihr einen missbilligenden Blick zu.

Sie kicherte und senkte den Kopf in Anerkennung. „*Wenn* wir mich geheilt haben, werden wir einen Weg finden, *dich* zu heilen."

Ich lächelte sie traurig an. „Leider scheint es für mich keine Heilung zu geben. Die Weberin wollte mich nicht einmal sehen."

Amara winkte ab. „Weil es nicht der richtige Zeitpunkt war. Schließlich hat sie mich zu dir geschickt. Das kann kein Zufall sein."

So sehr ich mir auch keine falschen Hoffnungen machen wollte, konnte ich doch nicht verhindern, dass sie tief in meinem Herzen Wurzeln schlugen.

„Letztendlich wird das Schicksal entscheiden", antwortete ich ausweichend.

Sie nickte, ihr Blick wurde unscharf, als sie über etwas nachdachte, bevor sie ihre Aufmerksamkeit wieder mir zuwandte, mit einem spekulativen Glitzern in ihren dunklen Augen.

„Angenommen, unsere Mission ist erfolgreich und wir mögen uns, könnten wir dann ein normales Leben zusammenführen?"

Mein Herz machte einen Sprung, und eine starke Emotion würgte mich fast, weil sie einer möglichen Zukunft mit mir so offen gegenüberstand.

„Ich bin in den meisten Dingen normal", antwortete ich etwas zu eifrig. „Wenn wir uns ein gemeinsames Leben aufbauen würden, wäre ich nur in der Vollmondnacht weg, und wir könnten auch keine Kinder bekommen."

Meine Partnerin kaute nachdenklich auf ihrer Unterlippe und nickte langsam erneut. „Ich erinnere mich, dass du etwas über deinen Samen erwähnt hast, ebenso wie Ulric."

Meine Wut über die Einmischung dieses elenden Mannes in meine persönlichen Angelegenheiten flammte auf. Aber ich unterdrückte sie. Jetzt war nicht der richtige Zeitpunkt, ihn das ruinieren zu lassen, was möglicherweise der Beginn meines restlichen Lebens sein könnte.

„Richtig. Der Kontakt mit meinem Samen und meinem Blut wäre gefährlich. Aber alles andere ist sicher", bestätigte ich.

„Dann sind wir eben ein normales Paar, das sich schützt", resümierte Amara sachlich.

Ich starrte sie voller Ehrfurcht an, zu viele Emotionen kämpften in mir. Sie wirkte so zurückhaltend und sittsam, dass ich nie erwartet hätte, dass sie solche Themen so offen mit mir besprechen würde. Aber wieder einmal war es die Leichtigkeit, mit der sie zu akzeptieren schien, dass wir tatsächlich füreinander bestimmt waren, die mir den Atem raubte. Offensichtlich war sie nicht mehr in mich verliebt als ich in sie, da wir uns gerade erst kennengelernt hatten. Und doch erkannte sie unsere Verbindung an, wie es jeder andere Lykaner tun würde, obwohl sie nicht die gleichen physiologischen Reaktionen verspürte wie ich.

Was auch immer der Grund dafür war, ich begrüßte es.

„Ja, das werden wir", sagte ich, verlegen über die Emotion, die in meiner Stimme mitschwang.

Sie lächelte erneut, doch das Lächeln verschwand schnell, als sich ihre Stirn in Falten legte. „Ich bin allerdings neugierig, warum Ulric dich so sehr hasst."

Ich zuckte zusammen, und die Trauer, die ich vor Jahren verdrängt hatte, kam wieder hoch.

„Das ist eine lange Geschichte", gab ich abweisend Preis.

Sie hob eine Augenbraue und warf mir einen Blick zu, den ich langsam zu erkennen begann und der bedeutete, dass sie mich nicht ausweichen lassen würde.

„Wir haben Zeit", sagte sie trocken.

Ich schnaubte und nickte resigniert.

Sie riss ein weiteres Stück Brot mit etwas Käse ab und begann zu kauen, während ich meine Gedanken sammelte.

„Diese ganze Geschichte reicht viele Jahre zurück. Sie begann schon vor meiner Geburt. Ulric ist eigentlich mein Cousin. Du hast seinen Vater Rolf kennengelernt, der derzeit der Anführer unseres Rudels ist. Nur der Apex-Alpha kann diese Rolle einnehmen. Meine Mutter war Rolfs Schwester. Er macht meinen Vater dafür verantwortlich, dass er sie getötet hat, und mich ebenfalls."

„Dich?! Aber es war das Gift, das sie getötet hat, nicht die Schwangerschaft!", rief Amara aus.

„Ja, aber dieses Gift wurde durch den Samen meines Vaters auf sie übertragen. Und als ich wuchs, vergiftete der Flüssigkeitsaustausch zwischen Mutter und Kind sie weiter. Er hat also nicht ganz Unrecht, obwohl ich in dieser ganzen Sache genauso ein Opfer war wie sie und mein Vater. Trotz allem war er nie gemein zu mir. Aber er kann den Groll, den er darüber empfindet, nicht unterdrücken."

„Das kann ich verstehen."

„Aber er mochte auch meinen Vater nicht. Weißt du, es ist nicht ungewöhnlich, dass die Führung des Rudels vom Vater auf den Sohn übergeht. Immer wenn es Zeit für einen Führungswechsel ist oder wenn eines der Mitglieder den Alpha um seine Position herausfordern will, wird ein Wettkampf veranstaltet. Mein Vater hat gegen Onkel Rolf gewonnen. Er war unser Rudelführer, bis er vorzeitig starb, wodurch mein Onkel aufsteigen konnte."

„Das bedeutet, du wärst der Alpha geworden, wenn dein Vater noch gelebt hätte!", sagte Amara bei plötzlichem Verständnis.

„Ich wäre der erste Anwärter auf diese Rolle gewesen und entsprechend erzogen worden", korrigierte ich sie sanft. „Ich hätte trotzdem Herausforderer besiegen müssen, und das habe ich auch getan. Nur wollte ich wegen meiner Krankheit nicht der Alpha sein. Also habe ich auf diese Ehre verzichtet."

„Wenn du nicht krank wärst, würdest du dann die Meute anführen wollen?", fragte meine Gefährtin mit aufrichtiger Neugier.

Ich schüttelte, ohne zu zögern, den Kopf. „Damals hätte ich ja gesagt. Aber jetzt nicht mehr. Zu viele würden es mir übelnehmen, mir folgen zu müssen. Und ehrlich gesagt habe ich meine Freiheit und mein Leben als Einzelgänger lieben gelernt."

„Ärgert es Ulric, dass du die Rolle ablehnst, die wahrscheinlich ihm zustehen würde? Muss es für ihn nicht peinlich sein, zu wissen, dass es da draußen einen besseren Wolf gibt?"

Ich lächelte sie traurig an. „Nein. Es ist nicht ungewöhnlich, dass einige mächtige Alphas diese Rolle nicht übernehmen wollen. Nicht jeder ist dafür geschaffen, Menschen zu führen. Das Problem trat auf, als wir noch junge Welpen waren. Nachdem Misty mich zurück zum Rudel gebracht hatte, war mein Cousin mein einziger Freund. Tatsächlich behandelte er mich wie einen Blutsbruder. Leider neigen Welpen dazu, wild zu spielen. Die Leute warnten ihn, nicht mit mir zu spielen und mich vor allem nicht zu beißen. Aber er tat es ... Alle Welpen tun das."

„Oh nein!", flüsterte Amara und presste eine Handfläche auf ihre Brust. „Ist er krank geworden?"

Ich nickte und spürte, wie sich meine Brust zusammenzog, als die Erinnerung an diese dunklen Tage zurückkehrte.

„Er hatte das schon unzählige Male zuvorgetan, aber an diesem Tag hatte er zum ersten Mal meine Haut verletzt. Es waren nur ein paar Tropfen meines Blutes, aber das reichte aus, um ihn fast umzubringen. Jahrelang war Ulrich lahm. Seine Lungen waren zu schwach, als dass er hätte laufen oder sich in irgendeiner Weise anstrengen können. Er hatte kein Gleichgewicht, litt unter Sehstörungen und hatte eine defekte Nase. Er entwickelte sich von einem vielversprechenden Jäger zu einer völligen Belastung ... zumindest sah er sich selbst so. Und er war erst acht Jahre alt."

„Bei den Göttern ... das muss schrecklich gewesen sein, besonders in so jungen Jahren", sagte Amara mit mitfühlender Stimme. „Aber das war nicht deine Schuld. Du hast ihm nicht absichtlich Schaden zufügen wollen."

„Das habe ich nicht. Aber als Kind glaubte Ulric, dass ich ihm niemals etwas antun würde, weil wir Brüder waren. Und Brüder tun sich gegenseitig nichts an."

„Aber du hattest keine Macht über deine Blutkrankheit!", rief Amara in einem verständnisvollen Ton aus.

„Ich weiß. Aber er war nur ein Kind. Er fühlte sich betrogen. Und da die Erwachsenen mir verboten, ihn zu sehen, hatte ich nie die Gelegenheit, ihm zu erklären, wie leid es mir tat, dass ich keine Kontrolle darüber hatte und dass ich ihn liebte. Stattdessen glaubte er, ich hätte ihn vergiftet und dann verlassen."

„Niemand hat ihm die Wahrheit erklärt!", sagte Amara mit hörbarer Empörung.

Ich biss die Zähne zusammen und schüttelte den Kopf, als die alte Wut wieder hochkam. „Sie haben es ihm nicht nur nicht erklärt, sondern auch seine Wut geschürt. Sie haben unsere Freundschaft nie gutgeheißen. Das war ihre Gelegenheit, ihr ein für alle Mal ein Ende zu setzen. Die Tatsache, dass die anderen Welpen ihn in den folgenden Jahren wegen seiner Schwäche und Nutzlosigkeit für das Rudel schikanierten, schürte nur seine Wut auf mich. Zu sehen, wie ich mich in allen körperlichen Dingen behauptete und hervorstach, während er dahinsiechte, ließ ihn mich noch mehr hassen."

„Aber jetzt sieht er doch völlig normal und stark aus", widersprach Amara.

Ich nickte. „Es geht ihm jetzt tatsächlich gut, Gott sei Dank. Seine Mutter brachte ihn zu jeder Hexe, jedem Heiler und jedem Schamanen, den sie finden konnte. Schließlich konnten sie ihn heilen, aber es war ein langer und schmerzhafter Weg. Er überlebte nur, weil er gesund war und nur ein paar Tropfen geschluckt hatte. Hätte er mehr abbekommen, wäre er gestorben."

Amara runzelte die Stirn und schien mit etwas zu kämpfen.

„Ich kann verstehen, warum er dir als Kind vielleicht böse war. Aber ich verstehe nicht, warum er dich heute noch so sehr hasst. Bist du sicher, dass er dir nicht vorwirft, immer noch stärker zu sein?"

Ich presste die Lippen zusammen und dachte sorgfältig noch einmal über die Sache nach. „Ehrlich gesagt, ich weiß es nicht. Die Leute haben ihn damit verspottet, dass der „verfluchte Wolf" besser ist als er und dass sie sich mit dem minderwertigen Alpha zufriedengeben müssen. Aber diese Art von Spott ist nicht ungewöhnlich. Lykaner können totale Idioten sein, wenn sie miteinander scherzen. Er hat sich einmal darüber aufgeregt und mich zu einem Duell herausgefordert, das ich gewonnen habe."

„Damit hast du die Gerüchte bestätigt", sagte meine Partnerin leise.

Ich seufzte schwer und fühlte mich besiegt. „Vielleicht hätte ich ihn gewinnen lassen sollen."

„Nein", widersprach Amara mit Nachdruck und überraschte mich damit. „Hättest du das getan und jemand hätte es bemerkt, wäre es für ihn noch demütigender gewesen. Es ist besser, dass Ulric sich der Wahrheit stellt. Letztendlich bleibt er stärker als alle anderen, einschließlich der Idioten, die versuchen, ihn zu provozieren. Wie man es auch dreht und wendet, es gibt immer jemanden, der besser ist als wir. Ich finde nur, dass sein Groll gegen dich kleinlich ist."

„Denk nicht zu schlecht von ihm", sagte ich leise und lächelte dann über ihren verblüfften Gesichtsausdruck. „So sehr mich sein Verhalten mir gegenüber manchmal auch ärgert, ich hasse ihn nicht. Ulric ist trotz allem ein guter Mensch. Er ist nur tief verletzt und fühlt sich betrogen, weil ihm alle in der schwersten Zeit seines Lebens Gift eingeflößt haben. Er war mein Freund, als ich keinen hatte. In meinem Herzen wird er immer mein Bruder sein. Ich vermisse ihn immer noch."

„Du hast ein gutes Herz", sagte Amara nachdenklich mit einem seltsamen Glanz in den Augen. „Glaubst du, dass eure Beziehung jemals wieder gekittet werden kann?"

Ich zuckte mit den Schultern, während ich die restlichen Lebensmittel weglegte. „Keine Ahnung. Aber meine Tür bleibt für ihn offen. Jetzt sollten wir uns wohl für heute Nacht zurückziehen. Ich möchte, dass wir bei Tagesanbruch aufbrechen."

Meine Gefährtin nickte. Sie stand auf und ging zu einer ihrer Taschen, die auf der linken Plattform lag, die als provisorisches Bett diente. Sie kramte darin herum und holte eine cremefarbene, dicke Kerze mit dunklen Flecken hervor. Zu meiner Überraschung stellte sie sie auf den Steintisch. Ich sah sie neugierig an, verwirrt von ihren Handlungen. Da wir uns gerade zum Schlafen fertig machten, kam es mir seltsam vor, weitere Lichtquellen hinzuzufügen, wo ich doch gerade dabei war, die Fackeln zu löschen.

Amara fuhr mit ihrem Zeigefinger über das in die Kerze eingeritzte Runenmuster und flüsterte dabei einen Zauberspruch. Dann bewegte sie ihre Hand darüber, woraufhin der Docht sofort Feuer fing. Sie sprach einen weiteren Zauberspruch, bevor sie sich mit einem zufriedenen Lächeln wieder mir zuwandte.

„Bist du eine Hexe?", fragte ich überrascht.

Sie sah mich verblüfft an und schüttelte dann amüsiert den Kopf. „Ganz und gar nicht. Ich bin nur eine Kerzenmacherin und Parfümeurin."

„Okay, das habe ich auch so verstanden. Als ich gesehen habe, wie du einen Zauber gesprochen hast, war ich verwirrt", sagte ich, immer noch verwundert.

„Das liegt daran, dass die Nachfrage nach Hexenkerzen im Laufe der Jahre exponentiell gestiegen ist. Also habe ich mich in Kerzenmagie und einigen grundlegenden Zaubersprüchen unterrichtet, um meinen Kerzen einzigartige Eigenschaften zu verleihen. Meine Mutter ist dagegen", fügte sie hinzu und verzog das Gesicht. „Sie lehnt alles ab, was mit Arkanem zu tun hat. Aber das ist eine Geschichte für ein anderes Mal."

„Was bewirkt diese Kerze?", fragte ich neugierig.

„Es ist eine Wandererkerze aus Bienenwachs und dem Staub von Zentaurenhufen", erklärte sie. „Sie hilft beim Gehen, Laufen, Heilen von Beinverletzungen und Erholen müder Reisender. Morgen früh werden wir uns etwas erholter fühlen."

„Das ist ausgezeichnet", stellte ich anerkennend fest.

„Das werden wir auch brauchen", fügte sie hinzu, während sie einen wenig beeindruckten Blick auf die Felsplatten warf, die als Betten dienten.

Ich schimpfte mich innerlich erneut dafür, dass ich die Matte nicht mitgebracht hatte. Wir hätten sie in der Herberge lassen können. Aber wir waren bereits überladen.

Ich stand unruhig da und kratzte mich am Nacken.

„Die Felsen sind in der Tat ziemlich hart und für Menschen unbequem zum Schlafen", erklärte ich vorsichtig. „Ich könnte dir eine Alternative anbieten, aber ich möchte nicht, dass du mich für zu dreist hältst."

„Oh?", sagte sie und wurde munter. „Was für eine Alternative wäre das?"

Ich räusperte mich und fühlte mich unglaublich verunsichert. „Normalerweise schlafen Lykaner in freier Wildbahn in ihrer Wolfsgestalt. Wir sind ziemlich massig und pelzig. Das wäre für dich viel bequemer und wärmer als diese Steinplatte", erklärte ich, während meine Wangen vor Verlegenheit glühten.

Amara riss die Augen auf. „Bietest du mir an, dich als Matratze zu benutzen?"

„Nur wenn du es möchtest", sagte ich schnell. „Ich will nicht komisch rüberkommen oder so."

Als ich sie kichern sah, legte sich die Panik, die sich in mir breitgemacht hatte, sofort.

„Es ist okay. Ich finde das nicht seltsam. Aber jetzt bin ich neugierig, denn ich habe tatsächlich gehört, dass eure Wölfe riesig sind. Darf ich es sehen?"

Die Begeisterung in ihrer Stimme ließ ein warmes Gefühl in meiner Brust aufsteigen.

„Gerne. Aber ich muss mich zuerst ausziehen, damit meine Kleidung nicht ruiniert wird", fügte ich schüchtern hinzu.

„Stimmt, das leuchtet ein. Ich drehe mich einfach um, während du das machst", sagte sie enthusiastisch, bevor sie sich umdrehte.

Ein Teil von mir bedauerte das. Lykaner hatten kein Problem mit Nacktheit. Wir zogen uns regelmäßig voreinander aus, bevor wir uns verwandelten, und stolzierten nackt herum, nachdem wir nach der Jagd wieder unsere menschliche Gestalt angenommen hatten. Ein anderer Teil war einfach dankbar, dass sie sich in meiner Gegenwart so wohlzufühlen schien, wo doch die

Menschen uns normalerweise wegen all der Gerüchte, wir seien wild, fürchteten.

Ich zog mich schnell aus. Noch bevor ich fertig war, begann mein Blut erneut zu brodeln, meine Haut wurde heiß, als sich der Duft meiner Frau ganz leicht veränderte. Es war keine vollständige Erregung, aber der Gedanke, dass ich nackt hinter ihr stand, weckte das Verlangen meiner Frau.

Das war ein gutes Zeichen für die Zukunft.

„Nur damit du es weißt", fügte ich schnell hinzu, bevor ich die Verwandlung einleitete, „sobald ich meine Wolfsgestalt angenommen habe, kann ich nicht mehr sprechen. Ich werde alles verstehen, was du sagst, und ich bleibe bei vollem Bewusstsein. Ich werde nur keine menschlichen Worte mehr bilden können."

„Verstanden", sagte Amara und hielt sich gerade noch davon zurück, mich über ihre Schulter hinweg anzusehen.

Ich hätte fast gesagt, dass Wölfe telepathisch miteinander kommunizieren können und dass sie an dem Tag, an dem wir uns verbinden würden, die Fähigkeit erlangen würde, mich als Wolf zu hören. Aber das war ein Gespräch für einen späteren Zeitpunkt.

Der vertraute Schmerz der Verwandlung überkam mich. Ein leises Keuchen entfuhr meiner Frau, als das Geräusch meiner knackenden und sich neu ordnenden Knochen ihre Ohren erreichte. Ich hatte mich so daran gewöhnt, dass ich es nicht mehr beachtete. Aber jetzt wurde mir klar, wie beängstigend und unheilvoll es für einen Menschen klingen musste, besonders da wir so isoliert waren und sie die Verwandlung, die es verursachte, nicht sehen konnte. Sie zitterte und umarmte ihre Taille, blieb aber still und wandte ihren Blick von mir ab.

Die Verwandlung dauerte nur wenige Sekunden, aber ich zweifelte nicht daran, dass es sich für sie wie eine Ewigkeit anfühlte. Ich stieß ein leises Knurren aus, gefolgt von einem Winseln, um ihr zu signalisieren, dass ich bereit war. Amara begann sich umzudrehen, wobei ihre langsame Bewegung mir offensichtlich die Möglichkeit geben sollte, mich zu weigern, falls ich mehr Zeit brauchte.

Ihr fiel die Kinnladeunter, und ihr faszinierter Blick, als sie meine Wolfsgestalt wahrnahm, versetzte mich in Aufruhr.

„Bei den Göttern!", flüsterte sie. „Du bist großartig!"

Stolz stieg in mir auf, und ich streckte meine Brust heraus, als ich mich ihr vorsichtig näherte. Sie kam mir, ohne zu zögern, entgegen. Keine Worte konnten beschreiben, wie es sich anfühlte, dass sie mich in beiden Gestalten voll und ganz akzeptierte.

Meine Kehle schnürte sich zusammen, als sie instinktiv ihre rechte Hand hob, um diese Seite meines Halses zu streicheln. Kaum hatte sie mich berührt, zog sie ihre Hand zurück, mit einer Mischung aus Schock und Schuldgefühlen im Gesicht.

Ich stieß ein grollendes Schnurren aus und streckte meinen Hals so, dass ihr klar wurde, dass sie mich ruhig streicheln konnte. Unsere Wolfsgestalt hatte etwas Magisches an sich. Die Menschen fürchteten uns entweder oder schmolzen sofort dahin und wollten uns umarmen und streicheln, wie sie es mit einem Hund tun würden. Auch wenn sie mit ihrem Verstand erfassten, dass wir immer noch Menschen waren, verschwand die natürliche Zurückhaltung, die man einem anderen Menschen gegenüber zeigte, einfach.

Amara kicherte und streckte erneut die Hand nach meinem Hals aus. Neun Höllen, ich hätte in diesem Moment sterben können, als ihre weiche Hand mit einer Ehrfurcht, die mich umgehauen hat, mein dunkles Fell streichelte. Ich wollte ihre Hände überall auf mir spüren, von ihr als ihr Partner beansprucht werden.

Mein schnurrendes Knurren wurde lauter, was sie dazu veranlasste, mich noch mutiger zu streicheln. Zu meiner Enttäuschung zog sie sich zu früh zurück.

„Jetzt verstehe ich, warum du mir angeboten hast, auf dir zu reiten. Du bist so groß wie ein Pony, aber hübscher und definitiv flauschiger", stellte sie amüsiert fest.

Ich gab statt eines Lachens ein schnaubendes Geräusch von mir. Ich rieb die Seite meiner Schnauze an ihrem Handrücken und sprang dann auf eine der Platten, die als Betten dienten. Ich legte mich seitlich hin. Amara lächelte, ging dann durch den Raum und winkte mit der Hand vor den Runen unter jeder Wandleuchte, um das magische Feuer zu löschen.

Der Raum versank in fast völliger Dunkelheit, abgesehen von der flackernden Flamme der Wandererkerze in der Mitte des Tisches. Mit klopfendem Herzen sah ich zu, wie meine Frau zu mir kam. Ohne zu zögern, kletterte sie auf die Platte und kuschelte sich tief an mich. Meine Brust zog sich zusammen, als eine Welle der Zuneigung und fast schon rasender Besitzgier über mich hereinbrach. Ich schlang meine Pfoten um sie, zog sie enger an mich und legte meinen flauschigen Schwanz wie eine Decke über sie.

Ein lautes Schnurren vibrierte in der Kehle meiner Gefährtin.

„Oh ja, du bist viel bequemer als dieser Felsbrocken. Daran könnte ich mich gewöhnen", flüsterte sie.

Wenn es das Schicksal so wollte, würde sie das auch.

KAPITEL 6

AMARA

Eingehüllt in einen göttlichen Kokon murrte ich unzufrieden über die lästige Bewegung, die mich aus dem besten Traum zu reißen versuchte, den ich seit viel zu langer Zeit gehabt hatte, um mich daran erinnern zu können. Ich kuschelte mich tiefer in das weichste Kissen. Die Hitze, die davon ausging, wärmte mich bis auf die Knochen.

Wärme von einem Kissen?!

Noch während mich dieser Gedanke aus meinem Schlummer riss, ließ mich ein schnaufendes Geräusch, gefolgt von einem langsamen Knurren, blitzartig hellwach werden. Mit weit aufgerissenen Augen starrte ich eine halbe Sekunde lang auf das Gesicht eines riesigen Wolfes, bevor seine massive Zunge mein gesamtes Gesicht leckte.

„Hey! Du machst mich ganz klebrig!", rief ich, während ich mein Gesicht von ihm wegzog.

Remus gab wieder dieses schnaufende Geräusch von sich, das meiner Meinung nach seine Art war, in seiner Wolfsgestalt zu lachen, dann rieb er seine Schläfe an meiner, bevor er mich losließ. Geschickt sprang er von der Steinplatte, auf der wir geschlafen hatten, herunter. Sofort fühlte ich mich kalt und verlassen, nicht nur, weil mir seine Umarmung genommen worden war, sondern auch, weil sein Körper buchstäblich Wärme ausstrahlte wie ein Lagerfeuer. Der Gedanke, dass meine Nähe daran schuld sein könnte, ließ Schmetterlinge in meinem Bauch flattern.

Bei den Göttern, er war in seiner Tiergestalt wirklich großartig. Er war gut über 1,50 Meter groß, gemessen von den Pfoten bis zu den Ohrspitzen, und seine Schnauze war auf gleicher Höhe mit meinem Gesicht, wenn ich aufstand. Sein glänzendes Fell war etwas dunkler als sein dunkelbraunes Haar. Seine goldenen Augen standen in starkem Kontrast dazu und verliehen ihm etwas fast Übernatürliches. Das Fell um seinen Hals war überraschend dick. Es war nicht mit dem eines Löwen zu vergleichen, erinnerte mich aber vage an das Fell der Maine-Coon-Katzen.

Meine Finger juckten vor Verlangen, darin zu versinken und ihn überall zu streicheln. Ich hätte fast vor Sehnsucht gewimmert, als ich mich daran erinnerte, wie weich es sich an meinem Gesicht anfühlte, als ich mich an ihn kuschelte und schlief. Wäre er ein echtes Haustier gewesen, hätte ich mich sofort auf ihn gestürzt. Es verwirrte mich irgendwie, dass sich hinter dieser Tiergestalt ein Mann verbarg.

Ein Mann, der glaubte, ich sei seine Seelenverwandte ...

Er bedeutete mir mit einer Kopfbewegung, ihm zu folgen, bevor er sich zum Ausgang der Höhle begab. Neugierig geworden, folgte ich ihm, und das helle Licht der frühen Morgensonne blendete mich, als wir nach draußen traten. Er umrundete einen kleinen Felsvorsprung und enthüllte eine vertiefte Nische, in der sich ein paar Wasserfässer mit Regenwasser gesammelt hatten.

„Danke!", rief ich aus.

Er stupste mich mit seiner Schnauze an den Handrücken, drehte sich dann um und ging zurück in die Höhle. Ich spritzte mir etwas Wasser ins Gesicht und wusch mich kurz, bevor ich zu ihm zurückkehrte. Zu meinem Leidwesen hatte Remus in dieser kurzen Zeit wieder seine menschliche Gestalt angenommen und seine Hose angezogen.

Meine Ohren glühten vor Verlegenheit über die unanständigen Gedanken, die mir durch den Kopf gingen, was er wohl in seiner Hose verstecken mochte. Konnte er einen Knoten bilden wie Hunde oder hatte er die normale Ausstattung in seiner menschlichen Gestalt?

Mein Blick wanderte zurück zu seiner nackten Brust und ich genoss den Anblick. Sein Körper war einfach perfekt. Ich wehrte mich nicht gegen die Welle der Besitzgier, die mich überkam. Schließlich war *er* es, der behauptete, wir seien füreinander bestimmt.

Zu meiner Bestürzung sah ich zu seinem Gesicht auf und stellte fest, dass er mich mit einem diskreten Lächeln anstarrte, das von unbestreitbarer Selbstgefälligkeit geprägt war. Ich wandte meinen Blick ab, beschämt darüber, dass er mich dabei erwischt hatte, wie ich ihn begaffte.

„Ich hoffe, du hast dich gut ausgeruht?", sagte er mit einem Anflug von Belustigung, während er sein Hemd anzog.

„Fantastisch gut, danke. Du bist das beste Kissen und die beste Matratze der Welt", bestätigte ich trocken.

Er schnaubte. „Das ist ein Titel, den ich nie erwartet hätte, aber ich nehme ihn gerne an."

Wir setzten uns an den Tisch und aßen schnell noch etwas Brot und Trockenfleisch mit ein wenig Obst. Wir spülten unsere Mahlzeit mit bißchen Apfelwein aus einer Feldflasche herunter, packten unsere Sachen und setzten unsere Reise fort.

Es wäre gelogen zu sagen, dass es nicht anstrengend war. Da ich meist einen sitzenden Lebensstil pflege, war ich solche langen Ausritte nicht gewohnt, vor allem nicht in einem so schnellen und harten Tempo. Ehrlich gesagt, haute mich die Ausdauer unserer Pferde um.

Trotz allem fand ich es toll, wie Remus sich ständig um mich kümmerte, meinen aktuellen Zustand einschätzte und sich um mein Wohlergehen sorgte. Wir hielten nur so lange an, um uns die Beine zu vertreten, die Pferde auszuruhen, zu essen oder der Natur zu folgen.

Zu sagen, dass ich erleichtert war, als wir endlich die Hunters Lodge erreichten, wäre die Untertreibung des Jahrhunderts. Jeder Muskel in meinem Körper schmerzte und protestierte. Mein Rücken und meine Beine fühlten sich unglaublich steif an. Ich sah wahrscheinlich aus wie eine watschelnde Ente, als ich ein paar Schritte auf das große zweistöckige Holzgebäude zuging.

Zu meiner Überraschung schien es völlig verlassen zu sein. Kein einziges Licht leuchtete in den unzähligen Fenstern. Ich warf meinem Begleiter, der mühelos all unsere Taschen von den Pferden nahm, einen fragenden Blick zu.

„Genau wie die Höhle, in der wir letzte Nacht geschlafen haben, ist die Lodge ein öffentlicher Ort, den jeder frei nutzen kann", erklärte Remus, als er meinen verwirrten Gesichtsausdruck bemerkte. „Es gibt drei weitere ähnliche Lodges in der Gegend. Alle Guides wie ich zahlen jeden Monat einen festen Betrag, um sie zu unterhalten. Einige Grundversorgungsgüter sind immer verfügbar und werden regelmäßig von den Hausmeistern aufgefüllt. Aber manche Dinge müssen wir vor unserer Abreise ersetzen, zum Beispiel Brennholz, wenn wir es verbrauchen."

„Oh! Das ist ja toll. Aber was wäre, wenn schon andere Leute hier gewesen wären?", fragte ich. „Hätten sie uns dann abgewiesen?"

Er lächelte und schüttelte den Kopf, während er zur Eingangstreppe ging. „Es gibt acht Schlafzimmer in der Hütte und ein paar Sofas im Wohnbereich, die auch als Betten genutzt werden können. Mehrere Gruppen können sich den Ort teilen. Das kommt jedoch selten vor, da die Guides normalerweise miteinander kommunizieren, wo sie hingehen wollen, um Überschneidungen nach Möglichkeit zu vermeiden."

„Verständlich", antwortete ich und folgte ihm, als er nach der Türklinke griff. „Aber was wäre, wenn ein zufälliger Eindringling beschließen würde, vorbeizukommen? Wir sind mitten im Wald. Ein Psychopath könnte sich nachts zu uns schleichen, vorgeben, Schutz zu suchen, und uns dann im Schlaf abschlachten."

Gerade als ich diese Worte aussprach, kribbelte meine Haut. Ich hob abrupt den Kopf, um zu den plötzlichen Lichtern zu schauen, die über mir auftauchten, als ich die Schwelle des Hauses überschritt.

„Schutzzauber", flüsterte ich mit plötzlichem Verständnis, als er seine Handfläche vor einem geheimnisvollen Symbol neben der Tür bewegte.

Remus nickte und ging weiter in die Hütte hinein. „Das ist nur einer von vielen. Du hast sie nicht gespürt, aber wir haben auf unserem Weg hierher einige Schutzzauber passiert. Unsere Schamanen haben sie in einem Umkreis von einem Kilometer um das Gebäude verteilt. Kein gefährliches Tier kann sich nähern, und jede Person mit bösen Absichten wird sofort abgewehrt. Es gibt einen Grund, warum der Wolfsmondberg als eines der sichersten und begehrtesten Jagd- und Wanderziele gilt. Hier kann dir nichts passieren, meine Gefährtin."

Ich biss mir auf die Innenseite meiner Wange, um nicht zu kichern, als Remus sichtbar zusammenzuckte, weil er unbewusst diesen Kosenamen verwendet hatte. Er war so unglaublich süß.

Natürlich war es viel zu früh für uns, uns gegenseitig so zu bezeichnen. Und doch gefiel es mir, wenn er es tat. Ich wollte nicht, dass irgendjemand dachte, er könne mich besitzen oder kontrollieren. Aber die unterschwellige Besitzgier, mit der er mich für sich beanspruchte, hatte etwas unglaublich Schmeichelhaftes und Beruhigendes.

„Das freut mich zu hören", sagte ich mit einem Lächeln. „Ich bin vielleicht etwas schreckhaft, wenn es um zufällige Fremde geht, die vor meiner Haustür auftauchen."

„Verständlich", antwortete er erleichtert, dass ich mich durch seinen Ausrutscher nicht beleidigt zeigte. „Aber jetzt, wo wir das Haus betreten haben und ich es für uns beansprucht habe, wird es uns warnen, wenn sich während unseres Aufenthalts jemand nähert, nicht dass bis in zwei Tagen Besucher kommen sollten. Aber bis dahin sind wir längst weg."

„Das gefällt mir", antwortete ich begeistert.

Er ging offensichtlich davon aus, dass ich damit meinte, dass wir gewarnt würden, wenn ein Eindringling auftauchte. Das stimmte zwar, aber mich freute vor allem die Tatsache, dass wir das Haus ganz für uns allein haben würden. Als introvertierter Mensch war ich nicht besonders scharf darauf, mich in großen Menschenmengen aufzuhalten. Aber noch wichtiger war mir, diesen faszinierenden Mann kennenzulernen, mit dem ich möglicherweise den Rest meines Lebens verbringen würde. Wir waren nun seit zwei Tagen zusammen und hatten die meiste Zeit damit verbracht, durch den Wald zu reiten. Das war nicht gerade förderlich für eine Vertiefung unserer Beziehung.

„Auf dieser Etage gibt es zwei Schlafzimmer", sagte Remus und deutete auf den hinteren Teil eines großen Flurs auf der gegenüberliegenden Seite des offenen Wohn- und Essbereichs am Eingang der Lodge. „Die anderen sechs Zimmer befinden sich im Obergeschoss und sind über die Treppe dort zugänglich. Es gibt zwei hygienische Toiletten – eine auf jeder Etage – und im Garten steht eine Außentoilette. Leider gibt es keine Bäder oder Duschen. Normalerweise baden wir im Fluss hinter dem Haus."

„Ein Bad um Mitternacht macht mir nichts aus", sagte ich in beruhigendem Ton, obwohl es noch früher Abend war.

„Ausgezeichnet!"

Er warf einen Blick aus einem der vielen hohen Fenster, bevor er mich nachdenklich ansah.

„Ich würde gerne auf die Jagd gehen, um unser Abendessen zu beschaffen, damit wir unsere Vorräte von Misty schützen können. Würdest du dich wohlfühlen, obwohl ich weg bin?", fragte er vorsichtig.

„Du hast gesagt, dass es sicher ist und dass die Schutzzauber jeden mit feindlichen Absichten fernhalten werden. Daher macht es mir nichts aus, eine Weile allein hier zu bleiben", antwortete ich freundlich.

Er strahlte mich an. „Das ist es auch. Ich würde es nicht anders sehen. Es sollte nicht lange dauern. In der Gegend gibt es reichlich Kleinwild."

„Lass dir Zeit. Ich werde mich umsehen und in deiner Abwesenheit ein Zimmer aussuchen."

„Bis bald", sagte er, bevor er sich auf den Weg machte.

Ich beobachtete ihn durch das Fenster, wie er zuerst die Pferde sicherte und sie fütterte. Ich fühlte mich schuldig, dass ich nicht einmal daran gedacht hatte, das zu tun oder es ihm anzubieten. Zu meiner Überraschung zog er sich nicht aus und verwandelte sich in seine Wolfsgestalt, sondern rannte einfach mit schwindelerregender Geschwindigkeit los, ohne dass er eine Waffe bei sich zu haben schien.

Ich zuckte mit den Schultern und begann, den Raum zu erkunden. Er hatte eine unbestreitbar maskuline Ausstrahlung, eine typische Jagdhütte, komplett aus Holz gebaut, mit einigen Tierkopf-Dekorationen, Teppichen aus Fell und robusten Möbeln, bei denen Funktionalität mehr im Vordergrund stand als Mode.

Drei Sofas, vier Stühle und eine Handvoll gepolsterter Hocker boten reichlich Sitzgelegenheiten im Wohnbereich, der zu einem großen Kamin hin ausgerichtet war. Am anderen Ende des Raumes füllten vier runde Tische mit jeweils zehn Stühlen den großen Raum gegenüber dem Küchenbereich. Zu meiner angenehmen Überraschung gab es dort einen Gasherd. In den Schränken befanden sich alle notwendigen Utensilien, darunter Geschirr, Töpfe und Besteck sowie grundlegende Gewürze.

Als ich den Flur entlangging, verflog meine Verwirrung

darüber, dass ich fünf Türen sah, obwohl Remus gesagt hatte, dass es auf dieser Etage nur zwei Schlafzimmer gäbe, schnell. Eine davon diente als Waffenkammer mit einer Vielzahl von Jagdutensilien, darunter Bögen, Pfeile, Fallen, Dolche, Angel- ausrüstung und sogar einige Campingausrüstungsgegenstände. Der nächste Raum schien als Verarbeitungsraum für das Zerlegen von Fleisch und das Reinigen oder Behandeln der Häute zu dienen. Der dritte war ein recht kleines WC, das ich schnell in Anspruch nahm.

Mein instinktiver Wunsch, die unparfümierte Seife durch eine meiner duftenden Seifen zu ersetzen, verschwand so schnell, wie er in mir aufgekommen war. Jäger würden niemals unnatürliche Düfte verwenden wollen, die ihre Beute auf sie aufmerksam machen könnten.

Die unscheinbaren Schlafzimmer waren sauber und eher klein. Vielmehr ließen sie das riesige Bett, das den größten Teil des Raumes einnahm, kleiner erscheinen, als sie tatsächlich waren. Die einzigen weiteren Möbelstücke im Zimmer waren zwei Nachttische, ein Stuhl in der Ecke und eine kleine Konsole, auf der man seine Sachen ablegen konnte. Keines der Zimmer hatte einen Kleiderschrank oder eine Kommode.

Nach einiger Überlegung entschied ich mich für eines der Schlafzimmer im Obergeschoss auf der Rückseite des Hauses, das einen atemberaubenden Blick auf den Hinterhof und den leuchtenden Pfad bot, der zu dem nicht weit entfernten Fluss führte.

Da ich nicht wusste, wie lange Remus wegbleiben würde, schlenderte ich zurück nach unten und entfachte ein Feuer im Kamin. Ich zündete den Ofen an und erhitzte etwas von Mistys Apfelwein mit Nelken, Zimt, Muskatnuss und braunem Zucker. Schade, dass ich kein Piment gefunden hatte, aber das würde auch reichen.

Ich war gerade damit fertig, als sich die Haustür öffnete.

Erschrocken drehte ich mich um und sah Remus hereinkommen, der stolz zwei große Kaninchen hochhielt.

„Ich bin zurück", sagte er mit einem Grinsen.

„Wow! Das ging aber schnell!", rief ich aus, und allein durch seine Anwesenheit breitete sich eine seltsame Wärme in meiner Brust aus.

Der rationale Teil von mir wollte glauben, dass es die Erleichterung darüber war, nicht mehr allein an diesem fremden Ort zu sein. Aber ein anderer Teil von mir erkannte, dass mehr dahintersteckte. Ich mochte es einfach, in seiner Nähe zu sein. Remus hatte eine Art, mir ein Gefühl der Sicherheit zu vermitteln, ohne etwas zu tun. Und die Art, wie er mich ansah, wenn er dachte, ich würde nicht aufpassen, ließ mein Herz auf angenehmste Weise höherschlagen.

„Es gibt einen Grund, warum ich der beste Jäger unseres Rudels bin", antwortete er, während er sich mir mit gestreckter Brust näherte. „Aber irgendetwas riecht hier wunderbar."

„Ich habe heißen Gewürzwein für uns gemacht", erklärte ich schüchtern. „Wenn du möchtest, schenke ich dir einen Becher ein, während du deine Beute auslädst."

Die starke Emotion, die über sein Gesicht huschte, ließ mein Herz höherschlagen. Da wurde mir klar, dass die Leute normalerweise keine netten Dinge für ihn taten. Der Drang, ihn zu verwöhnen, stieg sofort tief in mir auf.

„Ich hätte gerne eine Tasse", entgegnete er beinahe schüchtern.

„Perfekt! Der Glühwein kommt sofort!", antwortete ich auf eine etwas theatralische Art und Weise, die ihn zum Lachen brachte.

Ich fand es toll, wie sein Gesicht dadurch weicher wurde und er fast schon etwas Jungenhaftes an sich hatte. Als er sich zum Flur umdrehte, um zum Verarbeitungsraum zu gehen, warf er einen Blick auf den Kamin, bevor er sich mit einem beeindruckten Gesichtsausdruck wieder mir zuwandte.

„Und du hast auch ein schönes Feuer gemacht!"

Jetzt war ich an der Reihe, selbstgefällig die Brust zu schwellen. „Ich bin vielleicht keine große Kämpferin oder Jägerin, aber du wirst bald feststellen, dass ich viele andere Talente habe."

„Daran zweifle ich nicht, meine ... Amara."

Ich hätte fast gelacht, als er sich verlegen umsah, kurz bevor er mich wieder seine Gefährtin nennen wollte. Es war so verdammt niedlich. Nichts konnte beschreiben, wie liebenswert es war, die süße und verletzliche Seite eines so starken und sonst einschüchternden Mannes zu sehen.

Er räusperte sich und murmelte etwas Unverständliches, während er ungeschickt in Richtung Verarbeitungsraum deutete. Ich sah ihm zu, wie er fast floh, und ein albernes Grinsen huschte über meine Lippen. Als ich begann, zwei Tassen mit Apfelwein zu füllen, überkam mich eine Welle von Schwindel.

Ich stellte die Kanne sofort ab, wobei etwas von dem heißen Getränk über die Arbeitsplatte spritzte. Ich legte beide Handflächen auf die kühle Holzoberfläche und atmete ein paar Mal tief durch. Meine Kehle schnürte sich zusammen, und mein Brustkorb fühlte sich an, als hätte sich ein schweres Gewicht darauf gelegt, sodass ich kaum atmen konnte. Meine Eingeweide verkrampften sich, als würde ein scharfer Dolch wiederholt in sie stechen. Mein schmerzerfülltes Keuchen war nicht mehr als ein Flüstern, bestenfalls ein Schluckauf.

Dann verschwanden alle Symptome so schnell, wie sie aufgetreten waren.

Ich wusste, dass das Gift, das durch meinen Körper strömte, nicht verschwunden war. Und doch hatte mich das Fehlen offensichtlicher Symptome außer der ständigen Müdigkeit fast dazu verleitet zu glauben, dass ich relativ normal leben könnte, bis ich das Heilmittel erhalten würde. Aber in Wirklichkeit würde sich mein Gesundheitszustand mit jedem Tag stetig verschlechtern. Remus' Geschirr kam mir nicht mehr wie eine etwas übertriebene freundliche Geste vor.

Würde ich überhaupt gesund genug sein, um das Ritual durchzuführen?

Die Realität meiner düsteren Lage traf mich hart. Ich lebte tatsächlich auf geliehener Zeit.

Ich holte tief Luft und machte ein paar Schritte vor dem Tresen, um sicherzugehen, dass die Krise vollständig vorüber war. Ich füllte die Becher und ging dann vorsichtig zum Schlacht-traum. Dort sah ich, wie Remus die Kaninchen zügig säuberte.

Da er nicht wusste, was sich zugetragen hatte, strahlte er mich an, und sein goldener Blick wurde weicher, als er mich näherkommen sah. Er legte sein Messer beiseite und griff nach einem Tuch, um sich die Hände abzuwischen.

„Nein!", rief ich und hielt ihn auf, bevor er es nehmen konnte. „Ich mache das schon."

Überrascht beobachtete er mich mit unverhohlener Neugier. Ich stellte meinen Becher an die Ecke des Tisches und umfasste seinen Becher mit beiden Händen. Ich blieb vor ihm stehen und hob den Blechbecher an seine Lippen.

Wieder einmal überkam ihn die starke Emotion, die mich zuvor so erschüttert hatte. Es war eine kraftvolle Mischung aus Staunen, Zuneigung und Dankbarkeit, gepaart mit einem Hauch von Besitzgier und Ungläubigkeit. Er beugte sich vor und nahm ein paar Schlucke. Die ganze Zeit über wanderte sein Blick nicht von meinem ab.

Ein Schnurren vibrierte durch seine breite Brust.

„Köstlich", sagte er mit etwas tieferer Stimme als sonst, während er sich die Lippen leckte.

„Freut mich, dass es dir schmeckt", erwiderte ich, während ein Wirbelwind von Emotionen durch mich hindurchfegte.

Ich mochte Remus wirklich sehr. Warum hatte ich ihn erst jetzt kennengelernt? Was, wenn die nächsten Tage alles waren, was wir jemals haben würden? Die Verbindung zwischen uns war unbestreitbar. Ich wollte alles erkunden, nichts überstürzen und mich nicht um das betrügen lassen, was hätte sein können.

Aber diese kurze Begegnung in der Küche war eine deutliche Erinnerung daran, dass das Leben vergänglich war und man nichts als selbstverständlich ansehen sollte.

„Noch mehr?", fragte ich.

Er nickte. Ich hob die Tasse an seine Lippen, damit er noch etwas trinken konnte. Diesmal tropften ein paar Tropfen aus seinem Mundwinkel. Ohne nachzudenken, wischte ich sie mit meinem Daumen ab und leckte sie dann von meinem Finger. Als mir klar wurde, was ich getan hatte, erstarrte ich für den Bruchteil einer Sekunde. Als ich sah, wie sich das Weiß seiner Augen verdunkelte, als wären Sturmwolken aufgezogen, entfachte das ein Feuer in meinem Inneren.

Trotz meiner Verlegenheit wandte ich meinen Blick nicht ab, als sein Blick sich in meinen bohrte. Eine stille Kommunikation fand zwischen uns statt. Keiner von uns kommentierte, was ich getan hatte, aber etwas hatte sich zweifellos zwischen uns verändert.

Und das war für mich in Ordnung.

Ich lächelte. Remus blickte auf meine Lippen, sein Verlangen, mich zu küssen, war fast greifbar. Ich ermutigte ihn still, weiterzumachen, aber er erwiderte nur mein Lächeln und machte sich dann wieder daran, das Fleisch zu säubern.

Auch das war für mich in Ordnung.

Viele andere Männer hätten die erste Gelegenheit genutzt, um mir näher zu kommen. Seine Zurückhaltung sprach Bände über die Art von Mann, die er war, und ich fühlte mich bei ihm noch sicherer. Eine gesunde Portion sexueller Spannung hatte auch ihre Vorteile.

Remus machte immer wieder Pausen, damit ich ihm einen weiteren Schluck geben konnte. Wir unterhielten uns freundlich, während er seine Arbeit erledigte. Obwohl der Apfelwein einen geringen Alkoholgehalt hatte, half er mir dennoch, mich zu entspannen und ein wenig lockerer zu werden. Ich fand es toll, wie interessiert er war, als ich ihm von meinem Geschäft als Kerzenmacherin und Parfümeurin erzählte.

„Weißt du, Magier kommen oft in die Berge, um seltene Reagenzien für ihre Rituale zu suchen", sagte Remus nachdenklich, als wir in die Küche zurückkehrten. „Wir haben mehrere Pflanzen und Kreaturen, die sehr begehrt sind. Sobald alles geregelt ist, bringe ich dir gerne diejenigen, die deinem Geschäft zugutekommen könnten. Wir haben sogar einen Phönix, der von Zeit zu Zeit vorbeikommt."

„Das wäre fantastisch!"

Er grinste, erfreut über meine Reaktion.

„Ich sollte kochen, da du die Kaninchen gejagt und gesäubert hast", bot ich an und zeigte auf seine Beute, die er auf die Arbeitsplatte legte.

Er schüttelte entschieden den Kopf. „Es ist meine Pflicht, für dich zu sorgen und dich zu versorgen. Und du hast uns Glühwein gemacht und das Feuer angezündet."

Ich schnaubte. „Das ist kaum vergleichbar! Das war doch keine große Mühe!"

„Genauso wie das Jagen für mich. Du hast sogar bemerkt, wie schnell ich das gemacht habe."

Er lachte leise, als ich mein Gesicht verzog und kein Gegenargument fand.

„Jetzt hör auf, dich zu ärgern, und ruh dich aus", sagte er in einem vorgetäuscht strengen Ton, während er auf einen der hohen Hocker neben der Theke deutete, damit ich mich setzen sollte. „Wie möchtest du dein Fleisch?"

Besiegt fügte ich mich und hievte mich auf eine der Bänke. Ich hatte diese erhöhten Sitze noch nie besonders gemocht. Ich saß lieber auf einem Stuhl in normaler Höhe, mit den Füßen fest auf dem Boden. Die Fußstützen der hohen Hocker hatten mir nie gefallen.

„Na gut, du Tyrann", murrte ich mit vorgetäuschter Verärgerung. „Kaninchen bitte gut durchgebraten. Bei rotem Fleisch bevorzuge ich normalerweise medium. Aber lass mich raten, du isst deins lieber blutig?"

Er lachte leise. „In meiner menschlichen Gestalt, ja, normalerweise blutig. Obwohl ich auch gut durchgebratenes Fleisch genießen kann, besonders in einem Eintopf. Aber als Wolf esse ich roh", antwortete er, während er einige Gewürze herausholte.

Ich neigte meinen Kopf zur Seite, meine Neugier war geweckt. „Hast du eine Vorliebe zwischen menschlicher und Wolfsgestalt?"

„Die Wolfsgestalt", sagte er, ohne zu zögern. Als Reaktion auf meine verblüffte Reaktion schenkte er mir ein verlegendes Lächeln. „Die ersten zwei Jahre meines Lebens habe ich ausschließlich als Wolf verbracht. Es hat eine Weile gedauert, bis ich mich damit abgefunden hatte, stattdessen ein Mensch zu sein. Da die Menschen mich nicht mochten, fand ich oft Frieden und Zuflucht, wenn ich als Wolf umherstreifte. Das ist mir geblieben. Das Leben in der Wildnis ist einfacher. Dass ich als Wolf schneller, stärker und mit schärferen Sinnen ausgestattet bin, spielt dabei sicherlich auch eine Rolle."

Ich nickte langsam. „Das leuchtet ein. Ich beneide dich und alle Gestaltwandler. Es muss fantastisch sein, die Welt in einer völlig anderen Gestalt zu erkunden."

„Das ist es", stimmte er zu. „Möchtest du etwas zu essen dazu? Draußen gibt es einen kleinen Garten, aus dem ich ein paar Tomaten holen kann und ..."

„Das ist nicht nötig", unterbrach ich ihn sanft. „Fleisch reicht mir für heute Abend. Und was du kochst, riecht wirklich gut. Wenn wir fertig sind, würde ich gerne noch ein Bad in dem Fluss hinter dem Haus nehmen."

„Klar doch."

Remus zerteilte eines der beiden Kaninchen, damit jedes Stück schneller gar wurde. Das zweite Kaninchen wurde kaum erhitzt. Es als „rare" zu bezeichnen, wäre noch untertrieben.

Wäre es nicht gehäutet und ausgenommen worden, wäre dieses Kaninchen direkt von seinem Teller zurück in die Wildnis gehüpft. Zumindest blutete es nicht.

Wir setzten uns an einen der vier Tische und tranken noch eine Tasse Glühwein zum Essen. Remus verschlang sein ganzes Kaninchen wie ein Hungriger. Ich bemerkte, wie sich seine Eckzähne verlängerten, als er sich darüber hermachte. Er aß sogar die meisten kleineren Knochen, ließ nur den Schädel und andere größere übrig. Ich aß weniger als ein Viertel von meinem. Abgesehen davon, dass es viel zu viel Essen für mich war, beeinträchtigte das Gift, das mich umbrachte, meinen Appetit. Ich hatte zunehmend Probleme mit verschiedenen Lebensmitteln, mein Magen rebellierte viel zu oft.

„Hier, nimm den Rest", sagte ich und schob ihm das Fleisch hin.

„Magst du es nicht?", fragte er, und sein niedergeschlagener Gesichtsausdruck brachte mich dazu, sein Gesicht knuddeln zu wollen.

„Nein, Dummerchen", erklärte ich lachend. „Es ist wirklich gut. Aber ich bin satt. Ich habe nie viel gegessen, und meine K …"

Ich verstummte, um die Stimmung nicht zu trüben. Aber der Schaden war bereits angerichtet.

„Deine was?", fragte er leise. „Deine Krankheit? Beeinträchtigt sie deinen Appetit?"

Ich nickte mit entschuldigendem Blick. Zu meiner Überraschung streckte er sich über den Tisch, um meine Hand zu ergreifen, und drückte sie sanft.

„Dann zwing dich nicht. Sobald du geheilt bist, werde ich dich mit allen möglichen köstlichen Delikatessen füttern, in deren Zubereitung ich mittlerweile ein Experte bin, sogar mit medium gebratenem Fleisch", fügte er hinzu und verzog dabei das Gesicht, als wäre es Blasphemie, Fleisch auf diese Weise zuzubereiten.

Ich schmolz sofort dahin, drückte seine Hand zurück und schenkte ihm ein dankbares Lächeln. Remus wuchs mir wirklich ans Herz.

„Aber ich werde nicht alles aufessen. Lass uns eine ähnliche Portion wie die, die du gerade gegessen hast, für dein Frühstück aufheben", sagte er in einem Ton, der keinen Widerspruch duldete. „Den Rest nehme ich dir gerne ab."

Ich kicherte, als ich sah, wie er die verbleibende Hälfte des Kaninchens blitzschnell verschlang.

„Bei den Göttern!", flüsterte ich verblüfft. „Du bist ein Fass ohne Boden. Ich wette, du hast immer noch Hunger!"

Er schnaubte und schüttelte den Kopf. „Bin ich nicht. Zugegeben, ich könnte noch mehr essen. Aber ich bin eigentlich nicht hungrig. Ich bin angenehm satt. Jetzt komm. Es ist Zeit, das wegzuräumen, bevor wir dich in den Fluss tauchen."

Wir räumten alles auf, und ich wischte das Geschirr ab, während er es spülte. Das alles hatte etwas Herzerwärmendes, etwas Häusliches. Ich konnte mir vorstellen, dass dies zu einer Routine werden würde, die ich mit diesem Mann sehr genießen würde.

Als wir fertig waren, eilte ich in das Zimmer, das ich mir ausgesucht hatte, um mein Nachthemd zu holen, und traf Remus wieder im Wohnbereich. Er hatte bereits sein Hemd und seine Schuhe ausgezogen und hielt ein Set Handtücher und ein Stück Seife in der Hand. Wir verließen das Haus durch die Hintertür, gingen den Flur entlang, vorbei an der Waffenkammer und den beiden Schlafzimmern im Erdgeschoss.

Obwohl die Aussicht vom Schlafzimmer im Obergeschoss atemberaubend war, fühlte es sich fast wie ein Märchen an, als wir die Hütte verließen und in den Innenhof traten. Die Wand über dem Türrahmen leuchtete. Zuerst dachte ich, dass die Schutzzauber aufleuchteten. Aber es war eine andere Reihe von Runen, die durch unsere Anwesenheit aktiviert wurden. Gleichzeitig erwachten zwei Reihen von Leuchtsteinen zum

Leben und beleuchteten einen breiten Weg, der zum Fluss führte.

Auf der rechten Seite des Weges bot ein großzügiger Garten eine Vielzahl von Obst- und Gemüsesorten. Angesichts der völligen Abwesenheit von Unkraut und des gesunden Aussehens jeder Pflanze mussten die Gärtner häufig vorbeikommen, um sie zu pflegen. Ich vermutete jedoch, dass auch eine grüne Hexe ihre Hand im Spiel hatte. Auf der linken Seite des Weges bot ein schöner Pavillon, der mit einigen Weinreben geschmückt und von duftenden Blumen umgeben war, einen einladenden Ort, um sich zu entspannen und bei einem erfrischenden Getränk ein angenehmes Gespräch zu führen.

Unzählige Glühwürmchen tanzten in einer faszinierenden und leuchtenden Choreografie zum Gesang der Grillen. Ich merkte, dass ich meine Hand in die von Remus geschoben hatte, als sein Daumen sanft über meinen Handrücken glitt. Sein zärtliches Lächeln fühlte sich wie die süßeste Liebkosung an.

Das klare Wasser plätscherte fröhlich, während es den halbbreiten Fluss hinunterfloss. Obwohl ich mir einen Wasserfall gewünscht hätte, konnte ich mich über das bezaubernde Bild, das sich mir bot, nicht beklagen. Mehrere hohe dekorative Felsen und ein paar gemeißelte Steinbänke boten strategisch platzierte Sitzgelegenheiten, von denen aus man die Aussicht genießen konnte.

„Du kannst dich hier ausziehen", sagte Remus und zeigte auf ein rechteckiges Gebäude rechts vom Weg, das ich zunächst für ein seltsam gelegenes Nebengebäude gehalten hatte. „Die Gegend ist sicher. Du kannst direkt in den Fluss gehen, wenn du bereit bist. Ich werde mich dort drüben auf die andere Seite des hohen Baumes setzen. Keine Sorge, ich bin in Hörweite."

Ich runzelte die Stirn. „Du musst nicht gehen", platzte es aus mir heraus, was mich selbst überraschte. „Ich bin nicht prüde, aber ich würde mich sicherer fühlen, wenn du hier bist, auch wenn ich weiß, dass die Schutzzauber uns beschützen."

„Äh ..."

Er starrte mich unsicher an. Ich konnte nicht sagen, ob es ihm unangenehm war, mit mir zusammen zu baden, oder ob er sich nicht sicher war, ob das eine gute Idee war.

„Aber keine Sorge, ich komme schon klar, wenn es dir unangenehm ist", fügte ich hinzu und fühlte mich plötzlich verunsichert, weil ich so direkt gewesen war.

„Das tut es nicht!", antwortete er schnell, als hätte er Angst, mich beleidigt zu haben. „Ich bin ein Lykaner. Nacktheit bedeutet uns nichts. Ich mache mir nur Sorgen um *dich*. Wenn du es vorziehst, dass ich in deinem Blickfeld bleibe, kann ich mich auf eine dieser Bänke setzen, während du badest, und ..."

„Nein", unterbrach ich ihn erneut mit leiser Stimme. „Ich meine es wirklich ernst, dass es mir nichts ausmacht, wenn du mit mir badest. Solange es dir nichts ausmacht, macht es mir auch nichts aus."

„Dann machen wir es gemeinsam", sagte er mit einem zärtlichen Lächeln.

Mein Magen flatterte, als ich beobachtete, wie er die Handtücher sorgfältig auf eine der Bänke legte und begann, seine Hose auszuziehen. Um nicht dabei erwischt zu werden, wie ich ihn anstarrte, zwang ich mich, meinen Blick abzuwenden, legte mein Nachthemd auf den großen Felsen neben mir und begann, mich auszuziehen. Trotz der späten Stunde war die Luft in dieser Frühsommernacht angenehm warm und es wehte nur ein leichter Wind.

Zuerst zog ich meine Hose aus, dann mein Hemd. Da ich nicht mit übermäßig üppigen Brüsten gesegnet war, mied ich unbequeme Korsetts wie die Pest und trug normalerweise nur ein Mieder oder ein Hemdchen. Aus praktischen Gründen hatte ich mich für unsere Reise für ein Mieder und kurze Unterhosen entschieden. Ich wandte meinen Blick immer noch ab, zog meine Unterwäsche aus, faltete sie ordentlich zusammen und legte sie auf meine anderen Kleidungsstücke, bevor ich mich schließlich Remus zuwandte.

Er stand in seiner prächtigen Nacktheit ein paar Meter von mir entfernt. Im Gegensatz zu mir schien er keine Bedenken zu haben, mich zu mustern. Obwohl sich seine Augenweiß wieder verdunkelt hatten und trotz des offensichtlichen Glanzes der Begierde in seinen goldenen Augen, war nichts Anstößiges oder Vulgäres in der Art, wie er mich beobachtete.

Offensichtlich tat ich dasselbe. Der Gedanke, dass er überraschend wenig Körperbehaarung hatte, schoss mir durch den Kopf. Abgesehen von seinem ordentlich gestutzten Bart und Schnurrbart hatte Remus nur eine sexy Haarpartie auf seiner Brust, die sich zu einem Happy Trail über seine gemeißelten Bauchmuskeln verjüngte und dann unterhalb des Beckens in dünnen Locken endete. Auch an den Außenkanten seiner Schultern und Arme wuchs ein weiches Fell, das danach verlangte, gestreichelt zu werden.

Zu meiner Bestürzung konnte ich mich nicht rühmen, die gleiche Zurückhaltung wie er an den Tag zu legen. Mein Blick richtete sich wie von selbst auf seine Männlichkeit. Meine Zehen krümmten sich, als ich feststellte, dass er teilweise erigiert war. Er war lang und dick, mit hervortretenden Adern entlang des Schafts und einem Paar Hoden. Obwohl er im Allgemeinen die Form eines männlichen Penis hatte, war seine Eichel schmaler. Es war jedoch die abgerundete Wölbung nahe der Basis des Schafts, die meine Aufmerksamkeit auf sich zog.

„Du hast also doch einen Knoten!", platzte es aus mir heraus.

Kaum waren die Worte über meine Lippen gekommen, zuckte ich sichtlich zusammen, beschämt.

„Neun Höllen! Es tut mir so leid!", fügte ich schnell hinzu.

Zu meiner großen Erleichterung brach Remus in Gelächter aus. Er warf einen Blick auf seinen Schaft, völlig unbeeindruckt, bevor er wieder zu mir aufsah, mit einem verschmitzten Funkeln in seinen goldenen Augen.

„Das tue ich. Alle Lykaner tun das. Aber du musst dich nicht entschuldigen. Deine Neugierde mir gegenüber schmeichelt mir sogar. Ich kann nur hoffen, dass du nicht enttäuscht bist."

Trotz der neckischen Art, in der er diese Worte sprach, entging mir die unterschwellige Spur von Besorgnis nicht.

„Enttäuscht?", wiederholte ich ungläubig. „Du bist umwerfend."

Wieder einmal konnte ich nicht glauben, wie mir die Worte nur so aus dem Mund sprudelten, obwohl ich jedes einzelne davon ernst meinte. Die Art, wie er den Blick senkte und schüchtern lächelte, zerstreute jedoch jede Verlegenheit, die ich empfand. Bei den Göttern! Ich würde nie müde werden, diese verletzliche und unsichere Seite von ihm zu sehen, die mich dazu brachte, ihn fest umarmen zu wollen.

„Danke, Amara. Du bist auch atemberaubend."

„Danke", antwortete ich mit einer übertriebenen Verbeugung.

Er brach erneut in Gelächter aus. Und einfach so verschwand die Unbeholfenheit zwischen uns. Er lächelte und streckte mir seine Hand entgegen. Ohne zu zögern, legte ich meine in seine. Er drückte sie sanft und führte mich im langsamen Lauf zum Wasser.

Als wir den Fluss betraten, entfuhr mir ein Keuchen. Aus irgendeinem Grund hatte mein Gehirn irrationalerweise erwartet, dass das Wasser lauwarm sein würde. Es war nicht eiskalt, aber viel kälter, als ich erwartet hatte. Bevor ich mich von meinem Schock erholen konnte, ließ Remus meine Hand los und spritzte mir Wasser ins Gesicht. Ich starrte ihn empört an, woraufhin er mit einem verschmitzten Grinsen reagierte und sich schnell von mir entfernte.

Das löste natürlich mein instinktives Bedürfnis nach Vergeltung aus. Ich nahm die Verfolgung auf, watete durch den flachen Teil des Flusses und versuchte, ihn mit Wasser zu bespritzen. Sobald mir das gelang, drehte er sich um, seine gelben Augen leuchteten und seine Reißzähne kamen zum Vorschein. Das hätte mir eigentlich eine Heidenangst einjagen müssen. Stattdessen machte mein Magen einen köstlichen Salto und ich quietschte, bevor ich versuchte zu fliehen.

Er verfolgte mich und tat so, als hätte ich Glück gehabt, ihm eine Sekunde vor seiner Ergreifung entkommen zu sein. Ich schrie und lachte, bis er mich schließlich an der Taille packte, mich in die Luft warf, als würde ich nichts wiegen, und mich dann wieder auffing, als ich ins Wasser fiel.

„Jetzt werde ich schlemmen!", sagte er bedrohlich, bevor er mit seinen Zähnen nach mir schnappte, nur ein Haarbreit von meiner Haut entfernt, und so tat, als würde er mich beißen.

Ich lachte immer noch und tat spielerisch so, als würde ich Qualen leiden, während ich um Gnade flehte. Als er nachgab, schluckte ich vor Lachen. Es dauerte einen Moment, bis mir bewusstwurde, wie fest er mich umarmte und wie ich mich mit beiden Händen an seinen Schultern festhielt. Gleichzeitig wurde mir klar, dass dieses kleine Spiel dazu diente, mich von dem unangenehmen Gefühl des kalten Wassers abzulenken. Und das gelang ihm wunderbar.

Unsere Blicke trafen sich, und wir blieben regungslos stehen, während sich unser Puls beruhigte. Völlig nackt aneinander gepresst zu sein, hätte eigentlich unangenehm sein müssen. Und doch fühlte sich das nicht nur natürlich an, sondern schien vorbestimmt zu sein. Unsere Körper passten perfekt zusammen.

Ich konnte nicht sagen, wer sich zuerst bewegte. In einem Moment waren wir noch in den Augen des anderen versunken, und im nächsten beanspruchte das weiche Kissen seiner Lippen meinen Mund. Ich schmolz an ihm dahin, während sich seine Arme fester um mich legten. Seine rechte Hand glitt sanft über meinen Rücken, bevor sie sich auf meinem Po niederließ. Ich fragte mich vage, warum seine linke Hand zu einer Faust geballt auf meinem oberen Rücken lag. Aber zu meiner Enttäuschung beendete Remus den Kuss, anstatt ihn zu vertiefen. Er zog sich zurück, warf mir einen besitzergreifenden Blick zu, der mich völlig aus der Bahn warf, und beugte sich dann vor, um mir einen sanften Kuss auf die Stirn zu geben.

Ohne ein Wort ließ er mich los und streckte mir etwas entgegen. Erst da bemerkte ich, dass er die ganze Zeit die Seife in seiner linken Hand gehalten hatte.

„Danke", flüsterte ich, überwältigt von widersprüchlichen Gefühlen.

Er lächelte, sein Blick war intensiv, aber unlesbar. Er streichelte meine Lippen mit zwei Fingern, auf eine Weise, die mir deutlich machte, dass er mich wieder küssen wollte. Ich wünschte mir, er würde es tun. Leider drehte sich Remus um und schwamm davon.

Ich fühlte mich verlassen und begann mich zu waschen, während ich ihm dabei zusah, wie er ein paar Runden um mich herum schwamm. Es fühlte sich fast so an, als würde ich einem Hai zusehen, der seine Beute umkreiste und auf den richtigen Moment zum Zuschlagen wartete.

Und auch das erregte mich.

Als ich fertig war, streckte ich Remus die Seife entgegen. Die Schnelligkeit, mit der er sich näherte, bestätigte, dass er mich die ganze Zeit im Auge behalten hatte. Das hätte mir eigentlich unheimlich sein müssen. Stattdessen schimpfte ich mich insgeheim dafür, dass ich nicht mehr daraus gemacht hatte, damit er sich dafür ohrfeigen würde, dass er es zuvor abgebrochen hatte.

Remus tauchte wie ein Meeresgott aus dem Wasser auf. Seine Augen waren pechschwarz, als er die Distanz zwischen uns überbrückte. Mir stockte der Atem, als dünne Rauchschwaden um ihn herum zu wirbeln begannen.

Seine Hitze!

Seine Haut war durch meine bloße Anwesenheit so heiß geworden, dass das Wasser direkt von ihm verdunstete. Das löste eine Explosion in meinen Eierstöcken aus. Meine inneren Wände zogen sich zusammen, und ein dumpfes Pochen pulsierte zwischen meinen Schenkeln.

Zu meinem Entsetzen begann Remus nicht, sich zu waschen, sondern packte mich an der Schulter und drehte mich zu sich um.

„Was machst du ...?"

Die Frage erstarb auf meiner Zunge, als er begann, mir den Rücken zu waschen. Ich lehnte mich seiner Berührung entgegen und beugte meinen Kopf nach unten, um ihm besseren Zugang zu meinem Nacken zu verschaffen. Bei den Göttern! Seine Hände waren so heiß, dass die Hitze tief in mich eindrang, bis in meine Knochen hinein. Ich konnte mich nicht entscheiden, ob ich mich eher träge oder erregt fühlte.

Viel zu schnell hörte er auf. Ich blickte über meine Schulter und sah, wie er sich langsam selbst mit Seife einrieb.

Das ärgerte mich.

Ein Teil von mir fragte sich, ob das alles wirklich so harmlos war, wie es schien, dass er einfach nur aufmerksam auf meine Bedürfnisse einging, oder ob er mich absichtlich neckte. Was auch immer die Antwort war, es war mir egal. Ohne nachzudenken, schnappte ich mir die Seife aus seiner Hand. Sein verwirrter Gesichtsausdruck verwandelte sich in Überraschung, als ich Seifenschaum aufschäumte und begann, die Seife über seine Brust zu reiben.

Remus biss die Zähne zusammen, und die rechte Ecke seiner Oberlippe verzog sich bei seinem halben Knurren. Das Pochen in meiner Unterleibsregion verstärkte sich beim Anblick seiner Reißzähne, die durch seine teilweise geöffneten Lippen hindurchblitzten. Er versuchte nicht, mich einzuschüchtern. Ich bezweifelte, dass er sich seiner aktuellen Mimik überhaupt bewusst war. Die Art und Weise, wie sich seine Bauchmuskeln unter meinen Handflächen zusammenzogen, schien meine Vermutung zu bestätigen, dass der Versuch, seine sexuellen Triebe zu unterdrücken, dieses Knurren verursachte.

Er schluckte schwer, und in seinen goldenen Augen blitzte eine Mischung aus Anspannung und Enttäuschung auf, als ich mit meinen Handflächen über sein Becken strich, bevor ich mich seinem Rücken zuwandte, anstatt meine Reise nach Süden fortzusetzen. Remus lehnte sich meiner Berührung entgegen, während ich seinen Rücken wusch. Seine Muskeln schienen sich zu wölben und noch mehr an Masse zu gewinnen, was mich dazu verleitete, ihm eine spontane Halb-Massage zu geben.

Neun Höllen! Kein Mann sollte so perfekt sein. Ich wollte mich an ihm reiben. Stattdessen streichelte ich seinen Rücken entlang, verführt von seinem knackigen Hintern, der danach verlangte, gepackt zu werden. Sein Atem stockte, als ich meine Hände über seine beiden perfekt runden Backen gleiten ließ und sie kräftig drückte.

Ein leises Knurren stieg aus seiner Kehle empor. Es jagte mir einen köstlichen Schauer über den Rücken. Mein Magen machte einen Salto, als Remus seinen Kopf drehte, um mich über seine Schulter hinweg anzusehen, seine Reißzähne entblößt und sein Augenweiß dunkel wie Obsidian. Er sah aus, als wolle er sofort und an Ort und Stelle über mich herfallen.

Um ehrlich zu sein, wollte ich das auch.

Ich war nicht der Typ, der sich beim ersten Date küssen ließ. Und doch war ich hier und bereit, mit einem Lykaner, den ich erst vor wenigen Tagen kennengelernt hatte, bis zum Äußersten zu gehen. Das tiefe Vertrauen, das er in mir weckte, widersprach jeder Logik. Als die Weberin mir sagte, ich müsse einen Führer finden, dem ich mein Leben anvertrauen würde, hielt ich sie für verrückt. Aber hier waren wir nun, nackt in einem Fluss, und ich stellte mir bereits eine Zukunft mit diesem Mann vor.

Ich sah ihm in die Augen und ließ meine Hand in einer kühnen Liebkosung zu seiner Vorderseite gleiten. Er zischte, als meine Finger sich um seine Länge schlossen. Die beiden Ausbuchtungen seines Knotens drückten gegen meine Handfläche. Ich senkte den Blick, um meinen Schatz zu betrachten, während ich mich auf eine Entdeckungsreise begab. Aber sie wurde vereitelt, bevor sie überhaupt richtig begonnen hatte.

Ein erschrockener Schrei entfuhr mir, als Remus sich plötzlich umdrehte, beide Hände auf meinen Hintern legte und mich mit einer kraftvollen Bewegung hochhob. Für den Bruchteil einer Sekunde befürchtete ich, er würde mich mit einem einzigen wilden Stoß auf seinen dicken Schwanz aufspießen. Aber er drückte mich einfach gegen seinen muskulösen Körper, bevor er meinen Mund mit einem brutalen und hungrigen Kuss in Besitz nahm. Instinktiv schlang ich meine Arme und Beine um ihn.

Remus hielt mich mühelos mit einer Hand unter meinem Po fest, griff mir mit der anderen Hand in den Nacken und neigte seinen Kopf zur Seite, um den Kuss zu vertiefen. Ein Blitz der Lust explodierte in meinem Unterleib, als sich unsere Zungen vermischten. Der süße Geschmack des Glühweins, den ich zuvor für uns zubereitet hatte, hing noch in seinem Atem. Es war jedoch die ungewöhnlich raue Textur seiner Zunge, die meine ganze Aufmerksamkeit auf sich zog. Jede Liebkosung hallte direkt in meiner Klitoris wider. Meine wilde Fantasie begann sofort, sich vorzustellen, wie es sich zwischen meinen Schenkeln anfühlen würde.

Während wir uns weiter küssten, peitschten die scharfen Spitzen seiner Reißzähne, die meine Zunge oder Unterlippe streiften, mein Blut in Raserei. Ich hätte mich nie für einen Adrenalinjunkie gehalten. Und doch erregte mich dieses bisschen Gefahr unbeschreiblich. Das kühle Wasser um uns herum stand in seltsamem Kontrast zu seiner immer heißer werdenden Haut. Dass meine Anwesenheit meinen Mann in Wallung brachte, war nicht mehr zu leugnen.

Das Wasser schwappte um uns herum, als Remus zum Ufer watete, unsere Lippen immer noch aufeinandergepresst. Entgegen meinen Erwartungen ging er nicht zurück zur Hütte, sondern blieb nur wenige Meter vom Ufer entfernt stehen und legte mich auf etwas, das ich zunächst für eine Bank hielt. Zu sehr abgelenkt von der sengenden Hitze seines Körpers an meinem und seinen schwieligen Händen, die über mich wanderten, brauchte ich einen Moment, um zu erkennen, dass die unebene Form unter mir zu einem großen, mit Moos bewachsenen Felsen gehörte.

Mein Partner unterbrach den Kuss, woraufhin ich protestierend wimmerte. Aber sein Mund, der sich entlang meiner Kinnlinie bis zu meinem Hals bewegte, brachte jede Ablehnung, die ich vielleicht empfunden hätte, schnell zum Verstummen. Er küsste und knabberte einen Weg zu meinen Brüsten, während seine Hände eine brennende Spur auf meiner Haut hinterließen, über meinen Bauch und hinunter zu meinem Beckenbereich.

Der doppelte sinnliche Angriff seiner Hand, die zwischen meine Schenkel glitt, und seines Mundes, der sich über meine linke Brustwarze schloss, brachte meinen Verstand durcheinander. Ich wusste nicht, auf welche Empfindung ich mich konzentrieren sollte: auf die raue Textur seiner Zunge, die meine Brustwarze leckte und umspielte, oder auf seine massiven Finger, die meine Spalte neckten, bevor sie Kreise um meine geschwollene kleine Knospe zeichneten.

Mein Atem stockte, und ich grub meine Finger in die glänzenden Strähnen seiner dichten Mähne. Unfähig, mich zu entscheiden, ob ich meine Brust an seinen Mund drücken sollte, um das Gefühl seiner Liebkosungen zu verstärken, oder ob ich mein Becken anheben sollte, um mehr Kontakt mit meinem Intimbereich zu haben, wechselte ich schließlich zwischen beiden Möglichkeiten hin und her. In kürzester Zeit kreisten meine Hüften, während flehende Worte aus meinem Mund drangen. Ich wollte mehr...

Nein. Ich *brauchte* mehr.

Als hätte er meine unausgesprochenen Wünsche gespürt, führte Remus vorsichtig seinen Zeigefinger in mich ein, während sein Daumen weiterhin meine Klitoris massierte. Er steigerte allmählich das Tempo, als ich begann, meinen Höhepunkt zu erreichen. Meine Beine zitterten, und das brennende Feuer, das tief in mir aufstieg, drohte mich zu verschlingen.

Mein Höhepunkt traf mich so plötzlich, dass ich taumelte.

Ich schrie auf und bog meinen Rücken über den moosbedeckten Felsen. Ich schwebte in den Wolken, Wellen der Glückseligkeit durchströmten mich noch immer von dem intensiven Vergnügen, das er mir bereitet hatte. Meine Augenlider fühlten sich schwer an und meine Glieder waren zu schwach, um sich zu bewegen, als ich mich mühsam zurück in die Realität kämpfte.

Remus stützte sich auf seine Unterarme und küsste sich meinen noch immer zitternden Körper entlang. Anstatt sich jedoch auf mich zu legen, um die Dinge auf die nächste Stufe zu heben, gab er mir einen langen, leidenschaftlichen Kuss und richtete sich dann auf.

Meine Sicht war noch immer verschwommen, während ich ihn fragend ansah. Die besitzergreifende Zärtlichkeit, mit der er mich anblickte, ließ meine Zehen sich sofort krümmen. Meine inneren Wände zogen sich vor Vorfreude zusammen, als ich meine Umarmung um ihn verstärkte, um ihm deutlich zu signalisieren, dass ich bereit und willens war, weiterzumachen.

Zu meiner Bestürzung hob Remus mich hoch und trug mich wie eine Braut. Ich wollte gerade protestieren, als mir plötzlich klar wurde, dass er wahrscheinlich wollte, dass wir es zum ersten Mal in einem bequemen Bett taten.

Für einen kurzen Moment überlegte ich, ihn an unsere Kleidung zu erinnern, die ordentlich gefaltet auf einem Felsen am Fluss lag. Da ich den Moment nicht unterbrechen wollte, verwarf ich diesen Gedanken und bedeckte seine muskulöse Brust mit Küssen und Liebkosungen, während er sich auf den Weg in die Hütte machte. Außerdem war das Wetter fantastisch und es gab keine Anzeichen dafür, dass es bald regnen würde.

Das tiefe Knurren, das durch seine Brust vibrierte, ließ mich an den richtigen Stellen pochen. Ich hätte ihn fast gedrängt, schneller zu gehen, als er gemächlich die Treppe zum zweiten Stock hinaufstieg. Aber ich schwieg und begnügte mich damit, an seinen kecken Brustwarzen zu knabbern und sie zu zwicken.

Ich spürte, wie sich sein stählerner Schaft bei jedem Schritt gegen meine Seite drückte.

Ich war so darauf konzentriert, meinen Mann zu befummeln, dass ich kaum auf unsere Umgebung achtete. Erst als er mich auf die Matratze legte, wurde mir klar, dass wir das Schlafzimmer betreten hatten. Ein Schauer durchlief mich, als ich weiter auf das Bett kroch und ihm winkend die Hand entgegenstreckte.

Eine brennende Flamme loderte tief in meinem Bauch, deren Intensität durch den raubtierhaften Blick auf Remus' wunderschönem Gesicht noch weiter angefacht wurde. Seine Sklera war vor Verlangen pechschwarz geworden, und der Ruf seiner Zwillingsflamme ließ seine goldenen Augen mit einem überirdischen Licht leuchten, das sowohl furchterregend als auch aufregend war.

Wieder einmal überraschte mich mein Partner, indem er sich nicht auf mich legte. Obwohl er sich zu mir aufs Bett begab, verbrachte er die nächste Ewigkeit damit, jeden Zentimeter meines Körpers zu küssen und zu streicheln, mich mit seinen Händen, seinem Mund und seiner Zunge zu verehren. Jedes Mal, wenn ich versuchte, mich zu revanchieren, drückte er meine Handgelenke auf die Matratze oder drehte mich auf den Bauch, um seine Liebkosungen fortzusetzen. Erst als ich mich seinem Willen ergab, drehte er mich auf den Rücken.

Aber als die raue Textur seiner Zunge wieder meinen geschwollenen Kitzler fand, brach mein Verstand fast zusammen. Jedes Züngeln fühlte sich an, als würde ein Blitz meine Klitoris treffen und ihre glückseligen Ausläufer durch meinen ganzen Körper strahlen lassen.

Remus' selbstgefälliges und zustimmendes Knurren hallte direkt in meiner Klitoris wider, als ich vor Ekstase seinen Namen schrie. Seine breiten Finger glitten in mich hinein und bewegten sich in rasendem Tempo, während sie mich liebten. Mein Kopf rollte von einer Seite zur anderen, während ein endloser Strom kehliger Stöhngeräusche aus mir herausbrach. Bevor ich mich von diesem letzten Orgasmus erholen konnte, explodierte ein blendendes Licht vor meinen Augen, als er zwei Finger in mir krümmte und genau den richtigen Punkt streifte, um mich zum Höhepunkt zu bringen.

Mein Kopf drehte sich, meine Haut kribbelte und ein tobendes Inferno setzte meine Adern in Flammen. Mein Geliebter verschlang mich weiter, während er mich mit seinen Fingern penetrierte, bis ich schlaff wie eine kaputte Puppe dalag. Erst dann gab er nach.

Endlich kletterte Remus auf mich. Selbst in meinem benommenen Zustand konnte ich den massiven Knüppel spüren, der gegen meinen Bauch drückte. Eine leise Stimme im Hinterkopf, die größtenteils von Glückseligkeit übertönt wurde, wollte angesichts der Aussicht, seinen breiten Umfang aufzunehmen, in Panik geraten. Aber ich unterdrückte sie.

Wir waren Seelenverwandte, was bedeutete, dass unsere Körper perfekt zueinander passten.

Zu meiner Überraschung legte sich Remus nicht zwischen meine Schenkel. Er drehte uns um, sodass er auf dem Rücken lag und ich auf ihm.

Benommen hob ich meinen Kopf, um ihn fragend anzusehen.

„Ruh dich aus, meine Gefährtin", sagte er mit sanfter Stimme, die durch sein ungestilltes Verlangen tiefer und rauer geklungen hatte. „Am Morgen erwartet uns eine beschwerliche Reise."

„Aber ... was ist mit dir?"

Er lächelte zärtlich, streichelte meine Wange und küsste dann meine Nasenspitze. „Mir geht es gut, Amara. Du hast keine Ahnung, wie viel Freude mir allein schon deine Reaktionen auf mich bereiten. Dich zum Höhepunkt kommen zu sehen, ist zweifellos meine neue Droge geworden."

Meine Wangen wurden heiß, und eine seltsame Mischung aus Erregung und Verlegenheit durchströmte mich bei dem

Gedanken daran, wie ich auf seine Berührungen reagiert hatte. Anständig und korrekt traf es definitiv nicht.

Dennoch runzelte ich die Stirn. „Wie dem auch sei, du hast deine eigene Befriedigung nicht gefunden. Ich spüre immer noch, wie hart dein ‚drittes Bein' gegen meinen Bauch drückt."

Er brach in Gelächter aus. „Meine Flamme, mein ‚drittes Bein', wie du es so treffend formuliert hast, ist in deiner Gegenwart ständig hart. Mach dir darüber keine Sorgen."

Obwohl er damit die Stimmung auflockern wollte, starrte ich ihn weiterhin intensiv an.

Remus wurde ernst und seufzte dann. „Ich bin wirklich glücklich und zufrieden mit unserer Begegnung."

Trotz der Aufrichtigkeit in seiner Stimme musste ich keine Gedanken lesen, um zu wissen, dass er sich zurückhielt.

„Ist es deine Krankheit?", fragte ich mit sanfter Stimme.

Zu meiner Überraschung zuckte er nicht zusammen und wandte seinen Blick nicht ab. Einige Sekunden lang hielt er meinen Blick unverwandt fest, sein Gesichtsausdruck ernst, während er sorgfältig seine Antwort überlegte.

„Ich werde nicht riskieren, dich in irgendeiner Weise meinem Samen auszusetzen. Das ist für jeden gefährlich, aber für dich in deinem derzeit geschwächten Zustand umso mehr", erklärte Remus ruhig, aber bestimmt. „Sobald du geheilt bist, können wir in Betracht ziehen, Kondome zu verwenden, die mit Schutzzaubern versehen sind, wie sie üblicherweise bei Dämonen und anderen Unterweltkreaturen verwendet werden. Aber nicht vorher."

Ich wollte widersprechen, weil ich das Gefühl hatte, ihn um eine mehr als verdiente Gegenleistung zu betrügen. Aber nach meinem früheren Ausbruch konnte ich nichts riskieren, was meine schwankende Gesundheit weiter gefährden würde.

Ich presste meine Lippen zusammen, meine Unzufriedenheit war offensichtlich, als ich widerwillig zustimmend nickte.

„Schmoll nicht, meine Partnerin", erwiderte Remus sanft.

„Du hast keine Ahnung, was du mir bereits gegeben hast. Ich habe davon geträumt, von jemandem berührt und gehalten zu werden, der genau weiß, wer ich bin, und mich so akzeptiert, wie das Schicksal mich geschaffen hat. Du hast mir in den wenigen Tagen, seit wir uns kennen, mehr Freude bereitet als jemals zuvor in meinem ganzen chaotischen Leben."

Als ich die Tiefe der Aufrichtigkeit und Emotion in seiner Stimme hörte, zog sich meine Brust für ihn zusammen. Zusätzlich zu der starken Welle der Sympathie, die dies in mir auslöste, stieg jedoch auch ein starkes Gefühl des Beschützerinstinkts für ihn in mir auf. Ich wusste nicht wann und wie, aber ich würde einen Weg finden, ihm den Frieden und das Glück zu bringen, das er verdiente.

„Na gut", murrte ich mit einem spielerischen Schmollmund. „Wir machen es *vorerst* so, wie du willst. Aber sobald ich geheilt bin, werde ich alles tun, um sicherzustellen, dass du es auch wirst."

Trotz seines nachsichtigen Lächelns entging mir nicht der Anflug von Traurigkeit und Resignation, der in seinen goldenen Augen aufblitzte.

„Glaub mir, Amara, ich habe die Hilfe jedes Heilers, Schamanen und Arkanisten in Anspruch genommen, den ich finden konnte. Mir ist nicht mehr zu helfen."

„Du hast noch nicht mit der Weberin gesprochen", argumentierte ich hartnäckig.

„Sie wird mir ihre Tore nicht öffnen", erinnerte mich Remus in leicht vorwurfsvollem Ton.

Ich zuckte mit den Schultern und warf ihm einen verschmitzten Blick zu. „Früher nicht. Aber jetzt habe ich einen Draht zu ihr. Sobald ich geheilt bin, will sie mein Blut. Ich werde sie mit Schmeicheleien davon überzeugen, dich zu empfangen."

Er schnaubte und streichelte meine Wange, seine Augen strahlten unendliche Zärtlichkeit aus.

„Wir werden sehen", antwortete er unverbindlich. „Aber was

auch immer die Zukunft bringt, die Weberin hat mich bereits gesegnet, indem sie dich zu mir geschickt hat. Ich bin glücklich."

Ich schmolz dahin, als ich mich tiefer an ihn schmiegte. „Ich auch."

„Schlaf, meine Gefährtin. Wir haben eine schwere Reise vor uns."

KAPITEL 7

REMUS

Es kostete mich meine ganze Willenskraft, mich aus der Umarmung meiner Gefährtin zu lösen, während sie weiter tief und fest schlief. Wir hatten noch ein paar Stunden Zeit, bevor wir aufbrechen mussten. Ohne die Wärme ihres Körpers, der meinen umschlang, fröstelte ich bis auf die Knochen.

Aber derselbe Gedanke verdrängte die wunderbaren Erinnerungen an unsere Intimität. Während der Nacht war Amaras Körper unnatürlich heiß geworden, und zwar nicht so, wie es bei mir der Fall war, wenn die Anwesenheit meiner Zwillingsflamme meine Hitze auslöste. Ein- oder zweimal hatte meine Frau gezuckt und sogar vor Schmerz gestöhnt. Zum Glück war sie davon nicht aufgewacht.

Diese unbestreitbaren Anzeichen für das Fortschreiten ihrer Krankheit brachten mich fast in Panik.

Wir waren noch sehr weit von unserem Ziel entfernt. Ich vermutete, dass Amara verbarg, wie schlecht es ihr tatsächlich ging. Ich würde mich sehr bemühen, dass wir noch schneller vorankamen, aber ich wusste nicht, ob das ausreichen würde. Schlimmer noch, was wäre, wenn das ihren Verfall beschleunigen würde?

Ich durfte sie nicht verlieren.

Ich zwang mich, diese düsteren Gedanken zu verdrängen, ging nach draußen, um unsere weggeworfenen Kleider am Fluss einzusammeln, und ließ dann meiner Frustration und Hilflosigkeit freien Lauf, indem ich Holz hackte, um die Scheite zu ersetzen, die wir in der Nacht verbraucht hatten. Ich fing ein weiteres Kaninchen für das Frühstück und bereitete es zu, fügte ein paar Beeren und Gemüse aus dem Garten hinzu und kehrte dann in unser Zimmer zurück.

Eine Stunde vor dem Aufstehen kletterte ich wieder zu meiner Partnerin ins Bett. Die Art, wie sie sich selbst im Schlaf instinktiv an mich schmiegte, zauberte mir ein Lächeln ins Gesicht. Bei Ferazan, wie schaffte sie es nur, mir mit jeder noch so kleinen Geste das Gefühl zu geben, geliebt und begehrt zu sein?

Ich war gerade dabei einzuschlafen, als Amara sich an mir rührte. Da ich ihr nicht die kurze Ruhezeit rauben wollte, die uns noch blieb, blieb ich still liegen. Aber sie tat es nicht. Was ich zunächst für ihre rechte Hand hielt, die mir im Halbschlaf gedankenverloren über die Brust strich, erwies sich schnell als bewusst und kalkuliert. Mein Magen machte einen Salto, als meine Partnerin sanft ihre Wange an meiner Brust rieb und dann ihr Gesicht drehte, um sie mit sanften Küssen zu bedecken.

Mein Atem stockte, als sich ihre Lippen um meine rechte Brustwarze schlossen. Ich versenkte meine Finger in den dichten Locken ihres weichen Haares, deren Beschaffenheit sich unter meiner Handfläche wie eine Wolke anfühlte. Ein knurrendes Stöhnen vibrierte durch meine Brust, als die brennende Hitze ihrer Zunge begann, meine Brustwarze zu necken. Ich hätte sie aufhalten sollen, aber jede Faser meines Wesens hungerte nach ihrer Aufmerksamkeit.

Die Schuld und Scham eines ganzen Lebens, in dem ich täglich daran erinnert wurde, dass einem Abscheulichen wie mir diese Art von Intimität verboten war, schrie mich an, sie von mir zu stoßen. Ich krallte meine Hand in ihr Haar, entschlossen, ihren Kopf zurückzureißen. Als ihre Zähne über meine Brustwarze strichen und dann hineinbissen, wurde mein Geist leer.

Ihre rechte Hand wanderte gierig über meinen Körper, während Amara ihren Kopf bewegte, um sich meiner anderen Brustwarze zu widmen. Ein kräftiger Schauer durchlief mich, als sie mit ihren Fingernägeln über meine Bauchmuskeln glitt. Ein Blitz der Lust explodierte in meiner Magengrube, und meine Fingerspitzen schmerzten vor Verlangen, meine Krallen auszufahren.

Mein Puls beschleunigte sich und meine Haut wurde heiß, als ihre wandernde Hand sich weiter nach Süden wagte. Ein ersticktes Knurren entfuhr mir, als ihre zierlichen Finger sich um mein schnell hart werdendes Glied schlossen. Ich ballte meine freie Hand zur Faust, meine Krallen schossen hervor und gruben sich in den Stoff, als sie begann, mich zu streicheln.

Jeder einzelne meiner Sinne schrie mich an, sie aufzuhalten. Aber es fühlte sich so verdammt gut an! Technisch gesehen war es immer noch sicher. Solange ich meinen Samen nicht freisetzte, konnte ihr nichts passieren. Aber selbst wenn, solange sie ihn nicht schluckte oder er auf keine Weise in sie eindrang, sei es vaginal oder durch eine offene Wunde, wäre sie sicher. Solange ...

Ich schrie auf, als sich das Inferno ihres Mundes um die Spitze meines Penis schloss. Zwischen der überwältigenden Lust ihrer Berührungen und meinen verzweifelten Bemühungen, mir einzureden, warum es in Ordnung war, mich noch ein wenig länger ihren Zärtlichkeiten hinzugeben, hatte ich nicht bemerkt, dass ihr Mund eine Spur entlang meines Beckens hinterlassen hatte.

Amara bewegte sich drei- oder viermal über mir auf und ab, bevor ich mich genug von dem Schock und dem glückseligen Gefühl erholt hatte, um ihren Kopf zurück und von mir wegzuziehen.

„Nein, Amara!", rief ich, meine Stimme schmerzte vor dem brennenden Verlangen, sie stattdessen zu bitten, weiterzumachen.

„Ich werde vorsichtig sein", erwiderte sie in einem fast flehenden Tonfall. „Ich werde nichts schlucken."

„Das ist zu riskant! Was ist, wenn ein Tropfen herausläuft?", argumentierte ich und versuchte, mich von ihr loszureißen.

„Dann werde ich mich vom Kopf fernhalten", entgegnete sie stur. „Du gehörst mir, Remus. Ich werde mir nicht nehmen lassen, was mir gehört."

Ohne auf meine Antwort zu warten, tauchte Amara wieder hinab, ließ ihre Zunge von der Verbindung meiner Hoden bis zur Basis meines Schafts gleiten und neckte dann die Naht meines Knotens. Meine Beine zuckten und mein Magen zog sich schmerzhaft zusammen, als sie wieder ernsthaft begann, mich zu streicheln. Wie versprochen wagte sich der Mund meiner Gefährtin nie weiter als bis zur Hälfte meiner Länge. Die Art, wie sie meinen Knoten drückte und ihr Handgelenk bei jeder Aufwärtsbewegung perfekt drehte, ließ flüssiges Feuer durch meine Adern strömen.

Meine Hoden fühlten sich schwer an und schienen fast zu platzen, als sie einen davon in ihren Mund saugte, ihre Zunge um ihn herumwirbelte, während sie den anderen mit ihrer freien Hand streichelte. Die Spannung stieg schnell an, als ich in einen Strudel endloser Lust stürzte. Ich würde nicht lange durchhalten, wollte aber nicht, dass sie aufhörte.

Ohne nachzudenken, riss ich an der Ecke der Decke und schlug sie auf die Spitze meines Penis, sodass er teilweise bedeckt war. Ohne Rücksicht auf den Stoff, der ihre Bewegungen behinderte, setzte Amara ihre Liebkosungen in noch rasenderem Tempo fort, da sie zweifellos erkannt hatte, dass mein Höhepunkt unmittelbar bevorstand.

Ich spürte es eine halbe Sekunde, bevor es mich wie ein Blitz in der Lendenwirbelsäule traf. Ich stieß meine Partnerin mit etwas mehr Kraft als beabsichtigt von mir weg, aber bei weitem nicht so stark, dass es ihr wehtat. Amara hatte dies offensichtlich erwartet und rollte sich mit der Bewegung zur Seite. Selbst als ich mich auf den Rand des Bettes setzte, umklammerte ich meinen noch teilweise von der Decke bedeckten Schwanz mit blutunterlaufener Kraft. Mit einem wilden Brüllen schoss ich meinen Samen in glückseligen Stößen ab, die mich desorientiert zurückließen. Wie von selbst streichelte meine Hand mich brutal und drückte meinen Knoten, der sinnlos anschwoll.

Als ich die Decke füllte, kniete Amara hinter mir, ihre warme Haut an ihrer Brust drückte sich gegen meinen Rücken. Sie schlang ihre Arme um meine Brust, streichelte mich und küsste meinen Nacken, bis ich völlig erschöpft war.

Als ich endlich aufhörte, mich zu streicheln, fühlte ich mich schwach und benommen. Aber vor allem fühlte ich mich geliebt, als ich mich an meine Zwillingsflamme lehnte, die mich fest umarmte.

„Du leichtsinnige Frau", knurrte ich missbilligend. „Du hast gesagt, du würdest es so machen, wie *ich* es will."

Weit davon entfernt, Reue zu zeigen, kicherte Amara selbstgefällig. „Ja, *letzte Nacht*. Heute ist ein anderer Tag. Und ich war vorsichtig."

„Das reicht nicht!", murrte ich.

„Na gut, dann werden wir *gemeinsam* Wege finden, mit denen du dich wohlfühlst. Aber du wirst mir dein Vergnügen nicht vorenthalten."

Ich murmelte etwas vor mich hin, was sie nur noch mehr zum Kichern brachte. Der rationale Teil von mir wollte wütend sein – und sollte es wahrscheinlich auch sein. Aber der bedürftige Teil von mir war dieser wundervollen Frau zutiefst dankbar.

„Nun, ich muss diese biologische Gefahr beseitigen", sagte ich widerwillig und deutete mit meinem Kinn auf die verschmutzte Decke, während ich mich sauber wischte. „Du solltest dich anziehen und zum Frühstück herunterkommen. Es ist fast Zeit für uns, aufzubrechen."

„Okay", antwortete sie mit sanfter Stimme, bevor sie mich erneut fest umarmte.

Ich schmolz dahin vor lauter Emotionen, die in mir hochkamen. Ich drehte meinen Kopf zur Seite und blickte über meine Schulter auf ihr wunderschönes Gesicht. Sie lächelte mich liebevoll an und strich mir dann eine widerspenstige Haarsträhne aus der Stirn.

„Danke, meine Flamme", sagte ich leise.

„Jederzeit", flüsterte sie, bevor sie sich vorbeugte.

Unsere Lippen trafen sich in einem tiefen und leidenschaftlichen Kuss. Etwas in mir kam zur Ruhe. Ich brauchte keine physiologischen Reaktionen, um zu wissen, dass diese Frau meine Zwillingsflamme war. Selbst ohne dieses Merkmal würde ich mich Hals über Kopf in Amara verlieben. Die Götter waren meine Zeugen, ich würde alles in meiner Macht Stehende tun, um sie zu retten und für immer bei mir zu behalten.

Wir trennten uns nur sehr ungern und machten uns dann an unsere jeweiligen Aufgaben. Nachdem ich die Decke verbrannt hatte – denn das Waschen mit normaler Seife und Wasser konnte nicht garantieren, dass meine Giftstoffe neutralisiert wurden –, wärmte ich unser Essen auf, und wir aßen schnell.

Nachdem die Hütte wieder in Ordnung war und saubere neue Laken auf dem Bett lagen, machten wir uns auf den Weg. Mein Herz zog sich zusammen, als die Silhouette des Gebäudes schnell hinter dem dichten Laub der Bäume verschwand.

„Wir werden den Haunted Woods in etwa zehn Minuten erreichen", sagte ich in ernstem Ton, als wir die schmale unbefestigte Straße erreichten, die den größten Teil der Region durchquerte. „Unter anderen Umständen würde ich eine andere Route nehmen, aber so sparen wir mindestens zwei Tage."

„Mit diesem Namen klingt es nicht besonders sicher", entgegnete sie vorsichtig.

„Es ist ziemlich sicher, solange wir auf dem Weg bleiben", versicherte ich ihr. „Verschiedene Schutzzauber und Schutzmagie halten die meisten bösen Kreaturen davon ab, den Weg zu betreten."

„*Die meisten,* aber nicht *alle?*", hakte Amara nach.

Ich lächelte anerkennend. „Gut erkannt. Die meisten niederen Dämonen, Wiedergänger und Abscheulichkeiten werden von den Schutzzaubern abgewehrt. Ein hochrangiger Dämon oder ein Fabelwesen könnte sie vielleicht ignorieren. Aber die kommen nie hierher. Die Menschen, die diese Straße benutzen, haben nichts, was sie begehren könnten. Allerdings tauchen gelegentlich Wildtiere auf, die auf der Jagd sind. Ich werde kein Problem damit haben, sie zu erledigen."

„Okay", sagte Amara, die immer noch unruhig wirkte.

„Hier, trag dieses Amulett", sagte ich und brachte mein Pferd etwas näher an ihres heran, damit ich ihr die Kette geben konnte. „Es wird die Fähigkeiten der meisten Mystifizierer im Wald blockieren, falls es jemals dazu kommen sollte."

„Mystifizierer?", wiederholte Amara, während sie den Anhänger nahm.

„Es sind Tiere, Pflanzen oder empfindungsfähige Wesen mit der Kraft der Illusion", erklärte ich. „Wenn du den Wald betrittst, könnten sie dir vorgaukeln, dass du der Straße folgst, während du dich in Wirklichkeit immer tiefer in den Wald hineinbewegst, wo sie dich überfallen und verschlingen werden."

Ich hasste die Angst, die über Amaras Gesicht huschte, als ein Schauer sie durchlief. Meine Worte und Taten sollten ihr Frieden und Zuversicht bringen und ihr ein Gefühl der Sicherheit geben.

„Solange du das Amulett trägst und in der Nähe deines Pferdes bleibst, wird auch dieses ruhig bleiben und immun gegen die Verlockungen der Mystifizierer sein", fügte ich hinzu. „Konzentriere dich einfach auf die Straße vor dir und ignoriere alles und jeden, der versucht, dich in den Wald zu locken."

„Verstanden."

Nachdem das geklärt war, legte ich ein schnelles, aber nachhaltiges Tempo für unsere Pferde fest. Obwohl es keine physischen Anzeichen oder Markierungen gab, die den Beginn des Haunted Woods anzeigten, kam es zu einer unbestreitbaren Veränderung, sobald wir seine unsichtbare Grenze überschritten hatten. Die Luft fühlte sich dick, feucht und fast schleimig an. Sie nahm einen widerlich süßen Geruch an, der meine empfindliche Nase anwiderte.

Amara schauderte, und ihre köstlich dunkle Haut war von Gänsehaut überzogen. Die Spannung, die von ihr ausging, war fast greifbar. Stolz erfüllte mein Herz, als ich sah, wie sie trotz ihrer Bedenken entschlossen vorwärts ritt. Äußerlich konnte meine Gefährtin Menschen täuschen, die ihr zurückhaltendes Auftreten mit einer sanftmütigen und unterwürfigen Persönlichkeit verwechselten. Aber meine Frau war kein Schwächling. Sie besaß eine stille Stärke, die bei Bedarf zum Vorschein kam und diejenigen destabilisierte, die sie dummerweise unterschätzten.

Die Erinnerung daran, wie selbstbewusst sie mich als ihr Eigentum beansprucht und gebieterisch erklärt hatte, dass ich ihr nicht verweigern würde, was ihr rechtmäßig zustand, ließ mich immer noch an den richtigen Stellen kribbeln.

Allzu schnell wurde die Bösartigkeit dieses elenden Ortes noch stärker. Die meisten Menschen würden nicht sagen können, was fehlte, aber ein unbestreitbares Gefühl der Unruhe würde sie überkommen. Obwohl das Gras noch grün war, hatte es eine matte Farbe angenommen. Die mit üppigen Blättern behangenen Äste der Bäume wirkten täuschend normal. Bei genauerem Hinsehen konnte man jedoch erkennen, wie verdreht und deformiert sie tatsächlich waren.

Eine diskrete, aber verführerische Melodie kitzelte meine empfindlichen Ohren. Ich warf einen Blick auf meine Frau. Ihre menschlichen Ohren konnten sie nicht wahrnehmen. Und doch durchlief sie ein Schauer, als sie unruhig in Richtung des dichten

Waldes blickte. Amara war nervös und unbewusst beunruhigt. Nicht zum ersten Mal fiel mir auf, dass sie Dinge viel genauer wahrnehmen konnte als gewöhnliche Sterbliche. Ich vermutete, dass sie eine Empathin sein könnte.

Ich begann ein zwangloses Gespräch, um sie von unserer verfluchten Umgebung abzulenken und gleichzeitig unseren Pferden eine Verschnaufpause zu gönnen, indem ich unser Tempo verlangsamte.

„Was hast du vor, wenn du wieder gesund bist?", fragte ich mit gespielter Gleichgültigkeit.

Amara kaute auf ihrer Unterlippe und ihr Blick wurde für einen kurzen Moment unscharf, während sie über ihre Antwort nachdachte. Ich kam mir dumm vor, weil ich verletzt war, dass sie nicht sofort antwortete, dass sie sich mit mir niederlassen würde. Bevor ich diesen Gedanken verdrängen konnte, richtete meine Partnerin ihre Aufmerksamkeit so plötzlich wieder auf mich, dass ich mich fast fühlte, als wäre ich auf frischer Tat ertappt worden, etwas zu tun, was ich nicht sollte. Ein seltsamer Ausdruck huschte über ihr Gesicht. Wieder einmal fragte ich mich, ob sie meine Gefühle wahrgenommen hatte oder ob ich mir zu viele Gedanken machte.

„Ich habe ein sehr schönes Haus in Willow Grove geerbt. Es ist eigentlich eher ein gotisches Herrenhaus", antwortete meine Gefährtin nachdenklich. „Es wäre perfekt für mein Kerzenge-schäft, vor allem, weil es in der Gegend so viele Hexen und Arkanisten gibt. Seit meiner Ankunft habe ich viele neue Kunden gewonnen, die sich für verzauberte Kerzen und Beschwörungskerzen interessieren."

„Ich verstehe", erwiderte ich unverbindlich, während meine Gedanken rasten. „Dein Handwerk dürfte bei den Händlern im Charmers District tatsächlich sehr beliebt sein."

Willow Grove war nicht weit entfernt. Wenn Amara mich in ihrem Haus willkommen heißen würde, könnte ich leicht zurück in die Berge reisen, um zu jagen und meine Arbeit als Führer auszuüben.

Sie nickte, während sie mich mit einem unlesbaren Ausdruck ansah, der einen Hauch von Spott zu enthalten schien. Wusste sie, welche Gedanken mir durch den Kopf gingen?

„Aber ich könnte auch woanders wohnen", fügte sie mit einem Achselzucken hinzu. „Es wäre mir recht, einmal pro Woche oder so in das Haus oder den Laden zurückzukehren, den ich einrichten möchte. Ich brauche kein so schickes Zuhause. Zum Glück verdiene ich mit meinem Handwerk genug, um gut leben zu können. Da ich es liebe, frei zu sein, zu gehen, wohin ich will, und meiner Kreativität freien Lauf zu lassen, bin ich offen dafür, dorthin zu gehen, wohin der Wind mich trägt oder das Schicksal mich führt."

Jedes ihrer Worte erfüllte meine Brust mit einer wundersamen Wärme. Man musste kein Genie sein, um ihre unterschwellige Bedeutung zu verstehen. Die Intensität in ihrem Blick, als sie vom Schicksal sprach, bestätigte, dass sie bereit wäre, mir in mein eher nomadisches Leben zu folgen. Was sie nicht verstand, war, dass ich zwar auch die Freiheit liebte, in der Wildnis beliebig umherzustreifen, mich meine Umstände jedoch zu diesem Einsiedlerleben zwangen. Ich wollte irgendwo Wurzeln schlagen, mit jemandem, der mich so bedingungslos lieben würde, wie ich ihn lieben würde, und gemeinsam mit ihm so viele Kinder großziehen, wie wir gesegnet sein würden.

Ich öffnete gerade den Mund, um zu antworten, als Amara ihren Kopf nach rechts riss und ihre Augen hin und her huschten. Sie schien nach jemandem zu suchen, während sie ihre Ohren spitzte, um etwas besser hören zu können.

Endlich hatte sie die Sirenen gehört.

„Hörst du das auch?", fragte Amara mit einem Ausdruck der Unsicherheit auf ihrem schönen Gesicht.

Ich nickte mit ernstem, aber ruhigem Gesichtsausdruck. „Es ist das verführerische Flüstern der bösen Geister des Waldes."

Ihre Augen weiteten sich, und sie starrte mich an, während sie weiter versuchte, die Geräusche zu erkennen, die für ihre menschlichen Ohren noch etwas zu leise waren.

„Wow. Wie kann so eine schöne Melodie von etwas Bösem kommen? Man möchte sich wirklich näher heranbegeben, um besser zu hören", sagte meine Gefährtin mit gerunzelter Stirn.

„Das ist der ganze Sinn an der Sache. Du *musst* Widerstand leisten", warnte ich sie streng.

Das nachsichtige Lächeln, das sie mir schenkte, ließ die Angst, die in mir aufkam, augenblicklich verstummen.

„Keine Sorge, Remus. Ich habe nicht die Absicht, zum Futter für Walddämonen zu werden", entgegnete sie neckisch. „Es ist definitiv verlockend. Hättest du mich nicht gewarnt, wäre ich sehr wahrscheinlich gegangen, um nachzuschauen. Aber deine Worte sind nicht auf taube Ohren gestoßen. Ich habe mich nicht auf diese verrückte Reise begeben, um von einem Dämonenwolf geheilt zu werden, nur um mich dann einem Mystifizierer zum Fraß vorzuwerfen."

„Braves Mädchen", sagte ich anerkennend.

Ich versuchte, unser kleines Gespräch wieder aufzunehmen, nämlich ihr Leben mit ihrer Mutter in ihrer alten Stadt auszukundschaften, aber meine Frau wurde zunehmend abgelenkt. Es war nicht die verlockende Melodie, die sie nervös machte, sondern die zunehmende Intensität der dunklen Magie, die die Gegend durchdrang. Sie haftete an uns wie Schmutz auf verschwitzter Haut. Sogar die Luft schien zu dick, um sie leicht einatmen zu können.

Amara schnappte nach Luft und zog so plötzlich an den Zügeln ihres Pferdes, dass es sich aufbäumte. Für einen Moment befürchtete ich, es würde sie abwerfen. Zum Glück hatte ich für sie eines der erfahrensten und besttrainierten Pferde aus dem Stall ausgewählt. Es hatte sich oft genug in ähnliche Gegenden gewagt, um nicht leicht zu erschrecken oder zu verärgern.

Meine Gefährtin zeigte mit dem Finger auf etwas vor uns auf

der linken Straßenseite. Ich blickte in diese Richtung und verspürte sofort Wut in mir aufsteigen, als ich einen hübschen kleinen Jungen sah, der nur wenige Zentimeter von der Straße entfernt auf einem großen Felsen saß. Seine schicken Kleider waren zerrissen, als wäre er durch einen Dornenwald gelaufen. Er umklammerte seine Knie und schaukelte vor und zurück, während er leise weinte.

„Lass dich nicht täuschen, meine Gefährtin", sagte ich in strengem Ton. „Das ist kein echter Junge, sondern ein dunkler Waldgeist. Das ist eine Illusion, die dich in den Wald locken soll. Ein eindeutiges Indiz dafür ist die Tatsache, dass keine ihrer Gliedmaßen oder Körperteile die Straße berühren. Der Zauberer, der diese Illusion erschaffen hat, projiziert nur das Aussehen eines seiner früheren Opfer."

Meine Frau schnappte nach Luft. „Ein Doppelgänger?"

Ich schüttelte den Kopf. „Nein. Doppelgänger wagen sich selten in diese Gegend. Sie halten sich eher in der Nähe von Gasthöfen und bevölkerten Gebieten auf. Dort gibt es viel mehr Beute. Da sie das Aussehen ihrer Opfer annehmen und zusätzlich all deren Wissen erwerben, ernähren sich Doppelgänger lieber von Menschen."

„Stimmt. Es bringt nicht viel, ein geistloses Monster zu verschlingen, das die Menschen auf den ersten Blick meiden", antwortete Amara mit einem Schaudern. „Ein Mensch hingegen, insbesondere ein attraktiver, macht es ihnen leichter, ein weiteres Opfer anzulocken."

Ich nickte und war froh, dass sie das so gut verstand, auch wenn ich es hasste, dass sie dieser beunruhigenden Seite der ansonsten wundersamen Berge ausgesetzt war, die ich seit meiner Geburt mein Zuhause nannte.

Als wir an dem bösen Geist vorbeiritten, verwandelte sich sein Weinen in ein herzzerreißendes Heulen, das mich fast dazu brachte, zu dem „Jungen" zu gehen und ihn zu trösten. Aber ich trieb mein Pferd schneller voran, und meine Partnerin folgte mir erleichtert. Sekunden später verstummte das Geräusch abrupt. Ich blickte über meine Schulter und sah, dass die Stelle, an der die Illusion gesessen hatte, nun völlig leer war.

In der nächsten Stunde manifestierten sich fast zwei Dutzend solcher Geister. Das weinende Kind, die schwangere Frau, der verwirrte ältere Mann und sogar das verletzte Haustier tauchten in verschiedenen Formen auf. Einige von ihnen folgten uns und rannten neben uns im Wald her, während sie um Hilfe riefen. Anstatt meine Frau zu brechen, schien jede Erscheinung ihre Entschlossenheit und sogar ihre Immunität gegenüber ihrer Verlockung nur zu verstärken.

„Im Ernst?", rief Amara mit einer Mischung aus Abscheu und Ungläubigkeit aus.

Ich brach in Gelächter aus, sowohl wegen ihrer Unbeeindrucktheit als auch wegen des fassungslosen Ausdrucks der neuesten Illusion. Es war ein Mann Ende zwanzig in gewöhnlicher Kleidung, die ihm eindeutig zu groß war. Er kniete im Gras, wo er verzweifelt versucht hatte, Goldmünzen und Edelsteine aufzuheben, die aus einem großen Beutel herausgefallen waren. Er war ein kleiner Dieb gewesen, der einen großen Coup gelandet hatte, indem er einen reichen Juwelier ausgeraubt hatte, nur um dann im Haunted Woods sein Ende zu finden. Viele Dummköpfe ereilte ein ähnliches Schicksal bei ihren unüberlegten Versuchen, die Beute zurückzuholen.

Um ehrlich zu sein, hatte ich tatsächlich selbst darüber nachgedacht, mich daran zu versuchen. Aufgrund meiner Krankheit machten um mich die meisten wilden Tiere und dämonischen Kreaturen einen großen Bogen. Mein Blut war für sie Gift, daher ließen sie mich in Ruhe. Letztendlich entschied ich mich dagegen, da ich keinen Bedarf an Reichtum hatte. Was hätte es gebracht, wenn ich niemanden hatte, mit dem ich ihn teilen konnte?

Gerüchten zufolge gelang es einem mächtigen Zauberer einige Jahre später, sie wiederzufinden.

„Du würdest dich wundern, mein Freund, wie viele Narren auf diesen Trick hereingefallen wären. Gier ist eine mächtige Sache", sagte ich neckisch, obwohl mein Herz vor Stolz überfloss.

Die eindringliche Melodie erklang nun in voller Kraft. Eigentlich hätte meine Frau einen aussichtslosen Kampf gegen ihre Verlockung führen müssen. Zugegeben, das Amulett, das ich ihr gegeben hatte, arbeitete Überstunden, um sie vor ihrer Anziehungskraft zu schützen. Aber dennoch hätte es für sie schwierig sein müssen. Und doch schien sie unbeeindruckt, abgesehen von ihrem natürlichen Unbehagen, von so viel böser Magie umgeben zu sein.

Eine Mutter mit einem Säugling näherte sich dem Straßenrand, blieb aber plötzlich stehen. Dann verschwand sie zu meinem Entsetzen in der Luft und die eindringliche Melodie verstummte abrupt. Mein Rücken versteifte sich, und die Anspannung, die ich empfand, spiegelte sich im Gesicht meiner Frau wider.

Mit gespitzten Ohren und geblähten Nasenlöchern versuchte ich herauszufinden, was die Geister möglicherweise verscheucht hatte. Leider befanden wir uns in Windrichtung, was mich daran hinderte, zu riechen, was vor uns lauerte, während man unseren Geruch gut wahrnehmen konnten.

Ich zog mein Hemd aus und streckte meine Krallen aus, bereit, bei Bedarf sofort zuzuschlagen. Und dann sah ich sie. Drei Aegarims sprangen aus dem Wald auf die Straße. Amara schnappte nach Luft, der Geruch von ihrer Angst schlug mir in die Nase, während ich laut fluchte. Diese elenden Wesen waren schnell und jagten in Gruppen von drei oder vier.

„Das ist doch keine Illusion, oder?", fragte Amara mit vor Angst belegter Stimme.

Ich stoppte mein Pferd und sprang ab. „Nein, das sind wilde Bestien, und sie sind hinter dir her."

Sie als „wilde Bestien" zu bezeichnen, war eine ziemliche

Untertreibung. Aegarims waren Abscheulichkeiten. Einst waren sie stolze Lykaner gewesen, wie der Rest unseres Clans. Aber ihr Hunger nach größerer Stärke und Macht führte sie auf einen gefährlichen Weg. Sie verbündeten sich mit bösen Mächten und führten verbotene Experimente an sich selbst durch. Nach und nach verloren sie ihre Vernunft an wilde Triebe, was sich in ihrem sich verändernden Aussehen widerspiegelte.

Ihr glänzendes Fell und ihre muskulösen Körper waren verschwunden. Stattdessen glichen sie nun den missgestalteten Nachkommen einer Ratte und eines dürren Lykaners, bedeckt mit dunkelgrünen Schuppen. Die fünf goldenen Hörner, die aus ihren rattenähnlichen, schelmischen Gesichtern ragten, und die goldenen Stacheln entlang ihrer Wirbelsäule waren die Überreste ihrer Unzucht mit Dämonen. Sie rannten auf allen vieren wie in den alten Tagen ihres früheren Ruhmes, aber ihre Vorderbeine ähnelten anatomisch eher denen eines Menschen, nur dass sie übergroße Hände hatten, die nur zwei lange Finger mit bösartigen Klauen besaßen.

Als unheilige Kreaturen fürchteten die Aegarims die Geister im Wald nicht und waren immun gegen ihre Illusionen. Sie ernährten sich regelmäßig von Mystifizierern, was erklärte, warum diese alle flohen, sobald die Bestien auftauchten. Aber die Aegarims gierten nach Menschenfleisch und insbesondere nach den Gehirnen von Lebewesen.

„Sie können riechen, dass mein Blut schlecht ist, also werden sie mich nicht angreifen. Sie werden unerbittlich sein, wenn ich nicht ihren Anführer im Wald finde."

Während ich sprach, zog ich meine Hose aus. Ich hatte keine Zeit, mich vollständig auszuziehen, da die Kreaturen mit schwindelerregender Geschwindigkeit auf uns zurasten.

„Im Wald?", rief Amara aus, als hätte ich den Verstand verloren.

„Mir wird nichts passieren, meine Gefährtin. Hier wird mich nichts angreifen. Ich bin verflucht. Sobald ich ihren Anführer getötet habe, werden sie sich zerstreuen. Bleib auf dem Weg und geh weiter. Ich werde dich einholen", sagte ich in befehlendem Ton.

„Aber was ist, wenn noch mehr Bestien vor uns sind?", rief meine Gefährtin aus, während sie einen Dolch aus der Scheide an ihrem Gürtel zog.

„Niemand sonst wird sich in ihr Revier wagen. Ich sorge mich um dich, Amara. Versprich mir, dass du auf dem Weg bleibst. Ich darf dich nicht verlieren!"

„Ich verspreche es!", antwortete sie mit zitternder Stimme.

Ich stellte mich auf die Zehenspitzen, drückte meine Lippen in einem viel zu kurzen, verzweifelten Kuss auf ihre und rannte dann auf die heranstürmenden Bestien zu, die jetzt kaum noch zwanzig Meter entfernt waren. Während ich rannte, verwandelte ich mich, und meine Unterwäsche riss, als mein Körper sich ausdehnte. Ich hätte sie vorher abschneiden sollen, um mir den Schmerz zu ersparen, den der Stoff verursachte, als er sich in mein Fleisch grub, bevor er schließlich riss. Aber meine Wut auf die heranstürmenden Kreaturen, die es wagten, meine Gefährtin zu bedrohen, beanspruchte meine ganze Aufmerksamkeit.

Ich stürmte auf das Männchen in der Mitte zu und rammte es mit solcher Wucht, dass es gegen einen nahe gelegenen Baum prallte. Der zweite versuchte, an mir vorbeizulaufen, aber ich packte ihn am Hinterbein, grub meine Krallen in sein Fleisch, hielt ihn fest, drehte mich um und schleuderte ihn mit aller Kraft gegen den dritten, der auf Amara zustürmte. Er traf seinen Gefährten mit gewaltiger Wucht. Selbst von meinem Standort aus hörte ich, wie mindestens ein paar ihrer Gliedmaßen durch die Wucht des Aufpralls brachen.

Sie lagen benommen da, ihre Gliedmaßen waren ineinander verheddert, während sie versuchten, wieder aufzustehen. Ich rannte zu ihnen, während meine Gefährtin an uns vorbeigaloppierte. Mit einem bösartigen Hieb kratzte ich mit meinen Krallen über die Flanke des dritten Aegarim und riss ihm fast die Eingeweide heraus. Der zweite, den ich als Wurfgeschoss benutzt hatte, um seinen Gefährten umzuwerfen, öffnete sein riesiges Maul, um mir das Gesicht abzubeißen. Ich packte sein Maul mit beiden Händen, wobei ich sorgfältig den unzähligen dolchartigen Zähnen auswich, und riss es unmöglich weit auf, bis die untere Hälfte abbrach. Ich schlug das zerstörte Gesicht der Bestie auf den Boden und trat mit meinem Fuß auf ihren Hals, um ihn zu zertreten. Das Wesen stieß ein gurgelndes Wimmern aus, und ein heftiger Krampf erschütterte seinen Körper, bevor es still wurde.

Aber ich war bereits in Bewegung.

Amara ritt voraus, mein Pferd folgte ihr. Aber das erste Tier, das ich gegen den Baum geschleudert hatte, hatte sich genug erholt, um sie zu verfolgen. Ich rannte ihnen hinterher, meine Wut verlieh mir Flügel, und ich holte meine Beute schnell ein. Mit einem kraftvollen Sprung landete ich auf dem Rücken der Kreatur und drückte sie mit meinem Gewicht zu Boden. Sie stieß einen kehligen Laut aus, als die Luft aus ihr entwich. Mein schweres Gewicht, das das Tier erdrückte, hinderte seine Lungen daran, sich ausreichend zu erweitern, um zu atmen. Es schlug unter mir um sich, in dem vergeblichen Versuch, mich abzuschütteln. Ich versenkte meine Reißzähne brutal auf beiden Seiten seines Nackens und brach ihm das Rückgrat. Nach einem kurzen, hohen Wimmern wurde das Tier schlaff.

Eine Bewegung im Wald fiel mir ins Auge. Mindestens zwei weitere Aegarims rannten im Schutz des Waldes auf meine Gefährtin zu. Für den Bruchteil einer Sekunde überlegte ich, ihnen nachzulaufen, aber das würde nur noch mehr von ihnen ermutigen, es ihnen gleichzutun. Stattdessen rannte ich in den Wald hinein und heulte laut, um sicherzustellen, dass sie mich hörten. Ihre Schritte stockten, als sie in meine Richtung blickten und erkannten, wohin ich unterwegs war. Wie erwartet gaben sie die Verfolgung meiner Partnerin auf und stürmten mir hinterher.

Zu meinem Erstaunen entdeckte ich nur wenige Meter tief im Wald fast ein Dutzend weitere Tiere, die in der Nähe verstreut waren. Das war äußerst ungewöhnlich. Aegarims lebten normalerweise in kleinen Rudeln von sechs Tieren, selten mehr als zehn. Dieses Rudel war leicht doppelt so groß. Ein einziger Hauch von mir reichte aus, um sie in alle Winde zu zerstreuen. Ich verfolgte sie nicht, sondern folgte meiner Nase zur Matriarchin. Ich machte mich auf den direkten Weg zu ihr.

Als sie meine Absichten erkannten, scharten sich die Wölfe um sie und warfen sich mir in den Weg, um sie zu beschützen, während sie zu fliehen versuchte. Wie wir Wölfe hatten auch die Aegarims eine recht komplexe Sprache, die auf Heulen basierte. In diesem Fall signalisierte sie den Rückzug. Meine Blutgier verlangte, dass ich ihr gesamtes Rudel vor ihren Augen dezimierte und sie dann in Stücke riss. Wären wir näher am Vollmond gewesen, hätte ich das in meiner sinnlosen Wut wahrscheinlich auch getan. Aber meine Gefährtin war allein auf der Straße im Haunted Woods. Mein Bedürfnis, sie zu beschützen, war stärker als mein Urinstinkt, Blut zu vergießen.

Mit einem letzten warnenden Knurren gab ich die Verfolgung auf und rannte zurück zu meiner Frau, meine Blutgier ungestillt.

KAPITEL 8

AMARA

Mit klopfendem Herzen galoppierte ich die Straße entlang. Ein Teil von mir wollte schneller reiten, aber der andere Teil fürchtete, mich zu weit von meinem Begleiter zu entfernen. Ich schaute immer wieder über meine Schulter, um zu sehen, ob Remus mich einzuholen, versuchte.

Keine Worte konnten ausdrücken, wie sehr ich mich um meinen Mann sorgte. Die Echsenrattenhunde, die uns angegriffen hatten, würden mich noch lange verfolgen. Obwohl Remus sie mühelos zerfleischt hatte, vermutete ich, dass noch viele weitere im Wald lauerten. Was, wenn ihre Überzahl ihn überwältigen würde? Was, wenn er in diesem Moment in einer Lache seines eigenen Blutes lag, während ich selbstsüchtig geflohen war?

Der verführerische Gesang kehrte mit voller Wucht zurück, sobald mein Mann im Wald verschwunden war. Jetzt, da ich wusste, was es war, lockte er mich nicht mehr im Geringsten. Stattdessen verursachte er mir rasende Kopfschmerzen.

Die Geister wussten, dass ich allein war.

Der Drang, mich umzudrehen und ihn zu holen, quälte mich unerbittlich. Natürlich war es dumm und sogar selbstmörderisch, das auch nur in Betracht zu ziehen. Ich verdrängte diese üble Versuchung und preschte weiter voran. Gerade als ich überlegte, das Tempo zu drosseln, um die Pferde zu schonen, legte sich plötzlich eine ohrenbetäubende Stille über den Wald.

In Panik drehte ich meinen Kopf in alle Richtungen, um zu sehen, was die Geister diesmal erschreckt haben könnte. War die Gefahr vor mir oder schlich sie sich von hinten an? Ich verlangsamte die Pferde, aus Angst, in eine Falle zu laufen, aber auch aus Furcht, umzukehren.

„Bleib auf dem Weg", flüsterte ich mir selbst zu und wiederholte damit Remus' Worte.

Ich hasste es, dass er mich allein gelassen hatte, um in den Wald zu laufen. Es stand außer Frage, dass er das getan hatte, was er für meine Sicherheit für richtig hielt, aber ich fühlte mich verlassen. Und in diesem Moment verdrehte mir die Angst den Magen. Ich wusste nicht, wie man kämpfte, und die wenigen magischen Kräfte, die ich besaß, ermöglichten es mir nur, Gegenstände mit Lichtmagie und wohltuenden Zaubersprüchen zu verzaubern.

Das entfernte Geräusch von brechenden Ästen und schweren Schritten ließ mich mich auf meinem Pferd umdrehen, um zur Ostseite des Waldes zu schauen. Mein Herz sprang mir fast aus der Brust, als ein riesiger dunkler Schatten durch die Bäume raste.

Und dann durchbrach ein vertrautes Heulen die beängstigende Stille.

„Remus!", hauchte ich, und Freude und Erleichterung überkamen mich.

Ich stoppte die Pferde vollständig und drehte mein Reittier teilweise in Richtung Wald. Der riesige Wolf näherte sich weiter, verschwand dann aber hinter einem massiven Baum. Sekunden später tauchte Remus auf der anderen Seite in seiner menschlichen Gestalt wieder auf. Ich sprang vom Pferd, Tränen der

Freude rollten mir über die Wangen, als er nonchalant halb gehend, halb joggend auf mich zukam.

Er strahlte mich an und breitete seine Arme aus. Ein nervöses Lachen entfuhr mir, als ich sein Lächeln erwiderte. Ich machte zwei Schritte auf ihn zu, bevor ich abrupt stehen blieb. Mein Blut gefror, als ich auf seine Füße hinunterblickte.

Er war immer noch im Wald.

Ich schaute wieder zu seinem Gesicht hinauf und sah, dass er mich verwirrt anblickte. Ich brauchte keinen Spiegel, um zu wissen, wie misstrauisch ich aussah.

„Komm aus dem Wald heraus", befahl ich und machte unwillkürlich einen Schritt zurück.

Remus schnaubte. Zu meiner Überraschung versuchte er nicht, mich zu überreden, zu ihm zu kommen, sondern lächelte mir zustimmend zu, bevor er entschlossen aus dem Wald trat. Eine Welle der Erleichterung überkam mich, als er ruhig auf den Weg trat.

„Braves Mädchen", sagte Remus, während er langsam die Distanz zwischen uns überbrückte. „Für einen Moment hatte ich Angst, du würdest darauf hereinfallen."

„Du elender Kerl!", sagte ich, halb im Scherz, halb ernsthaft missbilligend. „Es war gemein, mich unter solch ernsten Umständen auf die Probe zu stellen."

„Es gibt keinen besseren Zeitpunkt als jetzt, wo wir einer echten Gefahr gegenüberstehen", entgegnete er, bevor er erneut seine Arme weit ausbreitete.

Diesmal zögerte ich nicht und warf mich in seine Umarmung. Selbst als ich das tat, ertappte ich mich dabei, wie ich in den Wald spähte, um nach Anzeichen für wilde Tiere Ausschau zu halten. Ich schmolz fast dahin, als seine starken, muskulösen Arme mich umschlossen und festhielten. Bei den Göttern, wie sehr hatte ich ihn vermisst, obwohl wir uns nur für ein paar Minuten getrennt hatten.

„Geht es dir gut?", fragte ich und löste mich widerwillig von ihm, um ihn anzusehen.

„Natürlich", sagte er selbstgefällig. „Aegarims sind keine Herausforderung für mich."

Er beugte sich vor, um mich zu küssen, aber gerade als sich unsere Lippen berühren wollten, wandte ich instinktiv mein Gesicht ab. Irgendetwas stimmte nicht. Er war es, und doch war er es nicht. Sein Kuss landete stattdessen auf meiner Wange, und ich spürte, wie er in meinen Armen erstarrte. Offensichtlich wusste er, dass ich seinen Kuss absichtlich vermieden hatte. Unsere Blicke trafen sich, und alle meine Sinne waren in höchster Alarmbereitschaft.

Das ist nicht er!

Die Gewissheit, mit der dieser Gedanke in meinem Kopf auftauchte, ließ mich taumeln. Sein Gesicht verhärtete sich, als ich versuchte, ihn von mir zu stoßen. Er umfasste mich fester, während ein böses Lächeln seine Lippen umspielte.

Und dann wurde es mir endlich klar.

Er ist vollständig angezogen! Remus hatte sich seiner Kleidung entledigt, bevor er in den Wald gerannt war.

Ich versuchte, ihn abzuwehren, aber das war so, als würde ich versuchen, eine Mauer zu verschieben. Er lachte bösartig, bevor er mit einer Hand meine Haare packte und sie nach unten riss, um meinen Hals freizulegen. Seine goldenen Augen nahmen einen rötlichen Farbton an, die Pupillen verengten sich zu einem vertikalen Schlitz, während seine Reißzähne hervortraten.

„Lass mich los!", schrie ich, während ich vergeblich versuchte, mich zu befreien.

„Niemals, meine Süße. Nichts und niemand – schon gar nicht diese erbärmlichen Runen – können dich vor mir schützen", flüsterte er mit einer Stimme voller Drohungen und Versprechungen.

Ich schrie, als seine Reißzähne sich in meinen Hals bohrten. Flüssiges Eis durchströmte meine Adern. Einen halben Takt später senkte sich ein Schleier der Dunkelheit vor meine Augen, und ich wurde schlaff.

∽

M eine Haut kribbelte auf diese seltsame Weise, wie es oft der Fall war, wenn man langsam aus einem tiefen Schlaf erwachte. Es dauerte einen Moment, bis mir klar wurde, dass mich ein bedrohliches Geräusch in der Nähe geweckt hatte. Meine Augen sprangen auf, und ich sah mich um. Zu meinem Entsetzen lag ich auf einem Steinplateau an einer Klippe, umgeben von einem dunklen Wald in kurzer Entfernung.

Ich konnte keine Menschenseele in der Nähe entdecken, und doch nagte an mir das starke Gefühl, von einem Raubtier beobachtet zu werden. Bei einem plötzlichen Flügelschlag hob ich ruckartig den Kopf. Das Blut wich aus meinem Gesicht, als ich endlich die massive Silhouette eines Dämonenwolfes entdeckte, der über mir kreiste.

Ich warf einen Blick zurück auf den Boden unter mir und wäre fast in Ohnmacht gefallen, als ich sah, dass er kahl war, ohne den Schutzkreis, den ich hätte zeichnen sollen, bevor ich mich Ranael stellte. Ein wildes Knurren über mir lenkte meine Aufmerksamkeit wieder auf ihn. Meine Augen trafen seine, und ich fühlte mich wie gelähmt, als er sich auf mich stürzte.

Instinktiv sprang ich auf und versuchte zu fliehen. Aber ich konnte ihm nicht entkommen, und es gab keinen Ort, an dem ich mich verstecken konnte. Das kahle Plateau erstreckte sich über mindestens zweihundert Meter, bevor am südlichen Rand die Baumgrenze begann. Eine steile Felswand begrenzte den östlichen Rand, und eine tödliche Klippe beendete die übrigen Seiten. Ich konnte nicht einmal versuchen, einen Kreis zu zeichnen, nicht dass ich etwas gehabt hätte, um das zu tun.

Trotzdem versuchte ich, während ich rannte, seinen Schutz zu beschwören, so wie es mir die Weberin beigebracht hatte.

Aber der Dämonenwolf war zu wütend. Der Schatten seiner riesigen Flügelspannweite verdeckte die Sonne über mir, Sekunden bevor er mich erreichen würde. Ich wich nach links aus. Obwohl Ranael an mir vorbeiflog, gelang es ihm dennoch, mir mit seinen bösartigen Klauen den Rücken aufzureißen.

Ein brennender Schmerz explodierte zwischen meinen Schulterblättern, und ich stolperte schreiend zu Boden. Trotz der qualvollen Pein drückte ich mich hoch und ging auf die Knie. Mit kräftigen Flügelschlägen flog der Dämonenwolf in einem weiten Bogen, bevor er wieder auf mich zukam. Ich versuchte, ihn aus meinen Gedanken zu verdrängen. Ich biss die Zähne zusammen, um den Schmerz zu ertragen, strich mit den Fingern über meine Wunden, um mein frei fließendes Blut zu sammeln, und zeichnete damit einen Kreis auf den Boden.

Mein Herz schlug mir bis zum Hals, als ich begann, den Schutzkreiszauber zu rezitieren. Aber das elende Biest stürzte sich erneut auf mich und unterbrach mich. Ich rollte mich zur Seite, um ihm auszuweichen, wodurch ich teilweise aus dem Kreis herauskam. Wieder einmal fügte mir Ranael eine weitere Wunde zu, indem er mir mit seinen Krallen das Bein aufriss. Ich schrie auf und wäre fast ohnmächtig geworden. Er hatte mich so tief geschnitten, dass ich den Knochen durch die Wunde sehen konnte.

Ich fühlte mich schwach und litt Qualen, kniete mich erneut in den Kreis und verwendete mehr von meinem Blut, um den Teil des Kreises zu reparieren, den ich beim Wegrollen beschädigt hatte. Ich fühlte mich benommen und sprach den Zauberspruch hastig. Ohne Kerzen und ohne die richtigen Reagenzien wusste ich nicht, wie gut der Schutz halten würde, aber es war alles, was ich hatte.

Oder zumindest alles, was ich hätte haben können, wenn ich die Chance gehabt hätte, ihn zu vollenden.

Ich hatte kaum noch zwei Worte übrig, um den Zauberspruch zu vollenden, als der Dämonenwolf mich rammte. Es fühlte sich an, als hätte mich ein Widder getroffen. Ich flog einige Meter zurück und landete hart auf dem steinigen Boden. Der brutale Aufprall auf meinen zerfetzten Rücken hätte mir einen weiteren Schmerzensschrei entrissen, wenn ich nicht durch die Wucht des Schlags außer Atem gewesen wäre.

Ich hatte keine Chance, einen weiteren Schrei auszustoßen. Der Dämonenwolf drückte meine Schultern mit seinen beiden massiven Vorderpfoten auf den Boden, dann biss sein Schlangenschwanz wiederholt in meinen Hals und mein Gesicht. Ein qualvolles Brennen durchzuckte augenblicklich diese Körperteile. Meine Kehle verschloss sich sofort. Ich konnte weder atmen noch einen Ton von mir geben.

Ranael beugte sich vor und knurrte mir bedrohlich ins Gesicht, bevor er mit seinen Klauen über meinen Hals fuhr und mir die Kehle aufschlitzte. Ich würgte an meinem eigenen Blut und sah, wie er mit den Flügeln schlug. Er stieg vielleicht drei oder vier Meter über mich empor, bevor er sein Maul weit öffnete. Als eine Feuerwolke auf mich zukam, galt mein letzter Gedanke Remus.

Wir hätten mehr Zeit miteinander verbringen sollen.

KAPITEL 9
AMARA

Ich schreckte aus dem Schlaf hoch und war verwirrt, mich in einem warmen und gemütlichen Holzhaus wiederzufinden. Trotz der schrecklichen Verletzungen, an die ich mich lebhaft erinnerte, spürte ich nirgendwo in meinem Körper Schmerzen oder Unbehagen.

Die fröhlichen Flammen eines Feuers tanzten im Kamin. Gaslampen beleuchteten den Raum und verliehen ihm einen fast traumhaften Schein. Der angenehme Duft von gerösteten Nüssen und heißer Schokolade kitzelte meine Nase. Wie mein Gehirn es schaffte, zu registrieren, dass dieser Ofen zu meiner Linken leer war, ergab keinen Sinn, da meine Aufmerksamkeit ganz auf das überirdische Wesen vor mir gerichtet war.

Er saß zusammengesunken in einem Empire-Sessel neben dem Kamin. Er war auf erschreckende Weise schön. Seine Augen – von einem tiefen, beunruhigenden Rot mit vertikalen Pupillen wie die einer Schlange – starrten mich mit einer Intensität an, die mich zusammenzucken ließ. Unter seiner graublauen Haut schienen blitzförmige Streifen mit einem sanften Leuchten zu pulsieren. Weißlich-blaues Haar fiel in weichen Wellen bis zu seinen Schlüsselbeinen. Es umrahmte ein eindringliches Gesicht, das – wie sein Körper – sehr menschlich wirkte, mit einem kantigen Kinn, vollen Lippen, die zu einem spöttischen Grinsen verzogen waren, und einer stolzen Nase.

Er kniff die Augen zusammen und sah mich an. Seine exquisit langen Wimpern warfen einen Schatten, der es mir schwer machte, ihn zu lesen.

„Willkommen zurück, Amara Sanni", sagte der Fremde mit schnurrender Stimme.

Sie war genauso eindringlich wie sein Gesicht, mit einem Akzent, der nicht ganz britisch war, aber definitiv auch nicht amerikanisch. Er richtete sich auf seinem Sitz auf, seine beeindruckenden Bauchmuskeln spannten sich für den Bruchteil einer Sekunde an. Er war nackt, bis auf einen weißen, griechischen Rock, der ihm bis zu den Knien reichte, einen goldenen Gürtel und römische Sandalen, die bis zur Mitte seiner Waden geschnürt waren. Wäre da nicht seine ungewöhnliche Haut gewesen, hätte er einer der Götter des Olymps sein können.

„Wer bist du? Warum hast du mich mitgenommen? Woher kennst du meinen Namen? Und wo sind wir hier?" Ich stellte diese Fragen alle hintereinander, während ich mich mit der letzten Frage im Raum umsah.

Ich hatte nicht vor, so zu reagieren, aber meine Worte kamen mir einfach über die Lippen.

Anstatt mich anzuschnauben, lachte der Fremde.

„So viele Fragen", sagte er spöttisch. „Ich bin Lyall. Ein kleiner Vogel hat mir von dir erzählt. Und dies ist mein vorübergehendes Zuhause", fügte er hinzu und deutete auf das Haus.

Dass er nicht beantwortet hatte, warum er mich mitgenommen hatte, blieb mir nicht verborgen. Obwohl ich ihn darauf ansprechen wollte, war ich froh, dass er zumindest in einer nicht bedrohlichen Art und Weise kommunizierte. Ich zwang mich, in einem nicht aggressiven oder anklagenden Ton zu sprechen, und hakte ruhig weiter nach, um mehr über die jüngsten Ereignisse zu erfahren.

„Du hast dich als Remus ausgegeben und dann diese schreckliche Illusion erschaffen, in der ich gestorben bin, nicht wahr?", fragte ich leise.

„Ja", antwortete er mit einem Achselzucken.

„Warum hast du das getan?", fragte ich, ehrlich verwirrt.

„Aus Spaß? Um deine Reaktion zu sehen? Um deine Fähigkeiten zu testen? Oder vielleicht einfach nur, weil ich es kann...", erwiderte er fast nachdenklich.

Er provozierte mich offensichtlich, wahrscheinlich wollte er eine empörte Reaktion bei mir hervorrufen. Aber dieser Mann war ein Raubtier an der Spitze der Nahrungskette. Ich würde ihm keinen Grund geben, sich aufzuregen und mich anzugreifen. Obwohl ich körperlich in keiner Weise gefesselt war, fühlte sich mein Körper unnatürlich schwer an, als würde mich eine unsichtbare Kraft an den bequemen gepolsterten Stuhl fesseln, auf den er mich gesetzt hatte.

War das alles überhaupt real? War ich in einer weiteren Illusion gefangen? Testete er mich immer noch?

Zu viele Fragen schossen mir durch den Kopf. Im Moment konnte ich nur mitspielen und hoffen, dass ich als Siegerin hervorgehen würde. Vor allem musste ich verstehen, was seine Absichten waren.

„Okay. Aber das erklärt mir immer noch nicht, warum du mich gegen meinen Willen mitgenommen hast", sagte ich vorsichtig. „Wenn du nur meine Reaktionen auf deine Illusionen testen wolltest, hättest du mich einfach fragen können."

„Ich lasse dich raten, warum ich dich mitgenommen habe", antwortete er mit einer gefährlich süßen Stimme, die voller Herausforderung klang.

Ich runzelte die Stirn, unsicher, welche Antwort er erwartete. So wie er seinen Satz formuliert hatte, schien er anzudeuten, dass die Antwort offensichtlich sein sollte.

„Ehrlich gesagt, mir fällt kein Grund ein, warum du das tun solltest", antwortete ich aufrichtig. „Ich vermute, dass du bereits weißt, dass ich krank bin. Mein Blut ist vergiftet. Wenn du vorhast, mich zu essen, würde dich das mit ziemlicher Sicherheit töten. Das könnte erklären, warum du dich nicht darum gekümmert hast – vorausgesetzt, das war überhaupt deine Absicht."

Er brach in lautes Gelächter aus, das so voll und kehlig klang, dass ich es ziemlich angenehm fand. Wäre er nicht so bewusst einschüchternd, wäre er ein äußerst attraktiver Mann.

„Ja, es ist ein sehr übles Gift, das durch dich fließt", räumte er mit fast boshafter Freude ein. „Aber für mich ist es keine Gefahr. Ich könnte jeden einzelnen Bissen deines zarten Fleisches verschlingen und bliebe unversehrt."

Ich starrte ihn mit offenem Mund an.

„Ich bin so etwas wie ein Doppelgänger. Ich nehme das Aussehen, das Wissen, die Kräfte und die Fähigkeiten von allem auf, was ich esse", sagte Lyall selbstgefällig.

„Für immer?", rief ich aus.

Er lachte leise und schüttelte den Kopf. „Manche Dinge, ja. Andere Dinge, nein. Allerdings bin ich immun gegen alle Gifte. Dich zu essen wird mir also nicht schaden."

Der letzte Satz klang wie eine unbestreitbare Drohung. Aber meine Gedanken wanderten zurück zum Anfang der Beschreibung seiner Fähigkeiten. Wenn er das Aussehen von allem, was er aß, absorbierte, bedeutete das dann, dass ...?

„Wo ist Remus?! Bitte sag mir, dass du ihm nichts getan hast!", flehte ich, während mir die Angst den Magen umdrehte.

Sein Blick verdunkelte sich, und sein Gesicht nahm einen hungrigen, fast sinnlichen Ausdruck an. Die scharfen Spitzen seiner Reißzähne blitzten zwischen seinen geöffneten Lippen hervor, und er legte seine rechte Hand auf seinen Schritt, als wolle er sich zurechtrücken.

„Verdammt, der Geruch deiner Angst ist göttlich", zischte er, als würde er darum kämpfen, die Kontrolle über seine Urinstinkte zu behalten. „Das war zu erwarten, denn auch dein natürlicher Geruch ist köstlich. Selbst der Gestank des Todes, der an dir haftet, kann ihn nicht ruinieren. Kein Wunder, dass der Welpe dich will."

„Bitte, sag mir, dass er lebt!", flehte ich. „Bitte sag mir, dass du ihm nichts getan hast."

Er neigte den Kopf zur Seite und musterte mein Gesicht, als wäre ich ein seltsames Wesen, das sich jeder Logik entzog.

„Ich habe ihm nicht wehgetan … noch nicht", erwiderte er schließlich.

Ein erstickter Seufzer der Erleichterung entfuhr mir. „Dann bitte ich dich, ihn in Ruhe zu lassen. Du hast mich bereits. Wenn du Nahrung willst, dann iss mich und lass ihn gehen."

Zu meiner Überraschung schien mein Angebot ihn zu verärgern.

„Warum sollte ich das tun?", fragte er mit schroffer Stimme.

„Remus ist ein guter Mensch!", rief ich aus.

Lyall schnaubte verächtlich und winkte ab. „Er ist verflucht und ein Ausgestoßener. Der Junge ist eine Gefahr für andere. Selbst sein Blut könnte tödlich sein."

„Er ist krank!", entgegnete ich mit hörbarer Empörung in meiner Stimme. „Es ist nicht seine Schuld, dass er so geboren wurde. Trotz aller Schwierigkeiten, denen er ausgesetzt war, ist er dennoch ein guter Mensch geworden. Seit wir uns kennengelernt haben, war er mir gegenüber immer freundlich, beschützend und ehrenhaft."

Ich war sprachlos und zuckte zurück, als Lyall beide Hände auf die Armlehnen seines Stuhls schlug und sein Gesicht vor Wut verzerrt war.

„Du kennst ihn nicht!", spie er wütend. „Du bist verletzlich und verzweifelt, leicht zu manipulieren von jedem, der dir auch nur einen Funken Hoffnung gibt. Nach allem, was du weißt, spielt er nur mit dir."

Ich schüttelte entschieden den Kopf. „Auch wenn wir uns gerade erst kennengelernt haben, vertraue ich ihm mit meinem Leben. Wir sind Zwillingsflammen."

Lyall schnaubte, seine Wut schien so schnell zu verfliegen, wie sie aufgeflammt war, und ein verächtlicher Ausdruck legte sich auf sein Gesicht.

„Wirklich?", fragte er spöttisch. „Vielleicht sagt er das nur, damit du ihm blindlings folgst."

Wieder schüttelte ich entschieden den Kopf. „Seine physiologischen Reaktionen auf mich sind unbestreitbar. Andere aus seinem Rudel haben das auch bemerkt. Tatsächlich war es einer von ihnen, der mich darauf hingewiesen hat, und ich war es, die Remus zu einem Geständnis gezwungen hat."

Lyall biss die Zähne zusammen und starrte mich einige Sekunden lang schweigend an, die mir wie eine Ewigkeit vorkamen. Warum war er so unzufrieden mit der Verbindung zwischen Remus und mir?

„Und jetzt bist du also verliebt?", fragte er schließlich mit einer Stimme, die vor Verachtung triefte.

Ich warf ihm einen unbeeindruckten Blick zu, bevor ich antwortete. „Natürlich nicht. Wie du so treffend gesagt hast, kenne ich ihn nicht, da wir uns erst kürzlich begegnet sind. Aber ich liebe es, wie ich mich in seiner Nähe fühle und wie wunderbar er mich behandelt. Wenn ich diese Krankheit überlebe, werde ich mich zweifellos Hals über Kopf in ihn verlieben."

Er schnaubte erneut und sah mich an, als wäre ich dumm. „Wie idealistisch. Nur dass deine perfekte Zwillingsflamme völlig unfähig ist, dich zu beschützen. Er hat dich mitten im Haunted Woods zurückgelassen, und ich brauchte nur vorbeizukommen und dich zu schnappen."

Obwohl ich es tatsächlich gehasst hatte, dass er mich auf der Straße zurückgelassen hatte, hatte er mich nicht *im Stich gelassen*. Remus tat das, was er zu diesem Zeitpunkt für die sicherste Vorgehensweise hielt. Dieser offensichtliche Angriff auf meinen Mann verstärkte nur mein Bedürfnis, ihn zu verteidigen.

„Remus hat mich nicht im Stich gelassen. Er traf unter schwierigen Umständen eine schwere Entscheidung. Er hatte keinen Grund zu glauben, dass du in der Nähe lauern würdest. Tatsächlich sagte er, dass sich Wesen wie du niemals in dieser Gegend aufhalten würden. Was hast du also im Haunted Woods gemacht?", fragte ich herausfordernd.

„Ich gebe zu, dass seine Einschätzung fair war", räumte Lyall mit einem spöttischen Grinsen ein. „Ich hätte nicht dort sein sollen, aber ich war neugierig auf dich."

Ich riss die Augen auf. „Auf mich?", wiederholte ich verwirrt. „Warum? Woher wusstest du überhaupt von meiner Existenz? Ich bin ein Niemand, nur eine Kerzenmacherin aus einer kleinen Stadt."

„Ich wollte wissen, wer so dreist und arrogant ist, dass er Ranael töten will", entgegnete er mit harter Stimme und strengem Blick. „Mein kleiner Test hat gezeigt, dass du völlig ungeeignet bist, dich dem Dämonenwolf zu stellen. Und du glaubst, du kannst einfach auftauchen und ihn bezwingen?"

„Was?! Nein! Ich will ihn nicht töten!", rief ich fassungslos. „Ich weiß nicht, wer dir das gesagt hat, aber es ist völlig falsch. Ich gehe dorthin, um seinen Schutz zu suchen. Hast du nicht gesehen, wie ich in deiner Illusion den Zauberspruch rezitiert habe?"

„Seinen Schutz?", fragte Lyall überrascht. „Wofür?"

„Damit er mich mit seinem Schlangenschwanz beißt, um das Gift zu neutralisieren, das mich tötet, ohne mir sonst Schaden zuzufügen", antwortete ich sachlich.

Von allen Reaktionen, die er hätte zeigen können, war es das Letzte, was ich erwartet hatte, dass er mich mit offenem Mund anstarrte, als wäre mir ein zusätzliches Glied auf der Stirn gewachsen.

„Du bist verrückt!", flüsterte Lyall, bevor er sich von seinem Schock zu erholen schien. „Sein Gift wird dich töten, dummes Weib. Niemand überlebt das Gift von Ranaels Schwanz!"

„Es wird mich nicht umbringen, wenn ich den zweiten Biss bekomme, nachdem sein Gift mein Gift neutralisiert hat", bekräftigte ich zuversichtlich. „Ich weiß, wie verrückt das klingt. Um ehrlich zu sein, dachte ich dasselbe, als ich zum ersten Mal von der einzigen Heilmethode hörte, auf die ich in der mir verbleibenden Zeit hoffen konnte. Aber die Weberin hat mich hierhergeschickt. Sie hat mir beigebracht, wie ich Ranaels Schutz beschwören kann und welche Schritte ich unternehmen muss, um mein Ziel zu erreichen."

Sein Gesicht verschloss sich völlig. Er lehnte sich in seinem Stuhl zurück, fast so, als müsse er Abstand zwischen uns schaffen. Sein Blick wurde unscharf, und er schien in tiefes Nachdenken versunken zu sein, als versuche er, ein unlösbares Rätsel zu knacken. Meine Zunge brannte vor dem Drang, ihn zu fragen, was ihm durch den Kopf ging, aber ich hielt mich zurück.

Nach einigen Augenblicken richtete er seine Aufmerksamkeit wieder auf mich. „Warum sollte die Weberin dich auf diese unmögliche Mission schicken?", flüsterte er.

Obwohl er die Frage an mich richtete, schien es eher so, als würde er laut eine Frage an sich selbst stellen.

„Du wirst das nicht überleben", sagte Lyall in einem sachlichen Tonfall, der nichts mehr von seiner früheren Spottlust oder Boshaftigkeit hatte. „Tatsächlich wirst du wahrscheinlich sterben, bevor du überhaupt das Plateau erreichst. Und selbst wenn du es schaffst, wird Ranael dich töten, oder du wirst an seinem Gift sterben. Das Gift, das dich quält, breitet sich extrem schnell aus. Selbst von meinem Platz aus kann ich buchstäblich sehen, wie es sich in dir vermehrt. Du hast noch zehn Tage auf deiner Reise vor dir. Aber du hast kaum noch sieben oder acht Tage zu leben. An diesem Punkt wäre es Gnade, dich zu essen."

„Du lügst!", schrie ich, obwohl mich Verzweiflung überkam.

Während er mich zuvor absichtlich gereizt und provoziert hatte, spürte ich diesmal keine Täuschung von ihm.

„Ich lüge nie", sagte er sachlich. „Du kannst es auch spüren. Die Uhr tickt, und dir läuft die Zeit davon."

Meine Schultern sackten herab, und ich blinzelte die Tränen weg, die mir in die Augen stiegen. Ich war nicht bereit zu sterben. Abgesehen davon, dass ich zu jung war, um diese Welt schon zu verlassen, hatte ich gerade meinen Seelenverwandten getroffen. Ich war nicht so weit gekommen, um jetzt zu scheitern. Und warum hätte die Weberin mich empfangen wollen, wenn ich ein hoffnungsloser Fall gewesen wäre? Sie hatte mich auf diese Mission geschickt, weil es einen Weg zum Erfolg gab, so schmal er auch sein mochte.

Und dann wurde es mir klar:

Ich hob ruckartig den Kopf, um ihn anzusehen, und eine unmögliche Hoffnung keimte in meinem Herzen auf.

„Du ... du könntest mir helfen! Du kennst dich mit Giften aus!", fügte ich schnell hinzu, als er mich verwirrt anstarrte.

Er wich zurück und sah mich an, als wäre ich verrückt. „Warum zum Teufel sollte ich dir helfen?"

„Weil du es kannst! Weil es das Richtige ist!", antwortete ich, als wäre es selbstverständlich.

„Ich bin ein Monster", entgegnete er in einem Tonfall, der andeutete, dass dies offensichtlich sein sollte. „Ich helfe keinen Menschen. Ich spiele mit ihnen, bis sie verrückt werden oder bis ich des Spiels überdrüssig bin. Und dann esse ich sie normalerweise."

Ich hielt seinen Blick einige Sekunden lang fest, dann überkam mich ein seltsames Gefühl der Ruhe.

„Nein, Lyall", widersprach ich mit ruhiger, aber selbstbewusster Stimme. „Du bist ein Doppelgänger. Ein Monster zu sein, ist eine Entscheidung. Du kannst dich dafür entscheiden, gut zu sein."

Er schnaubte, und sein Gesichtsausdruck ließ keinen Zweifel daran, dass er meine Krankheit für meine Vernunft verantwortlich machte.

„Warum sollte ich? Das macht keinen Spaß. Angst und Schmerz schmecken wie der Nektar der Götter."

„Glück auch", betonte ich.

Er machte eine verächtliche Geste. „Glück ist zu schwer zu erlangen. Sterbliche sind Masochisten. Selbst wenn ihnen ein idyllisches Leben geschenkt wird, wenden sie sich davon ab und suchen den Weg des Leids und der Not."

„Menschen treffen schlechte Entscheidungen, das bedeutet nicht, dass sie sich nach Schmerz sehnen", argumentierte ich. „Je schwieriger etwas zu erreichen ist, desto lohnender ist es. Wo bleibt der Spaß, wenn man sich immer nur mit den niedrig hängenden Früchten zufriedengibt?"

„Weil das Streben nach der unerreichbaren Frucht bedeutet, dass die Chance besteht, dass du sie niemals ernten wirst", entgegnete Lyall. „Und selbst wenn du es endlich schaffst, wird sie entweder überreif sein oder von selbst heruntergefallen sein und zu deinen Füßen verrotten. Aber im Moment möchte ich dir wirklich wehtun, solange du noch perfekt für die Ernte bist."

Ich wusste nicht, wie ich auf diese Worte reagieren sollte. Er meinte sie ernst. Die dunkle Seite in ihm sehnte sich danach, die Gewalt, die in ihm schlummerte, zu entfesseln. Und doch hatte ich keine Angst. Zumindest nicht, dass *er* mir Schaden zufügen würde. So wie sich kurz nach unserer Begegnung fast sofort eine Verbindung zu Remus aufgebaut hatte, spürte ich etwas Ähnliches – wenn auch anderes – bei Lyall.

Es ergab keinen Sinn.

Bevor ich eine Antwort finden konnte, versteifte sich Lyall plötzlich. Er drehte sein Gesicht leicht nach rechts und sein Blick wurde unscharf. Zuerst dachte ich, er würde versuchen, etwas zu hören, das mein menschliches Gehör nicht wahrnehmen konnte. Dann weiteten sich seine vertikalen Pupillen und ich erkannte, dass er sich etwas vor seinem geistigen Auge vorstellte. Augenblicke später richtete er seine Aufmerksamkeit wieder auf mich, sein Gesichtsausdruck war größtenteils unlesbar, doch ein Hauch von Wut war zurückgekehrt. Seine Pupillen verengten sich wieder zu Schlitzen, und die Rötung seiner Augen – die seine gesamte Sklera umfasste – schien einen dunkleren, bedrohlicheren Farbton anzunehmen.

„Dein Haustier sucht dich", sagte er in neutralem Tonfall.

Ich wurde hellhörig und hätte mich nach vorne gebeugt, wenn mich die magische Kraft, die mich an meinen Stuhl fesselte, nicht daran gehindert hätte.

„Remus ist in der Nähe?!"

„Mmhmm", antwortete er, sein Gesicht zunächst unlesbar, bevor ein bösartiges Lächeln seine Lippen umspielte. „Der Welpe spielt mein Spiel. Er kann suchen, so viel er will, ohne meine Zustimmung wird er dich niemals finden. Tatsächlich denke ich, dass ich mich zuerst an ihm laben werde."

„Nein! Lass ihn gehen! Er ist keine Bedrohung für dich", rief ich.

„Das ist mir durchaus bewusst", entgegnete er verächtlich. „Aber ich habe Hunger."

„Dann iss *mich*! Wie du gesagt hast, ich werde es sowieso nicht schaffen. Aber er hat sein ganzes Leben noch vor sich. Bitte, lass ihn in Ruhe."

Wieder einmal erzürnten meine Worte ihn. Obwohl die kleine Stimme in meinem Hinterkopf mir zurief, dass ich nichts von Lyall zu befürchten hatte, drückte ich mich gegen die Rückenlehne meines Stuhls, als er sich nach vorne warf. Seine beiden Hände ruhten auf den Armlehnen meines Stuhls, seine Fingernägel hatten sich zu furchterregend langen Klauen verlängert, und er blieb mit seinem Gesicht nur wenige Zentimeter von meinem entfernt stehen.

„Du kennst ihn verdammt noch mal nicht, und trotzdem würdest du für ihn sterben?", zischte er.

Ich schluckte schwer, hob aber trotzig mein Kinn.

„Ja, das würde ich", antwortete ich und hielt seinem Blick standhaft stand. „Er ist für mich ein großes Risiko eingegangen, als es sonst niemand tun wollte. Meine Überlebenschancen standen immer schlecht. Aber zumindest hat er es versucht, und für eine Weile gab er mir Hoffnung, als es keine mehr gab. Wenn ich also sterben muss, werde ich es gerne für ihn tun. Aber ich weigere mich, der Grund für seinen Tod zu sein."

Der rechte Winkel seines Mundes verzog sich zu einem Grinsen. Eine Million verschiedener Gedanken huschten über sein überirdisches Gesicht, während er mich wütend anstarrte.

„Du gehst davon aus, dass es entweder er *oder* du ist", sagte er mit einer widerlich süßen Stimme.

„Du kannst uns nicht beide fressen!", rief ich entsetzt.

„Sagt wer?", fragte er spöttisch.

„Bitte, Lyall, lass ihn einfach gehen", flehte ich.

Zu meinem Entsetzen veränderte sich die rote Farbe seiner Augen und nahm einen leicht bläulich-roten Schimmer an. Ein langgezogenes Schnurren vibrierte aus seiner Kehle. Ein sinnlicher Ausdruck legte sich auf sein Gesicht, und seine Augen huschten zu meinen Lippen.

„Ich liebe es, wie du bittest. Bitte mich noch einmal, Amara", flüsterte er.

Ich öffnete meinen Mund, um ihm zu sagen, er solle sich verpissen, aber stattdessen ertappte ich mich dabei, wie ich ihm gehorchte.

„Bitte, Lyall. Ich flehe dich an", flüsterte ich.

Sein Schnurren wurde noch lauter. Seine Oberlippe zitterte, als würde er gegen den Drang ankämpfen, seine Zähne zu zeigen. Mir wurde klar, dass er sich nicht entscheiden konnte, ob er mich küssen oder seine Zähne in mich versenken wollte.

„Ich sollte dich einfach behalten", sinnierte er laut.

Obwohl ich nicht glaubte, dass er diese Worte für mich gesagt hatte, antwortete ich dennoch.

„Du kannst mich nicht behalten. Ich sterbe, weißt du noch?"

Sein Blick huschte zu meinem, und er starrte mich mit einer Intensität an, die mir das Gefühl gab, nackt und entblößt zu sein.

„Ich *kann* dich am Leben erhalten", stellte er sachlich fest.

Mein Herz setzte einen Schlag aus. „Du kannst mich heilen?!"

Er schüttelte den Kopf. „Das habe ich nicht gesagt. Nur, dass ich dich am Leben halten kann. Ich kann das Gift in dir bekämpfen, wenn es sich ausbreitet."

„Neun Höllen! Warum hast du das nicht früher gesagt? Ich werde diese Medizin von dir kaufen!"

Er schnaubte und schüttelte den Kopf. „Nein, dummes Weib. Das ist nichts, was man verkaufen kann", sagte er, bevor er seine scharfen Reißzähne entblößte und langsam mit der Zunge über den rechten fuhr. „Ich muss dich beißen, wahrscheinlich ein- oder zweimal pro Woche."

Meine Schultern sackten herab, als die Funken der Hoffnung erloschen. Ein wütendes Knurren vibrierte durch Lyalls Brust und erschreckte mich.

„Warum bist du traurig? Willst du nicht leben? Ich biete dir eine Lösung an", zischte er.

„Aber das ist kein Leben", argumentierte ich mit leiser Stimme. „Wenn ich zustimmen würde, würde ich tatsächlich in der Schwebe leben und dir völlig ausgeliefert sein. Du könntest mir deinen Biss vorenthalten, um mich zu bestrafen, wenn ich dir missfallen habe, oder um mich zu zwingen, alle deine Forderungen zu erfüllen."

„Ich mag ein Monster sein, aber nicht *diese* Art von Monster", knurrte er. „Ich könnte dich glücklich machen, Amara. Ich kann alles sein, was du willst, wann immer du willst. Sogar der Welpe, den du so sehr magst."

Sprachlos starrte ich ungläubig an, als seine Gesichtszüge unter der intensiven Hitze wie Wachs zu schmelzen schienen. Gleichzeitig leuchteten die blitzförmigen Streifen unter seiner Haut mit großer Intensität und blendeten mich für den Bruchteil einer Sekunde. Ich blinzelte zweimal und schnappte dann nach

Luft, als ich mich dabei ertappte, wie ich in Remus' geliebte goldene Augen starrte.

„Remus", flüsterte ich.

Mein Verstand wusste es besser, aber meine Augen wollten verzweifelt an der Illusion glauben. Er beugte sich vor, um mich zu küssen. Jede Faser meines Wesens schrie danach, ihm entgegenzukommen, aber Sekunden bevor sich unsere Lippen berührten, schaffte ich es, mein Gesicht abzuwenden. Er blieb einen Hauch von meiner Wange entfernt stehen.

„Bitte nicht", flüsterte ich.

Er zischte wütend und fletschte seine Zähne.

„Was zum Teufel hat er, was ich nicht habe?", schnauzte Lyall. „Ich wäre ein besserer Heiler und Beschützer, als dieser kranke Welpe es jemals sein könnte!"

„Er ist meine Zwillingsflamme!", rief ich aus, als wäre das selbstverständlich. „Ich bin nicht die Frau, die für dich bestimmt ist. Deine Seelenverwandte ist irgendwo da draußen."

Er schnaubte angewidert, stieß mich von sich weg und richtete sich auf, während er wieder seine natürliche Gestalt annahm.

„Ich bin ein Monster", sagte er selbstironisch.

„Aus eigener Entscheidung, nicht von Natur aus", entgegnete ich. „Es gibt etwas Schönes in dir. Es kommt jedes Mal zum Vorschein, wenn du deine Wut beiseiteschiebst."

„Schmeicheleien wirken bei mir nicht, Mensch", sagte er streng.

„Ich lüge nie", antwortete ich und wiederholte damit seine eigenen Worte.

„Ist das so?"

Zu meinem Entsetzen packte er wütend mein Handgelenk und versenkte seine Reißzähne in meiner Innenseite. Ich schrie vor Schmerz auf. Dann durchflutete mich flüssige Glückseligkeit, als er begann, von mir zu trinken. Er trank nicht gierig, sondern nahm nur kleine Schlucke. Durch den Schleier der Euphorie, den das, was er mir injiziert hatte, über mich gelegt hatte, starrte ich voller Staunen auf seine göttliche Schönheit. Seine Augen hatten ihre rote Farbe vollständig verloren und hatten nun den schönsten Purpurton. Ein hypnotisierendes Licht strahlte aus den Blitzen unter seiner Haut. Sie schienen leicht zu wogen und tauchten ihn in einen beruhigenden Heiligenschein. Hinter ihm ragten zwei Lichtstrahlen aus seinem Rücken hervor, die vage die Form eines riesigen Paares ätherischer Flügel bildeten.

Er ist kein Doppelgänger.

Was auch immer er war, er besaß zweifellos göttliches Blut. War er der Nachkomme eines Gefallenen? Oder das Mischlingskind eines Doppelgängers und eines Engels? Doch noch während diese Gedanken durch meinen Kopf schossen, wurde mir klar, dass er sich nicht von meinem Blut ernährte. Lyall plünderte meine Erinnerungen.

Ich konnte nicht sagen, wie viel Zeit vergangen war. Es konnten Sekunden oder Stunden gewesen sein. Ich schwebte in einem Zustand des Wohlbefindens, der zu tief war, um ein so unbedeutendes Konzept im Auge zu behalten. Lyall zog seine Reißzähne aus meinem Handgelenk und leckte die Einstichwunden. Fasziniert sah ich zu, wie sie sich in einem Augenblick verschlossen.

Lyall richtete sich auf und ragte über mir auf. Mein Herz zog sich zusammen, als ich die tiefe Traurigkeit und Resignation in seinem schönen Gesicht sah, während das engelhafte Leuchten um ihn herum verblasste. Was hatte er gesehen, das ihn so niedergeschlagen machte?

„Zwei Bisse ...", murmelte er vor sich hin. „Die Weberin und ihre verdammten Psychospielchen ..."

„Was?", fragte ich verwirrt.

„Denk sorgfältig über ihre Worte nach", sagte Lyall geheimnisvoll. „Sie bedeuten nicht das, was du denkst."

„Was meinst du damit?", hakte ich nach.

Er starrte mich einen Moment lang schweigend an, als würde

er überlegen, wie er antworten sollte, bevor er den Kopf schüttelte.

„Es ist Zeit für mich, deinen Welpen zu besuchen", sagte er schließlich.

„Bitte tu ihm nichts!"

Seine Wut flammte erneut auf. Zu meinem Entsetzen packte er mich an den Haaren im Nacken und presste seine Lippen in einem brutalen Kuss auf meine. Es dauerte weniger als eine Sekunde und fühlte sich eher wie eine Bestrafung als ein Versuch der Verführung an. Sein Gesicht war nur wenige Zentimeter von meinem entfernt, er sah mir direkt in die Augen, deren wütendes Rot keinen Zweifel an seinem aktuellen Gemütszustand ließ.

„Welches Schicksal den Welpen ereilt, hängt von ihm selbst ab", knurrte er. „Bete, dass er die richtige Entscheidung trifft."

„Was soll das heißen?"

Er antwortete nicht. Er ließ meine Haare los und marschierte entschlossen aus dem Haus, während er mich allein, verwirrt und verzweifelt zurückließ.

KAPITEL 10
REMUS

Als ich zurück zur Straße rannte, wandte ich alle Beruhigungstechniken an, die ich im Laufe der Jahre entwickelt hatte, um meine wilde Seite zu zügeln, wenn der Vollmond näher rückte. Mein Blut kochte immer noch vor Mordlust. Ich hatte zwar keine Angst, meiner Gefährtin in irgendeiner Weise Schaden zuzufügen, aber ich wollte nicht, dass sie diese ungezügelte Seite von mir sah. Zumindest nicht so früh in unserer Beziehung.

Sie vertraute mir, daran hatte ich keinen Zweifel. Sie empfand auch große Zuneigung für mich. Ich wollte, dass sich daraus eine tiefe und unsterbliche Liebe entwickelte. Angesichts all der Herausforderungen, vor denen wir gerade standen, war es das Letzte, was wir brauchten, dass sie sich in meiner Gegenwart unsicher fühlte.

Ich sprang aus dem Wald auf den Weg und rannte in meiner Wolfsgestalt auf allen Vieren. Ich wäre lieber als Mensch zu ihr gekommen, aber so konnte ich nicht so schnell laufen. Seltsamerweise fühlte ich mich auch unbehaglich bei dem Gedanken, splitternackt vor ihr zu laufen. Das ergab überhaupt keinen Sinn, da Nacktheit unter Lykanern ganz normal war. Außerdem konnte ich ehrlich sagen, dass ich einen sehr attraktiven Körper hatte. Diese plötzliche Schüchternheit war also völlig irrational.

Aber als ich den Weg entlang rannte, verschwanden diese abschweifenden Gedanken schnell aus meinem Kopf. Inzwischen sollte ich entweder das Geräusch unserer galoppierenden Pferde in der Ferne hören oder zumindest einen Blick auf ihre Silhouette vor mir erhaschen können. Zugegeben, ich hatte die Aegarims ziemlich tief in den Wald hinein verfolgt. Dennoch war ich nicht so lange weg gewesen, dass meine Gefährtin so weit hätte kommen können, selbst wenn sie die Pferde bis zum Äußersten getrieben hätte.

Mein Magen verkrampfte sich vor Unbehagen, und ich verdoppelte mein Tempo. Die völlige Stille verstärkte meine wachsende Panik noch. Die Mystifizierer und bösen Geister würden nicht für mich singen, da mein Blut für sie Gift war. Aber ich müsste ihr Flüstern an meine Frau hören, wenn sie in Reichweite wäre.

Mir wurde übel bei dem Gedanken, dass noch weiter vorne eine weitere Meute Aegarims lauern könnte. Das sollte eigentlich nicht der Fall sein, da diese Bestien in einem großen Gebiet jagten, das sie gegen andere Meuten vehement verteidigten.

Aber dieses Rudel zählte weit mehr Mitglieder als übliche.

Ich hätte sie nicht allein lassen dürfen. Es war leichtsinnig und arrogant von mir zu glauben, dass ihr nichts passieren würde, weil ich die Bedrohung leicht beseitigen könnte. Wenn wegen meiner Nachlässigkeit etwas passiert wäre ...

Mein Blut gefror in meinen Adern, und ich heulte vor Verzweiflung, als ich endlich Amaras Fußspuren auf dem festgestampften Boden bemerkte, wo sie von ihrem Pferd abgestiegen war. Aber es war das Vorhandensein eines zweiten Satzes von Fußspuren, das mich wirklich zerstörte. Etwas – oder besser gesagt jemand – war aus dem Wald auf den Weg getreten.

Nichts Gutes konnte sich sicher durch den Haunted Woods bewegen.

Schlimmer noch, ich konnte keinen Geruch wahrnehmen, der den Eindringling identifizieren könnte. Ich nahm nur Amaras Geruch und den unserer Pferde wahr. Meine Gedanken rasten, während ich im Kopf die begrenzte Anzahl von Kreaturen durchging, von denen ich wusste, dass sie entweder keinen Geruch hatten oder ihn so gut maskieren konnten, dass er fast unmöglich zu erkennen war. Alle waren schrecklich.

Ich eilte in den Wald und folgte dem letzten Rest des unverwechselbaren Duftes meiner Frau. Durch diesen verfluchten Wald zu streifen, fühlte sich immer an, als würde man in einen konzentrierten Pool des Bösen eintauchen. Zu meiner Bestürzung konnte ich auf dem Boden keine Spuren von Pferdehufen oder den Fußspuren meiner Gefährtin entdecken. Ein Teil von mir begann sich zu fragen, ob ich unter dem Einfluss einer Illusion stand, die mich glauben ließ, ich würde tatsächlich ihrem Geruch folgen. Aber ich spürte keine Magie, die mich direkt beeinflusste.

Könnte das Wesen, das sie entführt hatte, geflügelt sein und in geringer Höhe über dem Boden fliegen?

Ohne langsamer zu werden, warf ich einen Blick auf die Bäume über mir. Es gab keine Anzeichen für abgebrochene oder beschädigte Äste, die darauf hindeuten könnten, dass etwas Großes durch sie hindurchgeflogen war. Jeder Ast war so dick und lang, dass sie fast eine Kuppel über mir bildeten. Nur kleinere Lebewesen konnten vorbeifliegen, ohne Gefahr zu laufen, gegen einen von ihnen zu prallen.

Und dann verschwand ihr Geruch vollständig.

Ich blieb stehen und schnüffelte vergeblich in der Luft. Mit klopfendem Herzen ging ich zurück, bis ich den Geruch wieder wahrnahm. Zu meiner Bestürzung führte er mich nun in eine völlig andere Richtung als die, der ich gefolgt war. Fünf oder zehn Minuten später – ich konnte es nicht mehr sagen, da die Zeit jede Bedeutung verloren zu haben schien – passierte dasselbe noch einmal. Wut, Verwirrung und wachsende

Verzweiflung schnürten mir die Brust so ein, dass ich kaum atmen konnte, während ich meine Schritte zurückverfolgte, bis ich ihre Spur wieder aufnahm, die in eine weitere Richtung führte.

Zu diesem Zeitpunkt zweifelte ich nicht mehr daran, dass ich in einer Art Illusion gefangen war. Die Frage war nur, um welche Art es sich handelte. Da ich immer noch keine Magie auf mich wirken spürte, konnte ich nur vermuten, dass ich entweder physisch von einem Wesen oder einer Pflanze kontrolliert wurde oder dass ein mächtiger Mystifikator die Kontrolle über mich übernommen hatte.

Bewegte ich mich überhaupt in der realen Welt oder stand ich nur still wie eine Statue? War ich in den Kokon einer teuflischen Kreatur eingewickelt? Fraß mich eine Bestie lebendig, während ich ziellos in diesem Albtraum umherirrte?

Wie auch immer die Lage war, ich musste weitermachen. Der Verzweiflung nachzugeben, würde meinen Untergang bedeuten, und damit auch den meiner Gefährtin. Allein ihretwegen durfte ich nicht versagen.

Ich nahm wieder meine menschliche Gestalt an, bevor ich auf einen der Bäume kletterte, um einen besseren Überblick über meine Umgebung zu bekommen. Zu meiner Überraschung entdeckte ich in der Ferne etwas, das wie ein gemütliches Holzhaus aussah. Der leichte Rauch, der aus dem Schornstein aufstieg, deutete darauf hin, dass darin ein Feuer brannte.

Dieses Haus sollte eigentlich nicht existieren.

Mein Instinkt sagte mir, dass es ein Köder war, um mich in eine Falle zu locken. Aber ich hatte keine andere Wahl. Ich sprang von dem Ast, auf dem ich gesessen hatte, herunter, um mich wieder in meinen Wolf zu verwandeln und zu meinem neuen Ziel zu rennen. Doch sobald ich den Boden berührte, durchzuckte ein stechender Schmerz mein Bein. Ich stolperte nach vorne. Gerade als ich mein Gleichgewicht wiederfinden wollte, schlangen sich dornige Ranken um mein Bein und rissen es nach hinten. Der Boden kam mir entgegen, und ich schaffte es gerade noch, meine Hände vor mich zu werfen, um nicht mit dem Gesicht aufzuschlagen.

Ein scharfer, stechender Schmerz durchzuckte jeden Zentimeter meines Körpers, während sich die Ranken wie eine Boa Constrictor um mich wickelten und unzählige scharfe Nadeln mich mit ihrem betäubenden Gift stachen.

Ich konnte nicht glauben, dass mich ein Arraphilon angegriffen hatte. Diese elenden Kreaturen sahen aus wie vier Meter lange Tausendfüßler, deren zylindrischer Körper einem dornigen, mit Blättern bedeckten Ast ähnelte. Ihr Oberkörper hatte ein paar zusätzliche Gliedmaßen, die fast wie zwei Sätze Arme ohne Hände aussahen. Sie hatten keine Augen und nicht einmal etwas, das man als Gesicht bezeichnen könnte. Wären da nicht die Hörner um ihren Kopf gewesen, hätte man sie für Neunaugen halten können, mit ihrem kreisförmigen Mund voller nadelartiger Zähne.

Die meisten Menschen würden die Anwesenheit des Wesens nicht bemerken, da es normalerweise flach auf dem Boden lag, oft am Fuße eines Baumes. Es lag auf der Lauer, so verpackt, dass es wie ein Haufen abgefallener Blätter oder einfach nur wie zufälliges Grünzeug im Unterholz aussah. In meiner Verzweiflung, zu meiner Frau zu gelangen, hatte ich es versäumt, meiner Umgebung mehr Aufmerksamkeit zu schenken.

Dennoch hätte dieses Wesen mich niemals angreifen dürfen. Es konnte das Gift in mir riechen. Und doch stach es mich weiter mit seinen Dornen und biss mich sogar ein paar Mal, in seiner Ungeduld, sich zu ernähren. Ich verschwendete keine Zeit und Energie damit, es in meiner menschlichen Gestalt zu bekämpfen. Obwohl der Arraphilon und ich über vergleichbare Kräfte verfügten – meine wahrscheinlich etwas größer –, würde ich viel zu viele Wunden durch seine Dornen davontragen und durch sein betäubendes Gift verlangsamt werden, wenn ich diesen Kampf so fortsetzen würde.

Stattdessen verwandelte ich mich sofort in meine Wolfsgestalt. Nicht nur würde mein Fell einen nicht zu vernachlässigenden Schutz vor den Dornen bieten, sondern ich würde mich als Wolf auch schneller regenerieren. Außerdem machte es meine massivere Größe in dieser Gestalt für das Wesen schwieriger, mich zu fesseln oder zu zerquetschen. Wie erwartet lockerte der Arraphilon bald seinen Griff, um nicht von meinem deutlich größeren Umfang zerrissen zu werden.

Ich schlug mit meinen Klauen zu und zerteilte es in zwei Hälften. Der schrille Schrei der Kreatur ließ meine Ohren schmerzhaft klingeln. Vor Schmerz und Schock ließ das Arraphilon mich für ein paar Sekunden los, was mir ausreichte, um seinem Griff zu entkommen. Allerdings würde sich die Kreatur niemals so leicht besiegen lassen. Beide Hälften schlugen noch einen Moment lang auf dem Boden um sich, bevor sie mich verfolgten.

Meine Haut kribbelte aufgrund der betäubenden Wirkung der Lähmungstoxine meines Angreifers. Glücklicherweise waren sie nicht stark genug, um mich wirklich zu behindern oder außer Gefecht zu setzen. Aber eine längere Einwirkung einer größeren Menge würde mich schließlich in eine gefährliche Lage bringen.

Zu meinem Entsetzen begann sich der Boden um mich herum zu bewegen, und viele weitere Arraphilons kamen aus ihren Verstecken und sprangen in Aktion. Ich verfluchte mich innerlich dafür, dass ich in eine solche Falle geraten war. Zugegeben, selbst mit meinem geschärften Geruchssinn war es extrem schwierig, ihre Anwesenheit zu erkennen, da ihr Geruch dem anderer Pflanzen und Vegetation im Wald zu sehr ähnelte. Die Tatsache, dass die meisten Kreaturen mich aufgrund meines Zustands nie beachteten, hatte mich auch ein wenig unvorsichtig und übermütig gemacht, wenn es um meine eigene Sicherheit ging, während ich an gefährlichen Orten umherstreifte.

Zwei der elenden Ungeheuer sprangen mich an, eines davon landete auf meinem Rücken. Ich sprang hoch, verdrehte mich in der Luft und schlug mit meinen Pfoten nach ihm, um zu verhindern, dass es sich erfolgreich um mich wickelte. Obwohl ich dieses Exemplar nicht in zwei Hälften zerreißen konnte, gelang es mir, ihm eine lange Wunde über ein Drittel seines Körpers zuzufügen, was ausreichte, um es zu Fall zu bringen und vor Schmerz winden zu lassen. Mit ein paar Sprüngen und Ausweichmanövern wich ich den anderen Angreifern aus. Das würde jedoch nicht mehr lange funktionieren. Da so viele von ihnen mich verfolgten, würde die kombinierte Wirkung ihres lähmenden Giftes meinen Tod garantieren.

Ich hackte und schlug auf sie ein und biss die Zähne zusammen, um den Schmerz ihrer erfolgreichen Bisse zu ertragen. Obwohl ihr Angriff keinen Sinn ergab, mussten sie zu viel von meinem Blut oder Fleisch zu sich nehmen, bevor meine Giftstoffe sie töten konnten. Bis dahin wäre es für mich zu spät. Ich brauchte Feuer, um sie alle auf einen Schlag zu vernichten.

Selbst als ich langsam schwächer wurde, kam mir plötzlich ein Gedanke. Ich bog nach Osten ab und rannte so schnell ich konnte, während ich meine Verfolger abwehren musste. Auf der Suche nach meinem Gefährten erinnerte ich mich daran, dass ich irgendwo eine Stelle mit bitteren Morcheln gesehen hatte. Weniger als dreißig Meter von meiner Rettung entfernt verlor ich durch einen stechenden Schmerz in meinem rechten Bein den Halt. Ein Arraphilon hatte mir brutal in die Achillessehne gebissen, und es fühlte sich an, als hätte mich dort ein Blitz getroffen. Ich stürzte hart auf den Boden, während mein Angreifer mit seinen Vorderbeinen auf mich kletterte.

Ich nutzte meinen Schwung, rollte mich ab und kam wieder auf die Beine. Mein rechtes Bein gehorchte mir nicht ganz, aber ich ignorierte es. Ich griff mit meiner Vorderpfote nach dem Wesen, das über mich kroch, und rammte ihm meine Krallen in den Körper. Diesmal versuchte ich nicht, es in zwei Hälften zu schneiden, sondern riss es einfach von mir herunter. Ich schrie vor Schmerz, als seine Dornen mich in Stücke rissen, und warf die Kreatur mit aller Kraft in das Beet mit den bitteren Morcheln. Sie landete mit solcher Wucht in ihrer Mitte, dass sie einige von ihnen zermalmte. Die Morcheln spuckten ihre giftigen Sporen aus, und das Arraphilon kreischte vor Schmerz. Es versuchte, davonzukriechen, kam aber kaum mehr als ein paar Zentimeter weit, bevor es sich zu winden begann, seine Dornen zu Boden fielen und seine Blätter sich verdunkelten und verwelkten.

Ein zweiter Arraphilon stürzte sich auf meine Kehle, aber ich fing ihn mit meinem Maul auf und schleuderte ihn in die gleiche Richtung wie seinen gefallenen Gefährten. Innerhalb von Sekunden ereilte ihn das gleiche schreckliche Schicksal. Ich rannte halb, halb humpelte ich näher an die Morcheln heran, aber nicht so nah, dass ihre Sporen mich beeinträchtigen konnten, und wandte mich den anderen Kreaturen zu, die mich verfolgt hatten. Zu meinem Erstaunen waren sie alle verschwunden.

Und ebenso meine Schmerzen.

Stattdessen starrte ich einen gutaussehenden Doppelgänger an, der weniger als zehn Meter von mir entfernt stand. Er lehnte sich mit den Unterarmen gegen den Türrahmen einer charmanten Holz- und Backsteinhütte. Aufwendige Schutzzauber, wie ich sie noch nie zuvor gesehen hatte, schmückten den Eingang der Behausung. Ich musste kein Arkanist sein, um zu wissen, dass sie mächtig genug waren, um die widerwärtigen Kreaturen, die diesen Wald heimsuchten, fernzuhalten.

Sie sollte nicht hier sein. Als ich den Wald von dem Ast aus überblickte, befand sich die Hütte in einer anderen Richtung und in einer viel größeren Entfernung als die, die ich zurückgelegt hatte, während ich vor den Kreaturen floh, die mich jagten.

„Nicht schlecht, Welpe", sagte der Doppelgänger in spöttischem Ton. „Du kannst kreativ denken und hast ein gutes Situationsbewusstsein. "

Ich richtete mich auf, als ich wieder meine menschliche Gestalt annahm.

„Wo ist sie?", fragte ich anstelle einer Antwort, ohne mich an meiner Nacktheit zu stören. „Wenn du ihr etwas antust ..."

„Dann was?", unterbrach er mich provokativ. „Was wirst du tun? Oder besser gesagt, was *kannst* du gegen jemanden wie mich schon ausrichten?"

Ich starrte ihn an und suchte nach einer passenden Antwort, scheiterte jedoch kläglich. Lykaner waren von Natur aus immun gegen viele Formen der Gedankenkontrolle, umso mehr, wenn sie den Schutz eines Talismans wie dem genossen, den ich trug. Die Leichtigkeit, mit der er mich in diese Illusion hineingezogen hatte, ohne dass ich es überhaupt bemerkt hatte, als ich sie betrat, verblüffte mich.

Die blitzartigen Streifen unter seiner Haut verrieten ihn zwar eindeutig als Doppelgänger, aber er ähnelte keinem, den ich zuvor gesehen oder von dem ich gehört hatte. Normalerweise hatten sie eine sehr blasse, graue oder cremefarbene Haut. Die Streifen waren auch dünner und unauffälliger. Aus der Ferne konnte man sie für alte Narben halten. Seine Haut hatte einen faszinierenden dunkelblauen Farbton. Seine Streifen waren viel deutlicher und schienen mit einem inneren Licht zu pulsieren. Im Gegensatz zu anderen seiner Art hatte er keine sturmgrauen Augen. Seine waren komplett rot – einschließlich der Sklera – mit vertikalen Pupillen wie bei einem Reptil.

Selbst von meinem Standort aus konnte ich die mächtige Magie spüren, die ihn umgab. Er war kein bloßer Doppelgänger, sondern etwas viel Mächtigeres und Tödlicheres.

„Es ist schon komisch, dass du dich jetzt um ihr Wohlergehen sorgst, wo du sie doch so herzlos im Stich gelassen hast", sinnierte er laut, bevor ich eine passende Antwort finden konnte – nicht, dass ich überhaupt eine gehabt hätte.

Aber diese Worte fühlten sich wie ein Schlag ins Gesicht an. Sie schmerzten umso mehr, als ich mich gerade aus diesem Grund selbst Vorwürfe gemacht hatte.

„Ich habe sie nicht im Stich gelassen", fuhr ich ihn an. „Ich habe sie vor einer Meute Aegarims beschützt. Wenn sie auf dem Weg geblieben wäre, wäre sie in Sicherheit gewesen, während ich sie weggelockt habe."

„Offensichtlich hat das Bleiben auf dem Weg das nicht getan", konterte er spöttisch.

„Du hättest nicht dort sein dürfen!", spie ich wütend. „Deine Art wandert nicht in diesen Gegenden umher."

„Und doch bin ich hier", antwortete er, breitete die Arme aus, machte ein paar Schritte auf mich zu und sein Gesicht verhärtete sich. „Du hattest eine Aufgabe und hast völlig versagt. Was für ein Nutzen hast du?"

Ich zuckte zusammen, seine Worte trafen mich tief. Ich musste meine ganze Willenskraft aufbringen, um nicht auf seine Provokation zu reagieren. Er versuchte eindeutig, mich zu reizen, wahrscheinlich um mich dazu zu bringen, ihn anzugreifen, damit er mich töten konnte. Zugegeben, seine Art brauchte keinen Grund, um ein Leben zu nehmen, aber sie liebten es, Spielchen zu spielen und ihre Beute zu verwirren, bevor sie sich an ihr gütlich taten.

„Wo ist sie?", wiederholte ich mit kontrollierter Stimme, obwohl Wut und Sorge mich innerlich zerfraßen. „Ich kann sie nicht riechen."

Er zuckte mit den Schultern. „Nicht weit."

„Bring mich zu ihr", forderte ich.

Er hob eine Augenbraue, die dieselbe weißlich-blaue Färbung hatte wie sein langes, welliges Haar, und deutete damit an, dass ich etwas zu übermütig war.

„Nein", antwortete er einfach.

Ich versuchte, nach vorne zu stürmen, um die Hütte zu betreten und nach Amara zu suchen, aber ich war wie angewurzelt.

„Was zum Teufel?", murmelte ich leise.

Er schnaubte und schüttelte den Kopf. „Im Ernst?", fragte er, als wäre er von meiner Dummheit enttäuscht.

„Wer bist du? Und was bist du?", fragte ich und hasste es, wie hilflos ich mich fühlte.

„Mein Name ist Lyall, und ich bin ein Doppelgänger", antwortete er sachlich.

Ich schüttelte den Kopf, das Einzige, worüber ich offenbar noch Kontrolle hatte.

„Du bist viel mehr als das. Doppelgänger haben nicht die Fähigkeiten, die du gerade zeigst, und sind sicherlich nicht so mächtig. Das ist wieder eine Illusion, oder?"

Er lächelte nur, antwortete aber nicht. Seine Spezies log nicht. Jedes Wort, das sie sprachen, war entweder die Wahrheit oder das, was sie wirklich für die Wahrheit hielten. Wenn sie etwas nicht preisgeben wollten, redeten sie um den heißen Brei herum oder spielten Wortspiele, um einen zu verwirren. Sie formulierten Dinge besonders gerne so, dass sie bei falscher Interpretation absichtlich irreführend waren – was wahrscheinlich der Fall sein würde.

„Ich möchte Amara sehen", sagte ich schließlich, genervt von der anhaltenden Stille.

„Was du willst, ist irrelevant", erwiderte Lyall verächtlich. „Du hast alle Rechte verloren, als du zugelassen hast, dass sie gefangen genommen wurde."

„Ich *habe* nicht *zugelassen,* dass sie gefangen genommen wurde. Jemand wie du hätte niemals hier sein dürfen", wiederholte ich.

„Du hast recht. Und ich wäre nicht hier, wenn du nicht die Nachricht über deine Mission verbreitet hättest. Technisch gesehen hast du mich hierhergelockt."

„Was?! Wie hat dich das hierhergelockt?", fragte ich verblüfft. „Amara und ich sind beide vergiftet. Intelligente Raubtiere meiden uns, weil es ihnen großen Schaden zufügen oder sie sogar töten würde, wenn sie uns fressen würden. Warum solltest du also speziell wegen uns kommen?"

„Weil sie etwas Besonderes ist, genau wie ihr Blut", antwortete Lyall mit ausdrucksloser Miene.

Ich spürte, wie ich erblasste und mein Blut zu Eis wurde. „Was hast du ihr angetan? Bitte sag mir, dass du ihr nichts getan hast?"

Er schnaubte. „Ich habe ihr nichts getan ... noch nicht."

„Bitte, lass sie gehen. Es gibt viel bessere Beute da draußen."

„Die gibt es, aber ich will sie nicht", antwortete Lyall in geheimnisvollem Ton.

„Was willst du dann? Nenn deinen Preis."

Er neigte den Kopf zur Seite und musterte mich, als wäre ich eine Art Kuriosität. „Warum glaubst du, dass ich nicht schon habe, was ich will? Ihr seid beide hier und mir ausgeliefert."

Ich schüttelte den Kopf. „Du brauchst nicht uns beide", sagte ich mit Überzeugung. „Deine Art verschlingt keine Nahrung und verschwendet sie auch nicht. Mein Blut ist seltener als ihres. Wenn du dich von mir ernährst, wirst du mächtiger. Wenn du einen von uns haben musst, dann nimm mich und lass sie frei."

Er kniff die Augen zusammen, und das Rot in ihnen wurde noch intensiver, was ihn noch furchterregender machte.

„*Dich* stattdessen nehmen?", fragte er bedrohlich.

„Ja. Aber *erst, nachdem* ich meine Mission erfüllt habe", fügte ich hinzu.

Die Art, wie er mich anstarrte, zeigte mir, dass meine Worte ihn wirklich schockiert hatten. Ich konnte verstehen, warum. Er brach in lautes Gelächter aus, das in dem unnatürlich stillen Wald um uns herum laut widerhallte.

Er schüttelte ungläubig den Kopf. „Du bist entweder außerordentlich dumm oder ernsthaft geistig behindert, wenn du glaubst, dass ich oder irgendjemand anderes, der dich in seiner Gewalt hat, einer solchen Sache zustimmen würde."

„Ich werde einen Blutschwur leisten und schwören, dass ich zurückkehren werde, sobald die Mission erfüllt ist, egal wie das Ergebnis ausfällt. Amaras Tage sind gezählt. Ich muss sie auf das

Plateau bringen, solange noch Zeit ist. Es sind nur noch ein paar Tage. Ich verspreche, zurückzukehren."

Zu meiner Überraschung schienen meine Worte ihn zu erzürnen.

„Du würdest dein Leben für eine sterbende Frau opfern, die du kaum kennst? Glaubst du wirklich, du bist so besonders, dass du eine solche Reise überleben könntest? Glaubst du wirklich, dass *du* derjenige bist, der sie beschützen soll?"

„Ich halte mich nicht für besonders", antwortete ich vorsichtig, verwirrt von seiner irrationalen Wut. „Aber ich bin fest entschlossen, das durchzuziehen. Amara ist meine Zwillingsflamme. Ich werde alles tun, um sie zu retten."

„Du liebst sie doch gar nicht!", knurrte er und verwirrte mich mit seiner seltsamen Reaktion noch mehr.

„Du hast recht. Ich bin nicht in sie verliebt … noch nicht. Aber Amara liegt mir sehr am Herzen. Meine physiologischen Reaktionen auf sie mögen der erste Anziehungspunkt gewesen sein, aber die letzten Tage in ihrer Gesellschaft haben mir gereicht, um zu wissen, dass wir tatsächlich füreinander bestimmt sind und dass ich mich unsterblich in sie verlieben werde. Ich habe noch nie in meinem Leben eine so erstaunliche Seele getroffen oder jemanden, dessen bloße Anwesenheit mich glücklicher macht."

Zu meinem Entsetzen fuhren seine Reißzähne aus, und die längsten, bösartigsten Krallen, die ich je gesehen hatte, ragten aus seinen Fingerspitzen hervor. An der wütenden Art, wie Lyall mich anstarrte, glaubte ich, dass er gegen den Drang ankämpfte, sich auf mich zu stürzen und mich in Stücke zu reißen.

Was zum Teufel ist hier los?

Nach einer gefühlten Ewigkeit schien Lyall seine Gefühle wieder unter Kontrolle zu haben. Seine Reißzähne waren zwar noch sichtbar, aber seine Krallen hatten wieder eine normale Länge angenommen. Sie waren zwar immer noch etwas spitz, aber nicht mehr so messerscharf wie zuvor.

„Wenn du dich wirklich um sie sorgst, dann überlässt du sie mir", sagte er mit geheimnisvoller Stimme und intensivem Blick.

Ich wich zurück, meine Bewegungen durch die Lähmung eingeschränkt, die er mir immer noch auferlegt hatte.

„Was?!"

„Ich kann sie am Leben erhalten", fuhr er fort und sah mir fest in die Augen.

Mein Herz machte einen Sprung. Doppelgänger lügen nicht. Konnte er ihr vielleicht helfen?

„Du kannst sie heilen?", fragte ich, die Hoffnung in meiner Stimme deutlich hörbar.

Sie schwand fast augenblicklich, als Lyall zögerte, bevor er den Kopf schüttelte.

„Ich kann sie nicht heilen", verneinte er vorsichtig. „Aber ich kann das Gift neutralisieren, wenn es wieder auftritt. Amara könnte ein langes und sicheres Leben führen. Das kannst du nicht von dir behaupten. Im Gegensatz zu dir kann mir nichts in diesen Wäldern oder in diesen Bergen etwas anhaben, und damit auch niemandem, der unter meinem Schutz steht."

„Nicht einmal Ranael?", fragte ich herausfordernd.

Erneut zögerte er. Er senkte den Blick, während er über seine Antwort nachdachte, bevor er mir wieder in die Augen sah.

„Ranael könnte mir niemals etwas antun, es sei denn, ich würde es zulassen", antwortete er schließlich.

Ich wollte weiter nachhaken, aber sein Gesichtsausdruck machte mir klar, dass ich keine weiteren Informationen über den möglichen Ausgang einer Konfrontation zwischen ihm und dem Dämonenwolf erhalten würde. Das war ohnehin meine geringste Sorge. Alles, was zählte, war meine Gefährtin.

„Du sagst, du könntest das Gift neutralisieren, das Amara tötet. Und danach? Wird sie zu ihrem alten Leben zurückkehren können?", fragte ich.

„Nein. Sie wird bei mir bleiben müssen", sagte Lyall und hob sein Kinn mit einem Hauch von Trotz.

Eine mächtige Welle der Eifersucht überrollte mich, und plötzlich wurde mir alles klar. Seine Wut, wenn ich meine Entschlossenheit bekundete, sie zu retten, und dass wir Zwillingsflammen seien. Das fast bösartige Grinsen, das sich auf seinen Lippen ausbreitete, als er merkte, dass ich endlich seine Absicht verstanden hatte, meine Frau für sich zu behalten, machte mich wütend.

„Du kannst sie nicht haben!", knurrte ich. „Du magst sie begehren, aber Amara gehört mir! Sie ist *meine* Zwillingsflamme, nicht *deine*."

„Eine Zwillingsflamme, die du sterben lässt", spuckte er zurück, während er zwei wütende Schritte auf mich zuging. „Amara hat noch sieben Tage zu leben, höchstens acht. Du wirst es niemals rechtzeitig zu Ranael schaffen!"

„Du gibst vor, dich um sie zu sorgen, und doch hältst du uns hier fest und verzögerst uns weiter? Wie wäre es, wenn du uns stattdessen hilfst?", schrie ich zurück.

„Und sie dir ausliefern?", antwortete er in einem verächtlichen Tonfall.

Jetzt war ich an der Reihe, ihn verächtlich anzusehen. „Aufgrund deiner vorherigen Bemerkung nehme ich an, dass du ihr Blut gekostet hast, wodurch du erfahren hast, wie wunderbar sie ist, all ihre Erinnerungen und all ihre vergangenen Erfahrungen. Und dennoch lässt du sie sterben, wenn du sie nicht haben kannst?"

„*Ich* bin die bessere Wahl!", rief er und schlug sich mit der Hand auf die nackte Brust. „Ich kann alles sein, was sie will oder braucht."

„Du kannst eine *Illusion* dessen sein, was sie will!", entgegnete ich. „Das Schicksal hat *mich* für Amara ausgewählt. Deine Seelenverwandte ist eine andere, die du zu gegebener Zeit treffen wirst."

Lyall schnaubte, aber ich übersah nicht den Anflug von Schmerz, der in seinen Augen aufblitzte. In diesem Moment wich ein Teil meiner Wut ihm gegenüber einem Funken Mitgefühl. Ich wusste nicht, was er war, aber ich vermutete, dass er wie ich ein Ausgestoßener unter seinen Altersgenossen war. Die Einsamkeit schmerzte tiefer als die schärfsten Worte derer, die uns herabwürdigten.

„Wenn du sie liebst, wirst du ihr Wohlergehen über dein eigenes stellen", sagte ich mit sanfter Stimme. „Wenn Amara nicht meine Zwillingsflamme wäre, würde ich widerwillig beiseitetreten und dich dich um sie kümmern lassen. Aber das Schicksal hat uns zusammengebracht. Niemand kann sie jemals mehr lieben als ich, und umgekehrt."

„Das würdest du doch niemals tun!", zischte Lyall. „Du würdest dich an sie klammern, selbst wenn es sie das Leben kosten würde, genau wie du es gerade tust!"

Ich schüttelte den Kopf. „Genau wie du lüge ich nicht. Ich werde das Glück meiner Partnerin immer über mein eigenes stellen. Ich vermute sogar, dass du Amara bereits dasselbe Angebot gemacht hast und sie es abgelehnt hat. Nur damit du es weißt: Hätte sie es angenommen, hätte ich ihren Wunsch respektiert, auch wenn er falsch gewesen wäre."

„Und du erwartest, dass ich diesen Unsinn glaube?", forderte Lyall mich heraus.

„Die Weberin irrt sich nie, Lyall", entgegnete ich ruhig. „Wenn du die Lösung wärst, hätte sie Amara zu dir geschickt, nicht zu mir."

Zu meinem Entsetzen stieß Lyall ein wildes Knurren aus und stürzte sich auf mich. Gelähmt stand ich hilflos da, während er mir schmerzhaft in die Haare am Nacken griff, meinen Kopf nach hinten riss und seine Reißzähne in meinen ungeschützten Hals versenkte. Ich schnappte nach Luft vor Schmerz. Ich wusste, dass sein Volk über ein Gift verfügte, das die Einstichstelle betäubte und das Opfer sogar in einen Zustand der Euphorie versetzen konnte, der es dazu veranlasste, sich zu unterwerfen, während seine tiefsten Gedanken und Erinnerungen geplündert wurden.

Er gewährte mir keine solche Höflichkeit.

Er *wollte* mir wehtun und tat das auch sehr erfolgreich. Aber ich konnte ihn dafür nicht hassen. Der Biss eines Doppelgängers ermöglichte es ihnen, eine Person noch besser zu kennen, als sie sich selbst kannte. Es war, als hätte man ein ganzes Leben mit dieser Person verbracht. Seine Gefühle für sie waren nicht oberflächlich. Wenn ich schon nach nur wenigen Tagen an ihrer Seite so verrückt nach meiner Frau war, konnte ich mir nur vorstellen, wie viel stärker seine Zuneigung zu Amara sein musste, nachdem er eine so tiefe Verbindung zu ihr aufgebaut hatte.

Ich zischte, als er seine Reißzähne brutal aus meinem Hals zog und dabei ein Stück meiner Haut mitriss. Er trat ein paar Schritte zurück und starrte mich mit einer Wut an, die an Hass grenzte. Und doch entging mir nicht der Schmerz, die Traurigkeit und sogar die Resignation in seinen Augen. Wieder einmal schien er mit sich selbst zu kämpfen, um seinen ursprünglichen und gewalttätigen Trieben nicht nachzugeben.

„Ich könnte dich hier und jetzt töten und diese ganze Diskussion hinfällig machen", sagte er mit gefährlich leiser Stimme.

Ich schluckte schwer, wobei die Bewegung meine Stichwunde im Nacken schmerzen ließ. Ich ignorierte das Blut, das aus der Wunde tropfte, und nickte langsam.

„Das könntest du, und ich könnte offensichtlich nichts tun, um dich davon abzuhalten. Aber wenn du das tust, wird Amara es erfahren, und sie wird dir das niemals verzeihen", sagte ich in einem vernünftigen Tonfall. „Du könntest dich stattdessen dafür entscheiden, uns zu helfen. Und sie wird dir dafür auf ewig dankbar sein."

„Ich will ihre Dankbarkeit nicht", spuckte Lyall. „Ich habe keine Verwendung dafür."

„Aber du willst auch nicht, dass sie stirbt", erwiderte ich

sachlich. „Ihr Glück liegt in deinen Händen. Es liegt an dir, was als Nächstes passiert. Du hast die Wahl."

Dieser letzte Satz schien ihn zu treffen. Ich fragte mich, ob meine Partnerin ihm gegenüber etwas Ähnliches gesagt hatte.

Seine Schultern sackten herab, und er wirkte niedergeschlagen. Das überraschte mich. Diese verletzliche Reaktion eines so einschüchternden, mächtigen Raubtiers schien unmöglich. Er drehte sich um und blickte auf die offene Tür der Hütte hinter ihm. Bitterkeit, Wut und Trauer huschten schnell hintereinander über sein überirdisches Gesicht.

Er blickte wieder auf den Boden und schien in Gedanken versunken zu sein. Ich unterdrückte den Drang, weiter zu versuchen, ihn zu überzeugen. Mein Bauchgefühl sagte mir, dass er bereits zu einer Entscheidung gekommen war – einer für uns positiven –, aber noch etwas Zeit brauchte, um sich damit abzufinden.

„Du musst dem Gift entgegenwirken, das sie tötet", sagte er schließlich mit fast emotionsloser Stimme, den Blick immer noch gesenkt. „In vielerlei Hinsicht bist du Ranaels Sohn. Eine abgeschwächte Version seines Schlangengifts fließt in deinen Adern. Du lässt sie sterben, indem du ihr das verweigerst. Es ist zu schwach, um sie zu heilen, aber konzentriert genug, um ihr Leben um ein paar Tage zu verlängern."

Ich erstarrte, mein Verstand war wie betäubt. Natürlich hatte ich immer gewusst, dass mein Blut, mein Samen und andere Körperflüssigkeiten aufgrund von Ranael eine Art Gift enthielten. Aber nie wäre mir in den Sinn gekommen, dass es dasselbe sein könnte wie eines seiner beiden Gifte. Wenn der Biss des verfluchten Dämonenwolfes mit seinem Schlangenschwanz das Gift neutralisieren konnte, das derzeit in Amaras Adern floss, dann könnte ich möglicherweise dasselbe für sie tun.

„Willst du mir sagen, dass ich ihr meinen Samen geben soll?", rief ich aus, immer noch fassungslos.

Zu meinem Entsetzen fletschte Lyall seine Zähne, die sich zu scharfen Dolchen verlängerten, während sich seine Gesichtszüge zu denen eines furchterregenden Dämons verzerrten, der bereit war zu töten. In diesem Moment glaubte ich wirklich, dass er mich in Stücke reißen würde.

Er war wirklich in Amara verliebt und konnte den Gedanken nicht ertragen, dass ein anderer sie berührte.

Die Zeit stand still, während Lyall gegen seinen inneren Dämon kämpfte. Ich senkte meinen Blick, um ihn nicht weiter zu provozieren. Er atmete schwer, seine Finger zuckten vor Verlangen, mich mit ihren bösartigen Krallen zu erstechen. Obwohl er sie nicht zurückzog, trat der Doppelgänger schließlich ein paar Schritte zurück, seine Gesichtszüge immer noch vor Wut verzerrt.

„Versage ihr gegenüber noch einmal, und ich werde dich unaufhörlich quälen, Welpe", zischte Lyall, wobei seine Stimme fast doppelt so laut klang. „Geh heute Nacht nicht in den Wald. Schlaf hier und breche bei Tagesanbruch auf. Folge dem blauen Pfad bis zum Weg."

„Welcher blaue Pfad?", fragte ich.

Er starrte mich mit etwas an, das Hass ähnelte, antwortete aber nicht. Die blitzartigen Streifen unter seiner Haut begannen zu leuchten, und er verwandelte sich in einen riesigen Vogel, den ich noch nie gesehen hatte, und flog davon. Augenblicke später verschwand die Illusion.

Der üppige Wald, der die Hütte fast umarmte, war verschwunden. Stattdessen stand ich vor einer Höhle auf einer Lichtung. Unsere beiden Pferde standen gelassen draußen. Aber der Geruch von Amara, der mich stark traf, war alles, was meine Aufmerksamkeit auf sich zog.

Ich rief ihren Namen und rannte in die Höhle.

KAPITEL 11

AMARA

Nach einer gefühlten Ewigkeit ohrenbetäubender Stille verschwand plötzlich das gemütliche Holzhaus um mich herum, ebenso wie die unsichtbare Kraft, die mich an meinen Sitz fesselte. Auch der bequeme Stuhl, in dem ich gefangen gewesen war, war verschwunden. Stattdessen saß ich auf einem großen Felsen, umgeben von einer Höhle. Sie hatte viele Ähnlichkeiten mit der Höhle, in die Remus uns in der ersten Nacht unserer Reise geführt hatte.

Doch bevor ich weiter darüber nachdenken konnte, ob dies eine neue Illusion oder eine Rückkehr zur Realität war, erschreckte mich Remus' Stimme, die meinen Namen rief. Ich sprang auf, nur um zu sehen, wie er hereinstürmte. Sein Gesicht hellte sich auf, als intensive Erleichterung über seine hübschen Züge huschte.

„Meine Gefährtin!", rief er mit glücklicher Stimme.

Mit weit ausgestreckten Armen machte er ein paar Schritte auf mich zu, blieb dann aber mit einem Ausdruck der Verwirrung und Verletztheit stehen, als ich vor ihm zurückwich. Ich brauchte keinen Spiegel, um zu wissen, was für ein misstrauischer

Ausdruck auf meinem Gesicht stand. Plötzlich begriff er und lächelte mich mitfühlend an.

„Alles ist gut, Amara. Ich bin es, dein Remus."

Meine Reaktion war offensichtlich instinktiv gewesen. Aber noch bevor er sprach, wusste ich, dass er es tatsächlich war. Ich rannte auf ihn zu, als er seinen Satz beendete, und stürzte mich in seine Arme. Erstaunt fing er mich mühelos auf und wehrte sich nicht, als ich seine Lippen in einem fast verzweifelten Kuss beanspruchte. Er erwiderte ihn, seine starken Arme hielten mich fest, als fürchte er, ich würde verschwinden.

Der Kuss endete schließlich, und er hielt mein Gesicht zwischen seinen Händen und musterte meine Gesichtszüge, als wollte er sich vergewissern, dass ich es wirklich war und dass alles in Ordnung war.

„Geht es dir gut, meine Flamme?", fragte er mit besorgter Stimme.

Ich lächelte und nickte. „Ja, mir geht es gut. Und dir?"

„Mir geht es gut", antwortete er, bevor er die Stirn runzelte. „Aber woher weißt du, dass ich es wirklich bin und nicht er?"

Mein Lächeln wurde breiter und ich streichelte seine Wange. „Dein Duft und die Tatsache, dass du nackt bist, haben deine Identität bestätigt."

Er blinzelte, verwirrt von dieser Antwort, was mich zum Lachen brachte.

„Als Lyall mich an der Straße angesprochen hat, habe ich sofort gemerkt, dass er nicht du bist, weil er angezogen war. Du hast alle deine Kleider bis auf deine Unterwäsche ausgezogen, bevor du dich verwandelt hast, als die Bestien angegriffen haben. Er ist vollständig bekleidet aus dem Wald gekommen."

Er nickte langsam, mit einem Funken Bewunderung in den Augen.

„Das kann ich verstehen. Entweder hat er nicht daran gedacht oder er ist bewusst dieses Risiko eingegangen, da er mich wahrscheinlich noch nie nackt gesehen hat und mich daher nicht nackt nachahmen könnte, insbesondere meinen Unterleib oder eventuelle Narben", sagte Remus nachdenklich.

„Gutes Argument", stimmte ich zu. „Er riecht auch nicht wie du. Tatsächlich habe ich keinen Geruch von ihm wahrgenommen. Und er fühlt sich auch nicht wie du an und sieht mich auch nicht so an wie du. Seine Sprache ist anders. Es ist nur eine Kleinigkeit, aber er rollt das R nicht so wie du. Und er hat nicht diese süßen orangefarbenen Flecken wie du in deinem rechten Auge", fügte ich hinzu und fuhr mit meinem Zeigefinger über seine rechte Augenbraue.

„Da hat mir jemand wirklich genau zugesehen", sagte Remus, und sein Gesicht wurde ganz zärtlich.

„Ich ganz sicher", antwortete ich und streckte meine Brust heraus. „Aber woher weißt du, dass ich nicht er bin?"

Er brach in Gelächter aus. „Auf keinen Fall. Niemand hat einen so betörenden Duft wie du. Niemand sonst auf dieser Welt bringt mein Blut zum Kochen und versetzt mich in solche Raserei wie deine bloße Anwesenheit", antwortete er und tippte mir mit einem Finger auf die Nasenspitze.

Ich strahlte ihn an. Dann nahm er einen verschmitzten Ausdruck an.

„Außerdem hätte sich Lyall mir nicht in die Arme geworfen. Er will mich verschlingen, nicht küssen."

Als ich diese Worte hörte, verschwand mein Lächeln, denn die harte Realität unserer Situation verdrängte die Freude über unser Wiedersehen.

„Wo ist er?", fragte ich und spähte über seine Schulter hinweg zum Eingang der Höhle.

„Er ist gegangen, und die Illusion ist verschwunden", antwortete Remus mit düsterer Stimme. „Ich habe dich verzweifelt gesucht, aber er hat mich in einer Art Albtraum gefangen gehalten."

„Wir sollten gehen, falls er beschließt, zurückzukommen", sagte ich mit einem Schauder.

Zu meiner Überraschung schüttelte Remus entschieden den Kopf. „Nein. Die Nacht ist bereits hereingebrochen. Wir bleiben hier und gehen morgen früh."

„Hier?", wiederholte ich und warf vorsichtig einen Blick auf unsere Umgebung, bevor ich ihm wieder in die Augen sah. „Ist es hier sicher? Sind wir nicht mitten im Verfluchten Wald?"

„So seltsam das auch klingen mag, ja, aber ich glaube, wir sind hier sicher."

Er nahm meine Hand und führte mich zu dem großen Felsen, auf dem ich gesessen hatte. Er ließ sich nieder und zog mich auf seinen Schoß. Dann erzählte Remus von seiner Suche, dem Kampf gegen die Arraphilons und seinem Gespräch mit Lyall.

Als er fertig war, erzählte ich ihm von meiner Begegnung mit dem Doppelgänger, von der schrecklichen Prüfung, der er mich wegen Ranael unterzogen hatte, und dann von meinem Gespräch hier mit ihm. Ich musste ihn während des Teils mit Ranael beruhigen und ihn daran erinnern, dass es nur eine Illusion gewesen war. Dennoch hasste er es, dass ich irgendeine Art von Schmerz erlitten hatte, auch wenn er nur vorgetäuscht gewesen war.

„Weißt du, Lyall ist in dich verliebt", sagte Remus schließlich und bohrte seinen Blick in meinen, während er meine Reaktion auf seine Worte studierte.

Ich brach in Gelächter aus. „Nein, ist er nicht. Er hat mich vor kaum einer Stunde kennengelernt. Ich kann nicht sagen, ob er nur vernarrt ist oder zu denen gehört, die das begehren, was sie nicht haben können, aber ich würde es nicht Liebe nennen", erwiderte ich mit einem nachsichtigen Lächeln.

Zu meiner Überraschung schüttelte Remus entschieden den Kopf. „Du irrst dich. Es ist keine Verliebtheit", entgegnete er mit einer Überzeugung, die mich überraschte. „Lyall hat dein Blut getrunken. Dadurch hat er jeden einzelnen Moment deiner Vergangenheit gelesen. Er kennt dich besser als du dich selbst und wahrscheinlich besser, als ich dich jemals kennen werde, selbst wenn wir den Rest unseres Lebens zusammen verbringen würden. Er hat eine lebenslange Menge an Erinnerungen und Emotionen absorbiert, die du erlebt hast, sogar solche, die du verdrängt hast oder die dir nicht bewusst sind. Und was auch immer er gesehen hat, hat ihn fasziniert."

Ich runzelte die Stirn und fühlte mich durch seine Worte hin- und hergerissen. Ein Teil von mir verstand, wie das Erforschen der Psyche eines Menschen auf einer so intimen Ebene eine starke Bindung schaffen konnte. In diesem Fall hatte ich Verständnis dafür, dass er nun diese Gefühle empfinden und wahrscheinlich auch verstehen könnte, dass ich sie nicht erwidern konnte. Das würde seinen niedergeschlagenen Gesichtsausdruck am Ende erklären. Aber ein anderer Teil von mir fühlte sich verletzt, dass er das geplündert hatte, was das Privateste sein sollte, was ein Mensch besaß.

„Er wollte, dass ich dich ihm übergebe", fügte Remus leise hinzu. „Natürlich habe ich mich geweigert."

Ich runzelte die Stirn, während ich seine Worte verarbeitete.

„Wie hast du ihn überzeugt, zu gehen?"

„Ich kann nicht sagen, dass *ich* ihn überzeugt habe. Letztendlich hat er diese Entscheidung selbst getroffen. Ich habe mich nicht direkt geweigert, dich aufzugeben, aber ich habe auch nicht zugestimmt."

„Was? Was soll das überhaupt bedeuten?", fragte ich verwirrt.

„Ich habe ihn gebeten, mitzukommen und dir zu helfen, am Leben zu bleiben, bis wir Ranael erreichen." Er lächelte über meinen verblüfften Gesichtsausdruck und streichelte sanft mein Haar. „Dein Überleben ist alles, was zählt, Amara. Ich kann nicht für dich entscheiden, ob du bei ihm bleiben und von seiner Heilkraft profitieren solltest, ohne dein Leben zu riskieren, indem du dich dem Dämonenwolf stellst. Ob du bei ihm bleibst oder die Reise mit mir fortsetzt, muss deine Entscheidung sein."

„Ich entscheide mich dafür, die Reise mit dir fortzusetzen", sagte ich in einem Ton, der keinen Widerspruch duldete.

Er lächelte und küsste mich auf die Stirn. „Die Tatsache, dass er versucht hat, mich davon zu überzeugen, dich freizulassen, hat mir gezeigt, dass du ihn bereits abgelehnt hast. Was er dir anbietet, ist keine Lösung. Es würde dich nur für immer von ihm abhängig machen. Wir müssen versuchen, eine *echte* Heilung zu finden, damit du frei nach deinen eigenen Vorstellungen leben kannst und nicht von der Gnade und dem Wohlwollen eines anderen abhängig bist."

„Genau das habe ich auch gedacht", antwortete ich. „Aber danke, dass du nicht versucht hast, für mich zu entscheiden oder mir meine Entscheidungsfreiheit zu nehmen."

„Dafür respektiere ich dich zu sehr, meine Flamme."

„Und ich liebe dich dafür. Aber ich kann nicht umhin, mich zu fragen, ob er vielleicht recht hat."

„Dass du es nicht bis zum Plateau schaffst?", fragte er leise.

Ich nickte grimmig. „Er sagte, ich hätte nur noch sieben oder acht Tage. Soweit ich weiß, können Doppelgänger nicht lügen. Können wir unser Ziel bis dahin erreichen?"

Mein Herz sank, als er den Kopf schüttelte.

„Selbst wenn wir uns so sehr anstrengen, wie wir können, werden wir mindestens zehn Tage brauchen. Aber Lyall sagte, dass ich deine Krankheit verlangsamen kann."

Ich wurde munter. „Was? Wie?"

„Das Gift von Ranaels Schlangenschwanz fließt durch mich hindurch. Es ist eine schwächere Version, die mich für andere giftig macht."

„Aber genau das brauche ich, um mein Gift zu bekämpfen!", rief ich aus, und Hoffnung stieg in mir auf. „Du kannst mich also heilen?"

„Nein, meine Gefährtin, ich kann dich nicht heilen. Ich kann nur das Fortschreiten verlangsamen, nicht aufhalten oder rückgängig machen", antwortete er entschuldigend.

Ich presste meine Lippen zusammen, leicht enttäuscht. Aber nichts war jemals so einfach. Dennoch war es Hoffnung, die wir zuvor nicht hatten. Dann kam mir ein unangenehmer Gedanke in den Sinn.

„Bist du sicher, dass er das gesagt hat? Glaubst du ihm?", fragte ich vorsichtig.

Er nickte überzeugt. „Lyall will, dass du lebst. Er hat mir unmissverständlich gesagt, dass er mich jagen und mich den Tod wünschen lassen wird, wenn ich dich im Stich lasse. Er hat sich wirklich in das verliebt, was er in dir gesehen hat."

Ich wand mich auf seinem Schoß und mein Gesicht wurde vor Verlegenheit heiß. Obwohl ich mich für einen guten Menschen hielt – ich habe mich jedenfalls immer darum bemüht –, hielt ich mich in keiner Weise für besonders außergewöhnlich. Zumindest nicht so sehr, dass sich jemand Hals über Kopf in mich verlieben würde, nur weil er einen Blick auf mein weitgehend unauffälliges Leben geworfen hatte.

„Du hast ein Monster gezähmt", sagte Remus neckisch.

Ich versteifte mich und runzelte die Stirn, was ihn überraschte.

„Er ist kein Monster", sagte ich mit einer Leidenschaft, die ich nicht erklären konnte. Ich wandte meinen Blick ab und starrte auf den Boden, ohne ihn zu sehen, während ich über meine Begegnungen mit dem Doppelgänger nachdachte. „Lyall glaubt wirklich, dass er eines ist, aber ich nicht. Ein Monster ist geistlos und wird von seinen niedrigsten Instinkten gesteuert. Er hat nur eine sehr starke wilde Natur. Aber tief in meinem Inneren glaube ich, dass er ein wirklich gütiger Mensch ist, der einfach nur sehr einsam ist. Du hättest sehen sollen, wie er strahlte, als er mein Blut trank. Es fühlte sich an, als wäre man von göttlichem Licht umgeben. Ich bete dafür, dass er eines Tages seine Seelenverwandte findet."

„Sie ist nicht du", antwortete Remus streng.

Ich schnaubte, als mein Blick zu ihm zurückkehrte. „Nein, sie ist definitiv nicht ich", sagte ich neckisch, amüsiert über diesen Ausdruck von Eifersucht. „Aber zurück zu deinem Gift, wie bekomme ich das von dir?"

Zu meiner Überraschung errötete Remus plötzlich und senkte verlegen den Blick. Seine Schüchternheit hatte etwas unglaublich Liebenswertes, fast Jungenhaftes. Die Tatsache, dass er so groß, muskulös und einschüchternd sein konnte, wenn er wollte, machte es umso schockierender, das zu sehen.

Und dann verstand ich.

„Oh, ich verstehe!", sagte ich und kicherte nervös.

Die Flamme der Erregung entzündete sich tief in meinem Bauch.

„Nun, wir sollten etwas essen und uns für die Nacht ausruhen", murmelte Remus, um seine Verlegenheit zu verbergen. „Wir stehen bei Tagesanbruch auf und reiten schnell, um die Herberge zu erreichen, bevor die Sonne vollständig untergeht."

„Wow, da ist aber jemand eifrig!", sagte ich neckisch.

„Amara!", rief Remus aus, woraufhin ich in schallendes Gelächter ausbrach.

Angesichts der intimen Spiele, die wir in der vergangenen Nacht gespielt hatten, fand ich es urkomisch, dass er so prüde sein sollte.

Trotzdem hatte er recht. Ich brauchte Essen und Ruhe. Der Stress des Tages und meine zunehmende Übelkeit forderten ihren Tribut. Ich fühlte mich schuldig, als ich sah, wie Remus sich um alles kümmerte und mir verbot, mich anzustrengen. Er entschied sich klugerweise, heute Nacht nicht im Wald auf die Jagd nach frischem Essen zu gehen, und stattdessen aßen wir etwas von den Vorräten, die wir noch in unseren Taschen hatten.

Nachdem er sich um die Pferde gekümmert hatte, verwandelte er sich in seine Wolfsgestalt, und ich kuschelte mich für die Nacht an ihn. Ich konnte kaum glauben, wie leicht ich einschlief. Wenn man bedachte, dass wir uns mitten im Haunted Woods befanden und nur durch eine Höhle ohne Türen geschützt waren, hätte ich Angst haben müssen. Aber die mächtigen Schutzzauber, die die Höhle schützten, und der warme Körper meines Mannes um mich herum gaben mir ein Gefühl der Sicherheit.

Am nächsten Morgen trödelten wir nicht herum. Es gab keinen Fluss in der Nähe, in dem wir baden konnten, nicht dass ich es gewagt hätte, mich in einem Gewässer innerhalb eines verfluchten Waldes zu erfrischen. Wir aßen etwas trockenes Brot und gepökeltes Fleisch mit dem letzten Rest Apfelwein, den Misty uns gegeben hatte. Remus zog seine Kleidung an, die er klugerweise bei seinem Pferd gelassen hatte, bevor er den Aegarims hinterherjagte, und wir machten uns auf den Weg.

Fasziniert starrte ich auf den seltsamen Nebelstreifen, der sich in dem Moment, als wir auf unsere Pferde stiegen, auf unserem Weg zu bilden schien. Er hatte einen bläulichen Schimmer, als würden winzige Geister oder magische Glühwürmchen darin fliegen. Was auch immer es war, es war kein zufälliges Ereignis. Es drehte sich und umkreiste bestimmte Bereiche, während wir ihm folgten, und fungierte als magischer Führer, der uns sicher zurück auf die Straße brachte. Nicht ein einziges Mal während dieser Wanderung manifestierten sich die verführerischen Lieder, die mich am Vortag geplagt hatten.

Vor seiner Abreise wies Lyall Remus an, dem blauen Pfad zu folgen. War es ein automatisches Phänomen, das immer dann auftrat, wenn jemand in der Höhle Zuflucht suchte, oder hatte Lyall es persönlich für uns eingerichtet? Ich würde wahrscheinlich nie eine Antwort auf diese Frage bekommen, aber mein Herz wurde warm für den Doppelgänger. Wenn ich diese Tortur überleben würde, würde ich einen Weg finden, ihm zu danken.

Sobald wir die Straße erreichten, legten wir ein hohes Tempo vor. Wir sprachen kaum miteinander, nur wenn wir langsamer wurden, um die Pferde auszuruhen, unterhielten wir uns kurz. Keiner der Geister belästigte uns während der restlichen Reise durch den verwunschenen Wald. Wieder einmal fragte ich mich, ob dies auf eine Intervention von Lyall zurückzuführen war oder ob er uns folgte und im Schatten lauerte. Ich zweifelte nicht daran, dass seine bloße Anwesenheit ausreichte, um all die niederen Wesen in Deckung zu treiben.

Genau wie beim Betreten des verfluchten Waldes gab es kein deutliches Zeichen dafür, dass wir ihn verlassen hatten. Und doch hatte sich eine unbestreitbare Veränderung vollzogen. Die Luft fühlte sich sauberer und leichter an, als wäre mir eine Last von den Schultern genommen worden. Die Farben wirkten heller, und sogar meine Erschöpfung hatte deutlich nachgelassen. Da wurde mir klar, wie sehr mich dieser verfluchte Ort sowohl körperlich als auch seelisch belastet hatte.

Eine Stunde nach Sonnenuntergang erreichten wir endlich die Herberge. Der Ort war brechend voll. Es war unangenehm, hineinzugehen, während so viele Augen uns musterten, als wären wir eine Art Anomalie. In diesem Moment wurde mir klar, dass sich die Nachricht von unserer Mission auch hier verbreitet hatte. Kein Wunder, dass Lyall davon gehört hatte. Ich verstand immer noch nicht, warum ihn das dazu getrieben hatte, uns aufzusuchen. Selbst wenn wir vorhätten, Ranael zu töten, warum sollte ihn das interessieren?

Remus ignorierte die fast schon unhöflichen Blicke der Gäste und ging schnurstracks auf die Theke zu, hinter der ein korpulenter Wirt stand. So sehr ich meine Privatsphäre auch genoss, die ganze Aufmerksamkeit, die mir zuteilwurde, ließ mich weitgehend gleichgültig. Solange mich niemand direkt belästigte, konnten sie mich gerne anstarren, so viel sie wollten. Aber die unfreundlichen Blicke, die meinem Partner zugeworfen wurden, ärgerten mich. Sie weckten die beschützende Mutterinstinkte in mir, von denen ich nicht gewusst hatte, dass sie tief in mir schlummerten. Ich musste meine ganze Willenskraft aufbringen, um ihnen nicht eine Standpauke zu halten.

Remus schien zumindest völlig unbeeindruckt, da er sich wahrscheinlich nach einem Leben voller solcher Behandlungen daran gewöhnt hatte. Ich lehnte mich gegen die Theke, als er begann, mit dem Gastwirt zu sprechen. Der Mann Anfang fünfzig hatte ein fröhliches Wesen und schien sich häufig seinem eigenen berühmten warmen Met hinzugeben. Er lud uns ein, an einem der wenigen noch freien Tische Platz zu nehmen, während er unser Zimmer herrichtete und ein heißes Bad für uns einließ.

Nach einem herzhaften Essen – das mein Mann geradezu verschlang – gingen wir nach oben in unser Zimmer. Die Schall-dämmung war extrem gut. Angesichts der zahlreichen Gäste, die lautstark plauderten, und der kleinen Band, die Live-Musik spielte, hatte ich erwartet, dass es aufgrund des Lärms schwierig sein würde, etwas Ruhe und Frieden zu genießen. Der Gastwirt hatte wahrscheinlich einen Zauberer oder eine Zauberin beauf-tragt, einen Schweigezauber auf die Zimmer zu wirken.

Das Zimmer war angenehm geräumig. Gasthäuser hatten in der Regel kleinere Zimmer, um die Anzahl der Gäste, die sie gleichzeitig beherbergen konnten, zu maximieren. Dieses Zimmer hatte ein riesiges Bett und eine kleine Nische mit einer Badewanne mit Löwenfüßen. Auf der linken Seite stand eine Kommode, gegenüber befand sich eine Sitzecke mit zwei gepolsterten Stühlen und einem Couchtisch neben einem großen Fenster, das einen schönen Blick auf die Silhouette der höchsten Gipfel der Berge in der Ferne bot.

Eine vertraute Rune leuchtete an der Seite der Wanne. Ein einfacher Zauber hielt das Wasser darin warm. Remus stellte unsere Taschen auf die Kommode und begann sofort, sich auszu-ziehen. Wie ich warf auch er einen anerkennenden Blick auf unsere Umgebung. Die Möbel strahlten keinen Luxus aus, aber sie waren robust und sauber. Vor allem war es besser, als auf dem Boden einer Höhle mitten in einem verfluchten Wald zu schlafen.

Ich war gerade dabei, mich auszuziehen, als Remus meine Hand sanft wegschob, um es selbst zu tun. Wieder einmal schmolz ich dahin, als ich meinen kräftigen Mann ansah. Er war so groß, hochgewachsen und muskulös, dass man niemals gedacht hätte, er könnte mit irgendetwas oder irgendjemandem so behutsam umgehen. Aber vor allem war es der ständige Ausdruck der Verwunderung, erfüllt von unendlicher Zärtlichkeit in seinen Augen, der mich durcheinanderbrachte.

Wenn er mich schon so ansah, bevor er sich in mich verliebt hatte, konnte ich mir nur vorstellen, wie es sein würde, wenn er es erst einmal getan hatte. Niemand – und vor allem kein Mann – hatte mir jemals das Gefühl gegeben, so wertvoll zu sein. Er zog mir meine Kleidung aus und warf sie gedankenverloren auf einen der beiden Stühle am Fenster. Dann hob er mich mühelos hoch und trug mich zur Badewanne.

Ein Schauer durchlief mich, als ich die intensive Hitze seiner nackten Haut auf meiner spürte. Ein Teil von mir trauerte, weil er, sobald wir vollständig verbunden waren, wahrscheinlich nicht mehr in Hitze geraten würde, wenn er in meiner Nähe war. Ich liebte es egoistisch, wie warm und kuschelig er sich anfühlte, wenn ich mich an ihn schmiegte.

Er half mir ins Wasser, bevor er sich zu mir gesellte. Ich war überrascht, dass wir beide bequem Platz hatten. Auf den ersten Blick schien die Wanne viel kleiner zu sein, als sie tatsächlich war. Remus nahm sich viel Zeit, mich zu waschen, genau wie er es am Fluss bei der Hunters Lodge getan hatte. Aber dieses Mal war seine Berührung nicht so klinisch.

Sein Blick folgte den Bewegungen seiner Hände, die frei über mich wanderten. Sie verweilten auf meinen Brüsten, seine Daumen umkreisten die Brustwarzenhöfe und streichelten die Brustwarzen, bis sie hart wurden. Mein Atem ging flach, während ich beobachtete, wie er jeden Zentimeter meines Körpers erkundete. Seine Handflächen setzten ihre Reise über meinen Bauch und weiter nach Süden fort.

Zu meiner Enttäuschung wagte er sich nicht an meinen pochenden Kern heran, sondern fuhr fort, jedes meiner Beine mit langsamen und sinnlichen Bewegungen zu waschen. Meine Bauchmuskeln spannten sich an, als er meinen rechten Fuß hob und mich zwang, mich in der Wanne zurückzulehnen. Er massierte meinen Fuß, bevor er ihn sanft küsste. Ein Schauer durchlief mich, als seine Lippen über meine Wade glitten und nur so lange innehielten, um sanft an der fleischigen Stelle direkt unter meinem Knie zu knabbern. Er bewegte sich weiter vorwärts, sein Gesicht teilweise unter Wasser, um meinen inneren Oberschenkeln die gleiche Aufmerksamkeit zu schenken.

Er hob den Kopf, um Luft zu holen. Ein Blitz der Lust explodierte in meinem Inneren, als ich seinen Blick traf. Seine Sklera war wieder pechschwarz, und seine goldenen Augen leuchteten, als er mir seine Reißzähne zeigte. Ich schnappte nach Luft, als seine Fingerspitzen begannen, meine Spalte zu erkunden. Ich war so hypnotisiert von seinem faszinierenden Blick gewesen, dass ich die Bewegungen seiner Hände an mir gar nicht bemerkt hatte.

Ich atmete scharf ein, als er einen zweiten Finger einführte und sie langsam in mich hinein- und herausbewegte, während sein Daumen meine Klitoris massierte. Er kniete einfach da, sein Kinn berührte immer noch das Wasser, während sein Blick sich in meinen bohrte. Ich hörte nur mein schweres Atmen, das Wasser, das durch seine Bewegungen spritzte, und ein leises, fast bedrohliches Knurren, das regelmäßig aus seiner Brust drang.

Meine Hände krallten sich an beiden Seiten der Wanne fest, als er die Bewegung beschleunigte. Die Lust wuchs stetig in mir. Es dauerte einen Moment, bis mir klar wurde, dass das um uns herumspritzende Wasser nicht nur auf die Zuwendung meines Mannes zurückzuführen war, sondern auch auf meine eigenen Hüften, die begonnen hatten, sich zu drehen, während ich meinen Unterleib gegen seine Hand presste, um mehr Reibung zu erzeugen.

Intensive Lust durchfuhr mich wie ein Blitz, als er seine Finger krümmte, um meinen empfindlichsten Punkt zu streifen. Ich stieß einen schrillen Schrei aus, schloss die Augen und warf den Kopf zurück.

„Nein!", knurrte Remus und erschreckte mich.

Er schob seine freie Hand hinter meinen Nacken und zwang mich, zu ihm hinunterzuschauen, wobei er einen fast wilden Ausdruck auf seinem Gesicht hatte. Ich starrte ihn fassungslos an.

„Ich werde deine Lust sehen. Es ist mein Recht, mich daran zu ergötzen", sagte er bedrohlich.

Und schon explodierten meine Eierstöcke.

Ich schloss meine rechte Hand um sein Handgelenk, das immer noch meinen Nacken umfasste. Meine Fingernägel gruben sich in sein Fleisch, als ich erneut einen Höhepunkt erreichte. Der Drang, meine Augen wieder zu schließen, überkam mich, aber ich konnte meinen Blick nicht von ihm abwenden. Er war sowohl großartig als auch furchterregend mit seinen gefletschten Zähnen und seinem knurrenden Grinsen.

Mein Orgasmus überrollte mich so plötzlich, dass ich wahrscheinlich unter Wasser gesunken wäre, hätte er mich nicht festgehalten. Ein langgezogenes Stöhnen folgte meinem glückseligen Schrei, als mein Partner meine Klitoris noch intensiver rieb, um mich weiter in die Höhe zu treiben. Erst als ich die raue Textur seiner Zunge auf meiner Brustwarze spürte, wurde mir klar, dass ich den Blickkontakt zu ihm verloren hatte. Er saugte gierig an meiner kleinen, harten Knospe, während er mich weiterhin mit seiner Hand verwöhnte.

Sein Mund küsste sich den Weg zurück zu meinem und er nahm meine Lippen leidenschaftlich in Besitz, wobei er jeden meiner Stöhnlaute verschluckte. Remus gab schließlich nach und hob den Kopf, um mein Gesicht mit einem selbstgefälligen Ausdruck zu mustern. Ich wollte ihn schlagen, aber seine Arroganz war gerechtfertigt.

Er wehrte sich nicht, als ich ihn leicht zurückdrückte, um mich zu revanchieren. Wieder blieb sein Blick auf meinem Gesicht haften, während ich jeden Zentimeter seines perfekten Körpers berührte. Ich wusch ihn halbwegs, aber hauptsächlich befummelte ich ihn. Es war überraschend, wie weich und angenehm ich mich in seinen Armen fühlte, wenn man bedachte, dass er wahrscheinlich der schlankste Mensch war, den ich je gesehen hatte. Jeder Muskel war gut definiert, aber nicht auf eine störend pralle Weise.

Jedes Mal, wenn ich mich vorbeugte, um seine Brust oder seine Brustwarzen zu küssen oder zu lecken, umfasste Remus meinen Nacken mit seiner Hand, aber niemals auf eine einschränkende Weise. Er kratzte sanft mit seinen Fingernägeln an meinem Hinterkopf. Aus irgendeinem seltsamen Grund hallte jede Bewegung direkt in meiner Klitoris wider. Erst als ich meine Hand um seinen Schaft schloss, zischte er und krallte seine Hand etwas fester in mein Haar.

Er versuchte immer noch nicht, meine Bewegungen zu kontrollieren, aber seine Bauchmuskeln spannten sich an und er biss die Zähne zusammen, als wolle er sich beherrschen. Ich streichelte ihn sanft. Mit jeder Bewegung meiner Hand schien Remus sich in der Wanne mehr und mehr aufzurichten und begann schließlich, sich nach vorne zu beugen. Es fühlte sich an, als würde man einer Katze zusehen, die sich langsam und leise an eine ahnungslose Beute heranschlich, bevor sie sich auf sie stürzte.

Meine Brustwarzen schmerzten, und meine inneren Wände zogen sich vor Vorfreude krampfhaft zusammen. Ich wollte von meinem Mann gefangen, unterworfen und beansprucht werden.

Es geschah schneller und viel früher, als ich erwartet hatte.

Er zog mich mit solcher Kraft und Geschwindigkeit hoch, dass ich für einen Moment dachte, ich würde durch den Raum fliegen und gegen eine Wand prallen. Aber er stieg gleichzeitig mit mir aus dem Wasser und ich prallte gegen die brennende Hitze seines Körpers. Er verschlang meine Lippen mit einem fast wilden Kuss, als er aus der Wanne stieg.

Wasser tropfte von uns herunter, und ich fühlte mich vage schuldig wegen der Unordnung, die wir verursachten. Aber die

Hände meines Partners, die meinen Körper fieberhaft liebkosten, und sein Mund, der meinen verschlang, verdrängten solche Gedanken aus meinem Kopf. Ich liebte das Gefühl seiner Zunge, die sich um meine drehte, seinen köstlichen Geschmack und die hungrige Art, mit der er mich immer küsste. Er beanspruchte meinen Mund, als könne er nicht genug von mir bekommen, als hinge sein Überleben davon ab.

Und ich liebte es verdammt noch mal.

Zu früh unterbrach er den Kuss. Als seine Hände über meinen Rücken glitten, um meine Oberschenkel zu umfassen, dachte ich, er wolle mich entweder zum Bett tragen oder mich hochheben und auf seinen Schwanz aufspießen. Seit er mich aus der Wanne gehoben hatte, drückte er sich gegen meinen Bauch. Dieser Gedanke entfachte die Flammen der Lust, die jeden Teil von mir in Brand setzten. So sehr ich mich auch vor seinem Umfang fürchtete, sehnte ich mich doch danach, von ihm ausgefüllt zu werden, eins mit meinem Seelenverwandten zu sein. Die Wölbung seines Knotens, die gegen mein Becken drückte, machte mich noch ungeduldiger, ihn in mir zu spüren.

Ein erschrockener Schrei entfuhr mir, und mein Magen drehte sich um, als würde man einen rasanten Aufstieg oder Abstieg erleben, als Remus mich mit schwindelerregender Geschwindigkeit hochhob. Ich versuchte, mich an seinen Schultern festzuhalten, als die Decke auf mich zuraste, doch schließlich krallte ich mich nur in sein Haar, als mein Mann mich auf seinen Schultern absetzte, mit dem Gesicht zu ihm. Bevor ich ganz begreifen konnte, was geschah, saugte das Inferno seines Mundes an meiner Klitoris.

Ich stieß einen erstickten Seufzer aus und warf meinen Kopf zurück. Wäre da nicht seine linke Hand auf meinem Rücken gewesen, wäre ich wahrscheinlich umgekippt. Remus fuhr fort, sich mit unersättlichem Appetit an mir zu laben. Jedes Züngeln seiner Zunge auf meinem geschwollenen kleinen Knöspchen war wie ein Schuss flüssiger Glückseligkeit direkt in meine Adern.

Er tauchte sie in mich hinein und krümmte sie genau so, dass sie mein empfindliches Nervenbündel streifte und mich nach mehr betteln ließ. Üppige Stöhngeräusche entfuhren mir in einer endlosen Reihe.

Mein Höhepunkt baute sich nicht langsam auf, sondern überrollte mich wie ein Güterzug und ließ mich desorientiert und kraftlos in den Armen meines Mannes zurück. Ich fühlte, wie ich fiel, nur um in seiner Umarmung aufgefangen zu werden. Noch immer benommen, während die Wellen der Glückseligkeit weiter durch mich hindurchflossen, spürte ich vage, wie Remus mich auf seinen Schoß setzte und mich mit einem Handtuch abtrocknete.

Meine Haut überzog sich mit Gänsehaut, und ein köstlicher Schauer lief mir über den Rücken, während mein Partner sich um mich kümmerte. Sein Mund folgte dem Handtuch, wo immer es mich berührte. Remus legte mich auf das Bett, um meine Beine abzutrocknen, wobei sein kurzer Bart meine Haut kitzelte, während er sie mit Küssen übersäte.

Mit halb geschlossenen Augen sah ich zu, wie er sich schnell abtrocknete, bevor er das Handtuch in Richtung der beiden Stühle warf. Mir lief das Wasser im Mund zusammen, als ich voller Ehrfurcht seinen göttlichen Körper bewunderte, der neben dem Bett stand, sein Schwanz stolz erigiert. Ich streckte eine Hand aus und winkte ihn zu mir. Er kletterte auf das Bett, und ich spreizte meine Beine, um Platz für ihn zu machen, als er sich auf mich legte.

Die nächste Ewigkeit verbrachten wir damit, uns zu küssen und zu liebkosen. Ein paar Mal dachte ich, er würde endlich den nächsten Schritt machen, aber er schien immer zu zögern, bevor er seine zärtlichen Liebkosungen fortsetzte.

Endlich, nach einem tiefen und leidenschaftlichen Kuss, hob Remus den Kopf und sah mir in die Augen. Mein Magen kribbelte, jetzt, da der Moment gekommen war. Seine goldenen Augen huschten zwischen meinen hin und her und suchten. Ich schenkte ihm ein ermutigendes Lächeln. Sein nervöses Lächeln überraschte mich.

Er hat Angst, dass sein Samen mir wehtun könnte.

„Es ist okay, Remus", sagte ich leise und strich ihm ein paar Strähnen seines feuchten Haares aus dem Gesicht. „Du wirst mir nicht wehtun. Im Gegenteil, du wirst mir helfen, mich besser zu fühlen, bis wir das Plateau erreichen. Ich möchte das hier mit dir."

Eine starke Emotion huschte über sein Gesicht, und ich zog ihn fester an mich.

„Ich will das auch mit dir, meine Flamme. Aber was, wenn es ein Trick ist oder ein verdrehtes Psychospiel? Was, wenn er sich irrt? Ich kann den Gedanken nicht ertragen, dir wehzutun. Noch schlimmer wäre es, dich zu verlieren, das würde mich umbringen."

„Du wirst mich nicht verlieren, Remus. Doppelgänger können nicht lügen", sagte ich in einem vernünftigen Tonfall. „Und du hast selbst gesagt, dass Lyall sich wirklich um mich sorgt. Er würde dir niemals etwas raten, das mir wehtun würde."

„Ich weiß. Du hast recht", bestätigte er mit zittriger Stimme. „Es ist nur ..."

Er seufzte resigniert. Ich lächelte, und mein Herz schwoll vor Zuneigung zu ihm an. Ich umfasste sein Gesicht mit beiden Händen und sah ihm tief in die Augen.

„Wir sind Zwillingsflammen, Remus. Das Schicksal hat uns füreinander geschaffen. Es ist nur logisch, dass dein Fluch meine Erlösung ist, bis wir ein Heilmittel finden. Das ist richtig. Es *fühlt sich* richtig *an*. Sei mein und lass mich dein sein."

„Meine Flamme ...", flüsterte er mit etwas, das der Verehrung ähnelte.

Ich zog sein Gesicht zu meinem und nahm seine Lippen in Besitz. Er übernahm sofort die Führung und vertiefte den Kuss mit einem Hauch von Verzweiflung. Nach ein paar weiteren Liebkosungen positionierte Remus die Spitze seines Penis an meiner Öffnung. Er drang nicht sofort ein, sondern sah mir wieder intensiv in die Augen.

Ich liebte es, wie er mir immer die Möglichkeit gab, mich zurückzuziehen, und sich bei jedem Schritt vergewisserte, dass ich voll und ganz dabei war. Das verstärkte nur noch das Gefühl der Sicherheit, das er mir gab. Ich lächelte und nickte zustimmend. In seinen Augen blitzte Besorgnis auf. Selbst als Remus begann, in mich einzudringen, konnte er die innere Unruhe, die immer noch in ihm tobte, nicht ganz verbergen.

Mein Keuchen vor Unbehagen ließ ihn sich jedoch wieder ganz auf mich konzentrieren. Mein Mann war riesig. Ich wusste, dass es eng werden würde, aber ich hatte nicht erwartet, dass es so eng werden würde. Ich zwang mich, mich zu entspannen, indem ich mich auf das warme Gefühl seiner weichen Haut um mich herum, seine Hände, die mich streichelten, und die süßen Worte der Ermutigung konzentrierte, die er zwischen den Küssen flüsterte.

Mit flachen, vorsichtigen Stößen gewann Remus Zentimeter für Zentimeter an Boden, bis mein Körper nachgab. Ich zischte vor leichtem Schmerz, während die Brust meines Mannes mit einem tiefen Knurren vibrierte. Ich wusste nicht, ob es ihm wehgetan hatte, aber ich fühlte mich so unglaublich ausgefüllt, dass ich keinen Zweifel daran hatte, dass sein Schwanz heftig zusammengedrückt wurde.

Er schloss die Augen und legte seine Stirn an meine. Sein kräftiger Körper zitterte leicht auf mir. Ich fragte mich, ob Schmerz, Lust, der Kampf, still zu bleiben, während ich mich an seinen Umfang gewöhnte, oder eine Mischung aus all dem diese Reaktion verursachte. Ich atmete flach und versuchte, das Gefühl zu beschreiben, das er tief in mir auslöste. Obwohl er noch nicht angeschwollen war, war sein Knoten perfekt positioniert, um Druck auf meinen G-Punkt auszuüben. Ich bewegte mein Becken leicht und keuchte, als ein elektrisierender Schauer der

Lust von mir ausging, während sein Knoten mich genau richtig berührte.

Remus öffnete die Augen und sah mich an. Ich hätte Angst haben müssen angesichts seiner erweiterten Pupillen, deren Schwarz fast vollständig den goldenen Ring seiner Iris verschluckt hatte. Meine Zehen krümmten sich augenblicklich, und meine inneren Wände zogen sich wie von selbst um seinen Schwanz zusammen.

Mein Partner atmete scharf durch seine zusammengebissenen Zähne ein und schloss erneut fest die Augen. Diesmal zweifelte ich nicht mehr daran, dass er einen aussichtslosen Kampf gegen das intensive Vergnügen führte, das ihn dazu drängte, sich zu bewegen. Meine eigenen Stöhnen stiegen aus meiner Kehle empor, als jeder unwillkürliche Krampf eine Flut von Empfindungen durch mich hindurchströmen ließ, von seinem Knoten bis zu den Rillen, die seinen Schaft säumten.

Meine Hände glitten über seinen muskulösen Rücken hinunter und legten sich auf seinen köstlichen Hintern. Ich drückte jede Pobacke fest und presste sie dann nach unten, während ich mein Becken näher an seines hob. Er brauchte keine weiteren Erklärungen von mir.

Ein erstickter Keuchlaut entrang sich meiner Kehle, als er vorsichtig begann, in mich zu stoßen. Jede Bewegung trieb mich mit der Intensität der Lust, die ich empfand, in den Wahnsinn. Sicher, so gründlich gedehnt zu sein, verursachte ein gewisses Unbehagen, aber genau diese Enge vervielfachte auch die glückseligen Empfindungen seines Knotens und seiner Rillen an meinen empfindlichen Innenwänden. Die fast wilden Laute, die mein Partner von sich gab, gossen noch mehr Öl ins Feuer, das in mir loderte.

Eine Lava-Pfütze wirbelte in meiner Magengrube, die sengende Hitze strahlte nach außen in meinen ganzen Körper und bis in meine Extremitäten. Jeder Stoß sandte elektrische Ströme zu meinen Nervenenden. Remus erhöhte schnell das

Tempo, drang tiefer, schneller und härter in mich ein. Und ich begegnete ihm Stoß für Stoß. Bald hämmerte er in mich hinein. Die Lust-Schmerz-Kombination seiner wilden Besitzergreifung ließ mich in einen endlosen Strudel der Wonne stürzen, aus dem ich nie wieder auftauchen wollte.

Unsere Zungen und unser Stöhnen vermischten sich, während das Klatschen von Fleisch auf Fleisch den Raum erfüllte. In meinen Armen wurde Remus' Körper etwas größer. Er verdoppelte sich nicht in seiner Größe wie bei seiner Verwandlung in einen Wolf, aber seine Gesamtmasse nahm spürbar zu, als sich seine Muskeln wölbten. Seine Haut war fiebrig. Man hätte meinen können, er hätte die Sonne verschluckt.

Ich brannte innerlich und äußerlich, stand kurz vor der Explosion, als mich die fast unerträgliche Lust an den Rand des Wahnsinns trieb. Gerade als ich dachte, mein Verstand würde zerbrechen, explodierte ein helles Licht vor meinen Augen, und mein Körper verkrampfte sich, als ein heftiger Orgasmus mich überrollte. Remus reagierte auf meinen Schrei der Ekstase mit einem wilden Schrei, der fast wütend klang. Während mich die Glückseligkeit überwältigte, spürte ich vage, wie mein Partner weiter in mich eindrang, obwohl seine Bewegungen unregelmäßig geworden waren.

Augenblicke später verlor er seinen Kampf. Durch meinen sinnlichen Rausch hindurch hörte ich ihn wild brüllen und spürte, wie er sich tief in mich hineinbohrte. Sein heißer Samen spritzte in kräftigen Schüben und füllte mich bis zum Rand. Gleichzeitig schwoll sein Knoten an und verband uns miteinander. Noch bevor ich mich von diesem überwältigenden Orgasmus erholen konnte, brachte mich der strategisch platzierte, erhöhte Druck seines Knotens auf meinen G-Punkt erneut über den Rand.

Ich konnte nicht einmal beschreiben, welchen Laut ich von mir gab, als ich fiel. Es war teils ein kehliges Stöhnen, teils ein erschrockener Schrei und teils ein unverständliches Grunzen. Ich war erschöpft, überwältigt von zu viel Lust, während Remus mich in seine Arme nahm und mich mit fast schon verletzender Kraft festhielt, als befürchte er, ich würde versuchen zu fliehen.

Er rollte sich auf den Rücken und zog mich auf sich. Ich konnte immer noch spüren, wie sein Schwanz in mir pulsierte. Leichtes Zittern erschütterte seinen Körper, während er mich weiterhin fast verzweifelt festhielt. Ich war zu erschöpft, um seine seltsame Reaktion überhaupt in Frage zu stellen. Mein Kopf ruhte auf seiner breiten Brust, und ich lauschte dem Donnern seines Herzens, das sich langsam beruhigte und mich in den Schlaf wiegte. Remus bedeckte meine Stirn mit Küssen und flüsterte mir Worte der Hingabe zu.

„Meine Flamme, meine wunderschöne Gefährtin ... Danke", sagte Remus mit emotionsgeladener Stimme. „Ich werde dich niemals gehen lassen."

Ich wusste nicht, warum er mir dankte, aber in diesem Moment war mir das auch egal. Er war mein Seelenverwandter. Was auch immer die Zukunft für mich bereithielt, ob ich leben oder sterben würde, hier und jetzt war ich glücklich. Ich war zu Hause.

KAPITEL 12
REMUS

Zum zehnten Mal in dieser Nacht schreckte ich aus dem Schlaf hoch. Ein Blick nach draußen genügte mir, um zu wissen, dass ich nur ein paar Minuten eingenickt war. Amara lag immer noch eng an mich geschmiegt. Aber die Sorge, die mich jedes Mal, wenn ich aufgewacht war, innerlich zerfressen hatte, ließ endlich nach. Meine Flamme fühlte sich noch etwas warm an, aber sie brannte nicht mehr und zitterte auch nicht mehr, obwohl sie stark schwitzte und vor Schmerz stöhnte.

Es begann etwa eine Stunde, nachdem wir uns geliebt hatten. Keine Worte können die Angst beschreiben, die mich in diesem Moment überkam. Ich war fest davon überzeugt, dass meine Gefährtin aufgrund meiner Schuld und meines schlechten Samens sterben würde. Bis heute verfolgt mich die Erinnerung daran, wie ein paar Tropfen meines Blutes Ulric fast umgebracht und ihn jahrelang einer schwächenden Krankheit ausgesetzt hätten. Das würde wahrscheinlich bis zu meinem Tod so bleiben.

Zwar war Amara auch in den vergangenen Nächten zunehmend fiebrig, unruhig und fühlte sich sichtlich unwohl, doch heute Nacht war es anders. Sie zeigte eindeutig die Symptome einer vergifteten Person.

Zu meinem Entsetzen war mein Knoten, als ihr Zustand mich zum ersten Mal weckte, noch zu geschwollen, als dass ich ihn aus meiner Frau hätte herausziehen können, ohne uns beiden erheblichen Schaden zuzufügen. Das Schlimmste daran war, dass Lykaner unter normalen Umständen ihren Knoten nach Belieben entleeren konnten, wenn sie in Gefahr gerieten. Aber egal, was ich versuchte, mein Knoten weigerte sich, meine Gefährtin freizugeben. Ich dachte immer wieder daran, wenn ich mich bloß zurückziehen und die Reste meines Samens ausspülen könnte, würde das vielleicht das Risiko verringern, dass sie daran starb.

Es war ein dummer Gedanke gewesen, aber in meiner Verzweiflung, sie zu retten, hätte ich alles getan.

Es half auch nicht, dass dies mein erstes Mal mit einer Frau war. Die wenigen Frauen, mit denen ich in der Vergangenheit zusammen gewesen war, teilten mein Bett eher aus Lust auf den Nervenkitzel als aus tatsächlicher Zuneigung zu mir. Sie waren ehrlich in ihren Absichten gewesen, und ich hatte diese Begegnungen als das akzeptiert, was sie waren. Aber in all diesen Fällen hatte ich nicht nur ein verzaubertes Kondom benutzt, um jedes Risiko eines Auslaufens zu vermeiden, sondern mich auch zurückgezogen, bevor ich zum Höhepunkt kam, damit ich mich nicht versehentlich mit ihnen verband.

Die Erinnerung an diese erste Erfahrung mit meiner Zwillingsflamme ließ mein Blut in Wallung geraten. Wie sehr hatte ich mich danach gesehnt, von diesem besonderen und einzigartigen Moment geträumt, in dem zwei Seelen auch körperlich wirklich eins wurden. Es übertraf alles, was ich mir jemals erhofft hatte. Als ich aufwachte und sie schweißgebadet vorfand, ihr Körper alarmierend heiß, während sie vor Schmerz stöhnte und sich wand, hätte mich das fast zerstört.

Ich verfluchte mich dafür, dass ich nicht auf meine Bedenken gehört hatte, und verfluchte Lyall dafür, dass er mich dazu gebracht hatte, meiner Frau Schaden zuzufügen. Aber dann, als mein Knoten sich weigerte, mich freizulassen, begann mir langsam klar zu werden, dass mein innerer Wolf seine Partnerin immer beschützen würde. Wenn er mich nicht freigab, bedeutete das, dass mein Wolf glaubte, ich würde das Richtige für meine Frau tun. Ich beobachtete Amara etwas genauer. Und dann fiel mir auf, dass der Gestank des Todes, der von ihr ausging, tatsächlich nachgelassen hatte. Mit jeder Minute nahm dieser üble Geruch stetig ab. Es war kein radikaler Rückgang, aber er war deutlich genug, um wahrnehmbar zu sein.

Endlich wurde mir klar, dass ihr derzeitiges Unwohlsein darauf zurückzuführen war, dass mein Gift das Gift bekämpfte, das sie langsam tötete. So sehr ich es auch hasste, Amara leiden zu sehen, dieser unangenehme Prozess kam ihr zugute. Ich dankte den Göttern, dass sie währenddessen bewusstlos blieb. Und während der ganzen Nacht, jedes Mal, wenn ich aufwachte, war der Geruch ihrer Krankheit weiter zurückgegangen, ebenso wie ihre Temperatur.

Als ich sie nun friedlich in meinen Armen ruhen sah, richtete ich widerwillig ein stilles Dankeschön an Lyall. Allein der Gedanke an den gutaussehenden Doppelgänger weckte meine Eifersucht und meine Unsicherheit. Amara gehörte mir. Die Überheblichkeit, mit der er versuchte, meine Gefährtin für sich zu beanspruchen, ärgerte mich mehr, als ich in Worte fassen konnte. Und doch konnte ich ihm nicht vorwerfen, dass er von ihr fasziniert war. Allein ihr natürlicher Duft war berauschend. Aber ihre Persönlichkeit war mehr als süchtig machend.

Ich streichelte sanft die nackte Haut ihrer Schulter. Eine weitere Welle widerwilliger Dankbarkeit gegenüber Lyall schwoll in mir auf. Die Haut meiner Gefährtin sah bereits gesünder und weniger grau aus als in den letzten Tagen. Allerdings hätte ich mich dafür ohrfeigen können, dass ich ihn nicht gefragt hatte, wie viel von meinem Gift ich ihr geben sollte. Gab es so etwas wie zu viel oder zu wenig? Würde es äußere Anzeichen geben, die mir sagen würden, dass sie eine weitere Dosis brauchte?

Als ich das zweite Mal aufwachte, war mein Knoten geschrumpft, sodass ich mich zurückziehen konnte. Als ich feststellte, dass ihr Körper jeden Tropfen meines Samens absorbiert hatte, erschrak ich. War das schlimm? Soweit ich wusste, absorbierten Frauen nicht das gesamte Sperma eines Mannes. Sie mussten das meiste davon abwaschen. Da ich noch nie zuvor in einer Frau gekommen war, hatte ich keine Ahnung, wie das normalerweise aussah. Außerdem war das keine Frage, die ich Misty gestellt hätte, da das vor Amara nie eine Möglichkeit gewesen war.

Mein Kopf schwirrte vor lauter beunruhigenden Gedanken, und ich zwang mich, mich der Vergessenheit hinzugeben und fiel in einen unruhigen Schlaf.

Als endlich der Morgen kam, hatte ich tatsächlich etwas erholsamen Schlaf gefunden. Amaras Finger, die vorsichtig meine Augenbrauen und dann die Ränder meines Bartes nachzeichneten, rissen mich aus meinem Schlummer. Eine wundersame Wärme breitete sich in meiner Brust aus, als ich sah, dass meine Gefährtin mich anlächelte. Ihre Haut sah fast leuchtend aus, und ihre Augen waren frei von dem düsteren Schleier, der begonnen hatte, ihren Glanz zu trüben.

„Guten Morgen, meine Flamme", sagte ich mit etwas rauer Stimme, weil ich noch im Halbschlaf war. „Wie fühlst du dich?"

„Wunderbar", erwiderte sie mit einem strahlenden Lächeln, und die Aufrichtigkeit in ihrer Stimme vertrieb die letzten Sorgen, die noch in meinem Hinterkopf lauerten. „Hätte ich gewusst, dass es so belebend sein kann, mit meinem Mann herumzutollen, hätte ich mich viel früher auf dich gestürzt."

Ich lachte leise und rieb meine Nase an ihrer. „Das freut mich zu hören. Du kannst mich jederzeit benutzen, wenn du einen kleinen Energieschub brauchst", sagte ich neckisch, bevor ich ihren Mund in Besitz nahm.

Sofort entflammte die Leidenschaft zwischen uns, und wir beide folgten ihrem Ruf. Das hätten wir nicht tun sollen, denn in dem Moment, als ich zum Höhepunkt kam, sprang mein Knoten automatisch in Aktion. Ich machte mir auch Sorgen, dass eine zweite Dosis meines Samens so früh negative Auswirkungen auf sie haben könnte. Gleichzeitig war der Geruch des Todes immer noch stark an ihr, obwohl er nachgelassen hatte. Mein Gift hatte viel zu fressen. Angesichts seiner geringeren Konzentration wollte ich glauben, dass mehr davon – und nicht weniger – meiner Gefährtin zugutekommen würde.

Dennoch konnte ich nicht böse sein, dass ich meine Frau zweimal zum Höhepunkt gebracht hatte, bevor ich selbst meine Befriedigung fand. Dies würde das letzte Mal sein, dass wir uns wirklich wohlfühlen konnten, bis wir unser Ziel erreichten. Der Rest der Reise würde noch beschwerlicher werden als das, was wir bisher erlebt hatten. Ich hoffte nur, dass Amara damit zurechtkommen würde.

Zu meiner angenehmen Überraschung dauerte es diesmal kaum eine halbe Stunde, bis mein Knoten schrumpfte. Wieder einmal absorbierte meine Flamme alles, was ich ihr gegeben hatte. Ihr Schock darüber, dass sie nichts zu säubern hatte, bestätigte, dass dies kein normales Ereignis war. Ich wusste nicht, was ich davon halten sollte.

In diesem Moment hätte ich alles dafür gegeben, Lyall weiter dazu befragen zu können. Er wusste weit mehr, als er preisgab. Ich vermutete jedoch, dass er, sollten wir uns wieder begegnen, mit seinen Informationen sehr geizig sein würde. Das phänomenale Ausmaß seiner Kräfte ließ mich glauben, dass er nicht nur ein mächtiger Dämon oder ein Wesen aus einer anderen Welt war. Ich hielt ihn zwar nicht für einen Gott, aber ich würde wetten, dass er ein Halbgott war. In diesem Fall unterlag er einer Reihe strenger Regeln, dem sogenannten Bund, der es ihnen verbot, in das Leben der Sterblichen einzugreifen, um die Pläne des Schicksals für sie nicht zu vereiteln.

Indem er zu viele meiner Fragen beantwortete, konnte er meine Entscheidungen auf eine ganz andere Weise beeinflussen, als ich sie getroffen hätte, wenn ich völlig frei gewesen wäre. Aber jetzt war nicht der richtige Zeitpunkt, um über den Doppelgänger nachzudenken – oder was auch immer er wirklich sein mochte.

Wir wuschen uns schnell und genossen das herzhafte Frühstück, das uns der Gastwirt servierte. Da er mich kannte, stellte er keine Fragen, als ich ihm vor unserer Abreise etwas mehr Geld als üblich gab. Er würde die Decken, auf denen ich geschlafen hatte, verbrennen, um jedes Risiko auszuschließen, dass mein Schweiß während unseres leidenschaftlichen Liebesspiels einen negativen Einfluss auf zukünftige Gäste haben könnte, selbst wenn sie gründlich gewaschen worden waren.

Auf meine Bitte vom Vorabend hin bereitete er eine Tasche mit trockenem Brot, gepökeltem Fleisch, Nüssen und anderen Lebensmitteln vor, die für ein paar Tage reichen würden. Er warf noch ein paar Wasserschläuche und eine Flasche Apfelwein dazu, um unsere Mahlzeiten herunterzuspülen.

Als wir die Herberge verließen, runzelte Amara die Stirn, als sie sah, welche Pferde ich mit unseren mageren Habseligkeiten belud.

„Das sind nicht unsere Pferde", sagte sie verwirrt.

„Gut beobachtet", stellte ich mit einem Lächeln fest. „Wir werden die Pferde des Gastwirts bis zum Rand des Sturmhügels benutzen. Sie sind speziell darauf trainiert, von selbst nach Hause zurückzukehren. Von dort aus werden wir den Berg besteigen, bis wir das Plateau erreichen. Es gibt keinen einfachen Weg, den ein Pferd zurücklegen kann."

Amara erstarrte. „Besteigen?", wiederholte sie vorsichtig.

Ich nickte. „Aber keine Sorge, meine Flamme. Es ist kein Klettern, sondern nur ein ununterbrochener Aufstieg auf einem unebenen Weg, der für ein Pferd oder die meisten normalen Reittiere viel zu schmal ist."

„Ooookay", erwiderte sie vorsichtig. „Das ist ein wenig beruhigend, aber nicht ganz."

Ich lachte leise und tippte ihr liebevoll mit dem Zeigefinger auf die Nasenspitze. „Mach dir keine Sorgen. Es wird nicht zu anstrengend für dich sein. Sobald wir Storm Hill erreicht haben, werden wir das Geschirr verwenden, damit du auf mir reiten kannst."

„Dich reiten?", wiederholte sie mit einem verschmitzten Funkeln in ihren schönen Augen. „Dann hätten wir das heute Morgen wohl üben sollen, statt dass du die ganze Arbeit gemacht hast."

„AMARA!", rief ich aus, und mir stieg die Hitze in die Wangen.

Sie brach in Gelächter aus, dessen klarer, musikalischer Klang mich wie eine warme Decke umhüllte. Die unglückselige Frau genoss es, mich erröten zu lassen. Meine Flamme sah so sittsam und anständig aus, dass es mich immer umgehauen hat, wenn sie absichtlich anzügliche Anspielungen machte, um mich aus der Fassung zu bringen. Ich hielt mich nicht für prüde, aber da ich nie das normale Flirten erlebt hatte, dem sich Menschen ab der Pubertät hingaben, fühlte ich mich so ungeschickt wie ein neugeborenes Kalb, das zum ersten Mal versuchte, auf die Beine zu kommen.

„Was?", fragte sie und riss die Augen weit auf, mit einem völlig unaufrichtigen Ausdruck purer Unschuld. „Ich kann einen so schwierigen Weg nicht rechtzeitig besteigen. Ich habe nur beklagt, dass ich das Reiten auf einem Wolf hätte üben sollen, als ich die Gelegenheit dazu hatte."

Ich verzog ihr gegenüber das Gesicht, was sie nur noch mehr zum Lachen brachte. Bei Ferazan! Ich liebte es, wie mich ihre bloße Anwesenheit glücklich machte, sogar ihr süßes Necken. Und vor allem liebte ich es, wie das Glück ihr Gesicht erhellte und die dunklen Wolken der Bedrohung, die über ihr schwebten, vertrieb. Was auch immer es kostete, ich würde alles in meiner Macht Stehende tun, um sicherzustellen, dass sie nie wieder zurückkehrten.

„Komm schon, du freches Mädchen", sagte ich mit gespielter Strenge. „Wir haben einen langen Weg vor uns."

Sie lächelte und gab mir einen zärtlichen Kuss auf die Wange, bevor sie sich von mir auf ihr Pferd helfen ließ. Wir machten uns in zügigem Tempo auf den Weg. Eine Welle der Dankbarkeit erfüllte mein Herz, als ich sah, wie viel besser sie die lange Reise verkraftete. Offensichtlich hatte unsere Verbindung ihre Gesundheit verbessert. Aber wie lange würde das anhalten?

Wir machten unterwegs ein paar Mal Halt, bevor wir endlich den Waldrand erreichten. Er öffnete sich zu einer weiten Lichtung mit hohem Gras, das allmählich in festgestampfte Erde und Felsen am Fuße des Berges überging. Obwohl ich an strapaziöse Reisen gewöhnt war, fühlte sogar ich mich steif und wund, als ich von meinem Pferd sprang. Meine arme Gefährtin zuckte ein wenig zusammen, als ich ihr vom Pferd half. Sie lehnte sich an mich, streckte ihre Beine und ihren Rücken, bevor sie sich von mir in die Höhle führen ließ, die uns in dieser Nacht Schutz bieten würde.

Im Gegensatz zu den anderen, in denen wir geschlafen hatten, bot diese weitaus mehr Komfort, darunter ein paar Betten mit gepolsterten Kissen, die als recht weiche Matratzen dienten, einen richtigen Holztisch und Stühle, eine Feuerstelle und einfaches Kochgeschirr. Während meine Gefährtin sich im Inneren einrichtete, ging ich zurück, um die Pferde abzuladen und sie freizulassen.

Sie wanderten in Richtung des hohen Grases, um zu grasen und sich auszuruhen. In ihrer Freizeit würden sie die zwölfstündige Reise zurück zu ihrem Besitzer antreten. Der gesamte Wald zwischen dem Gasthaus und Storm Hill war so sicher, wie der Haunted Woods gefährlich gewesen war. Nur Kleinwild, meist kleine Pflanzenfresser wie Kaninchen, lebte in diesem Gebiet. Daher würden die Pferde auf ihrem Heimweg keiner Gefahr begegnen. Ihre Zügel und Sättel waren ebenfalls verzaubert, sodass potenzielle Diebe eine böse Überraschung erleben würden, wenn sie versuchen würden, sich diese anzueignen.

Da ich unsere Lebensmittelvorräte nicht zu schnell aufbrauchen wollte, ging ich auf die Jagd für unser Abendessen. Wir aßen und begaben uns früh zu Bett. Obwohl wir uns ausgiebig liebkosteten, hatten wir in dieser Nacht keinen Sex. Nicht nur, dass das schmale Feldbett für solche Aktivitäten nicht ideal war, wir waren auch beide müde und wollten es nicht übertreiben, bevor wir nicht besser wussten, wie sie auf meine Giftstoffe reagierte.

Als wir am nächsten Morgen nach draußen traten, waren die Pferde längst verschwunden. Bevor ich mich in meine Wolfsgestalt verwandelte, gab ich meiner Gefährtin ausführliche Anweisungen, wie sie sich mit dem von mir vorbereiteten Geschirr an mich binden und wie sie unsere Tasche mit Lebensmitteln und Reagenzien sicher an mir befestigen konnte, damit sie sie nicht störte.

„Was ist?", fragte ich, als sie eine komische Grimasse schnitt, während ich mich fertig auszog.

„Ich weiß nicht. Es fühlt sich einfach komisch an, dich mit all dem zu belasten, zusätzlich zu mir, und dich wie ein Pferd den ganzen Weg den Berg hinaufzureiten", sagte sie verlegen. „Ich fühle mich schuldig. Du wirst erschöpft sein."

Ich schnaubte und schüttelte den Kopf. „Erstens wiegst du ein Dreihundertstel von nichts. Zweitens ist mein Wolf extrem stark. Meine Ausdauer, Kraft und Belastbarkeit sind mindestens fünfmal so groß wie in meiner menschlichen Gestalt. Du hast gesehen, wie leicht ich dich in meinen Armen getragen habe. Dich auf meinem Rücken zu tragen, wird also keine Anstrengung sein."

Sie folgte meinem Blick, als ich auf den schmalen Pfad vor uns schaute. Und ich deutete mit meinem Kinn darauf.

„Dieser Weg ist allerdings nicht besonders angenehm. Werde ich müde werden? Auf jeden Fall. Aber das wird nicht an deinem

Gewicht oder dem der Taschen liegen. Es wird an dem unebenen Gelände und den steilen Anstiegen an einigen Stellen liegen. Aber ich bin es gewohnt, auf ähnlichen Wegen zu reisen. Ich werde das schon schaffen", sagte ich in beruhigendem Ton. „Wenn ich zu müde werde, machen wir einfach eine Pause, und du kannst mich am Bauch kraulen, um mich zu beruhigen."

Sie brach in Gelächter aus und schüttelte den Kopf. „Na gut. Aber ruh dich aus, wenn du es brauchst. Ich lerne dich langsam kennen. Deine überfürsorgliche Seite wird dich dazu bringen, dich bis zur Erschöpfung zu verausgaben, nur um dich um mich zu kümmern."

„Vielleicht…", sagte ich in einem unverbindlichen Ton, der sie dazu brachte, mich stirnrunzelnd anzusehen.

Ich küsste sie, knabberte an ihrer Unterlippe und verwandelte mich dann in meinen Wolf. Die Schnelligkeit und Effizienz, mit der sie mir das Geschirr anzog und sich selbst und unsere Taschen auf meinem Rücken befestigte, war beeindruckend. In kürzester Zeit machten wir uns auf den Weg.

Der Aufstieg war anfangs nicht so schlimm, aber nach ein paar Stunden spürte ich, wie sich die Anstrengung bemerkbar machte. Es war besonders schwierig, weil wir einer fast senkrechten Felswand folgten, in die ein schmaler Durchgang gehauen worden war. Er war breit genug, dass ich normal stehen konnte, aber zu meiner Rechten blieben nur ein paar Zentimeter Platz. Ich dankte den Göttern, dass meine Gefährtin nicht unter Höhenangst litt. Wir gingen buchstäblich auf einem weniger als einen Meter breiten Pfad, mit einer zerklüfteten Steinwand auf der linken Seite und dem Abgrund auf der rechten Seite. Ein einziger Fehltritt hätte uns in den Tod gestürzt.

Ich konnte mich nur in den seltenen Momenten entspannen, in denen der Weg durch die Felswand selbst führte und so eine vorübergehende Wand auf beiden Seiten bildete, bevor er sich wieder öffnete und wir völlig ungeschützt waren. Glücklicherweise blieb die Temperatur in diesem Sommermonat angenehm, obwohl wir ziemlich hochkletterten. Auch starker Wind drohte nicht, uns aus dem Gleichgewicht zu bringen.

Während der ersten Hälfte der Reise unterhielt mich meine Gefährtin mit Geschichten aus ihrem Leben, lustigen Anekdoten über ihre seltsamsten Kunden und anderen zufälligen Kleinigkeiten, die ich vielleicht unterhaltsam finden würde. Ich hasste es, dass ich ihr als Wolf nicht antworten konnte. Ich hoffte, dass wir bald vollständig verbunden sein würden und dann telepathische Gespräche führen könnten.

Dieser Abschnitt unserer Reise war nicht besonders gefährlich – solange ich vorsichtig ging –, aber zweifellos der anstrengendste in Bezug auf das Reisen. Wir konnten nirgendwo anhalten, um uns zu strecken oder auszuruhen. Unter anderen Umständen wäre Amaras Bestürzung darüber, dass es keinen bequemen Ort für sie gab, um ihre Blase zu entleeren, lustig gewesen. Wir warteten, bis wir eine der engen Passagen zwischen zwei Felswänden erreichten, damit sie sich aus dem Geschirr befreien und ihr Geschäft verrichten konnte.

Dennoch war ihre Verlegenheit, vor mir zu urinieren, urkomisch. Ich tat so, als würde ich meine linke Pfote über meine Schnauze legen, um meine Augen zu verdecken. Sie schnaubte und murmelte etwas darüber, dass ich albern sei. Wieder auf mich zu klettern und sich erneut mit dem Gurtzeug zu sichern, erwies sich in dem engen Raum als weitaus schwieriger. Sie aß, während ich weiterging, und fütterte mich über meine Schulter hinweg mit Stücken von gepökeltem Fleisch.

„Weißt du, du könntest ein paar Minuten anhalten, um zu essen", murmelte sie.

Ich schüttelte den Kopf und ging weiter. Meine arme Frau verstand unsere derzeitige Lage nicht ganz. Da wurde mir klar, dass ich ihr nicht ausreichend erklärt hatte, wie dieser erste Teil aussehen würde. Als die Sonne am Horizont unterging, wurde Amara unruhig.

„Sind wir schon in der Nähe unseres Nachtquartiers?", fragte sie, bevor sie gähnte und sich dafür überschwänglich entschuldigte.

Ich schüttelte den Kopf.

„Wie lange würdest du sagen?", beharrte sie. „Eine Stunde?"

Ich schüttelte erneut den Kopf.

„Zwei Stunden? Drei? Vier? Fünf?", fragte sie, als ich nach jeder von ihr genannten Zahl systematisch den Kopf schüttelte. „Neun Höllen, werden wir es heute Abend überhaupt schaffen?"

Ich schüttelte den Kopf.

„Was? Dann erst morgen früh? Wenn du noch einmal den Kopf schüttelst, schreie ich!", rief sie aus.

Ich warf ihr einen Blick über die Schulter zu und gab einen winselnden Laut von mir.

Sie starrte mich mit niedergeschlagenem Gesichtsausdruck an. „Soll ich das als Nein verstehen?"

Ich nickte.

Eine Reihe von Schimpfwörtern kam aus ihrem Mund. Ich machte ein schnaubendes Geräusch, mit dem wir in unserer Wolfsgestalt Lachen ausdrückten.

„Werden wir es wenigstens irgendwann vor Ende des morgigen Tages erreichen?", fragte Amara mit resignierter Stimme.

Ich konnte mir nicht sicher sein. Es war wahrscheinlich, aber nicht garantiert. Da ich das nicht eindeutig sagen konnte, bewegte ich meinen Kopf von einer Seite zur anderen und auf und ab, sodass fast eine horizontale Acht oder das Symbol für Unendlichkeit entstand.

„Heißt das, wahrscheinlich?", fragte sie resigniert.

Ich nickte.

Sie seufzte, und ich fühlte mich sofort schuldig dafür. Ich wünschte, ich könnte ihr einen schnelleren, bequemeren Weg zu unserem Ziel bieten. Zu meiner Überraschung beugte sie sich vor und schlang ihre Arme um meinen Hals. Sie küsste meinen Nacken, rieb ihre Wange daran und legte sich dann dort nieder.

„Es tut mir leid, dass ich dir das antue. Ich kann dir nie genug danken. Du bist nicht nur meine Zwillingsflamme, du bist mein Schutzengel", flüsterte sie.

Es schnürte mir die Brust zusammen, als mir klar wurde, dass dieser Seufzer nicht aus Ungeduld und Verärgerung kam, sondern aus Schuldgefühlen, weil sie mir Unannehmlichkeiten bereitet hatte – zumindest dachte sie das. Meine Partnerin verstand nicht, dass diese Notlage tatsächlich das größte Geschenk war, das mir jemals jemand gemacht hatte. Ich wurde gebraucht, *wirklich* gebraucht. Meine Bemühungen würden buchstäblich ein Leben retten, aber nicht irgendein Leben. Ich hatte ohne wirkliches Ziel oder Vorhaben gelebt und einfach nur meinen Alltag absolviert, weil ich keine andere Wahl hatte. Jetzt ging ich jeden Abend mit Hoffnung im Herzen ins Bett. Jeden Morgen wachte ich voller Vorfreude auf, ihr wunderschönes Gesicht wiederzusehen und mich sowohl an ihrer Zuneigung als auch an der süchtig machenden Art zu erfreuen, mit der sie mich ansah, als wäre ich etwas Kostbares.

Sie mochte mich vielleicht als ihren Schutzengel betrachten, aber sie war meine Göttin und meine Erlösung. Traurig, weil ich das nicht sagen konnte, gab ich ein winselndes Geräusch von mir und leckte sanft die Rückseite ihrer Hand, die um meinen Hals lag.

Ich setzte die Reise noch viele Stunden fort, bis mein Körper nach einer Pause schrie. Irgendwann schlief Amara ein. Das freute mich, denn sie musste sich so viel wie möglich ausruhen. Sobald wir einen weiteren schmalen Durchgang erreichten, legte ich mich auf den Bauch und achtete darauf, mich nicht zu plötzlich zu bewegen, um sie nicht zu wecken. Ich döste ein und träumte von einer bezaubernden Zukunft, in der meine Flamme lachend unseren Welpen hinterherjagte.

Der zweite Tag war genauso anstrengend, wenn nicht sogar noch anstrengender, aber gegen Ende wurde es immer besser, da der Weg breiter wurde. So konnte ich laufen, anstatt nur schnell zu gehen, wie ich es auf den schmalen Felsvorsprüngen tun musste. Als ich meine Gefährtin jubeln hörte, als wir ein Plateau erreichten, musste ich lachen. Die Götter wussten, dass ich dieses Gefühl voll und ganz teilte. Wir kamen viel schneller voran als erwartet. Der harte Fels wich Erde und dann dem angenehmen Polster aus Gras, das meinen Pfoten eine willkommene Erholung verschaffte.

Mein Herz machte einen Sprung, als ich die ersten Sträucher sah. Bald wurden daraus Büsche und dann ganze Bäume. Ihre Anzahl war groß genug, um sie als Wald zu bezeichnen, auch wenn sie ziemlich verstreut waren. Unsere Nachtunterkunft rückte näher. Da die Sonne noch eine gute Stunde brauchen würde, bevor sie unterging, konnten wir einen wohlverdienten Moment der Selbstfürsorge genießen.

Es war schon lange her, seit ich das letzte Mal hier gewesen war, aber ich erinnerte mich noch gut an diesen kleinen Zufluchtsort, der sich direkt hinter dem Rand der Felswand in der Nähe des großen Baumes befand, dessen Astknoten seltsamerweise einem Gesicht ähnelte. Es war kein Wächterbaum, wie man ihn in bestimmten gesegneten Ländern finden konnte, oder der berühmteste von allen, der „Wächter", der in der Nähe des Altars außerhalb des Friedhofs von Duskwallow emporragte. Wächterbäume waren äußerst mächtig und jeder von ihnen hatte ein einzigartiges Gesicht. Sie sprachen nicht mit Worten, und ihre Gesichter bewegten sich nicht wie die von Menschen. Aber sie konnten Gefühle ausdrücken. Wehe dem Narren, der ihren Zorn auf sich zog, aber gesegnet waren diejenigen, denen sie ihren Schutz gewährten.

Ich rannte an dem Baum vorbei und spürte diesen plötzlichen Energieschub, den man oft verspürte, wenn man sich seinem Zuhause oder einem anderen Ziel näherte. Amara schnappte nach Luft, als ich um die Ecke bog, die wie eine durchgehende Mauer aussah, aber in Wirklichkeit eine optische Täuschung war, die den Eingang zu einer Höhle verbarg.

Der täuschend schmale Eingang führte zu einem beeindruckend geräumigen Versteck, das in der ansonsten kühleren Luft der Berge in dieser Höhe relativ warm war. Tagsüber war es dort recht angenehm, nachts wurde es jedoch etwas kühl.

„Bei den Göttern! Ist es das, was ich denke?", rief meine Frau aus, als ich den großen, halbkreisförmigen Raum in Richtung Rückseite durchquerte.

Durch etwas natürliches Licht konnten wir etwas erkennen, das wie Dampfwolken in Bodennähe aussah. Ein leichter Schwefelgeruch – zu schwach, um unangenehm zu sein – deutete darauf hin, was vor uns lag. Ich rannte darauf zu und stieß ein schnaubendes Geräusch aus, das Lachen ausdrückte, als meine Frau quietschte.

Eine natürliche heiße Quelle kam zum Vorschein. Eine große Öffnung in der Felswand wirkte wie ein natürliches Fenster und bot einen atemberaubenden Blick auf das Storm Hill Valley darunter. Glücklicherweise umgab eine ausreichend breite Plattform die heiße Quelle, sodass man sicher um sie herumgehen konnte. Ein paar Felsen und Geröllbrocken, die am Rand verstreut lagen, konnten zum Sitzen oder Liegen genutzt werden.

Sobald ich in der Nähe des warmen Wassers stoppte, befreite sich meine Partnerin hastig aus dem Geschirr und sprang von meinem Rücken. Zu meiner angenehmen Überraschung eilte sie nicht zum Wasser, um es zu testen, sondern nahm mir die Taschen und das Geschirr ab, die mich belasteten. Diese rücksichtsvolle Geste bewegte mich zutiefst. Nur wenige Menschen hatten jemals freiwillig meine Bedürfnisse vor ihre eigenen gestellt.

Erst dann wagte sie sich an den Rand der Quelle. Ich verwandelte mich zurück in meine menschliche Gestalt, während sie sich hinkniete, um eine Hand ins Wasser zu tauchen. Noch halb verwandelt, grinste ich fröhlich über das sinnliche Stöhnen, das sie von sich gab, als sie feststellte, dass es eine angenehme Temperatur hatte.

„Du wirst mich aus dieser heißen Quelle herauszerren müssen, wenn ich erst einmal drin bin", sagte sie mit begeisterter Stimme.

„Nein, meine Flamme. Ich vermute, du wirst mich dort herausziehen müssen", antwortete ich neckisch. „Aber du hast einen Vorsprung. Spring rein. Ich hole etwas Kleinholz, um ein Feuer für die Nacht zu machen und vielleicht etwas Apfelwein zu erwärmen."

„Pfft! Als ob ich dich die ganze Arbeit alleine machen lassen würde", sagte Amara und klang fast beleidigt. „Außerdem muss ich mir die Beine vertreten."

„Du solltest dich ausruhen", widersprach ich.

Der strenge Blick, den sie mir zuwarf, brachte mich zum Schweigen.

„Ich habe nicht um Erlaubnis gebeten", sagte sie in einem Ton, der keinen Widerspruch duldete.

Verdammt, das war unglaublich sexy! Wieder einmal beeindruckte mich die innere Stärke, die unter der zurückhaltenden und fast schüchternen Fassade meiner Partnerin schlummerte. Ich liebte diese Dualität an meiner Frau. Eine sanfte und fürsorgliche Art, die einen eisernen Willen umhüllte.

Ich senkte meinen Kopf in Anerkennung. „Betrachte mich als gebührend gezüchtigt", sagte ich mit übertriebener Reue.

Sie schnaubte und schüttelte den Kopf, als ich nackt an ihr vorbeiging. Sie schlug mir so fest auf den nackten Hintern, dass es brannte, aber bei weitem nicht wehtat. Ich schrie vor gespielter Empörung auf, und sie kicherte, bevor sie zum Ausgang rannte. Ich jagte ihr hinterher, holte sie leicht ein und hob sie in meine Arme. Sie quietschte und lachte noch mehr, als ich sie nach draußen trug und so tat, als würde ich sie beißen.

Bei Ferazan, wie schaffte sie es nur, meine Tage selbst mit den albernsten Dingen zu erhellen?

„Weißt du, ich bin nur mitgekommen, um mir die Beine zu

vertreten und etwas Bewegung zu bekommen", sagte Amara in vorwurfsvollem Ton.

Ich zuckte mit den Schultern und lächelte sie völlig unbeeindruckt an. „Das wirst du gleich tun. Jetzt muss ich erst einmal mein Verlangen stillen, dich in meinen Armen zu halten. Ich habe zwei ganze Tage darauf verzichten müssen, während du auf meinem Rücken gesessen hast. Oder willst du etwa sagen, dass du genug von meiner Nähe hast und eine Pause brauchst?"

„Neun Höllen! Du besitzt keine Scham!", rief Amara aus, als ich bei meiner letzten Frage den mitleiderregendsten traurigen Hundeblick aufsetzte.

„Überhaupt keine", stimmte ich stolz zu. „Aber du hast meine Frage nicht beantwortet."

Sie stieß mich spielerisch mit dem Ellbogen an und verzog dabei das Gesicht. „Du weißt ganz genau, dass ich es nie leid werden kann, in deinen Armen zu liegen. Hör auf, nach Komplimenten zu fischen."

„Das tue ich nicht", sagte ich ohne die geringste Spur von Ehrlichkeit. „Ich möchte nur sichergehen, dass wir uns einig sind."

„Klar. Und ich bin die Königin des neunten Kreises", erwiderte sie spöttisch.

„Eure Hoheit", sagte ich mit ausdrucksloser Miene.

Sie biss mir in die Wange und lindert dann den kaum spürbaren Schmerz mit einem Kuss. Ich zog sie fester an mich und rieb meine Schläfe an ihrer Stirn, um sie mit meinem Duft zu markieren. Bei den Göttern, ich verliebte mich Hals über Kopf in meine Frau.

Mit großer Zurückhaltung stellte ich sie wieder auf die Füße, als wir den lichten Wald erreichten, um etwas Brennholz zu sammeln. Wir hatten schnell genug Holz für das Feuer beisammen. Als ich mich bückte, um das aufgehäufte Holz aufzuheben, sah ich, wie Amara einen Zweig betrachtete und ihn dann wegwarf, weil er zu dünn war, um von Nutzen zu sein.

Ich wusste nicht, was über mich gekommen war, aber ich verwandelte mich in meine Wolfsgestalt und rannte hinterher. Ich hob ihn mit meinen Zähnen auf und brachte ihn ihr zurück.

Der Ausdruck auf dem Gesicht meiner Partnerin war mehr als komisch.

„Im Ernst?", rief meine Flamme mit einer Mischung aus Ungläubigkeit und Verwirrung aus.

Man musste kein Gedankenleser sein, um zu erraten, dass sie sich fragte, ob dies ein natürlicher Instinkt für Lykaner war, wie es bei Hunden der Fall war. Offensichtlich verspürte mein Volk keinen Drang, etwas zu apportieren. Aber die Nähe zu meiner Gefährtin hatte eine verspielte Seite in mir geweckt, die ich seit über zwei Jahrzehnten, seit meinem Zerwürfnis mit Ulric, nicht mehr zum Ausdruck gebracht hatte.

Ich wedelte mit dem Schwanz und stupste ihre Hand mit meiner Schnauze an, damit sie den Ast nahm. Ich hechelte und wedelte noch heftiger mit dem Schwanz, während ich sie erwartungsvoll anblickte. Ihr Blick wanderte zwischen dem Ast und mir hin und her, als könne sie nicht glauben, was gerade geschah. Dann zuckte sie mit den Schultern und warf ihn so weit sie konnte. Ich rannte sofort wieder hinterher. Diesmal brach sie in Gelächter aus.

Als ich ihn ihr wieder brachte, nahm sie ihn und schüttelte den Kopf, als wäre ich ein hoffnungsloser Fall.

„Du dummer Kerl", sagte sie liebevoll. „Bist du nicht müde?"

Ich hüpfte um sie herum und tat so, als würde ich versuchen, ihr in die Knöchel zu beißen.

„Hey! Hör auf damit! Nein!", quietschte sie und lachte, während sie weglief.

Ich jagte ihr spielerisch hinterher und tat so, als wären ihre Ausweichmanöver teilweise erfolgreich. Schließlich stolperte sie, und ich sprang auf sie und hielt sie fest. Ich leckte ihr ein paar Mal das Gesicht, während sie zwischen zwei Lachern schwach protestierte.

Ich konnte nicht sagen, wann es für mich aufgehört hat, ein Spiel zu sein. Aber in einem Moment habe ich noch versucht, sie zum Lachen zu bringen, und im nächsten hat mich ein starkes Verlangen überkommen. Der brennende Wunsch, mich mit meiner Frau zu paaren, hat meine Verwandlung ausgelöst. Nur habe ich meine menschliche Gestalt nicht vollständig wiedererlangt. Ich hatte immer noch meinen Schwanz, eine große Menge Fell – hauptsächlich an meinen Armen und Beinen – und ich spürte, dass mein Gesicht noch nicht ganz wieder normal war. In diesem Moment war ich halb Werwolf und halb Mensch.

Ich presste meine Lippen viel brutaler auf ihre, als ich eigentlich vorhatte. Sie erstarrte vor Überraschung. Zu meiner Erleichterung stieß sie mich nicht weg, sondern entspannte sich nach weniger als zwei Sekunden. Die Leidenschaft, mit der sie reagierte, steigerte meine Erregung ins Unermessliche. Zu meiner Schande habe ich sie nicht einmal vollständig entkleidet. Ehrlich gesagt war ich überrascht, dass ihre Hose nicht durch meine Ungeduld, an meine Beute zu kommen, in Fetzen gerissen wurde. Ihre Unterwäsche hatte nicht so viel Glück. Mit einem einzigen Schwung meiner Krallen schnitt ich sie auf und erinnerte mich gerade noch daran, sie zurückzuziehen, bevor ich zwei Finger in meine Partnerin versenkte.

Amara stöhnte gegen meine Lippen, ihre Fingernägel gruben sich in meinen Rücken. Sie hob ihr Becken, als wolle sie mir besseren Zugang zu meiner kühnen Erkundung verschaffen. In der plötzlichen Hitze, die meinen Verstand benebelte, nahm ich das als Einladung, fortzufahren. Eine kleine Stimme in meinem Hinterkopf warnte mich, dass meine Gefährtin, obwohl sie bereits feucht für mich war, vielleicht noch nicht ganz bereit war, mich aufzunehmen. Aber ich ignorierte sie und konzentrierte meine ganze Willenskraft darauf, mich nicht hineinzureißen, obwohl mein ganzer Körper danach verlangte.

Dennoch nahm ich sie nicht auf die langsame und vorsichtige Weise, wie ich es normalerweise mit flachen Stößen tat. Sie keuchte gegen meine Lippen, während ich gegen ihre zischte, als ihr Körper sich zunächst gegen mein Eindringen wehrte. Ich konnte nicht sagen, ob es meine entschlossene Beharrlichkeit oder die plötzliche Kooperation ihres Körpers war, die ihn schnell meiner gebieterischen Forderung nachgeben ließ.

Wieder einmal widersetzte sich meine Zwillingsflamme nicht der ungezügelten Art und Weise, mit der ich sie zu meiner machte. Die Leidenschaft, mit der sie mich liebkoste, und die Begierde ihrer Zunge, die sich um meine wand, schrien lautstark ihre Zustimmung und Begeisterung heraus. Ich brauchte keine weitere Ermutigung, um meine Leidenschaft auf sie loszulassen.

Ich wartete nicht darauf, dass sie sich an meinen Umfang gewöhnte oder dass ich allmählich das Tempo erhöhte. Ich begann sofort, in sie zu stoßen, fast wahnsinnig vor Lust, die beinahe unerträglich war, als ihre enge Scheide meinen Schwanz von allen Seiten umklammerte. Jedes Mal, wenn mein Knoten an diesem empfindlichen Nervenbündel direkt an der Oberseite ihrer Innenwände rieb, schoss ein elektrischer Schlag durch meinen Schwanz und meinen gesamten Beckenbereich. Wir waren füreinander geschaffen, da unsere erogensten Stellen perfekt aufeinander abgestimmt waren.

Als ich spürte, wie sie unter mir zitterte und jedes ihrer sinnlichen Stöhnen schluckte, erweckte das das wilde Tier in mir, das tief in mir schlummerte. Ich wollte sie vollständig vereinnahmen, alles an ihr verschlingen, sie unwiderruflich als mein Eigentum markieren und zusehen, wie sie immer wieder kam, bis ihr Verstand sich auflöste.

Ihr Körper verkrampfte sich plötzlich und sie schrie auf, als ihr Höhepunkt sie überrollte. Ein wildes Geräusch entrang sich meiner Kehle, als sich ihre inneren Wände um meinen Schwanz zusammenzogen. Ich hätte fast mein Sperma verschüttet. Meine Krallen ragten hervor und gruben sich in den Boden, während ich gegen den Drang ankämpfte, meinem eigenen Höhepunkt nachzugeben. Mein Schwanz pochte und ein scharfer Schmerz durchzuckte mein Becken, als ich meine ganze Willenskraft aufbrachte, um meinen Knoten nicht anschwellen zu lassen.

Als ich diesen Kampf beinahe verlor, zog ich mich aus meiner Partnerin zurück und drehte sie auf den Bauch. Der Anblick ihrer prächtigen Rundungen ließ mich sabbern und meine Urinstinkte hochkommen. In einem flüchtigen Moment der Klarheit beklagte ich die Tatsache, dass sie keine Lykanerin war. Im Schein des Mondes oder der Sonnenstrahlen hätten wir uns gegenseitig gebissen und uns so als verbundene Partner markiert.

Ich packte ihre Hüften mit beiden Händen, hob sie auf die Knie und stieß dann mit voller Wucht in sie hinein. Amara war noch immer halb benommen von ihrem kürzlichen Höhepunkt und stieß einen erstickten Schrei aus, als ich sie brutal nahm, dann stützte sie sich auf ihre Unterarme. Augenblicke später wiegte sie sich vor und zurück und begegnete jedem meiner Stöße, während flüssiges Feuer durch meine Adern strömte und die Hitze in mir tausendfach anfachte.

Ich beugte mich vor und hasste es, dass sie immer noch ihr Oberteil trug und mir den Hautkontakt vorenthielt, nach dem ich mich sehnte. Wie von selbst senkten sich meine Reißzähne weiter, und ich merkte, wie ich sie in einer Geste der Dominanz und Besitzansprüche über ihren Nacken schloss. Amara stieß einen hohen, klagenden Laut aus, der wie das Winseln eines Wolfes oder eines meiner Verwandten geklungen haben könnte, das sie als Zeichen der Unterwerfung von sich gab. Meine Flamme war sich dessen wahrscheinlich nicht bewusst. Aber selbst wenn, bezweifelte ich, dass es absichtlich war. So oder so, es hallte direkt in meinem Schwanz wider, und ich wäre fast gekommen.

Ich biss die Zähne zusammen, sowohl vor Anstrengung, mich zu beherrschen, als auch vor überwältigender Lust, und verlor mich in meiner Frau. Der Drang, meine Zähne in ihr Fleisch zu versenken und sie für immer an mich zu binden, überkam mich. Aber wenn dieser Tag kommen würde – und das würde er –, würde ich alles richtig machen und mit ihrer vollen Zustimmung.

In dem Moment begann meine Frau zu zittern. Und an den immer dringlicher werdenden, sinnlichen Stöhngeräuschen, die aus ihr hervorkamen, konnte ich spüren, dass sie kurz davor war, wieder den Gipfel zu erreichen. Sobald sie das tat, würde ich nicht mehr widerstehen können, meinem eigenen Höhepunkt nachzugeben. Da ich nur zu gut wusste, was dann folgen würde, zog ich mich wieder aus meiner Frau zurück, drehte sie um und zog sie auf mich, während ich mich auf den Rücken legte. Mit einer schnellen Bewegung spießte ich sie auf meinen Schwanz auf. Bevor ich auch nur ein paar Mal stoßen konnte, schrie meine Frau auf, überwältigt von Glückseligkeit.

Ihre inneren Wände, die sich zusammenzogen, ließen einen Blitz in meinem Knoten explodieren. Er strahlte bis zur Basis meines Penis aus, bevor er sich über meine gesamte Wirbelsäule ausbreitete. Meine Sicht verschwamm, und ich hatte das Gefühl, als würde meine Seele aus meinem Körper geschleudert. Mein Samen schoss in kraftvollen Schüben der Ekstase heraus, die mich taumeln ließen. Mein Knoten schwoll an und verband mich mit meiner Flamme, während ich meinen Griff um sie festigte.

Ihr Gesicht in meinem Nacken vergraben, ihr Körper zitternd vor Glückseligkeit, klammerte sich Amara mit der Kraft einer ertrinkenden Frau an mich. Ihr schwerer Atem fächelte meine Brust, während ich sie weiter füllte, bis ich völlig erschöpft war.

Die Götter mögen mich strafen, ich war verrückt nach dieser Frau.

Wir blieben ineinander verschlungen, während sich unsere Herzschläge beruhigten. Amara lag auf mir, kuschelte sich an mich und legte ihre Knie auf meine Beine. Ich küsste ihre Stirn und stand dann vorsichtig auf. Da ich noch immer tief in meiner

Gefährtin steckte, war das ziemlich umständlich, aber sobald ich stand, genoss ich die Nähe und die Art, wie sie ihre Arme und Beine um mich schlang. Das Vertrauen, mit dem sie sich meiner Fürsorge hingab, bewegte mich zutiefst.

Brust an Brust trug ich sie zurück in die Höhle und in die heiße Quelle. Ihr sinnliches Stöhnen, als das warme Wasser uns umschloss, ließ meinen Schwanz zucken. Ferazan, nimm mich! Es war mir peinlich, so süchtig nach dieser Frau zu sein, dass jede kleine Berührung, jedes Geräusch oder sogar jeder Blick ausreichte, um mich zu erregen.

„Hmmm, das fühlt sich gut an!", sagte Amara mit schnurrender Stimme. „Ich spüre, wie die Wärme bis in meine Knochen sickert. Bis jetzt war mir nicht ganz klar, wie sehr mein Körper schmerzte."

Eine Welle der Schuld überkam mich, und ich warf ihr einen verlegenen Blick zu.

„Entschuldige, meine Partnerin. Ich wollte nie so grob zu dir sein. Leider werden wir umso wilder, je länger wir in unserer Wolfsgestalt bleiben. Ich konnte mich nicht einmal vollständig in meine menschliche Gestalt zurückverwandeln."

„Neun Höllen! Du musst dich nicht entschuldigen. Falls du es nicht bemerkt hast, ich habe freiwillig mitgemacht", erwiderte Amara, als hätte ich etwas Dummes gesagt. „Ich meine, mit einem Werwolf rumzumachen ist ziemlich heiß."

„Lykaner! Nicht Werwolf", rief ich empört.

Sie kicherte und rieb ihre Nase an meiner. „Entschuldigung, dann eben Lykaner. Aber ehrlich gesagt siehst du im Moment eher wie ein Werwolf als wie ein Lykaner aus. Du kannst dich nicht zurückverwandeln?"

Ich schüttelte den Kopf. „Nein, nicht solange ich mit dir verknotet bin. Ich muss warten, bis der Knoten sich zurückbildet. Ich hoffe, du bist nicht zu sehr von meinem derzeitigen Aussehen erschreckt", fügte ich vorsichtig hinzu.

Sie lächelte und streichelte meine Wange. „Nein, du siehst

viel einschüchternder aus, aber auf eine gute Art und Weise. Wenn ich dich nicht eindeutig erkennen würde, wäre es etwas anderes. Aber das sind immer noch deine Gesichtszüge, mein Remus, nur mit mehr wolfsähnlichen Zügen."

Die Erleichterung, die ich beim Hören dieser Worte empfand, verblüffte mich. Es war mir peinlich, wie sehr ich ständig die Bestätigung meiner Frau brauchte.

„Richtig", sagte ich.

Amara neigte den Kopf zur Seite und musterte mich. „Kannst du deinen Knoten kontrollieren? Kannst du verhindern, dass er anschwillt, oder ihn nach Belieben wieder zurückgehen lassen?"

Ich schüttelte erneut den Kopf. „Seine Reaktionen sind ziemlich instinktiv. Ich kann ‚versuchen', ihn zurückzuhalten, aber das ist so gut wie aussichtslos. Im Grunde genommen besteht meine einzige ‚Kontrolle' darüber darin, mich vom Ejakulieren abzuhalten. In dem Moment, in dem ich das tue, setzt der Knoten ein. Ich habe jedoch absolut keine Kontrolle darüber, wann er sich wieder zurückbildet. Manchmal geht das schneller als sonst. Warum das so ist, weiß ich genauso wenig wie du."

„Ich verstehe", erwiderte Amara nachdenklich und runzelte die Stirn. „Aber was wäre, wenn wir gerade mit unserer Intimität fertig wären und eine Bedrohung auftauchen würde? Wir wären beide leichte Beute."

Ich lächelte sie nachsichtig an. „In einer solchen Situation hätte ich zwar immer noch keine Kontrolle über meinen Knoten, aber mein Selbsterhaltungstrieb würde einsetzen und mein Knoten würde von selbst schrumpfen. Das ist der einzige Fall, in dem er unsere Partnerin freigibt, bevor unser Wolf der Meinung ist, dass er seinen Zweck erfüllt hat."

„Und dieser Zweck besteht darin, die Chancen zu erhöhen, dass die Frau erfolgreich schwanger wird?", fragte sie mit ausdruckslosem Gesicht.

Ich zuckte zusammen, und mein Magen verkrampfte sich

augenblicklich vor Besorgnis. Mein ganzes Leben lang hatte ich davon geträumt, eine Partnerin und viele Welpen zu haben. Die Erinnerungen an einige der Männchen aus dem Rudel, die mit einem halben Dutzend Welpen schliefen, die sich auf sie stapelten, verfolgten mich bis heute und lösten ein dumpfes Verlangen aus.

Wollte sie keine Kinder?

„Ja", antwortete ich vorsichtig, während meine Augen zwischen ihren hin und her huschten und suchten. „Du musst dir aber keine Sorgen machen, schwanger zu werden. Das Gift, das derzeit durch deine Adern fließt, macht das unmöglich."

„Ich verstehe", antwortete Amara mit dem gleichen neutralen Gesichtsausdruck.

„Ich weiß, wir haben noch nicht darüber gesprochen, aber möchtest du Kinder haben?", fragte ich zögerlich.

Eine immense Welle der Erleichterung überkam mich, als sie sofort nickte.

„Auf jeden Fall. Ich hätte gerne mindestens zwei oder drei. Ein Einzelkind zu sein ist doof", sagte meine Partnerin entschlossen. „Was ist mit dir?"

Das dumme Grinsen, das sich auf meinen Lippen ausbreitete – was in meiner teilweise verwandelten Gestalt ziemlich beängstigend gewesen sein muss –, gab ihr die Antwort, noch bevor ich etwas gesagt hatte.

„Als Wolf würde ich mindestens ein halbes Dutzend Welpen haben wollen", entgegnete ich verlegen.

Sie brach in Gelächter aus und sah mich an, als wäre ich verrückt. Ich bemerkte jedoch auch, dass sie diese Idee nicht abgelehnt hatte.

„Also können wir Kinder bekommen, sobald ich geheilt bin?"

Ich zögerte und schüttelte dann den Kopf. „Wir müssen uns verbinden, bevor du meine Kinder gebären kannst. Als reinblütiger Mensch bist du in dieser Hinsicht nicht mit mir kompatibel.

Die Partnerbindung wird es dir ermöglichen, ein Lykaner-Baby zu empfangen und auszutragen."

„Wie funktioniert diese Verbindung?"

Die Tatsache, dass sie diese Frage ohne Angst oder Unbehagen stellte, freute mich sehr.

„An dem Tag, an dem du bereit bist, dein Leben für immer mit mir zu verbinden, werde ich dir den Bindungsbiss geben. Normalerweise machen wir das hier in der Nähe der Schulter", sagte ich und streichelte die Stelle ein paar Zentimeter unterhalb ihres Halses an ihrer rechten Schulter.

„Werde ich mich verändern?", fragte Amara mit leicht gerunzelter Stirn.

Ich würde nicht sagen, dass ihre Reaktion Besorgnis ausdrückte. Abgesehen von ihrer offensichtlichen Neugierde über den Vorgang und die Folgen fiel mir jedoch auf, dass sie wahrscheinlich nie daran gedacht hatte, dass die Paarung mit einem Lykaner radikale Veränderungen an ihrem Wesen hervorrufen könnte.

Ich zögerte erneut. „Äußerlich wirst du dich nicht verändern", erklärte ich und wählte meine Worte sorgfältig. „Aber du wirst über mehr Kraft, eine höhere Geschwindigkeit und eine verbesserte Regenerationsfähigkeit verfügen, wenn du verletzt oder müde bist. Außerdem wirst du einige geringfügige anatomische Veränderungen durchlaufen, insbesondere im Bereich der Fortpflanzungsorgane. Deine Drüsen werden bestimmte Hormone produzieren, die für das Wachstum eines gesunden Welpen notwendig sind, und die innere Auskleidung deiner Gebärmutter wird dicker und widerstandsfähiger, um dich vor möglichen Kratzern der Kleinen zu schützen, wenn sie sich dem Ende der Schwangerschaft nähern."

„Oh wow!", sagte Amara, sichtlich beeindruckt. „Aber bedeutet das auch, dass ich ein erhöhtes Risiko für eine Mehrlingsschwangerschaft habe?"

Wieder sagte mein entschuldigender Gesichtsausdruck alles.

„Mensch!", flüsterte Amara.

Zu meiner Freude deutete ihr übertrieben dramatischer, niedergeschlagener Gesichtsausdruck darauf hin, dass sie eigentlich gar nicht gegen die Idee war.

„Also kein pelziger Schwanz oder Wolfsohren für mich?", fügte sie neckisch hinzu.

„Für dich nicht", antwortete ich, bevor ich ihre Nasenspitze küsste. „Werwölfe sind diejenigen, die dich verwandeln, wenn sie den Fluch weitergeben."

Sie neigte den Kopf zur Seite, während ihre Finger gedankenverloren mit den Haaren spielten, die sich mit meinem Wolfsfell im Nacken vermischten.

„Wirst du das bei Vollmond? Ein Werwolf?"

Ich zwang mich, einen neutralen Gesichtsausdruck zu bewahren. Keine Worte konnten ausdrücken, wie sehr ich diesen Teil von mir hasste. Ich betete nur, dass meine Gefährtin das niemals miterleben würde.

„Ja, das werde ich. Aber es dauert nur ein paar Stunden, vom Moment, in dem der Mond seine Vollphase erreicht, bis zum Sonnenaufgang", fügte ich schnell hinzu. „In den Tagen vor Vollmond gibt es viele Warnzeichen, es kommt also nicht völlig überraschend. Und du hast nichts zu befürchten. Ich würde dir niemals wehtun und bin keine Bedrohung. Oder besser gesagt, ich treffe alle möglichen Vorkehrungen, um sicherzustellen, dass ich in diesen vierundzwanzig Stunden für niemanden eine Gefahr darstelle."

Alle Anspannung wich aus mir, als meine Partnerin mich sanft und beruhigend anlächelte. „Ich weiß, Remus. Ich habe keine Angst vor dir. Auch wenn wir uns gerade erst kennengelernt haben, bin ich schon total in dich verliebt. Ich kann mich nicht erinnern, jemals mit jemandem so im Einklang gewesen zu sein. Allein deine Nähe macht mich glücklich. Und nein, das hat nichts mit dieser ganzen Zwillingsflammen-Geschichte zu tun. Das bin einfach ich, Amara, die sich Hals über Kopf in den

Mann verliebt hat, der du bist, Remus. Also erwarte ich bald diesen verbindenden Biss."

Wieder einmal breitete sich ein albernes Grinsen auf meinem Gesicht aus, während meine Brust vor Zuneigung und einem Gefühl überfloss, das ich noch nicht zu benennen wagte.

„Ich empfinde genauso für dich, Amara. Meine physiologischen Reaktionen auf dich sind nur die Bestätigung dessen, was ich empfinde. Mit dir fühlt sich alles so natürlich an. Ich war noch nie so glücklich wie seit ich dich kennengelernt habe", gab ich zu, verlegen über das leichte Zittern in meiner Stimme, da mich die Emotionen fast erstickten.

Amara öffnete den Mund, um eine Frage zu stellen, zögerte jedoch und schien es sich anders zu überlegen.

„Was ist los? Was wolltest du fragen?", fragte ich neugierig.

Ihr Gesicht nahm einen entzückend schüchternen Ausdruck an. „Es ist nur ... Ich möchte nicht aufdringlich wirken."

„Sprich, mein Schatz. Es gibt nichts, was du nicht offen mit mir besprechen kannst, niemals. Du bist mein sicherer Hafen, und ich bin deiner", sagte ich sanft.

Sie leckte sich nervös die Lippen, straffte die Schultern und wagte den Schritt.

„Da wir beide dasselbe wollen, habe ich mich gefragt, warum wir warten sollten, um uns zu verbinden?"

Mein Herz schmolz dahin, als sie sofort ihren Blick senkte, als hätte sie Angst, eine mögliche Ablehnung in meinem Gesicht zu lesen. Diese dumme Frau verstand nicht, wie verrückt ich nach ihr war und wie sehr ich sie für den Rest unseres Lebens an mich binden wollte.

„Glaub mir, meine Gefährtin, ich wünsche mir nichts sehnlicher. Aber im Moment ist das nicht möglich. In vielerlei Hinsicht sind wir wie Vampire. Unser Bindungsbiss friert unseren Partner in seinem aktuellen Zustand ein", erklärte ich. „Das ist der Grund, warum wir uns nicht verbinden, wenn einer der Partner krank oder zu jung ist."

„Ich verstehe das nicht", sagte Amara mit gerunzelter Stirn. „Lykaner sind doch nicht unsterblich, oder?"

„Das sind wir nicht. Technisch gesehen sind Vampire das auch nicht, da sie sterben können. Sie leben nur unter bestimmten Bedingungen sehr lange", korrigierte ich sie sanft. „Unsterblichkeit ist den Göttern vorbehalten. Aber Lykaner altern von Natur aus viel langsamer als Menschen. Wir haben im Durchschnitt eine dreimal so lange Lebensdauer wie ihr. Die Bindung verstärkt diese Eigenschaft noch, da wir Regenerationsflüssigkeiten austauschen und unsere Lebensdauer synchronisiert wird."

„Wenn wir uns also jetzt verbinden würden, würde ich in diesem krankhaften Zustand erstarren?", fragte Amara entsetzt.

Ich nickte mit grimmiger Miene. „Leider ja."

„Ach, vergiss das!", murmelte meine Partnerin mit einem Schaudern, was mich zum Schmunzeln brachte. Dann wurde sie plötzlich ernst. „Könnte ich dich auch anstecken?"

Ich schüttelte den Kopf. „Nein, mein Blut wirkt deinem Gift entgegen. Aber bei dem Tempo, mit dem wir vorankommen, bin ich zuversichtlich, dass wir in vier Tagen das Plateau erreichen werden. Und dann können wir dich heilen."

„Ich kann es kaum erwarten, dass dieser Albtraum vorbei ist und wir anfangen können, an unserer Zukunft zu arbeiten", sagte meine Flamme sehnsüchtig.

Ich schlang meine Arme fester um sie, und sie schlang ihre fester um meinen Hals. Bei Ferazan, wie sehr ich es liebte, zu dieser Frau zu gehören.

„Die letzten Tage waren hart für dich. Und du hast keine Ahnung, wie stolz ich auf dich bin, dass du so tapfer durchhältst", sagte ich mit einer Stimme voller Bewunderung und Respekt. „Obwohl mein Samen einen Teil des Giftes neutralisiert, verschlechtert sich dein Gesundheitszustand weiter. Deshalb entschuldige ich mich schon im Voraus bei dir für die kommenden Tage. Heute Nacht ist eine wohlverdiente Atempause vor einer weiteren strapaziösen Runde."

„Entschuldige dich nicht dafür. Du rettest mir buchstäblich das Leben. Ich sollte mich bei dir entschuldigen, dass ich dir das alles zumute. Wenn du dich jedoch wirklich für etwas entschuldigen willst, dann dafür, dass du so ausgelassen warst, bevor wir das gesammelte Brennholz hereinholen konnten."

Ich schnaubte, meine Wangen glühten vor Verlegenheit und Schuldgefühlen. „Das ist wahr! Das tut mir wirklich leid, aber ich hole es, sobald wir aus dem Wasser sind. Schließlich habe ich eine neue Leidenschaft dafür entdeckt."

Amara brach in Gelächter aus und klopfte mir spielerisch auf die Schulter. „Du alberner Kerl. Du hast mich wirklich eine Weile lang getäuscht. Ich konnte mich nicht entscheiden, ob du mich auf den Arm nimmst oder wirklich das Bedürfnis hast, es zu holen."

„Die Wahrheit liegt irgendwo dazwischen", antwortete ich geheimnisvoll, bevor ich ihren Mund küsste.

KAPITEL 13
AMARA

Nach diesem wunderbaren „Spa"-Ausflug verbrachten wir weitere zwei volle Tage auf dem Weg, wobei Remus mit mir auf dem Rücken rannte. Am dritten Tag fanden wir eine kleine Vertiefung in der Felswand des Berges, die kaum als Nische zu bezeichnen war. Dennoch bot sie einen gewissen Schutz, während mein armer Gefährte sich eine wohlverdiente Pause gönnte.

Es tat mir furchtbar weh, zu sehen, wie er sich so sehr verausgabte. Es half auch nicht, dass er seine Vorräte rationierte, um sicherzustellen, dass wir genug hatten, bis wir ein weiteres Plateau erreichten, wo wir vielleicht Wild finden und unsere Reserven aufstocken konnten.

Allerdings habe ich egoistischerweise nicht allzu sehr darauf bestanden, dass er es ruhig angehen sollte. Die Paarung mit ihm in seiner teilweise verwandelten Gestalt hatte mir einen deutlich stärkeren Schub gegeben als die Aufnahme seines Samens in seiner menschlichen Gestalt. Und doch spürte ich, wie ich jeden Tag schneller schwächer wurde. Ich konnte nicht sagen, ob das Gift als Reaktion auf das stärkere Gegenmittel aggressiver wurde oder ob es einfach daran lag, dass mein Körper immer schwächer wurde. Aus diesem Grund war es ein großer Segen, auf Remus reiten zu können, während er den ganzen Tag lang rannte.

Seine Entschlossenheit, dies durchzuziehen, bewegte mich unbeschreiblich. Er war so wunderbar und liebevoll zu mir. Ich hatte mich ohne große Hoffnung auf diese Mission begeben und tat das meiste nur aus Gewohnheit, weil ich nicht daran glaubte, mich angesichts von Widrigkeiten einfach hinlegen zu können. Aber die Begegnung mit Remus veränderte alles. Ich wollte wirklich leben, um ein Leben mit ihm zu erkunden. Als wir diesmal endlich eine richtige Höhle für die Nacht fanden, wuchs leider die Angst in meinem Herzen, dass ich es nicht schaffen würde.

Seit meiner Begegnung mit der Weberin waren bereits neunzehn Tage vergangen, fünfzehn seit dem letzten Vollmond und elf, seit ich mich auf diese Reise begeben hatte. Nach der Schätzung meines Gefährten sollten wir in ein paar Tagen das Plateau erreichen. Das bedeutete, dass unsere gesamte Reise zu unserem Ziel dreizehn Tage gedauert hätte – vierzehn, wenn wir die zusätzliche Verzögerung durch Lyalls Entführung hinzurechneten.

Und das war ein Problem.

Wenn man bedachte, dass ich die ersten fünf Tage auf meinem eigenen Pferd gereist bin, wie lange würde Remus brauchen, um diese gesamte Strecke alleine zurückzulegen? Wenn wir uns mit Ranael zu meinem ersten Biss trafen, würden nur noch etwa elf Tage bis zum nächsten Vollmond bleiben. Laut der Weberin würde es mindestens zwei bis fünf Tage dauern, bis sein Gift das Gift in mir verbrannt hätte, bevor ich seinen zweiten Biss bekommen könnte, um es zu neutralisieren. Im schlimmsten Fall, also nach fünf Tagen, blieben Remus nur noch sechs Tage, um zu einem seiner sicheren Orte zurückzukehren, bevor er sich in einen Werwolf verwandelte.

Würde er es in so kurzer Zeit schaffen, wenn er nicht mit mir belastet wäre?

Aber das warf auch die Frage auf, wo ich in der Zwischenzeit bleiben würde. Ich wusste nicht, in welchem Zustand ich nach dem zweiten Biss sein würde. Alle Anzeichen deuteten darauf hin, dass ich danach wahrscheinlich stunden-, wenn nicht tagelang ein Wrack sein würde.

Ich zwang mich, noch einen Bissen trockenes Brot und gepökeltes Fleisch hinunterzuschlucken. Gestern war mir aufgefallen, wie geschmacklos ich das Essen fand. Heute hätte ich schwören können, dass ich die Asche eines Lagerfeuers aß. Mein Magen vertrug kein Essen. Apfelwein schmeckte wie Essig, und selbst Wasser bekam mir nicht.

Remus' intensiver Blick erregte meine Aufmerksamkeit. Als ich seinen verzweifelten Gesichtsausdruck sah, überkam mich sofort ein Gefühl der Schuld. Trotz aller Bemühungen konnte mein Partner seine Sorge um mich nicht verbergen. Aber das Schlimmste daran war, dass ich ohne jeden Zweifel wusste, dass er sich selbst die Schuld für meinen sich verschlechternden Zustand gab.

Seit unserer wilden Nacht an der heißen Quelle hatten wir nach der zweiten zweitägigen Nonstop-Etappe nur noch einmal miteinander geschlafen. Obwohl Remus sich wieder teilweise verwandelt hatte, ließ die wohltuende Wirkung seines Samens innerhalb weniger Stunden nach. Seitdem hatten wir keinen Intimkontakt mehr gehabt, obwohl wir in den folgenden drei Nächten – einschließlich heute Nacht – halbwegs anständige Unterkünfte hatten, die genug Platz boten, um uns zu vergnügen.

So sehr ich mir auch gewünscht hätte, mehr von diesen Momenten mit meinem Seelenverwandten zu genießen, war ich zu erschöpft und fühlte mich zu schlecht, um überhaupt daran zu denken. Remus hatte in dieser Hinsicht auch keine Annäherungsversuche unternommen. Es beunruhigte mich, dass seine empfindliche Nase ihm genau verriet, in welch erbärmlichen Zustand ich mich befand. Aber eigentlich befürchtete ich, dass es ihm offenbarte, dass mein Zustand noch schlimmer war, als ich glaubte.

„Stimmt etwas nicht, meine Flamme?", fragte Remus mit sanfter Stimme, in der seine unterschwellige Besorgnis kaum zu überhören war.

Ich schüttelte den Kopf. „Nein, mir geht es gut. Aber ich dachte, es wäre vielleicht eine gute Idee, dir den magischen Kreis und den Zauberspruch zu zeigen, die erforderlich sind, um Ranael zu beschwören."

Mein Herz zog sich zusammen, als ich die pure Trauer sah, die über das hübsche Gesicht meines Partners huschte. Ich musste ihm keine Details erzählen, damit er zwischen den Zeilen lesen konnte. Sein Gesichtsausdruck verriet mir, dass er mir offensichtlich die üblichen Argumente und Plattitüden präsentieren wollte, mit denen Menschen immer versuchen, Sterbende davon zu überzeugen, dass sie es irgendwie schaffen werden. Zum Glück ersparte er mir die Qual einer sinnlosen Debatte darüber.

„Das könnte Spaß machen", erwiderte er mit einem Lächeln, das seine Augen nicht ganz erreichte. „Ich habe mich schon mit vielen Dingen beschäftigt. Aber Beschwören wird eine neue Erfahrung sein. Zeig es mir, meine Flamme."

Mein Herz schmolz vor Zuneigung zu ihm. Wieder einmal stellte er meine Bedürfnisse an erste Stelle und setzte mein seelisches Wohlbefinden über sein eigenes. Tränen stiegen mir in die Augen bei dem Gedanken, dass wir vielleicht nicht mehr viel Zeit miteinander hatten. Das Schicksal konnte doch nicht so grausam sein, mir endlich einen so wunderbaren Mann in den Weg zu stellen, nur um mein Leben zu beenden, bevor ich die Liebe und Fürsorge, die er mir entgegenbrachte, erwidern konnte.

In der nächsten Stunde zeigte Remus eine phänomenale Konzentration, als er das Zeichnen des magischen Kreises übte und sich die Beschwörungsformel einprägte. Das beeindruckte mich sehr, wenn man bedachte, wie erschöpft er sein musste, nachdem er sich den ganzen Tag fast bis an seine Grenzen getrieben hatte. Als wir aufhörten, hatte er es vollständig gemeistert. Es gab mir ein Gefühl der Sicherheit zu wissen, dass er es für mich tun könnte, sollte ich selbst dazu nicht mehr in der Lage sein.

In dieser Nacht liebten wir uns trotz aller Widrigkeiten erneut. Als ich den ersten Schritt machte, schien er zu zögern. Ich musste nicht fragen, warum. Aber ich wollte diese Intimität mit ihm. Irgendwo tief in meinem Inneren sagte mir eine kleine Stimme, dass dies wahrscheinlich unser letztes Mal sein würde.

Es war nicht die wilde und ungezügelte Vereinigung, die wir die letzten Male seit unserem wilden Liebesspiel an der heißen Quelle erlebt hatten. Obwohl Remus den ganzen Tag über weitgehend in seiner Wolfsgestalt geblieben war, liebte er mich heute Nacht in seiner vollständigen menschlichen Gestalt. Es war nicht leidenschaftlich oder lustvoll, sondern zärtlich und fast schon verzweifelt. Ehrlich gesagt kam es mir eher wie ein Abschied vor.

Am nächsten Morgen war klar, dass sein Samen nichts in mir bewirkt hatte.

Ich war fiebrig, benommen und schwach für den Rest der Reise. Obwohl der Weg wieder breit genug wurde, dass wir viele Plätze zum Ausruhen fanden, rannte Remus weiter. Er hielt nur an, damit ich trinken und essen konnte. Aber in meinem Zustand konnte ich kaum etwas zu mir nehmen. Mit unerbittlicher Entschlossenheit rannte mein Partner anderthalb Tage lang, bis wir unser endgültiges Ziel erreichten.

Am frühen Nachmittag betraten wir das Plateau. Der Zeitpunkt hätte nicht perfekter sein können. So hatten wir genug Zeit, um uns auszuruhen, den Kreis aufzubauen und unseren Unterschlupf für die Nacht vorzubereiten.

Das Plateau erinnerte mich vage an eine ausgestreckte Hand, die Handfläche nach oben, die Finger geschlossen, nur der

Daumen ragte heraus. Die dunklen Steine erinnerten mich vage an abgekühlte Lava, die von den Elementen geglättet und poliert worden war. Die Oberfläche glänzte fast unter den hellen Strahlen der frühen Nachmittagssonne. Unter uns erstreckte sich das Storm Hill-Tal, so weit das Auge reichte. Ich konnte nicht einmal ansatzweise berechnen, wie hoch wir uns befanden. Aber es war hoch genug, dass die wenigen Gebäude, die ich unten erkennen konnte, nicht größer als eine Münze aussahen.

Ein Schauer durchlief mich, als ich die frische, aber überaus dünne Luft des Plateaus tief einatmete. Ich blickte zurück auf den Weg, auf dem wir angekommen waren. Während das Plateau sich horizontal über einen Radius von fünfzig Metern erstreckte, war der Weg selbst nicht breiter als ein paar Meter gewesen. Keine Bäume oder andere Vegetation schmückten dieses Gebiet. Nur eine kleine Felswand markierte den westlichen Rand des Berges, der sich weiter nach oben erstreckte. Es schien jedoch keine praktische Möglichkeit zu geben, von hier aus noch höher zu steigen.

Remus ging zu der Felswand, wo sich eine flache Nische befand, die einen angemessenen Schutz bieten konnte. Sie war keineswegs eine Höhle, aber tief genug, um uns vor den Elementen zu schützen, falls es anfangen sollte zu regnen oder starker Wind aufkommen sollte.

Er legte die meisten unserer Taschen in die Nische, bevor er sich anzog. Als er fertig war, kam er zu mir zurück. Ich war auf dem Plateau herumgelaufen, um den besten Platz zum Zeichnen des Kreises zu finden, als ich die Stelle erkannte, an der ich es in der Illusion getan hatte, in die Lyall mich versetzt hatte. War das seine Art, mir zu sagen, dass dies der beste Ort war?

„Hier", sagte ich zu Remus, während ich auf den Boden zeigte, als er neben mir stehen blieb. „Hier werde ich den Kreis zeichnen."

„Verstanden", sagte Remus in einem herrischen Ton.

Zu meiner Überraschung reichte Remus mir nicht die Tasche

mit dem Salz, den Kerzen und der Kreide, sondern machte sich an die Arbeit und zeichnete den Kreis perfekt, so wie ich es ihm beigebracht hatte.

„Das musst du nicht ...“

„Das muss ich nicht, aber ich möchte es“, unterbrach Remus meinen schwachen Protest auf entschiedene, aber sanfte Weise. „Im Moment musst du dich ausruhen und deine Kräfte für heute Nacht sparen. Du kannst meine Arbeit beaufsichtigen, um sicherzustellen, dass sie deinen Ansprüchen genügt.“

Wieder einmal traten mir Tränen in die Augen, weil er so rücksichtsvoll und beschützend war. In diesem Moment wurde mir klar, dass mich niemand sonst so hierher gebracht hätte wie er. Die anderen hätten unterwegs aufgegeben oder ein viel langsameres Tempo angeschlagen, das meinen Tod garantiert hätte, bevor wir unser Ziel erreicht hätten.

Ich sah zu, wie er seine Aufgabe fehlerfrei erledigte. Er hatte während der kurzen Schulung aufmerksam zugehört, aber da seitdem fast achtundvierzig Stunden vergangen waren, hätte ich erwartet, dass er etwas vergessen oder einen Teil der Runenmuster innerhalb des Kreises durcheinanderbringen würde.

„Du bist wirklich gut darin“, flüsterte ich voller Bewunderung. „Solltest du jemals deine Karriere als Assistent eines Beschwörers neu ausrichten wollen, wirst du ziemlich erfolgreich sein.“

Er schnaubte und lächelte mich amüsiert an, obwohl mir der ernstere Glanz in seinen Augen nicht entging.

„Die einzige Hexe, für die ich arbeiten würde, bist du. Wenn du also nicht beschließt, dein Kerzengeschäft auf Hexerei umzustellen, werde ich wohl bei meiner Karriere als Führer bleiben.“

Er beendete das Aufstellen der Kerzen um den Kreis herum. Nachdem ich ihm meine Anerkennung für seine gute Arbeit ausgesprochen hatte, trug er mich zurück zu der Ecke, wo er den Rest unserer Habseligkeiten zurückgelassen hatte. Er ließ sich in einer Position auf dem Boden nieder, die es ihm ermöglichte, den

Kreis im Auge zu behalten, und setzte mich auf seinen Schoß. Wir kuschelten uns aneinander, während wir auf den Einbruch der Nacht warteten.

„Wir müssen besprechen, was danach passieren wird", sagte ich leise, meine Wange an seiner Schulter ruhend.

„Danach?", wiederholte er.

Ich nickte. „Es sind nur noch zehn Tage bis zum Vollmond. Angenommen, das Gift der Schlangenschwanzbisse braucht am längsten, um das Gift in meinen Adern zu neutralisieren, bevor ich den zweiten Biss bekomme, dann blieben dir nur noch fünf Tage, um eine deiner Schutzhütten zu erreichen. Reicht dir diese Zeit?"

Zu meiner Überraschung lächelte Remus beruhigend.

„Das ist mehr als genug Zeit. Deine größte Sorge sollte sein, wie wir *dich* nach dem zweiten Biss an einen sicheren Ort bringen, an dem du dich erholen kannst", antwortete er neckisch.

Ich blinzelte. „Ich bin einfach davon ausgegangen, dass ich hierbleiben würde, bis es mir besser geht, und dass du mich nach Vollmond zurück in die Zivilisation holen würdest."

Ich spürte, wie mir vor Verlegenheit die Wangen brannten, als er mich ansah. In Wahrheit hatte ich mich zu sehr um sein Wohlergehen gesorgt, um mich auf mein eigenes zu konzentrieren. Ganz zu schweigen davon, dass ich tief in meinem Inneren nicht wirklich daran glaubte, diese ganze Tortur zu überleben. Es beschämte mich, so zu empfinden, besonders jetzt, wo ich etwas hatte, wofür es sich zu leben lohnte. Aber mit jedem Tag, der verging, erschien mir diese ganze Mission immer wahnsinniger und weit hergeholt zu sein.

Niemand überlebte Ranaels Gift.

„Ich würde dich niemals hier zurücklassen. Auch wenn dieser Ort technisch gesehen sicher ist, wirst du gegen eines der tödlichsten Gifte der Welt ankämpfen. Jemand muss dich während dieser Zeit beschützen. Ich werde das tun, solange ich kann. Und das wird nicht in dieser unangenehmen Umgebung sein.“

„Wo wird das sein?“, fragte ich verwirrt.

„Ich habe bereits einen Ort für dich organisiert, an dem du nach dem zweiten Biss bleiben kannst. Er ist nicht weit von hier entfernt. Ich brauche nur etwas mehr als einen Tag, um dich dorthin zu tragen. Der Ort gehört Mistys Tochter. Sie hat zugestimmt, auf dich aufzupassen, wenn ich es nicht kann.“

„Oh wow! Das ist wunderbar. Aber ich kann mich nicht erinnern, auf unserem Weg hierher irgendwelche Behausungen gesehen zu haben“, entgegnete ich.

„Weil wir keine gesehen haben“, antwortete er in nachsichtigem Ton. „Du hast geschlafen, als wir an der Kreuzung vorbeigekommen sind, die vom Weg zu diesem Plateau abzweigt. Dieser andere Weg führt uns hinunter ins Tal auf der anderen Seite des Berges.“

„Okay“, entgegnete ich vorsichtig. „Aber das löst dein Problem nicht.“

Er lächelte erneut. „Ich brauche weniger als zwei Tage, um eines meiner Verstecke zu erreichen, das ihrem Zuhause am nächsten liegt. Das ist also reichlich Zeit bis zum Vollmond.“

„Oh! Das ist ja toll!“, rief ich erleichtert aus. „Du hast an alles gedacht!“

Er schenkte mir sein liebenswertestes, selbstgefälliges Lächeln. „Ich habe es versucht. Deshalb habe ich unsere Abreise verschoben. Ich musste alles planen und vorbereiten, bevor wir losreiten konnten.“

Ein seltsamer Ausdruck legte sich auf sein Gesicht, als er mich mit einer Intensität anstarrte, die mich auf eine Weise berührte, die ich nicht in Worte fassen konnte. Was auch immer diese Gedanken beflügelte, ich mochte es irgendwie.

„Ich *werde* dich retten, Amara. Wir sind nicht so weit gekommen, um jetzt zu scheitern.“

Er sprach diese Worte wie ein Gelübde.

„Wenn du versuchst, mich in dich verlieben zu lassen, machst du das fantastisch", sagte ich tief bewegt.

„Gut. Ich behalte dich, Amara. Nichts, nicht einmal der Tod, wird dich mir nehmen. Du bist meine Zwillingsflamme. Ich weigere mich, dich zu verlieren, jetzt, wo ich dich gefunden habe."

„So wie ich mich weigere, dich zu verlieren", flüsterte ich.

Er beugte sich vor und küsste mich voller Hoffnung, Hingabe und Entschlossenheit.

Wir würden uns nicht unterkriegen lassen.

KAPITEL 14
AMARA

Mit großer Beklommenheit ließ ich mich von Remus aus unserem Unterschlupf zu dem Kreis in der Mitte des Plateaus tragen. Obwohl ich mich etwas schwach und erschöpft fühlte, hätte ich auch alleine gehen können. Aber in seinen starken Armen gehalten, umgeben von seinem warmen Körper und dem beruhigenden Klang seines Herzschlags, konnte ich meine wachsende Panik etwas lindern. Außerdem konnte es mir nur zugutekommen, so viel Energie wie möglich zu sparen.

Während ich auf den Einbruch der Nacht wartete, zwang ich mich, ein wenig zu essen und zu trinken. Ich würde diese Reserven brauchen, um den giftigen Biss zu überstehen, um den ich gleich bitten würde. Die kleine Stimme in meinem Hinterkopf schrie mich an, ich solle mich verdammt noch mal aus dem Staub machen. Die Vernunft sagte mir, ich sollte ihr folgen, aber meine harte Realität verlangte von mir, weiterzumachen.

Ich lag im Sterben.

Wenn Ranael mich nicht umbringen würde, würde das Gift, das durch meine Adern floss, dies in den nächsten Tagen tun. Ich war nur dankbar, dass ich mich nicht vor Schmerzen auf dem Boden winden musste. Laut Remus traten die Schmerzen auf, während ich schlief. Eine Welle der Schuld überkam mich bei dem Gedanken, dass ich ihm selbst nachts keine richtige Ruhe gönnte. Ich hatte ihm jede Möglichkeit auf richtige Erholung genommen, indem ich ihn um mich sorgen ließ, während ich mich im Fieberwahn hin und her wälzte.

Er legte mich neben den Kreis und drehte mich zu sich um. Er öffnete und schloss ein paar Mal den Mund. Es kamen keine Worte heraus, aber das war auch nicht nötig. Seine wunderschönen goldenen Augen sagten alles. Ich schenkte ihm ein Lächeln, das ihn beruhigen sollte. Aber meine Lippen zitterten, und so scheiterte ich kläglich. Ich schlang meine Arme um seine Taille, vergrub mein Gesicht in seiner Nackenbeuge und atmete seinen Duft tief ein.

Remus erwiderte dies mit einer knochenbrechenden Umarmung. Ich konnte nicht sagen, wie lange sie dauerte. Ich schätze, es war fast eine Minute, aber mein Herz schrie, dass es bei weitem nicht lang genug gewesen war. Mit großer Zurückhaltung ließ er mich los, umfasste mein Gesicht mit beiden Händen und gab mir einen tiefen Kuss, in den er all seine Zuneigung und Hingabe für mich legte. Ich erwiderte ihn ebenso.

„Ich werde in der Nähe warten", sagte er schließlich mit tiefer Stimme, die vor unterdrückten Emotionen bebte.

„Okay", flüsterte ich, meine Kehle war fast zu zugeschnürt, um sprechen zu können. „Es sollte schnell vorbei sein."

Der tiefe Schmerz, der über sein Gesicht huschte, zerriss mir das Herz. Ich zuckte innerlich zusammen, als mir klar wurde, wie meine Worte auf eine eher bedrohliche Weise interpretiert werden könnten. Bevor ich einen cleveren Weg finden konnte, sie zu korrigieren, streichelte Remus ein letztes Mal meine Wange und ging dann zu der Stelle in der Nähe unseres Unterschlupfs, von der aus er Wache stehen würde, wie wir es vereinbart hatten.

Ich starrte auf seinen sich entfernenden Rücken, bis er nur noch wenige Schritte von seinem Ziel entfernt war. Ich holte tief

Luft und trat in den Kreis, nachdem ich mich vergewissert hatte, dass er nicht gestört worden war. Ich kniete mich in die Mitte und begann, den Zauberspruch zu rezitieren, den mir die Weberin beigebracht hatte, während ich die Kerzen an jedem Punkt des Pentagramms innerhalb des Kreises anzündete.

„Dämonenwolf Ranael, Sohn des Lords Marchosias, höre meinen Ruf! Oh, wilder Krieger aus der Unterwelt, komm zu mir, ich rufe dich! In meiner großen Not flehe ich dich an, komm und gewähre mir den Segen deines Schutzes."

Ich wiederholte diese Worte oder Variationen davon in einer Litanei. Mit jedem Mal wurde meine Stimme fester und entschlossener, während ich meine Angst ablegte und mich auf den eingeschlagenen Weg einließ. Es gab kein Zurück mehr. Entweder würde es gelingen oder scheitern. Aber ich würde nicht zulassen, dass Letzteres eintrat, weil ich meine Gefühle nicht unter Kontrolle hatte. Das Gesicht meines Seelenverwandten, das vor meinem geistigen Auge schwebte, stärkte meine Entschlossenheit noch mehr.

Ich war fast in Trance gefallen, als endlich das entfernte Geräusch von Flügelschlägen meine Ohren erreichte. Mein Herz setzte einen Schlag aus, aber ich zwang mich, die Beschwörung weiter zu wiederholen, wobei ich mich diesmal auf den Schutzteil meiner Bitte konzentrierte. Ein Schauer lief mir über den Rücken, als eine lange Feuerwolke durch den Himmel schoss. Hätte ich nicht gewusst, dass Ranael ein Dämonenwolf war, hätte ich angenommen, dass gerade ein Drache Feuer gespuckt hatte. Ich blinzelte angesichts der Helligkeit, die er in den dunklen Nachthimmel brachte, der sonst nur vom zunehmenden Mond in einem Meer aus Sternen erhellt wurde.

Erstaunt über die Majestät des riesigen Tieres verstummte ich, als es auf mich zuflog. Es war wirklich beeindruckend. Der Wolf war fast so groß wie ein Pferd und hatte ein flauschiges, glänzendes graubraunes Fell mit rötlichen Reflexen. Das Fell entlang seines Schwanzes ging allmählich in Schuppen über, die zum Schlangenkopf führten. Seine gefiederten Flügel hatten eine beeindruckende Spannweite, und eine Reihe von Hörnern zierte seine Stirn. Seine Augen leuchteten in einem wütenden Rot, das mich hätte erschrecken müssen. Aber es war die Intelligenz und die unendliche Weisheit, die darin leuchtete, die meine Aufmerksamkeit fesselte. Dennoch konnte man den Hauch von Wahnsinn in seinem Blick nicht ignorieren.

Er glitt die verbleibende Strecke zu mir hinunter, bevor er mit der Anmut einer Katze ein paar Meter von mir entfernt landete. Rauchschwaden stiegen aus seiner Schnauze auf, als er ein schnaufendes Geräusch von sich gab, während er die wenigen Schritte zwischen uns zurücklegte. Sein Mundwinkel verzog sich zu einem bedrohlichen Knurren, das seine bösartigen Reißzähne und die furchterregenden, rasiermesserscharfen Zähne in seinem Maul entblößte. Er kämpfte sichtlich darum, dem Drang zu widerstehen, sich auf mich zu stürzen und mich zu zerfleischen. Ich wusste nicht, ob der magische Kreis ihn abschreckte oder ob meine Schutzbeschwörung seine rasende Seite in Schach hielt.

„Wer wagt es, mich zu beschwören?", forderte er in herrischem Ton.

Ich zitterte und bekam eine Gänsehaut. Aus irgendeinem Grund hatte ich erwartet, dass er entweder seine menschliche Gestalt annehmen oder telepathisch mit mir sprechen würde. Schließlich konnte Remus in seiner Wolfsgestalt nicht sprechen, also nahm ich an, dass es bei Ranael genauso sein würde. Und doch hatte sich sein Mund nicht wirklich bewegt, zumindest nicht so, wie es ein Mensch tut, um Worte zu formen. Aber es stand außer Frage, dass ich seine Worte mit meinen Ohren und nicht in meinem Kopf gehört hatte.

Seine Stimme war tief, kraftvoll und klang wie ein Donnerschlag.

Überrascht, dass ich überhaupt Worte formen konnte, antwortete ich mit einer Gelassenheit, die mich selbst verblüffte.

„Ja, Lord Ranael. Ich bitte um deinen Schutz und deine Hilfe in meiner Not", sagte ich mit fester, aber ehrfürchtiger Stimme.

„Schutz und Hilfe wofür?", fragte er mit ebenso harter Stimme.

„Ich bin todkrank."

„Offensichtlich. Der Gestank des Todes umgibt dich", antwortete er sachlich.

Die Dolchklauen an den Enden seiner massiven Pfoten schienen sich weiter auszustrecken und schnitten mühelos in den harten Felsen des Plateaus. Die dicken Muskeln seiner Beine und Schultern wölbten sich leicht. Ich zwang mich, das zu ignorieren, was ich nur als Anzeichen dafür interpretieren konnte, dass seine Kontrolle bereits nachließ, und konzentrierte mich stattdessen auf sein Gesicht. Die Weberin hatte mich gewarnt, dass wir nur wenig Zeit hätten, um unsere Angelegenheit zu klären, bevor seine Wut jeden rationalen Gedanken verdrängen würde. Also kam ich direkt zur Sache und übersprang jede Smalltalk-Phase, die ich sonst vielleicht genutzt hätte, um ihn darauf vorzubereiten.

„Mir wurde gesagt, dass das Gift in deinem Schlangenschwanz das Gift neutralisieren könnte, das mich gerade tötet", sagte ich mit kontrollierter Stimme.

„Das ist richtig. Und sobald es das Gift beseitigt hat, wird mein Gift dich töten", entgegnete er und klang dabei etwas irritiert, als würde ich seine Zeit mit etwas verschwenden, das offensichtlich sein sollte.

„Aber es wird mich nicht töten, wenn dein anderes Gift es neutralisiert, sobald ich das Gift los bin", entgegnete ich.

Ranael zuckte bei dieser Bemerkung sichtlich überrascht zurück, was mich verwirrte.

„Welches andere Gift?", fragte der Dämonenwolf verwirrt.

„Das aus deinen Reißzähnen und deinem Speichel", erklärte ich selbstverständlich.

Er schnaubte und schüttelte ruckartig den Kopf. Ich wusste

nicht so recht, wie ich das interpretieren sollte. Aus irgendeinem Grund kam es mir wie ein ungläubiges Lachen vor.

„Das Gift aus meinen Zähnen und meinem Speichel neutralisiert das Gift meines Schlangenschwanzes keineswegs", sagte Ranael amüsiert und als würde er meine Intelligenz in Frage stellen. „Es wird dich vielmehr von innen heraus verflüssigen. Man könnte sagen, dass es weitaus stärker ist als die giftigste Säure, die die Menschheit kennt."

„Was?! Das ist unmöglich!", rief ich aus und spürte, wie mir das Blut aus dem Gesicht wich. „Dein Biss neutralisiert dein Schlangengift. Du bist ein Dämonenwolf. Du kannst nicht lügen!"

Er fletschte seine Zähne und ein wütendes Knurren stieg aus seiner Kehle empor. In diesem Moment zweifelte ich nicht daran, dass er ohne meine Bitte um Schutz versucht hätte, mich anzugreifen. Da ich noch nie zuvor einen ähnlichen magischen Kreis gezeichnet hatte, konnte ich nur hoffen, dass er mich, wie von der Weberin behauptet, wirklich vor ihm schützen würde, sollte er die Kontrolle verlieren.

Anstatt mir zu antworten, drehte Ranael plötzlich seinen Kopf nach rechts in Richtung der Halbhöhle, in der mein Gefährte und ich zuvor Schutz gesucht hatten. Ich folgte seinem Blick und sah, dass er Remus anstarrte. Teilweise von den Schatten verdeckt, war er fast unsichtbar.

„Ranael! Konzentriere dich auf mich", befahl ich, verblüfft über meine eigene Kühnheit.

Aber im Umgang mit Wesen aus der Unterwelt würde das Zeigen von Schwäche fast garantiert unseren Untergang bedeuten. Zu meiner großen Erleichterung kam der Dämonenwolf meiner Aufforderung nach und richtete seine Aufmerksamkeit wieder auf mich.

„Ich lüge nicht, du törichte Frau. Wie du selbst gesagt hast, sind Dämonenwölfe dazu verpflichtet, die Wahrheit zu sagen", zischte er.

„Aber ... aber die Weberin sagte, dass dein Biss das Gift neutralisieren würde!", rief ich völlig verzweifelt.

„Das hat die Weberin nicht gesagt", antwortete er in einem Ton, der keinen Widerspruch duldete. „Du hast ihre Worte einfach falsch interpretiert."

„Was?! Aber ...‟

Meine Stimme verstummte, während mein Gehirn versuchte, seine Worte zu verstehen. Die Aufrichtigkeit in seiner Stimme war unbestreitbar. Und wie wir beide gesagt hatten, konnte er nicht lügen, selbst wenn er es wollte.

„Beende deine Angelegenheit, Mensch. Ich kann nicht mehr lange durchhalten", sagte er mit knurrender Stimme.

Seine Muskeln spannten sich noch mehr an, während das rötliche Leuchten in seinen Augen intensiver wurde und einen furchterregenden Heiligenschein um sein massives Wolfsgesicht bildete. Hinter ihm schwang sein Schlangenschwanz hin und her, eine fast hypnotische Bewegung, als wolle er seine Beute einlullen, bevor er zuschlug.

„Aber was hat sie dann gemeint?", drängte ich ihn. „Sie sagte, der Schlangenschwanz des Dämonenwolfes würde das Gift in mir neutralisieren. Und dann der Biss von ...‟

Ich erstarrte und starrte Ranael ungläubig mit großen Augen an.

„Der Biss eines kranken Wolfes ...", flüsterte ich eher zu mir selbst, bevor ich zu Remus hinüberblickte, obwohl ich ihn in den Schatten kaum sehen konnte.

„Ja", antwortete Ranael. „Ich bin kein *kranker* Wolf. Ich bin *verflucht*. Jetzt beeilt euch!"

Als sich seine Kehle durch das Feuer in seiner Brust rot färbte, überkam mich endlich Angst. Mit gefletschten Zähnen und weit ausgebreiteten Flügeln grub er seine Krallen noch tiefer in den Stein zu seinen Füßen. Felssplitter flogen hoch, wo der Stein zerbrach.

„BEEIL DICH!", schrie er.

Das riss mich aus meiner verängstigten Benommenheit. Ohne nachzudenken, beugte ich mich vor und strich mit meiner Hand über den Rand des Kreises, um eine Öffnung zu schaffen. Kaum hatte ich diese Geste vollendet, stürzte sich der Schlangenschwanz des Dämonenwolfes auf mich. Seine Reißzähne versenkten sich in meiner Kehle, bevor ich auch nur blinzeln konnte.

Sofort explodierte der schlimmste Schmerz, den ich je erlebt hatte, in meinem Nacken und breitete sich schnell in meinem Gesicht, meiner Brust und meinen Gliedmaßen aus. Es fühlte sich an, als würde meine Seele aus meinem Körper gerissen, während Glassplitter durch meine Adern liefen und mich von innen heraus zerstörten. Ich schrie vor Qual und brach unter heftigen Krämpfen zusammen.

Durch verschwommene Sicht sah ich, wie Ranael sich mit weit aufgerissenem Maul auf mich stürzte. In der nächsten Sekunde würde er mir den Kopf abbeißen und mich in Stücke reißen. Ich begrüßte den schnellen Tod, den er mir gewähren würde, statt der Hölle, die mich von innen auffraß. Doch bevor er mir diese Gnade gewähren konnte, rammte ihn etwas Unscharfes und schlug den Dämonenwolf aus dem Weg.

Ranael öffnete sein Maul weit, um auf Remus Feuer zu speien.

„Nein!", versuchte ich zu schreien.

Aber es kam nur ein gurgelndes Geräusch heraus, als sich ein Schleier der Dunkelheit vor meinen Augen senkte. In meinem letzten Moment der Klarheit verfluchte ich die Dummheit der Mission, in die ich Remus hineingezogen hatte. Ich hatte ihn mit mir zusammen getötet.

KAPITEL 15
REMUS

Mein Herz schlug mir bis zum Hals, als ich Ranael näherkommen sah. Die wilde Seite in mir, die mit zunehmender Nähe zum Vollmond immer mehr zum Vorschein gekommen war, schürte die alte Wut, die tief in mir brannte. Dieses Wesen hatte meine Eltern getötet, mich verflucht und das glückliche Leben zerstört, das ich hätte haben können. Doch es war die Angst um meine Gefährtin, die mich beherrschte. Die Vorstellung, dass er auch meiner Seelenverwandten das Leben nehmen könnte, machte mich wahnsinnig. Wenn das geschähe, würde es mich unwiderruflich zerstören.

Ich musste meine ganze Willenskraft aufbringen, um nicht zu Amara zu rennen und sie mit meinem Körper zu schützen, als der Dämonenwolf vor ihr landete. Bei meinen wenigen früheren Begegnungen mit ihm war ich in meiner Wolfsgestalt gewesen. Obwohl er im Vergleich zu mir imposant gewesen war, hatte ich seine Größe nicht vollständig eingeschätzt, da mein eigener Wolf ziemlich massiv war. Aber jetzt, als ich ihn über meiner knienden Gefährtin aufragen sah, wirkte er wie ein Riese, der sich darauf vorbereitete, ein Kind zu verschlingen.

Obwohl er sich scheinbar relativ kontrolliert mit meiner

Flamme unterhielt, ließ meine Angst nicht nach. Seiner Körpersprache nach zu urteilen, stieg die Spannung in ihm rapide an. Ranael kämpfte einen aussichtslosen Kampf gegen die Wut, mit der er verflucht war. Ich drängte meine Gefährtin still, diese schreckliche Mission schnell zu beenden. So sehr mich ihre Reaktion auf sein Gift auch erschreckte, so bot sie doch zumindest eine Chance, sie zu retten. Aber wenn der Dämonenwolf seinen tollwütigen Instinkten nachgab, würde sie seinen Angriff niemals überleben.

Zu meiner Bestürzung konnte ich trotz meines geschärften Gehörs nicht hören, was sie sagten. Andererseits sprachen Wolfswandler normalerweise nicht mit ihrer Stimme. Ich nahm an, dass er telepathisch mit ihr kommunizierte. Mein Rücken verspannte sich, als Amara nur wenige Augenblicke nach Beginn ihres Gesprächs zurückwich und schockiert und dann verängstigt wirkte.

Was hatte er ihr wohl gesagt, um eine solche Reaktion hervorzurufen? Dämonenwölfe konnten nicht lügen, wenn sie zum Schutz herbeigerufen wurden. Welche beängstigende Wahrheit hatte er ihr offenbart? Seine physiologischen Reaktionen erregten jedoch erneut meine Aufmerksamkeit. Ranael würde bald die Kontrolle verlieren, wie man an der Art und Weise erkennen konnte, wie seine Krallen sich in den Boden gruben und wie er seine Muskeln anspannte, bereit, sich auf seine Beute zu stürzen.

„Beiß zu und bring es hinter dich, bevor es zu spät ist", drängte ich sie mit angespannter Stimme, obwohl sie mich von hier aus gar nicht hören konnte.

Zu meinem Entsetzen drehte Ranael seinen Kopf zu mir, als hätte er meine Worte gehört. Ich hätte mich am liebsten selbst getreten. Als Halbgott war sein Gehör weitaus besser und empfindlicher als meines. Unsere Blicke trafen sich, und die beunruhigende Verbindung, die ich bei meinen früheren Versuchen, mich an ihn zu rächen, gespürt hatte, kehrte mit einer

Wucht zurück, die mich erschütterte. Die unheilige Verbindung, die ich mit diesem Wesen hatte, traf mich hart. Wie zuvor fürchtete ich nicht um mein Leben, wenn es um ihn ging. Er würde mich nicht angreifen, aber meine Anwesenheit könnte etwas in ihm auslösen, eine hilflose Wut, die er gegen meine Frau richten könnte.

Zu meiner Erleichterung wandte der Dämonenwolf seine Aufmerksamkeit wieder meiner Gefährtin zu, als sie ihn rief. Sie wechselten noch ein paar Worte, dann durchbrach Amara ängstlich den Kreis. Sein Schlangenschwanz schlug mit solcher Geschwindigkeit zu, dass er buchstäblich nur noch ein verschwommener Fleck war. Mit einer Gewissheit, die ich nicht erklären konnte, wusste ich, dass der durchbrochene Kreis und der Geschmack ihres Blutes an seinen Schlangenzähnen die letzte Willenskraft zerstört hatten, die Ranael noch besaß.

Ich erinnerte mich nicht daran, auf sie zugestürmt zu sein. Ich bemerkte erst, dass ich mich bewegt hatte, als das Geräusch meiner zerreißenden Kleidung an mein Ohr drang. In meinem Versuch, mich zu wehren, grub sich ein Teil des Stoffes schmerzhaft in meine Haut, bevor er riss, als ich mich instinktiv in meine Wolfsgestalt verwandelte. Nur wenige Meter von ihm entfernt vollendete ich meine Verwandlung und rammte ihn in die Seite, kurz bevor er meine sich windende Gefährtin zerfleischt hätte.

Der Klang ihrer qualvollen Schreie zerriss mir das Herz. Ich wollte zu ihr, musste aber zuerst die größere Bedrohung beseitigen.

Ich sprang wieder auf die Beine, wurde jedoch von Ranaels massiver Pranke getroffen. Mit einem einzigen Schlag schleuderte er mich mehrere Meter zurück. Ich schlug auf den harten Steinen des Plateaus auf und bekam keine Luft mehr. Benommen rappelte ich mich wieder auf, nur um zu sehen, wie seine Brust rot glühte, während er sich bereit machte, mich zu verbrennen.

Ich wartete bis zur letzten Sekunde und rollte mich dann aus dem Weg, als er sein Maul unmöglich weit öffnete, um einen mächtigen Feuerstrahl zu speien. Der brennende Schmerz, den ich erwartet hatte, blieb aus. Mein Gehirn erstarrte, als ich merkte, dass er mich absichtlich weit verfehlt hatte. Angesichts seiner Wut hatte ich erwartet, zumindest einen gewissen Schaden davonzutragen, auch wenn ich bezweifelte, dass er mich töten würde.

Der Dämonenwolf warf den Kopf zurück und stieß einen wilden Schrei aus, der eher wie das Brüllen eines Drachen als wie das Heulen eines Wolfes klang. Dann flog Ranael mit einem kräftigen Schlag seiner massiven Flügel davon.

Ich verschwendete keinen weiteren Gedanken an ihn und rannte stattdessen zu meiner Partnerin, wobei ich wieder meine menschliche Gestalt annahm. Ich zog sie in meine Arme und hielt sie fest, um die heftigen Krämpfe, die ihren Körper erschütterten, zu dämpfen, damit sie sich nicht weiter verletzte. Tränen stiegen mir in die Augen, und eine Welle der Hilflosigkeit und Verzweiflung überkam mich, als ich sah, wie sie sich in meinen Armen krümmte. Ich hatte gewusst, dass Amara leiden würde, aber das mit anzusehen, zerstörte mich.

Eine Million Gedanken schwirrten mir durch den Kopf, die meisten davon drehten sich darum, wie dumm ich gewesen war, ihr bei diesem leichtsinnigen Unterfangen zu helfen. Gleichzeitig versuchte ich mir einzureden, dass sie ohnehin gestorben wäre, wenn wir nicht die einzige Möglichkeit versucht hätten. Aber als ich sah, wie ihr Schaum vor dem Mund stand, ihre Haut aschfahl war, der Gestank des Todes exponentiell zunahm, ihr Körper brannte und ihr Atem zu einem keuchenden Pfeifen wurde, schien dies nur noch mehr zu bestätigen, was für eine törichte Aufgabe das gewesen war.

Aber die Weberin hatte Recht mit der Beschwörung.

Vielleicht hatte sie auch damit Recht.

Ich hielt meine Flamme immer noch fest an mich gedrückt und versiegelte den Kreis erneut, um jede potenzielle Bedrohung fernzuhalten. Ich bezweifelte, dass Ranael zurückkehren würde, um zu beenden, was er begonnen hatte, aber ich wollte mir keine Sorgen um ihn machen müssen. Meine Gefährtin erforderte meine ganze Aufmerksamkeit.

Und so begann die albtraumhafteste Wartezeit meines Lebens.

Amara hatte die ganze Nacht über unerträglich hohes Fieber, und ihre Zähne klapperten. Ihre Schmerzensschreie wurden nur gelegentlich von einem erstickten Husten unterbrochen. Das machte mir am meisten Angst, da es so aussah, als würde sie ersticken. Der schlimmste Moment war, als sich ihr Körper plötzlich heftig krümmte, als hätte sie einen starken Stromschlag erhalten, bevor sie schlaff wurde. Ich rief ihren Namen und tippte ihr auf die Wange, aus Angst, sie könnte gestorben sein. Nach ein paar Sekunden, die mir wie eine Ewigkeit vorkamen, holte sie plötzlich keuchend Luft, bevor sich der Zyklus aus Stöhnen und Würgen wiederholte.

Erst als die Sonne endlich aufgegangen war, brachte ich Amara zurück in die Höhle, die uns als Unterschlupf diente. Da sich in der Ferne Wolken zusammenzogen, würde uns der kleine Raum einen gewissen Schutz bieten. Ich sparte etwas Regenwasser, um unsere Vorräte aufzufüllen, und benutzte einen Teil davon, um meine Frau zu kühlen und ihr Flüssigkeit zuzuführen.

Es dauerte einen weiteren ganzen Tag, bis der Gestank des Todes endlich nachließ und schließlich ganz verschwand. Für ein paar Stunden schlug mein Herz höher, erfüllt von Hoffnung, als ihr Fieber sank und sich ihre Atmung stabilisierte. Obwohl ihre Haut eine matte, aschgraue Farbe behielt, schien meine Flamme keine Schmerzen mehr zu haben. Man hätte fast glauben können, sie würde nur schlafen.

Erschöpft nach mehr als zwei Tagen ununterbrochener Wachsamkeit, ertappte ich mich dabei, wie ich einschlief, und wachte alle paar Stunden auf, nur um sicherzugehen, dass mit meiner Gefährtin noch alles in Ordnung war. Ich hasste es, dass ich mich ausruhen musste, aber wenn ich es nicht tat, würde ich es niemals schaffen, sie in Sicherheit zu bringen und mich selbst vor Vollmond in mein Versteck zu bringen.

Am Morgen des dritten Tages nach dem Schlangenbiss schreckte ich von einem säuerlichen Geruch auf, der mich fast in Panik versetzte. Und dann sah ich die erste dunkle Ader, die sich um ihren Hals in der Nähe der Bisswunde ausbreitete. Ich fluchte innerlich, dass es ausgerechnet in den frühen Morgenstunden passiert war.

Ich wurde fast wahnsinnig, als ich jede Minute jeder Stunde bis zum Einbruch der Nacht zählte. Wie wir beide vermutet hatten, war meine Gefährtin nicht in der Lage, die Beschwörung selbst durchzuführen. In den letzten drei Tagen war sie gelegentlich aus ihrem komatösen Zustand erwacht, aber völlig unzusammenhängend und kaum in der Lage, zu begreifen, was geschah. So sehr ich mir auch wünschte, mit ihr sprechen zu können, war ich doch froh, dass sie wieder das Bewusstsein verlor, damit sie den Schmerz des Giftes, das ihren Körper zerstörte, nicht spüren musste.

Die Sonne war gerade erst am Horizont verschwunden, als ich mit meiner Gefährtin in den Armen zum Kreis zurückrannte. Ich vergewisserte mich, dass alles wieder einwandfrei war, bevor ich Ranael rief. Wie Amara zuvor rezitierte ich die Beschwörungsformel in einer Schleife. Aber als die Minuten vergingen, ohne dass der Dämonenwolf auftauchte, breitete sich ein Gefühl der Angst in meinem Magen aus, das mit der Zeit exponentiell wuchs.

Nachdem mehr als zwanzig Minuten ohne Ergebnis vergangen waren, trat ich aus dem Kreis heraus, ließ meine Gefährtin darin zurück und rief ihn erneut an.

Aber auch das schlug fehl.

Ich tauschte den Platz mit ihr und wiederholte das gesamte Ritual, ohne Erfolg. Was machte ich falsch? Ich überprüfte den Kreis. Jede Rune, jede Linie war perfekt gezeichnet, so wie sie es mir beigebracht hatte. Die Kerzen waren angezündet und richtig positioniert. Ich hatte die Beschwörungsformel und den Ruf auswendig gelernt. Ich hatte nichts falsch gemacht. Warum antwortete er dann nicht?

Tränen der Wut und Hilflosigkeit stiegen mir in die Augen, während eine alles verzehrende Rage in mir aufstieg. Konnte es sein, dass Ranael die Beschwörung ignorierte, weil ich es war, die ihn rief? Was zum Teufel sollte ich jetzt tun? Ich hatte keine Zeit, Malina – Mistys Tochter – zu holen und sie hierher zu bringen, damit sie die Beschwörung an meiner Stelle durchführen konnte.

Ich nahm Amara in meine Arme, und mein Herz zerbrach in tausend Stücke, als ich das Netz dunkler Adern sah, das sich über ihre Wangen und ihre Brust ausbreitete. Ich warf meinen Kopf zurück und heulte den Mond an, mit der ganzen Tiefe meiner Verzweiflung.

Und dann hörte ich es.

In der Ferne schlugen Flügel. Ich hob ruckartig den Kopf, um in Richtung des Tals zu schauen, aus dem Ranael beim letzten Mal gekommen war, nur um festzustellen, dass das Geräusch tatsächlich hinter mir herkam. Ich drehte mich um und mir blieb der Mund offenstehen, als ich einen Gharlakan sah.

Das riesige Flugwesen hatte einen etwas hundeähnlichen Körper, obwohl die längeren Beine und Arme eher zu einem Werwolf gepasst hätten. Das Gesicht ähnelte vage dem eines Fuchses, mit den gleichen spitzen Ohren und der langen Schnauze. Der Mund ähnelte jedoch eher einem Schnabel als einem Maul. Es hatte keine Augen, sondern orientierte sich wie eine Fledermaus mittels Ultraschalls. Auch seine Flügel hätten zu einer Fledermaus gehören können, wären sie nicht wie der Rest seines Körpers mit weißem Fell mit blauen Flecken bedeckt gewesen. Ein übermäßig langer und dicker Schwanz hing hinter ihm her, dessen Spitze mit langem weißem und dunkelblauem Fell gefächert war.

Was um alles in der Welt macht ein Gharlakan hier?

Diese Kreaturen lebten nicht in dieser Gegend. Sie bevorzugten das kalte Wetter der nördlichen Regionen. Aber kaum war mir diese Frage in den Sinn gekommen, hatte sie sich auch schon von selbst beantwortet.

Die Kreatur kam direkt auf uns zu, nahm ihre menschliche Gestalt an und landete anmutig vor mir.

„Lyall!", rief ich aus, während in mir Schock und Hoffnung gleichermaßen um sich griffen.

„Du dummer Welpe", knurrte Lyall wütend. „Ranael wird dich nicht holen kommen."

„Es ist aber nicht für mich!", argumentierte ich.

„Du kannst den Schutz eines Dämonenwolfes nicht für einen anderen beschwören", schnauzte er mich an. „Das Versprechen gilt nur für den Beschwörer."

„Aber sie stirbt!", rief ich aus. „Er *muss* zu ihr kommen! Ranael hat ihr seinen Schutz gewährt, als sie ihn zum ersten Mal herbeigerufen hat. Er muss wissen, dass seine Aufgabe noch nicht erfüllt ist."

Der wütende Blick, den Lyall mir zuwarf, überraschte mich.

„Ranael kann sie nicht heilen", zischte Lyall. „Er kommt nicht zurück, gerade *weil* er geschworen hat, sie zu beschützen. Jede weitere Interaktion mit ihr würde ihren Tod nur beschleunigen. Er beschützt sie vor sich selbst."

„Du lügst! Was du sagst, ergibt keinen Sinn!", rief ich wütend. „Er muss sie ein zweites Mal beißen, um sein Gift zu neutralisieren."

„Nein, muss er nicht", antwortete Lyall mit zusammengebissenen Zähnen. „Ich habe dir gesagt, du sollst die Worte der Weberin noch einmal überdenken. Du hast sie falsch interpretiert."

Ich blinzelte und meine Gedanken rasten, während ich die Worte wiederholte, die Amara mir über ihr Treffen mit Cliona Nox erzählt hatte.

„Die Weberin sagte Amara, dass sie von seinem Schlangenschwanz gebissen werden müsse und dass sie, sobald die schwarzen Adern erschienen, von seinen Zähnen gebissen werden müsse", wiederholte ich und schaute dabei hin und her, während ich in meinem Gedächtnis suchte.

„Nein, Remus. Sie hat nie etwas von *seinen* Zähnen gesagt. Die Weberin sagte: ‚Ranaels Schwanz und der Biss eines kranken Wolfes'."

Ich erstarrte, mein Blut gefror zu Eis, als mir die Bedeutung seiner Worte bewusst wurde. Die Intensität seines roten Blickes forderte mich heraus, die Wahrheit anzuzweifeln, die ich nicht akzeptieren wollte.

„Nein", erwidere ich und schüttelte unbewusst den Kopf, während ich unwillkürlich einen Schritt von ihm zurücktrat. „Was du sagst, ist unmöglich."

„Ich sage nichts", entgegnete er. „Du musst deine eigenen Schlussfolgerungen ziehen."

„Du unterstellst, dass sie *meinen* Biss braucht. *Meinen*, des *kranken* Wolfes", zischte ich. „Aber das ist unmöglich. Mein Speichel enthält dasselbe Gift wie sein Schlangenschwanz, nur in einer viel schwächeren Form. *Du* warst es, der mir das klar gemacht hat. Wenn ich sie jetzt beiße, wird ihr das nicht helfen."

„Das ist richtig", sagte er mit unlesbarem Gesichtsausdruck.

„Dann kann *ich* es also nicht sein!", rief ich aus.

Mein Blut kochte vor Wut, als er nur dastand, ohne ein Wort zu sagen, und mich anstarrte, als wollte er mir die Dummheit aus dem Kopf schlagen.

„Bei Ferazans Blut, sprich endlich!", schrie ich. „Genug mit deinen dummen Rätseln. Amara stirbt! Wir haben keine Zeit für deine verdammten Spielchen."

„Ich habe gesagt, was ich sagen kann, du törichter Sterblicher", antwortete Lyall wütend. „Ich bin an den Bund gebunden. Du hast alle Informationen, die du brauchst. Finde es heraus, bevor es zu spät ist."

Ich öffnete und schloss meinen Mund, unsicher, was ich

sagen sollte, während mich eine Welle der Verzweiflung überkam. Mit dieser Aussage über den Bund bestätigte Lyall meinen Verdacht, dass er entweder ein Halbgott oder einer der Alten war – obwohl ich glaubte, dass er Ersteres war. Es war ihnen verboten, sich in das Leben der Sterblichen einzumischen, wenn dies die Pläne des Schicksals für uns durchkreuzen würde. Ein Bruch des Bundes hatte für sie schlimme Konsequenzen.

„Ich weiß nicht, was ich tun soll", gab ich niedergeschlagen zu, während ich meine bewusstlose Gefährtin in meinen Armen fester an mich drückte.

Ich blickte auf ihr wunderschönes Gesicht und mein Herz zerbrach. Sie vertraute mir so blind, und ich hatte sie völlig im Stich gelassen, weil ich zu dumm war, um es herauszufinden.

„Dann geh zurück zur Quelle", murrte Lyall.

Ich hob fragend den Kopf und sah ihn an. „Zur Quelle?"

„Die Weberin. Sie ist diejenige, die Amara gesagt hat, was sie tun soll. Bitte sie vielleicht um eine Erklärung", sagte Lyall mit unlesbarem Gesichtsausdruck.

„Die Weberin ist viel zu weit weg!", rief ich aus und sah ihn an, als hätte er den Verstand verloren. „Selbst wenn ich mich zu Tode rennen würde, würde ich mindestens drei Tage brauchen. Und das wäre nur, wenn ich *alleine* laufen würde! Mit Amara würde es mindestens acht bis neun Tage dauern. Bis dahin wäre sie tot. Und selbst wenn ich alleine gehen und mit der Antwort zurückkommen würde, wäre der Vollmond aufgegangen. Und außerdem hat die Weberin ihre Tore nie für mich geöffnet."

„Damals hattest du nichts, was sie wollte", entgegnete Lyall mit einem Achselzucken. „Jetzt hast du es."

Als er den letzten Satz sprach, deutete er mit dem Kinn auf meine Gefährtin. Mein Herz machte einen Sprung. Ich hatte tatsächlich etwas, das sie wollte. Die Weberin half niemals jemandem, wenn sie nicht etwas davon hatte. Sie wollte das Blut meiner Gefährtin, sobald diese geheilt war. Daher würde Cliona mir helfen wollen, sie zu retten, damit sie an eines der seltensten

Seren der Welt gelangen konnte, sobald sie es aus dem Blut meiner Frau gewonnen hatte.

„Du hast recht", sagte ich und leckte mir nervös die Lippen, während ich noch über eine Lösung für das Zeitproblem nachdachte. „Aber ich werde es trotzdem nie rechtzeitig zum Haus der Weberin schaffen, wenn ich meine Gefährtin trage."

„Ich könnte Amara zu ihrem Haus fliegen", bot Lyall plötzlich mit derselben ausdruckslosen Miene an. „Das Anwesen, das sie geerbt hat, wäre für dich nur ein relativ kurzer Weg vom Haus der Weberin entfernt."

Ich starrte ihn an, während Hoffnung, Wut und tiefe Frustration in mir gleichermaßen um sich griffen.

„Warum zum Teufel hast du das nicht früher vorgeschlagen?", fragte ich. „Und was ist mit dem Bund? Warum kannst du dich hier einmischen, aber nicht bei den anderen Dingen? Was verschweigst du mir?"

Seine Wut entflammte ebenso stark wie meine, wenn nicht sogar noch stärker.

„Verschwende keine Zeit mit deinen idiotischen Fragen. Ich sage dir, was ich kann, wenn es angebracht ist. Ich darf mich vielleicht nicht in das Schicksal der Sterblichen einmischen, aber ich habe das Recht, eine liebe Freundin nach Hause zu bringen. Du hast bis zum Vollmond Zeit, um zu entscheiden, was du tun willst. Danach wird Amara sterben. Und glaub mir, wenn du sie im Stich lässt, wird nichts, nicht einmal der Bund, dich vor meinem Zorn bewahren."

„Du liebst sie", flüsterte ich, mehr zu mir selbst als zu ihm.

Er fletschte seine Zähne und seine Augen leuchteten wütend rot.

„Die Frage ist, liebst *du* sie?", knurrte er.

„Ja, das tue ich", antwortete ich überzeugt.

Er kniff die Augen zusammen. „Aber liebst du sie *genug*?"

„Was?", fragte ich verwirrt.

„Komm nicht zu spät, Jungspund", antwortete er nur, bevor er sich wieder in einen Gharlakan verwandelte.

Er überragte mich um mindestens einen Kopf, als er sich auf seine Hinterbeine stellte. Seine drei Gliedmaßen ließen ihn noch mehr wie einen Werwolf aussehen, wenn da nicht sein spitzes Gesicht und seine Fledermausflügel gewesen wären. Er nahm mir meine Gefährtin weg, und die sanfte und behutsame Art, mit der er sie in seinen Armen wiegte, bestätigte mir einmal mehr die Tiefe seiner Gefühle für meine Flamme. Was auch immer geschah, er würde alles tun, um sie zu beschützen. Sobald er davonflog, verwandelte ich mich in meine Wolfsgestalt. Ich nahm nichts von unseren Habseligkeiten aus dem Unterschlupf mit, weder Essen noch Wasser.

Ich rannte einfach los.

KAPITEL 16

REMUS

Meine Muskeln brannten, meine Beine waren schwer wie Blei, und jeder Atemzug fühlte sich an, als würde ich Glasscherben einatmen. Jede Bewegung weckte neue Schmerzen. Ich wusste nicht, wie lange ich schon gerannt war. Die Nacht wich dem Morgen, und nach dem Stand der Sonne zu urteilen, würde sie bald untergehen.

Ein Teil von mir bereute es, dass ich vor meinem Abstieg keine Vorräte mitgenommen hatte. Ich war völlig ausgetrocknet. Es fühlte sich an, als wäre meine Zunge mit Sand bedeckt und meine Kehle damit gefüllt. Ich hatte Magenkrämpfe, konnte aber nicht sagen, ob sie durch Hunger oder Erschöpfung verursacht wurden. Gleichzeitig glaubte ein anderer Teil von mir, dass es die richtige Entscheidung gewesen war. Abgesehen davon, dass ich ohne diese Last leichter war, spornte es mich an, das Tal darunter noch schneller zu erreichen, damit ich Beute finden konnte, um meinen Hunger zu stillen, und eine Quelle mit frischem Wasser, um meinen Durst zu löschen.

Aber jeder Schritt fiel mir schwerer, meine Sicht verschwamm, während ich versuchte, voranzukommen. In meiner Eile verlor ich fast den Halt, als ich den schmalen Pfad am Rand des Berges entlangging. Ich schrie auf und kletterte hastig näher an die zerklüftete Felswand des Berges heran. Zu meinem unendlichen Leidwesen hatte ich keine andere Wahl, als etwas langsamer zu gehen, um nicht in den Tod zu stürzen.

Ich konnte mich nicht daran erinnern, den letzten schmalen Durchgang im Berg betreten zu haben, geschweige denn darin zusammengebrochen zu sein. Als ich meine Umgebung wieder wahrnahm, war es bereits Nacht geworden. Ich schreckte hellwach auf und mir wurde klar, dass ich vor Erschöpfung ohnmächtig geworden sein musste. Angesichts der aktuellen Dunkelheit hatte ich mindestens zwei oder drei Stunden geschlafen.

Ich verfluchte mich innerlich für diese verschwendete Zeit, als ich mich wieder auf den Weg machte. Natürlich war mir klar, dass diese Pause notwendig gewesen war und dass ich nicht davon träumen konnte, das Haus der Weberin unversehrt zu erreichen, wenn ich mir nicht von Zeit zu Zeit eine Pause gönnte, um mich zu erholen. Aber ich wollte viel näher dran sein, bevor ich mir diese Pause gönnte.

Ich setzte meine beschwerliche Reise mit neuer Kraft fort. Als ich endlich wieder das sichere Storm Hill Valley am Fuße des Berges erreichte, verspürte ich einen Energieschub. Ich durchquerte den Wald und fing dabei kleine Beutetiere, die ich als Wolf im Ganzen verschlang. Seit ich meine menschliche Gestalt angenommen hatte, hatte ich jegliche Vorliebe dafür verloren. Aber es war schneller, sie roh zu essen, als sich die Zeit zu nehmen, sie zu häuten und ein wenig zu kochen. Letztendlich zählte nur, genug Nahrung zu sich zu nehmen, um den Rest der strapaziösen Wanderung vor mir zu bewältigen.

Obwohl die wenigen Tiere, die ich verschlang, das Loch in meinem Magen füllten, stillte das dicke Blut meinen Durst nicht, sondern verstärkte ihn sogar noch. Weniger als einen Kilometer vor dem Haunted Woods bog ich etwas weiter nach Osten ab, bis ich in der Ferne den Fluss entdeckte. Ich ging schnurstracks darauf zu, trank ein wenig Wasser und tauchte dann kurz hinein. Das half, meinen verschwitzten, schmerzenden Körper zu kühlen und die Schwellung meiner Pfoten etwas zu verringern.

Mit großer Zurückhaltung stieg ich aus dem Wasser, nahm einen letzten Schluck und setzte dann meine Reise fort. Keine hundert Meter später drang das gedämpfte Geräusch einer panischen Frauenstimme an meine empfindlichen Ohren. Zuerst nahm ich an, dass es sich um die trügerischen Rufe eines bösen Waldgeistes handelte, der mich locken wollte, verwarf diesen Gedanken jedoch schnell wieder. Nicht nur, dass die Mystifizierer sich nie um mich gekümmert hatten, ich war auch noch nicht in den Haunted Woods angekommen. Obwohl es keine eindeutigen Markierungen gab, die seine Grenzen anzeigten, wusste ich, dass er noch mindestens einen halben Kilometer entfernt war. Jedenfalls konnte man das Böse in der Luft spüren, sobald man die Schwelle zu diesem üblen Ort überschritt.

Obwohl die Zeit drängte, ging ich der Sache nach und rannte um die Kurve, um zu sehen, woher der Lärm kam. Als ich gerade um einen riesigen Baum herumlief, sah ich eine schöne Frau am Wasser stehen. Ihr Einpferdewagen war von der Straße abgekommen und in den Fluss gestürzt. Von meinem Standpunkt aus war ihr Pferd noch an den Wagen gebunden und versank langsam im Wasser, gefangen unter dem Gewicht des Fahrzeugs und seines Geschirrs.

Instinktiv rannte ich auf sie zu. Die Frau war zu sehr damit beschäftigt, vergeblich am Geschirr zu ziehen, um ihr Pferd zurück ans Ufer zu bringen, und hörte mich zunächst nicht kommen. Ihre Hilferufe und das Plätschern des panischen Tieres übertönten meine Schritte.

Als sie plötzlich meine Anwesenheit wahrnahm – es sei denn, sie hatte eine Bewegung am Rande ihres Blickfeldes erfasst –, drehte die Frau ihren Kopf ruckartig in meine Richtung. Sie schnappte nach Luft, presste ihre Handflächen gegen ihre Brust und wich mit erschrockenem Gesichtsausdruck ein paar Schritte von mir zurück. Ihre milchige Hautfarbe wirkte noch blasser, wodurch ihre grauen Augen, die sich weiteten, noch stärker hervortraten. Aber ihre Angst wich schnell einer Mischung aus Ehrfurcht und Hoffnung.

„Ein Lykaner … ", flüsterte sie leise, bevor sie winkte und lauter rief: „Bitte, helfen Sie mir! Mein Pferd ertrinkt!"

Ich fluchte innerlich. Unter normalen Umständen hätte ich nicht gezögert. Aber auf den ersten Blick sah ich, dass es enorm viel Zeit und Mühe kosten würde, ihren Wagen aus dieser prekären Lage zu befreien. Abgesehen davon, dass ich mir eine solche Verzögerung nicht leisten konnte, würde es meine ohnehin schon begrenzte Energie weiter erschöpfen. Um ehrlich zu sein, bezweifelte ich in meinem derzeitigen Zustand, dass ich stark genug war, um den Wagen herauszuziehen.

Ich wäre fast weitergegangen. Die Art, wie sie sich mir direkt in den Weg stellte und ihre Arme hob, als wolle sie mich aufhalten, deutete darauf hin, dass sie meine Absicht erraten hatte.

„Ich flehe Sie an!", rief sie flehentlich. „Lassen Sie mich nicht einfach hier stehen. Ich werde es niemals zu Fuß und alleine zurück zur Herberge oder durch den Wald nach Kairn schaffen. Helfen Sie mir bitte!"

Mit einem verärgerten Knurren verlangsamte ich widerwillig meine Schritte und näherte mich dem Wasser. Wie ich bereits aus der Ferne vermutet hatte, bestätigte sich bei näherer Betrachtung, dass es nicht einfach sein würde, ihren Wagen zu befreien. Die Vorderräder waren fast vollständig unter Wasser, und das rechte Hinterrad versank schräg im Schlamm. Auch das Pferd lag schräg, sein Hinterteil ragte größtenteils aus dem Wasser, während sein Vorderteil bis zum Hals im Schlamm versunken war. Da die Kutsche allmählich weiter in Richtung Fluss rutschte, würde sie das Tier früher oder später so tief hineinziehen, dass es ertrinken würde.

Wäre ich nicht so erschöpft gewesen, hätte ich mit einiger Anstrengung das ganze Gespann herausziehen können. Aber jetzt war das unmöglich. Ich konnte nur das Pferd retten, damit die Frau auf ihm in Sicherheit reiten konnte.

Nachdem ich meine Entscheidung getroffen hatte, verwandelte ich mich teilweise in meine halb-menschliche Gestalt, damit ich mit der Frau sprechen und die Aufgabe, ihr Reittier zu befreien, leichter bewältigen konnte.

„Ihre Kutsche steckt zu tief im Schlamm. Ich kann sie nicht für Sie herausziehen", sagte ich ohne Umschweife. „Das würde zu viel Zeit und Kraft kosten, die ich nicht habe. Ich kann jedoch Ihr Pferd abkoppeln. So können Sie zumindest zurück zur Herberge oder weiter zur Jägerhütte auf der anderen Seite des Spukwaldes reiten."

„Aber meine Kutsche ist sehr wertvoll, ganz zu schweigen von all meinen Habseligkeiten darin!", rief die Frau niedergeschlagen aus.

Der Anspruch in ihrer Stimme ärgerte mich. In meinem derzeitigen körperlichen und geistigen Zustand hatte ich keine Geduld für die Forderungen anderer. Ihrer eleganten schwarzen Reitkleidung mit dem langen Rock, den teuren schwarzen Stiefeln und der maßgeschneiderten Weste nach zu urteilen, war sie offensichtlich wohlhabend. Eine mit Edelsteinen besetzte Brosche zierte ihr langes blondes Haar, das zu einem eleganten Knoten geflochten und mit kunstvoll eingearbeiteten Zöpfen verziert war. Was in Ferazans Namen machte sie also ganz allein in der Nähe des Haunted Woods? Mir fielen ein Dutzend verschiedene Antworten darauf ein. Ich vermutete, dass man sie vor einem so leichtsinnigen Unterfangen gewarnt hatte, sie aber hartnäckig beschlossen hatte, dass ihr niemand vorschreiben würde, was sie zu tun hatte.

Aber das war nicht mein Problem.

„Sie bekommen nur Ihr Pferd. Nehmen Sie es oder lassen Sie es bleiben", zischte ich.

Sie zuckte zurück und presste ihre Handfläche mit einem schockierten, von Empörung geprägten Gesichtsausdruck an ihre

Brust. Ja, diese Frau war es gewohnt, dass sich alle ihren Launen beugten und ihr niemals widersprachen.

Verärgert darüber, dass sie nicht reagierte, zuckte ich mit den Schultern und wandte mich zum Gehen.

„Warten Sie! Bitte! Das Pferd! Ich nehme das Pferd!", rief sie.

Ohne ein Wort zu sagen, näherte ich mich dem Wasser. Ich konnte jedoch nicht umhin, mich zu fragen, was diesen Unfall verursacht haben könnte.

„Was hat Ihre Kutsche von der Straße abkommen lassen?", fragte ich über meine Schulter, als ich ins Wasser stieg. „Was hat Ihr Pferd so erschreckt, dass es so weit vom Weg abgekommen ist und direkt in den Fluss geraten ist?"

Die Frau winkte verwirrt mit der Hand. „Ehrlich gesagt, ich weiß es genauso wenig wie Sie. Ich habe nichts gesehen. Mein Pferd bäumte sich einfach auf und begann zu rennen. Aber eines der Räder hatte sich schon seit einer Weile seltsam angefühlt. Ich glaube, es könnte sich gelöst haben."

Ich grunzte als Antwort. Sie kam mir wie eine ahnungslose Person vor, die die Wahrheit nicht erkennen würde, selbst wenn sie ihr ins Gesicht springen würde. Als ich jedoch durch das Wasser zum Hinterteil des Pferdes watete, um das Geschirr zu durchtrennen, beschlich mich ein ungutes Gefühl. Als ich mit der linken Hand nach dem Riemen um sein Hinterteil griff, streckte ich die Krallen meiner rechten Hand aus. Sobald ich den Riemen durchtrennt hatte, würde ich das Pferd an seinem Brustgeschirr zurück zum Ufer lenken können.

Doch bevor ich die Sattelgurtbandschnalle durchtrennen konnte, überkam mich ein starkes Gefühl der Gefahr. Irgend-etwas stimmte definitiv nicht ... sogar etwas war furchtbar falsch. Es dauerte einen Moment, bis ich es begriff.

Alle Gerüche waren anders.

Tatsächlich ging es noch darüber hinaus. Obwohl ich mich der Frau nicht genähert hatte, nahm ich absolut keinen Geruch von ihr wahr. Sie schien nicht nur nicht den natürlichen Geruch zu besitzen, den jedes Lebewesen hat, sondern ich nahm auch keinen Hauch von Schweiß oder Angst wahr, der normalerweise von jemandem in einer solchen Situation ausgeht. Auch ihr Pferd roch nicht richtig. Es hatte nicht den moschusartigen Geruch, den ich normalerweise mit großen Säugetieren wie Pferden, Kühen und Rehen verband. Stattdessen nahm ich einen subtilen Geruch von Verwesung wahr.

Die einzigen anderen Gerüche, die meine Nase kitzelten, waren Wasser, Schlamm, Gras und ein seltsamer Fischgeruch, den ich nicht identifizieren konnte.

„Los, Remus! Befreie mein Pferd!", rief die Frau, als ich wie erstarrt dastand.

Remus? Woher zum Teufel kennt sie meinen Namen?!

Mein Rücken versteifte sich und ich drehte meinen Kopf ruckartig zu der Frau. Was auch immer sie in meinem Gesicht sah, veranlasste sie dazu, ihre Maske der hilflosen Jungfrau fallen zu lassen. Ihre grauen Augen verdunkelten sich und wurden pechschwarz, während sich ein Ausdruck purer Boshaftigkeit auf ihrem Gesicht ausbreitete.

Sie hob die Hände und gestikulierte, während sie mächtige Worte sprach. Gleichzeitig rannte ich aus dem Wasser. Gerade als ich an Land sprang, ließ mich eine Bewegung am Rande meines Blickfeldes über meine Schulter blicken. Mein Blut gefror zu Eis, als ich drei Tentakel aus dem Wasser schießen sah. Die halbmondförmigen Klingen an ihren Spitzen konnten nur von einem Tentrian stammen. Der erste verfehlte seinen Versuch, meinen Arm zu packen, aber die anderen beiden schlangen sich mit tödlicher Genauigkeit um meine Knöchel.

Sie rissen mich mit brutaler Gewalt zurück und stoppten meinen Sprung in der Luft. Das Ufer kam auf mich zugerast, und ich schlug mit dem Gesicht nach unten auf den schlammigen Boden auf. Der Aufprall schlug mir die Luft weg. Die Tentakel zogen mich zurück und versuchten, mich ins Wasser zu zerren.

Obwohl ich benommen war, grub ich meine Krallen in den Boden und kämpfte um Halt. Die Kraft der Wasser Kreatur zog mich ein paar Zentimeter, bevor sie stoppte. Meine Krallen fühlten sich an, als würden sie mir aus den Fingern gerissen, während der Tentrianer weiterzog.

Das vier Meter lange Wesen hatte die Form eines riesigen Aals mit einer langen Rückenflosse und einem fließenden Schwanz. Normalerweise benutzte es die Klingen am Ende seiner Tentakel – oder in den beiden armähnlichen Fortsätzen an jeder Seite seines Körpers –, um die Sehnen seiner Opfer zu durchtrennen, damit sie sich nicht mehr wehren konnten. Dann würden die drei Tentakel, die aus seinem Maul schossen, seine Beute einfach in sein klaffendes Maul ziehen. Dass es nicht versuchte, mich zu schneiden, deutete darauf hin, dass es das Gift in meinem Blut spüren konnte.

Ich strampelte und wand mich vergeblich, um mich aus dem Griff der Tentakel zu befreien, als ein Schatten über mir erschien, begleitet von diesem subtilen Geruch nach Verwesung und Schwefel. Meine Augen weiteten sich, als ich zur Seite blickte und das Pferd neben mir sah, dessen Augen rot glühten, dessen Mund mit dolchartigen Zähnen gefüllt war und dessen skelettartiger Körper mit schwarzer, ledriger Haut bedeckt war, wobei einige Knochen freilagen. Eine Illusion hatte die Tatsache verborgen, dass es sich um ein Schreckenspferd handelte. Die dämonische Kreatur bäumte sich auf ihren Hinterbeinen auf, um mich mit ihren Vorderhufen zu zertreten.

Ich hatte gerade noch Zeit, mich aus dem Weg zu rollen, bevor es brutal auf die Stelle stampfte, an der zuvor mein Kopf gewesen war. Dadurch musste ich jedoch den Boden loslassen, den ich mit meiner linken Hand festgehalten hatte. Durch das heftige Ziehen des Tentrianers verlor ich den Halt meiner rechten Hand. Ich rutschte zurück ins Wasser, wobei die mit Schlamm vermischten Steine mir schmerzhaft den Rücken aufschürften.

Sobald mich das Wasser bedeckte, schwamm der Tentrian vom Ufer weg und tiefer unter Wasser.

Es wollte mich ertränken.

Meine Bemühungen, mich zu befreien, führten nur dazu, dass es seine Tentakel noch fester um meine Knöchel schlang und meine Durchblutung blockierte. Bald begannen meine Lungen zu brennen, und meine Anstrengungen verbrauchten nur noch schneller meinen Sauerstoff.

Da ich wusste, dass ich bald sterben würde, tat ich das Einzige, was mir einfiel. Ich hörte auf, mich gegen den Sog der Kreatur zu wehren, und ließ mich näher an ihr Gesicht ziehen. Ich beugte mich vor, packte das Tentakel um meinen rechten Knöchel mit beiden Händen und zog mich damit noch näher heran. Zu spät erkannte der Tentrian meine Absicht. Er versuchte, mich loszulassen und zu fliehen, aber ich hielt mich fest und versenkte meine Zähne in das Tentakel, um so viel Gift wie möglich abzugeben.

Aber mein Raubtier – nun selbst zur Beute geworden – riss seine Tentakel so heftig zurück, dass das, in das ich gebissen hatte, sich über meinen Zähnen zerfetzte. Blut breitete sich im Wasser aus, während das Wesen begann, sich vor den Auswirkungen meines Giftes, das sich in ihm ausbreitete, zu winden. In meiner teilweise verwandelten Gestalt war es noch wirksamer als in meiner vollständig menschlichen Form, ganz zu schweigen von der zusätzlichen Verstärkung durch den nahenden Vollmond.

Ohne einen weiteren Gedanken an den Tentrian zu verschwenden, strampelte ich so fest ich konnte mit den Füßen, während ich zurück an die Oberfläche schwamm. Sobald ich auftauchte, holte ich tief Luft, mir war schwindelig und meine Lungen brannten. Die wütende Stimme der Hexe am Ufer ließ mich meinen Kopf in ihre Richtung drehen. Sie gestikulierte wieder und sprach Worte, die ich nicht verstand, während sie einen weiteren Zauber sprach. Ich holte noch ein paar Mal Luft, bevor ich untertauchte und ein Stück unter Wasser von ihr weg, aber in Richtung Ufer schwamm.

Sobald ich aus dem Wasser kam, rief die Frau einen einzigen Befehl. Ich wäre fast aus meiner Haut gefahren, als ein Dutzend gezackte, speerartige Wurzeln aus dem Boden schossen. Ein paar Zentimeter weiter rechts, und einer der Speere hätte mich ins Bein gestochen. Ich sprang darüber hinweg, verwandelte mich dabei in meine vollständige Wolfsgestalt und begann, in Richtung Wald zu rennen.

Es fühlte sich an, als würde ich durch ein Minenfeld laufen, als weitere stachelige Wurzeln plötzlich aus dem Boden direkt vor mir schossen und einen tödlichen Hindernisparcours bildeten. Ein paar davon streiften mich, während eine mich buchstäblich auf den Rücken warf. Ein Teil der Holzsplitter bohrte sich in meine linke Schulter.

Ich blickte hinter mich, als ich das Geräusch von schnell näherkommenden Galoppschritten hörte. Mein Herz setzte einen Schlag aus, als ich die Frau auf dem furchterregenden Pferd sah, aus dessen Nüstern Dampf aufstieg, während sie sich mir schnell näherten.

In meiner besten Form hätte ich dem dämonischen Ross vielleicht entkommen können. Aber in meinem derzeitigen Zustand konnte ich vor ihnen unmöglich fliehen. Die plötzliche Veränderung in der Luft, das schleimige Gefühl und die Übelkeit erregende magische Energie, die um mich herumwirbelte, markierten den Beginn des Haunted Woods. In meiner Eile, meinen Verfolgern zu entkommen, hatte ich vergessen, dass wir diesem verfluchten Ort so nahe waren.

Ohne zu zögern, verließ ich den Weg und rannte tief in den Wald hinein. Ich hatte keine Ahnung, was diese Frau war, aber wenn sie ein Mensch war, würde sie sich wohl kaum vom Weg entfernen. Doch noch während mir dieser Gedanke durch den Kopf ging, kam mir ein noch beunruhigenderer in den Sinn. Die Frau hatte keinen Geruch ... genau wie Lyall. Konnte er es sein?

Als Doppelgänger konnte er jede beliebige Gestalt annehmen. Hatte ich mich getäuscht, als ich ihm vertraute? Hatte er mich die ganze Zeit über ausgetrickst, um mir meine Gefährtin zu stehlen und mich zu ermorden, um mich aus dem Weg zu räumen?

Aber warum ein so aufwendiger Plan?

Als Halbgott hätte er mich leicht töten können. Ich hätte seinen mysteriösen Kräften nicht widerstehen können. Seine Illusion war so mächtig gewesen, dass ich nicht einmal gespürt hatte, dass Magie gegen mich eingesetzt wurde. Wenn es sein Ziel gewesen wäre, mich auf eine Weise zu töten, die wie ein Unfall oder eine Tragödie aussehen würde, hätte er einfach die Illusion eines geraden Weges vor mir erschaffen können, während ich den Berg hinunterlief, mich aber über den Rand springen lassen können, um mich in den Tod zu stürzen.

Ein Blick über meine Schulter zeigte mir, dass die Frau weit entfernt noch immer auf dem Weg war. Eine Welle der Erleichterung überkam mich. Lyall hatte kein Problem damit, durch den Haunted Woods zu laufen. Das bewies einmal mehr, dass er nicht die Hexe war. Ein Teil von mir hatte das schon gewusst, aber es half mir dennoch, besser zu atmen, diese Bestätigung zu haben, dass er mich nicht verraten hatte.

Aber wer zum Teufel ist sie? Und warum versucht sie, mich mit einer so ausgeklügelten List zu töten?

Ich wollte zurückgehen und sie zur Rede stellen, aber ich konnte es nicht riskieren und hatte auch keine Zeit dafür. Ich ignorierte die zusätzlichen Schmerzen meiner geprellten Knöchel und meiner verletzten Schulter und rannte den Rest der Strecke durch dieses verfluchte Land, während ich im Wald blieb. Wie es ihre Art war, mieden mich die Mystifizierer und andere böse Geister. Als ich die andere Seite erreichte, war ich völlig erschöpft.

In diesem Moment fand ich mich endlich damit ab, dass ich meine Kräfte überschätzt hatte. Ich hatte noch viel zu viele

Stunden Reise vor mir, bevor ich das Anwesen der Weberin erreichen konnte. Ich hatte keine andere Wahl, als mich auszuruhen, wenn ich die Reise jemals rechtzeitig beenden wollte. Bei dem Gedanken, dass ich meine Frau enttäuschen könnte, zog sich mein Herz schmerzhaft zusammen. Tief in meinem Inneren spürte ich, wie sich die Veränderung ankündigte. Mein Werwolf lief unruhig auf und ab und wollte die Kontrolle übernehmen. Die Uhr tickte, und das nicht zu meinen Gunsten.

Ich überlegte, mich einfach hinzulegen und zu schlafen, bis ich weitergehen konnte, aber der Gedanke an die Hexe ließ mich es überdenken. Sie hatte mich nicht im Haunted Woods angegriffen, sondern im sicheren Storm Hill Valley dahinter. Wenn sie damals so dreist gewesen war, was würde sie dann davon abhalten, hier im „sicheren" Kairn Valley dasselbe zu tun?

Ich verfluchte sie in die tiefsten Tiefen der Hölle, als ich mich umdrehte, um zur Hunters Lodge zu rennen. Mit etwas Glück wäre sie unbewohnt. Aber selbst wenn jemand sie benutzte, konnte ich einfach in dem weitläufigen Bereich bleiben, der von den mächtigen Schutzzaubern umgeben war, die jeden mit bösen Absichten in Schach halten würden. Ich hasste es, diesen Umweg machen zu müssen, der meine Reise um mindestens zehn Minuten verlängerte. Aber meine Sicherheit in meiner verwundbaren Lage zu gewährleisten, war von größter Bedeutung, wenn ich meine Mission jemals erfüllen wollte.

Ich biss die Zähne zusammen, um den pochenden Schmerz in meinen Knöcheln und meiner Schulter zu ertragen, ignorierte den Geschmack von Blut in meinem Mund und mein keuchendes Atmen und eilte zur Lodge. Ich brauchte keinen Arzt, um zu wissen, dass ich mir zweifellos einige Blutgefäße in der Lunge gerissen hatte, was das feuchte Geräusch bei jedem Atemzug erklärte. Sobald ich die unsichtbare Wand der Schutzzauber um die Lodge herum überquerte, brach ich zu Boden. Die Dunkelheit verschlang mich augenblicklich.

Das Geräusch entfernter Stimmen riss mich aus meinem Schlummer. Ich fühlte mich wie im Koma, meine Augenlider waren schwer wie Blei, als ich versuchte, sie zu öffnen. Sanfte Hände berührten meine verletzten Beine und Schultern. Mein instinktiver Kampf-oder-Flucht-Reflex verschwand fast augenblicklich. Obwohl mein Gehirn noch zu benebelt war, um die Präsenz um mich herum zu benennen, kam mir der Geruch vertraut vor ... nicht beruhigend, aber sicher. Ich erkannte vage den Gesang eines Schamanen, während der Schmerz in meinen Knöcheln stetig nachließ.

„Remus, wo ist die Frau?", verlangte eine herrische Stimme zu wissen, sobald der Gesang verstummt war. „Was ist mit dir passiert? Wer hat das getan?"

Ich öffnete meinen Mund, um zu antworten, aber stattdessen kam nur ein winselndes Geräusch heraus. Erst da wurde mir klar, dass ich immer noch in meiner Wolfsgestalt war. Normalerweise war die Verwandlung zurück in meine menschliche Gestalt mühelos und so einfach wie Atmen. Aber diesmal schien sie mir die ganze Energie zu rauben, die ich in der Zeit, in der ich bewusstlos gewesen war, wiedergewonnen hatte.

„Ein Freund hat Amara nach Hause gebracht", lallte ich.

„Welcher Freund?", hakte die Stimme nach.

Nachdem ich mich mühsam dazu durchgerungen hatte, meine Augen zu öffnen, sah ich Rolf über mich gebeugt, mit besorgtem Gesichtsausdruck.

„Ich muss zur Weberin", sagte ich mit kaum mehr als einem Flüstern.

„Was? Warum? Was ist mit dir passiert?", fragte Rolf.

„Keine Zeit", antwortete ich genervt, wobei jedes Wort eine enorme Anstrengung erforderte. „Hüte dich vor der ... Hexe im Haun ... ted ... Wald."

„Welche Hexe? Hat sie dir das angetan?"

„Muss zur Weberin. Bald ist Vollmond."

„Du bist nicht in der Verfassung, zur Weberin zu reisen, vorausgesetzt, sie empfängt dich überhaupt", sagte Ulric mit strenger Stimme.

Mein Herz machte einen Sprung. Von meiner Liegeposition aus konnte ich ihn nicht sehen. Aber er hatte seit Jahren nicht mehr direkt mit mir gesprochen. Wie traurig, dass dies gerade jetzt passierte, wo ich nicht in der Lage war, mich weiter mit ihm zu unterhalten.

„Ich muss ..."

Meine Augen rollten nach hinten und ich wurde schlaff. Während ich in einem Zustand der Halb-Bewusstlosigkeit schwebte, hörte ich Ulric eine Reihe von Flüchen ausstoßen. Etwas stimmte nicht mit mir. Der Mangel an Nahrung und Wasser und meine extreme Erschöpfung konnten meine aktuelle physiologische Reaktion nicht erklären. Etwas beeinflusste mich. Hatte mich der Tentrian irgendwie vergiftet? Die Klingen an den Spitzen seiner Tentakel besaßen ein Lähmungsmittel, das seine Beute weiter bewegungsunfähig machte, nachdem es ihre Sehnen durchtrennt hatte. Aber ich konnte mich nicht daran erinnern, dass es mich jemals geschnitten hatte.

Ich biss in seine Tentakel-„Zunge", um mich zu befreien.

Könnte das die Ursache sein? Hatte ich einen Teil seines Lähmungsmittels oder eine andere Form von Gift aufgenommen, während ich ihm mein eigenes injiziert hatte?

Mehrere Stimmen begannen zu streiten, mein Verstand war zu weit weg, um ihre Worte zu verstehen. Dann hoben mich zwei starke Arme hoch und löschten die wandernden Gedanken aus meinem verwirrten Geist. Augenblicke später spürte ich, wie ich auf ein Pferd gehoben wurde. Hinter mir drückte sich eine muskulöse Brust gegen meinen Rücken. Eine Welle der Emotionen überkam mich, als ich den vertrauten Geruch von Ulric wahrnahm.

Obwohl er nun ein erwachsener Mann war, versetzte mich

dieses Gefühl zurück in unsere Jugend, als wir unzertrennlich waren. Wir trugen uns abwechselnd Huckepack.

„Ich habe dich vermisst, Bruder", murmelte ich und verlor dann das Bewusstsein.

Ich war immer wieder bewusstlos und wurde sanft von den Bewegungen des Pferdes gewiegt, während Ulric mich festhielt. Als ich aufwachte, während wir die Brücke überquerten, die zum Südufer und zur Hauptstraße nach Willow Grove führte, schnürte sich meine Kehle zusammen. Bevor ich ein Wort sagen konnte, reichte mir mein Kindheitsfreund ein dickes Stück gepökeltes Fleisch. Ich nahm das Angebot schweigend an und kaute kaum, bevor ich es hinunterschluckte, und verschlang es in nur wenigen Bissen. Dann gab er mir einen Wasserschlauch, den ich in einem Zug leerte.

„Entschuldige", sagte ich schließlich. „Ich wollte nicht alles austrinken."

Er grunzte statt zu antworten. Obwohl ich mich immer noch etwas müde fühlte, hatte sich der unnatürliche Nebel, der mich zuvor außer Gefecht gesetzt hatte, aufgelöst. Ich zweifelte nicht mehr daran, dass der Tentrianer mir eine Art Beruhigungsmittel injiziert hatte. Ich blickte zum Himmel. Wir waren schon seit Stunden unterwegs, denn die Sonne stand bereits tief am Horizont und färbte den Himmel mit feurigen Streifen in Blau, Violett und Orange.

„Danke", sagte ich schließlich, immer noch nach vorne blickend. „Ich kann dir das nie genug zurückzahlen."

„Die Frau hat an dich geglaubt", murmelte Ulric widerwillig nach einem Moment der Stille, in dem ich schon dachte, er würde nicht antworten. „Rette sie, und das ist Bezahlung genug."

„Was auch immer nötig ist, ich werde es tun", versprach ich.

Er schwieg einen Moment lang. „Ich weiß, dass du das tun wirst", sagte Ulric schließlich.

Eine dichte Stille legte sich zwischen uns, während das Pferd seine Reise fortsetzte. Mehr als einmal öffnete ich den Mund, um das Gespräch wieder in Gang zu bringen, aber mir fehlten die Worte. Eine halbe Stunde später wurde Ulric langsamer und hielt schließlich das Pferd an.

„Weiter kann ich dich nicht bringen", sagte er mürrisch.

In der Ferne konnte ich die Tore zum Reich der Weberin sehen. Wenn man nichts mit ihr zu tun hatte, war es keine gute Idee, sich zu nahe an den Eingang zu wagen. Die Kobolde, die die Tore bewachten, galten nicht nur als mächtig, sondern auch als gnadenlos gegenüber Eindringlingen und unerwünschten Besuchern.

Ich drehte mich um und sah ihn über meine Schulter hinweg an. Er vermied Augenkontakt und starrte stattdessen auf die Mähne des Pferdes.

„Danke, Ric", sagte ich und benutzte seinen alten Kosenamen. „Ich weiß, dass du es nicht glaubst, aber ich wollte dir nie wehtun. Ich habe dich damals geliebt und ich liebe dich immer noch. Du warst mehr als ein Freund oder Cousin für mich. Du warst mein Bruder. In meinem Herzen bist du es immer noch und wirst es immer bleiben."

Er antwortete nicht, aber seine Augen glänzten, und er blinzelte, um die Tränen zurückzuhalten, die ihm zweifellos in die Augen stiegen.

„Ich vermisse dich. Egal, wie lange es dauert, ich werde beten, dass ich meinen Bruder zurückbekomme", sagte ich leise.

Ich beugte mich vor und küsste ihn auf die Wange. Er wich nicht zurück, sondern blieb regungslos sitzen. Und das allein war schon ein großer Gewinn. Er war vielleicht noch nicht bereit, unsere Verbindung anzuerkennen, aber er lehnte sie nicht mehr ab. Ich sprang vom Pferd, ein Lächeln auf den Lippen, während in meinem Herzen Hoffnung aufkeimte.

Heute Nacht hatte ich einen Teil meines Bruders zurückgewonnen. Und in wenigen Augenblicken konnte ich nur beten, dass die Weberin mir meinen Gefährten zurückgeben würde.

Ich verwandelte mich zurück in meine Wolfsgestalt und warf Ulric einen letzten Blick zu.

„Gute Reise ... Bruder", sagte Ulric.

Ein kraftvolles Heulen der Freude entrang sich meiner Kehle. Er schnaubte, schenkte mir ein trauriges Lächeln und wendete dann sein Pferd. Ich wollte, dass er vom Pferd stieg, damit wir wie früher als Welpen als Brüder in unserer Wolfsgestalt laufen konnten. Aber jetzt war nicht der richtige Zeitpunkt dafür. Wenn das Schicksal es wollte, würden wir das in naher Zukunft tun.

Als ich auf das massive Eisentor zulief, das den Eingang zum Haus der Weberin versperrte, kehrte die alte Anspannung mit voller Wucht zurück. Ich hatte immer noch überall Schmerzen, aber die Angst, dass sie mich erneut abweisen würde, verdrehte mir den Magen und beherrschte meine Gedanken.

Wenn ich über die verdammten Mauern klettern muss, werde ich es tun.

Wenn es dazu käme, würden die Wächterkobolde angreifen. Aber das war mir egal. Nichts und niemand würde mich davon abhalten, der Weberin gegenüberzutreten und die Antworten zu bekommen, die ich brauchte. Wenn ich dabei sterben musste, dann sei es so.

Zu meiner Überraschung und großen Erleichterung schwangen die Tore auf, als ich noch gut hundert Meter entfernt war. Ich sollte überglücklich sein. Drei Jahrzehnte lang hatte ich von diesem Tag geträumt. Aber jetzt erfüllte nur noch eine wachsende Panik mein Herz. Was, wenn Lyall sich geirrt hatte, als er mich hierherschickte? Was, wenn ich tatsächlich auf dem Plateau hätte bleiben und meine Bemühungen, Ranael zu beschwören, fortsetzen sollen? Was, wenn ...?

Der Anblick des bescheidenen strohgedeckten Hauses – der klischeehaften Hexenhütte –, das am Ende des Weges auftauchte, versetzte mich in Verwirrung. Die Weberin musste extrem reich sein, schon allein wegen der wahnsinnigen Summen, die die Menschen bereit waren, jemandem mit ihrer Macht zu zahlen.

Aber auch diese Gedanken schob ich beiseite, als ich mich wieder in meine menschliche Gestalt verwandelte, um mich der Tür zu nähern.

Als ich nach der Klinke griff, öffnete sich die Tür von selbst, was mich erschreckte. Ich trat ein paar Schritte hinein und war wie gebannt von der alterslosen Frau, die hinter einem Tisch gegenüber dem Eingang saß. Zu ihrer Rechten, ein paar Meter weiter hinten, stand ein imposantes Spinnrad. Ein leuchtender Faden, der offensichtlich von großer Magie durchdrungen war, hing an der Spindel und wartete darauf, gesponnen zu werden.

Cliona Nox war wunderschön und doch furchterregend. Ich konnte nicht sagen, was mich am meisten einschüchterte: der intensive Blick ihrer violetten Augen mit den schmalen vertikalen Pupillen, das unlesbare Lächeln, das man als spöttisch oder geradezu bedrohlich interpretieren konnte, oder die wahnsinnige Kraft, die von ihr ausging.

Während ich Lyall für einen Halbgott hielt, stand außer Frage, dass die Weberin eine Göttin war. Die Leute spekulierten, dass sie einfach eine der Alten sein könnte. Das war zwar möglich, aber ich bezweifelte es sehr. Kein Sterblicher und kein langlebiges Wesen konnte so viel Macht passiv ausstrahlen. Sie konnte mich wahrscheinlich mit einem einzigen Gedanken zu Asche verwandeln.

Zu meiner Bestürzung hob die Weberin in dem Moment, als ich hereinkam, eine Augenbraue und musterte mich unverhohlen, wobei sich ihre Lippen zu einem Lächeln verzogen, das eine Mischung aus Belustigung und Zustimmung war. Ich errötete vor Verlegenheit, als mir einfiel, dass ich bei unserem ersten Treffen splitternackt vor ihr gestanden hatte. Die Tatsache, dass ihr Blick keine Lust enthielt, milderte meine Beschämung nicht. Es war, als würde die unverblümte Großmutter hereinkommen, während man sich in einer kompromittierenden Situation befand.

Ich wollte mich dafür entschuldigen, dass ich in diesem

Zustand der Entblößung vor ihr erschienen war. Aber ganz andere Worte kamen mir über die Lippen.

„Ranael kann sie nicht heilen", platzte es aus mir heraus.

Die Weberin machte ein unbeeindrucktes Gesicht. „Hallo auch dir, Remus Beltaine. Willst du dich nicht hinsetzen?"

Sie deutete mit der Hand auf etwas zu meiner Rechten, ihre messerscharfen Nägel glänzten im Licht – obwohl Krallen wahrscheinlich eine treffendere Beschreibung wären.

Ich zuckte bei dem knirschenden Geräusch hinter mir zusammen und drehte mich um, um einen Stuhl zu sehen, den ich neben der Tür nicht bemerkt hatte und der über den Boden glitt. Von einer unsichtbaren Hand bewegt, blieb er vor dem Tisch stehen, Cliona zugewandt.

Obwohl ich mich gerne ausgeruht hätte, hob ich trotzig mein Kinn und forderte mit harter Stimme eine Antwort.

„Ich will nicht sitzen", sagte ich streng. „Ich will Antworten."

Die Belustigung verschwand augenblicklich aus dem Gesicht der Weberin, und sie warf mir einen bedrohlichen Blick zu, der mich fast zum Zittern brachte.

„Setz dich", befahl sie mit zusammengebissenen Zähnen und leiser, fast flüsternder Stimme, die andeutete, dass einen qualvolle Schmerzen erwarteten, wenn man törichterweise diesem Befehl nicht Folge leistete.

Ich schluckte schwer und gehorchte still. Abgesehen davon, dass ich mich nicht fast umgebracht hatte, um hierher zu rennen, nur um dann wegen meiner Sturheit bei einer so einfachen Aufforderung zu Asche verbrannt zu werden, wurde mir auch klar, dass es keine gute Idee war, die Person zu verärgern, deren Hilfe ich dringend brauchte. Zu meiner Schande musste ich zugeben, dass es sich in meinem noch geschwächten Zustand ziemlich gut anfühlte, mich auszuruhen.

„Guter Junge", sagte Cliona, deren alterslose Gesichtszüge sich wieder zu diesem spöttischen Ausdruck entspannten. „Ich würde dir gerne etwas zum Anziehen anbieten, aber da du bald gehen wirst, wäre das nur Zeitverschwendung."

Ich wand mich auf meinem Stuhl, als ihr violetter Blick über mich hinwegglitt. Wieder einmal war er frei von jeglicher anzüglichen Unterstellung. Ich fühlte mich eher wie ein seltsames Tier, das auf einem lokalen Freakshow-Jahrmarkt begafft wurde. Die unglückselige Frau genoss es sichtlich, mir Unbehagen zu bereiten.

„Du bist viel schneller hier angekommen als erwartet", fuhr sie fort. „Gut gemacht!"

Diesmal berührte mich die Mischung aus Anerkennung und Bewunderung, die in ihrer Stimme und ihrem Gesichtsausdruck zu hören war, als sie diese Worte sprach. Mit einer Gewissheit, die ich nicht erklären konnte, glaubte ich, dass die Weberin mit Lob eher geizig war.

„Die Zeit drängt", murmelte ich.

„Das tut sie", stimmte sie zu. „Aber du musst durstig sein."

Ohne meine Antwort abzuwarten, erhob sie sich anmutig von ihrem Sitz – der sich als gepolsterter Hocker herausstellte – und ging zur rechten Seite des Raumes, wo sich eine beeindruckende Auswahl an Tränken, Kräutern und verschiedenen Utensilien befand, für die jeder, der sich mit Okkultismus auskannte, töten würde. Ihr langes silberweißes Haar, zu einem einzigen Zopf geflochten, schwang sanft hinter ihr hin und her, wobei die Spitze fast den Holzboden berührte. Sie griff nach einem Krug mit einer klaren Flüssigkeit, die einen sehr blassen violetten Schimmer hatte, und goss eine großzügige Portion in ein hohes Glas.

„Ich bin nicht durstig", sagte ich nervös.

Ja, ich war mehr als durstig. Aber ich hatte so viele beunruhigende Geschichten über die Weberin gehört. Wer wusste schon, was für eine magische Mixtur sie mir servierte?

Sie kam zurück, ihre Schritte waren völlig geräuschlos, als würde sie über den Boden gleiten, anstatt tatsächlich zu gehen.

Das einzige Geräusch, das im Raum zu hören war, war das leise Rascheln des goldbeigen Stoffes ihres bodenlangen Kleides. Mit seinen langen Ärmeln, der schmalen Taille und dem flauschigen Fell um den Kragen und die Handgelenke hatte es einen leicht mittelalterlichen Touch.

Cliona setzte sich wieder mir gegenüber an den Tisch und schob das Glas ein wenig in meine Richtung. Mein Magen verkrampfte sich, als das Glas von selbst die restliche Strecke zurücklegte, was eindeutig darauf hindeutete, dass es durch telekinetische Energie angetrieben wurde.

Als ich nach ein paar Sekunden immer noch nicht danach griff, verhärtete sich der Gesichtsausdruck meiner Gastgeberin erneut.

„Es ist äußerst unhöflich, die angebotene Gastfreundschaft abzulehnen", sagte sie mit kalter Stimme, was meine Nervosität noch weiter steigerte.

Ich verspürte den dringenden Wunsch, ihr zu sagen, dass es noch unhöflicher und schlechte Gastfreundschaft sei, jemanden zu etwas zu zwingen, was er nicht wollte. Aber ich erinnerte mich erneut daran, dass es mir nichts bringen würde, sie zu verärgern, und dass ich dadurch nur noch länger auf die Antworten warten müsste, die ich so dringend brauchte. Obwohl ich sie gerade erst kennengelernt hatte, war mir klar, dass sie ihre Meinung nicht ändern würde. Sie würde mir nicht helfen, solange ich ihren Forderungen nicht nachkam.

Ich bereitete mich auf das vor, was folgen würde, griff nach dem Glas und trank.

Meine Augen traten fast aus meinen Höhlen hervor, als ein lautes Stöhnen aus meiner Kehle kam. Was auch immer diese Flüssigkeit enthielt, ihr Geschmack war göttlich. Das Glas hatte Zimmertemperatur, aber das Gebräu, das ich trank, war perfekt gekühlt und erfrischend. Jeder Schluck fühlte sich an, als würden die Lichter der Götter selbst durch meine Adern fließen, jeden schmerzenden Muskel beruhigen, mich verjüngen und meinen

Körper mit einer Energie versorgen, die ich noch nie zuvor gehabt hatte.

Viel zu schnell hatte ich das Glas geleert. Mit einem Gefühl der Leere stellte ich es auf den Tisch und wünschte mir, ich könnte noch eine zweite Portion bekommen. Ich leckte mir die Lippen ab, um jeden Tropfen aufzufangen, der dort noch zurückgeblieben sein könnte. Ein leises Kichern ließ mich zu der Weberin zurückblicken. Meine Wangen glühten vor Scham, als ich ihren Blick traf. Ich verzog das Gesicht angesichts ihres selbstgefälligen Ausdrucks, der von offensichtlicher Spottlust geprägt war.

„Ist es nicht besser?", fragte sie spöttisch.

„Ja, danke", murmelte ich.

Zu meiner Überraschung hielt Cliona mir keine Predigt darüber, dass ich weniger paranoid sein sollte, sondern kam stattdessen auf das Thema zurück, das mir wirklich wichtig war.

„Die kleine Amara hat sich bei dieser Mission sehr gut geschlagen", sagte die Weberin nachdenklich. „Ihr beide habt das gut gemacht."

„Sie stirbt!", rief ich aus.

„Das tut sie", bestätigte die Weberin sachlich. „Und sie wird sterben."

„WAS?", schrie ich und beugte mich vor, geschockt und ungläubig.

„Das war immer unvermeidlich", antwortete sie mit einem Achselzucken.

Ich starrte sie wütend und verwirrt an. „Du hast gesagt, sie würde leben, sobald sie das Heilmittel erhalten hätte!"

„Ich habe gesagt, *dass* sie überleben *könnte*, *wenn* sie das Heilmittel erhält", korrigierte Cliona. „Aber zuerst muss sie sterben und wiedergeboren werden. Niemand kann Ranaels Gift überleben. Es tötet *immer* die Infizierten. Das weißt du besser als jeder andere."

Meine Gedanken kreisten. Ein Teil von mir hatte immer

gewusst, dass meine Gefährtin das Gift nicht überleben würde. Alle hatten es gewusst, weshalb die anderen sich geweigert hatten, sie auf diesem Abenteuer zu begleiten. Ich hatte mir selbst vorgemacht, dass es irgendwie klappen würde, weil ich glauben musste, dass sie es schaffen würde und ich sie nicht verlieren würde. Die dunkle Wahrheit, die mir seit Lyalls Aussage, dass Ranael Amara nicht heilen könne, im Hinterkopf herumschwirrte, versuchte erneut, sich Bahn zu brechen. Aber ich unterdrückte sie. Ich wollte die Realität, mit der mich die Weberin bald konfrontieren würde, nicht wahrhaben.

„Aber wie wird sie wiedergeboren werden?", fragte ich.

Der enttäuschte Blick, den sie mir zuwarf, traf mich hart. Sie wusste genau, was ich tat, aber ich war noch nicht bereit. Ich würde niemals bereit dafür sein ...

„Amara wird natürlich als deine perfekte Partnerin wiedergeboren werden", antwortete sie mit einem Anflug von Verärgerung. „Sie ist deine Zwillingsflamme. Es ist nur natürlich, dass du sie vom Tod zurückholst."

„... *sie aus dem Tod zurückholen ...* "

Ich spürte, wie ich blass wurde, als mir diese Worte durch den Kopf gingen. Aus irgendeinem dummen Grund hatte ich angenommen, dass die Weberin mir eine Art Ritual beibringen würde, das meine Regenerationsfähigkeiten verbessern würde, und dass mein Biss ihr Herz wieder zum Schlagen bringen würde. Aber es gab nur einen Weg für jemanden wie mich, jemanden aus dem Tod zurückzuholen.

„Du willst, dass mein Werwolf sie beißt?", rief ich aus und sprang auf.

Unbeeindruckt sah sie mich fast gelangweilt an. „Es ist der einzige Weg."

„Amara wird verflucht sein! Was für ein Leben wäre das für sie?! Das werde ich meiner Gefährtin niemals antun!", schrie ich.

Die Weberin winkte ab. „Sie wird nicht verflucht sein. Setz dich, ich werde es dir erklären."

„Aber ..."

„Setz dich, Remus. Du verschwendest meine Zeit ... und meine Geduld", sagte Cliona streng, bevor sie einen bedeutungsvollen Blick auf den Stuhl warf.

Ich ließ mich in meinen Stuhl zurückfallen, mein Rücken schmerzte vor Anspannung, während ich versuchte, ihre Worte zu verstehen. Wie konnte Amara nicht verflucht sein? Der Biss eines Werwolfs war unerbittlich.

„Amara wird nicht verflucht sein, weil du sie mit Liebe verwandeln wirst", erklärte die Weberin in dieser nervig langsamen und übertrieben artikulierten Art, wie man es mit einem besonders schwierigen Kind tut.

„Aber dennoch mit einem Fluch!", widersprach ich.

Sie schüttelte den Kopf. „Der Werwolf-Fluch ist lediglich ein Gift in deinen Adern. Ein Virus, wenn du so willst. Genau wie das Gift, das deine Gefährtin langsam tötet, wird Ranaels Gift den Virus angreifen, der dich bei Mondaufgang in einen tollwütigen Werwolf verwandelt. Diese Giftstoffe werden sich gegenseitig bekämpfen und neutralisieren, aber gleichzeitig wird sie sterben."

„Aber wenn sie sich gegenseitig neutralisieren, wie wird Amara dann wiedergeboren?", argumentierte ich.

„Das Gift greift nur den Werwolf-Virus an. Es berührt nicht den Teil, der für die Regeneration zuständig ist. Die Metamorphose bewirkt, dass der Körper des Wirts die richtigen Antikörper bildet. Während sie sich verwandelt, produziert sie Antikörper, die sie sowohl gegen den Werwolf-Wutvirus als auch gegen Ranaels Gift immun machen."

Ich nickte gedankenverloren zu ihren Worten. Da ich mich in der Medizin nicht besonders gut auskannte, konnte ich ihre Aussagen nicht wirklich anzweifeln. Nach meinem vagen Verständnis schien alles, was sie sagte, plausibel zu sein.

„Und sobald du dich mit ihr verbindest, werdet ihr Körperflüssigkeiten austauschen", fuhr die Weberin fort. „Dein Biss wird ihr nichts anhaben, aber ihrer wird dich von der Vollmondwut heilen und dein Blut von Ranaels Gift reinigen. Du wirst es weiterhin durch deine Reißzähne injizieren können, aber nun wird es eine bewusste Entscheidung sein und kein Zufall mehr."

Ich starrte sie geschockt an und war sprachlos. Seltsamerweise verspürte ich keine Freude über ihre Worte, sondern eine irrationale Wut stieg in mir auf.

„Du wusstest die ganze Zeit, wie du mich heilen kannst. Und dennoch hast du mich jahrelang leiden lassen. Warum hast du mich all die Male nicht empfangen, als ich an deinem Tor geklopft habe?", fragte ich.

Sie zuckte mit den Schultern. „Abgesehen davon, dass ich dir meine Hilfe nicht *schuldig bin*, war es auch nicht der richtige Zeitpunkt. Deine Flamme war noch nicht krank."

„Sicherlich gab es noch jemanden mit ..."

„Nein. Mit jemand anderem hätte es nicht funktioniert, da du nicht in ihn verliebt gewesen wärst", unterbrach sie mich.

„Warum spielt das überhaupt eine Rolle?", entgegnete ich.

„Weil du sie auf dem Höhepunkt deiner Wut während des Vollmonds beißen musst."

Mein Blut gefror zu Eis. Ich hatte zwar begriffen, dass sie wollte, dass ich sie als Werwolf biss, aber ich ging davon aus, dass dies so nah wie möglich am Vollmond geschehen sollte, aber nicht auf dem Höhepunkt, wenn ich eine geistlose Bestie war.

„Das kann doch nicht dein Ernst sein?! In diesem Moment werde ich keine Kontrolle mehr haben. Ich werde sie umbringen!", schrie ich.

„Genau darum geht es doch, du Dummkopf", erwiderte die Weberin und sah mich an, als würde sie meine Intelligenz anzweifeln. „Du musst nur darauf achten, dass du sie nicht so tötest, dass ihr Körper so verstümmelt wird, dass keine Regeneration mehr möglich ist und sie dauerhaft stirbt."

„Wie soll das überhaupt möglich sein!", rief ich aus. „Der einzige Grund, warum ich mich in einem Käfig mit mächtigen Schutzzaubern einschließe, ist, dass ich bei Vollmond absolut keine Kontrolle habe. Ich bin wild, eine geistlose Bestie mit einer alles verzehrenden Blutgier. Ich *werde* sie endgültig töten."

„Das wirst du nicht, wenn du sie genug liebst", antwortete Cliona abweisend. „Das ist zu diesem Zeitpunkt die einzige Möglichkeit."

„Ich kann das nicht", flüsterte ich mir selbst zu und fühlte mich am Boden zerstört, als mich eine Welle der Verzweiflung überkam.

„Dann wird deine Flamme sterben", antwortete sie mit einer Härte, die an Grausamkeit grenzte. „Und ich verspreche dir, Lyall wird dir das nicht verzeihen."

Ich zuckte zurück, fassungslos über diese unerwartete Bemerkung.

„Du kennst ihn?", fragte ich.

„Mmhmm", antwortete sie ausweichend.

„Was ist er?", fragte ich, unfähig, meine Neugier zu unterdrücken.

Ein seltsames Gefühl huschte über ihr Gesicht, bevor sie wieder einen neutralen Ausdruck annahm.

„Sagen wir einfach, er ist ... noch in der Entwicklung."

Ich öffnete den Mund, um weiter nachzufragen, aber eine gereizte Geste ihrer Hand deutete an, dass dieses Thema abgeschlossen war.

„Entgegen aller Widrigkeiten hast du Amara auf halbem Weg durch ihre Heilungsreise begleitet", fuhr die Weberin fort. „Sie vertraut dir blind. Vielleicht solltest du versuchen, dir selbst ein bisschen mehr zu vertrauen."

„Aber was, wenn ich versage?", beharrte ich, während sich mein Magen vor Angst zusammenkrampfte.

Ich konnte mich nicht an die Dinge erinnern, die ich in meiner Wut getan hatte. Ich hatte zwar gelegentlich kurze Erinnerungsblitze, aber der wahre Beweis lag in den wahnsinnigen Schäden, die ich meinen Zellen zugefügt hatte, als ich versucht hatte, aus meinen sicheren Unterkünften zu fliehen. Dem weichen Fleisch meines hilflosen Gefährten würde ich unermesslichen Schaden zufügen.

Zu meinem Erstaunen lächelte die Weberin mit einer fast mütterlichen Zärtlichkeit, die mich sprachlos machte. Niemals im Leben hätte ich geglaubt, dass sie zu einem so liebenswürdigen Verhalten fähig wäre.

„Du wirst nicht versagen, Remus. Es ist offensichtlich, dass du sie genug liebst, um sie zu beschützen. Ich habe dir gerade gesagt, dass die Verbindung zu ihr dich von dem Fluch heilen wird, der dein ganzes Leben lang auf dir lastet. Und dennoch zögerst du um ihretwillen und stellst ihr Wohlergehen über dein eigenes. Glaube an dich selbst. Du bist kein Monster."

Dieser letzte Satz traf mich hart. Er spiegelte die Worte meiner Seelenverwandten wider, die sie sowohl in Bezug auf Lyall als auch auf mich gesagt hatte.

„Hast du einen Rat?", fragte ich schließlich niedergeschlagen.

„Sättige dich mit ihrem Duft. Wenn die Zeit gekommen ist, wird er dir helfen, den Wahnsinn zu durchbrechen", erklärte die Weberin. „Halte sie in einer kühlen Umgebung – fast schon kalt –, um das Fortschreiten des Giftes zu verlangsamen."

Ein seltsamer Schimmer blitzte in ihren violetten Augen auf. Sie schien zu zögern, bevor sie ihre Worte sorgfältig wählte.

„Vielleicht möchtest du eine Sojawachskerze verbrennen, um böse Geister zu vertreiben. Du solltest welche in ihrer Werkstatt in ihrem Haus finden. Das wird dir helfen, dein Verlangen zu dämpfen, länger als nötig in dem Raum zu bleiben. Zünde sie ein paar Stunden vor Vollmond an."

Aus einem mir unerklärlichen Grund, vielleicht wegen der

Intensität ihres Blicks, als sie diese Worte sprach, vermutete ich, dass diese Aufgabe einen anderen Zweck erfüllte oder eine versteckte Botschaft enthielt. Aber ich konnte nicht herausfinden, welche. Bevor ich weiter nachfragen konnte, öffnete Cliona eine Schublade, von der ich nicht gewusst hatte, dass der Tisch sie hatte, und holte eine kleine goldene Schachtel heraus.

Sie legte sie auf den Tisch und holte dann eine goldene Halskette aus derselben Schublade. Sie war sehr schlicht und hatte ein ovales Medaillon aus Glas oder Kristall. Sie zog eine von drei Strähnen, die wie blaues Haar aussahen, aus der goldenen Schachtel und legte sie in das durchsichtige Medaillon.

„Hier, nimm das und lege es Amara um den Hals", sagte die Weberin und reichte mir die Halskette.

Instinktiv nahm ich sie und hielt sie vor mich, um sie mit gerunzelter Stirn zu betrachten. „Was ist das für eine Strähne, die du da hineingelegt haben?"

„Es ist das Haar eines Gespenstes, das mir meine Tochter geschenkt hat", antwortete die Weberin nonchalant.

„Deine Tochter ist ein Gespenst?", rief ich verblüfft aus.

Sie kicherte und starrte mich mit diesem unlesbaren Ausdruck an, an den ich mich langsam gewöhnt hatte.

„Sie ist eher das, was wir einen Dimensionsgleiter nennen."

Wieder einmal unterdrückte ich meinen Wunsch, weiter nachzufragen. Ich spürte, dass sie mir keine weiteren Details verraten würde. Tatsächlich vermutete ich, dass Cliona gar nicht vorhatte, zu verraten, dass es von ihrer Tochter stammte.

„Was macht es?", fragte ich stattdessen.

„Es warnt vor jeder drohenden Gefahr. Immer wenn Amaras Leben durch einen Feind in der Nähe bedroht ist, strahlt es ein blendendes Licht aus. Aber deine Nase bleibt dein bester Freund. Nutze sie gut", sagte die Weberin in einem geheimnisvollen Ton, der mein Stirnrunzeln noch tiefer werden ließ. „Ich freue mich darauf, euch beide eine Woche nach Vollmond wiederzusehen. Bis dahin passt gut auf deine Flamme auf."

Hinter mir ertönte ein klackerndes Geräusch. Ich drehte mich ruckartig um und sah, dass die Tür weit offenstand und die warme Sommernacht hereinströmte. Als ich mich wieder der Weberin zuwandte, schreckte ich zurück, denn sie saß nicht mehr hinter dem Tisch. Sie stand nun vor ihrem Spinnrad und spulte einen leuchtenden goldenen Faden auf.

Da ich offensichtlich entlassen worden war, stand ich leise von meinem Stuhl auf. Mit einem leisen Knirschen glitt der Stuhl zurück an seine vorherige Position an der Wand neben dem Eingang. Ich drehte mich auf dem Absatz um, steckte die Halskette zwischen meine Zähne, verwandelte mich in meinen Wolf und rannte in die Nacht hinaus zum Haus meiner Gefährtin.

KAPITEL 17
REMUS

Ich brauchte viel zu lange, um Amaras Haus zu finden.
Obwohl sie mir zuvor von seiner Lage erzählt hatte, als sie
mir von dem unerwarteten Erbe ihres Onkels berichtete, war
meine Gefährtin nicht auf die Details eingegangen, die man
normalerweise fragte, wenn man zu Besuch kam. Zum Glück
erinnerte ich mich an ein paar Orientierungspunkte, die sie
beiläufig erwähnt hatte und die mir schließlich halfen, mein Ziel
zu erreichen.

Ich dankte der Weberin still, als ich auf die Brücke zuging,
die zum Haupteingang des imposanten gotischen Herrenhauses
führte. Ohne diesen unglaublich belebenden Trank hätte ich
Mühe gehabt, die Reise zu bewältigen. Aber in diesem Moment
fühlte ich mich noch immer wie neu geboren, als hätte ich mich
nicht fast umgebracht, als ich in Rekordzeit den Berg hinunterge-
stürzt war.

Ein kurzer Blick auf das Anwesen warf mir noch ein paar
weitere Fragen auf. Es waren noch knapp drei Tage bis zum Vollmond. Ich musste einen sicheren Ort finden, an dem ich mich
einschließen konnte, nachdem ich die unmögliche Aufgabe
erfüllt hatte, die vor mir lag. Da ich keine Zeit haben würde,

einen geeigneten Unterschlupf zu bauen, der der wahnsinnigen Kraft standhalten konnte, die ich in meiner tollwütigen Werwolf-gestalt erlangte, musste ich mich mit einem Rückhalte-Zirkel begnügen.

Ich benutzte diese nur im Notfall. Da ich kein Magier war, war die einfache Version, die ich als Laie erstellen konnte, bei weitem nicht so mächtig wie die von einem echten Arkanisten, aber sie würde ihren Zweck erfüllen. Mit etwas Glück würde Amara einige der Reagenzien haben, mit denen ich eine stärkere Version des Kreises zeichnen könnte. Wenn nicht, würde ich mich mit Sand oder Salz begnügen müssen.

Das dreistöckige Herrenhaus lag in Dunkelheit gehüllt, bis auf den Raum oben links, der beleuchtet war. Mein Herz setzte einen Schlag aus, als ich eine große Silhouette am linken Fenster stehen und hinausschauen sah.

Lyall ...

Als ich mich der Residenz näherte, konnte ich fast das Gewicht seines Blickes auf mir spüren. Dennoch beruhigte es mich, dass er sein Wort gehalten hatte, indem er meine Gefährtin sicher zu ihrem Haus zurückgebracht hatte, und dass er geblieben war, um über sie zu wachen, bis ich eintraf.

Ich überquerte schnell die Brücke und verwandelte mich in meine menschliche Gestalt, noch während ich die wenigen Stufen zur breiten Veranda hinaufstieg. Ich nahm die Kette, die ich noch zwischen den Zähnen hielt, ab und griff mit meiner freien Hand nach der Türklinke. Als ich feststellte, dass die Tür unverschlossen war, überkam mich ein gemischtes Gefühl aus Erleichterung und Beklemmung. Als ich eintrat, empfing mich ohrenbetäubende Stille, die nur durch das gleichmäßige Ticken einer großen Standuhr unterbrochen wurde.

Seltsamerweise roch es hier nicht muffig wie an verlassenen Orten. Aus irgendeinem Grund hatte ich das erwartet, da meine Gefährtin seit fast einem Monat weg war. Aber ein süßer, doch subtiler Duft von Kräutern und Gewürzen mit einem Hauch von

Früchten lag in der Luft. Das beruhigte mich augenblicklich. Wahrscheinlich stammte er von den Kerzen oder dem Potpourri, das Amara hergestellt hatte. Ich konnte keine brennenden Kerzen im Erdgeschoss sehen, aber das spielte in diesem Moment keine Rolle.

Ich ging schnurstracks auf die imposante Treppe mit dem aufwendig geschnitzten Holzgeländer zu, die in den zweiten Stock führte. Das Licht unter der Tür am Ende des Flurs zu meiner Linken zog mich unwiderstehlich an. Ich überlegte, anzuklopfen, entschied mich dann aber, einfach die Tür zu öffnen. Ich hatte mich nicht bemüht, meine Annäherung zu verbergen, und das leise Knarren des Fußbodens warnte sie zusätzlich vor meiner bevorstehenden Ankunft.

Mein Blick fiel auf das zerbrechliche Wesen, das in dem übergroßen Bett lag, das an der Rückwand auf der rechten Seite des Raumes stand. Ich schenkte Lyall, der sich nun an das Fensterbrett gegenüber dem Bett lehnte, keine Beachtung und eilte zu meiner Frau. Mein Herz zog sich zusammen, als ich die Verwüstung betrachtete, die das Gift des Dämonenwolfes in ihr angerichtet hatte.

Ich setzte mich auf die Bettkante und streichelte Amaras Wange. Sie brannte vor hohem Fieber. Ihre zuvor so schöne braune Haut hatte einen noch graueren Farbton angenommen als damals, als ich sie zuletzt auf dem Plateau auf dem Gipfel des Storm Hill Mountain in den Armen gehalten hatte. Schwarze Adern krochen nun noch weiter ihre Wangen hinauf, einige hatten bereits ihre Schläfen erreicht. Sie hatten sich auch weit über ihre Arme und Beine ausgebreitet. Meine Flamme atmete schwer, ihr Körper wurde von leichtem Zittern geschüttelt. Da ich mich hilflos fühlte, ihr Leiden zu lindern, beugte ich mich vor und küsste ihre Lippen.

Obwohl ich wusste, dass es ihr im Moment nichts nützen würde, legte ich ihr die Kette um den Hals und richtete das

Medaillon auf ihrer Brust sorgfältig aus. Hinter mir bewegte sich Lyall und lenkte meine Aufmerksamkeit auf sich.

„Ein interessantes Geschenk hat dir die Weberin gemacht", sagte er in einem leicht sarkastischen Tonfall. „Es könnte sich als nützlich erweisen, wenn die Zeit gekommen ist."

„Du weißt also, was sie von mir erwartet?", fragte ich mit einem vorwurfsvollen Unterton in meiner Stimme.

„Natürlich", antwortete er mit einem Achselzucken. „Ich habe dir so viel davon angedeutet, wie ich konnte."

Der frustrierte Laut, der aus meiner Brust kam, drückte meine Verärgerung darüber aus, dass ich mich mit diesen Halbwahrheiten und Psychospielchen herumschlagen musste, denen uns sowohl Lyall als auch die Weberin ausgesetzt hatten. Ich verstand die Einschränkungen, denen sie unterlagen, aber das machte es nicht weniger ärgerlich. Anstatt den Umweg über Clionas Reich zu machen, hätte ich direkt zu Amaras Haus kommen können.

Aber dann hätte ich nicht die Halskette und wäre nicht durch ihr Getränk so vollkommen verjüngt worden.

Ich seufzte und erkannte die Sinnlosigkeit, darüber zu klagen, was war und was hätte sein können oder sollen. Letztendlich hatte alles einen Sinn, wie es das Schicksal vorgesehen hatte.

Ich warf einen Blick auf das Gesicht meiner Gefährtin – selbst in diesem schrecklichen Zustand noch wunderschön –, bevor ich mich wieder auf den Doppelgänger konzentrierte.

„Meine Aufgabe ist unmöglich", sagte ich mit resignierter Stimme. „Ich liebe Amara mit meinem ganzen Wesen. Aber sobald der Vollmond aufgeht, bin ich nicht mehr Remus. Die wilde Bestie, zu der ich werde, kennt weder Vernunft noch Liebe oder Mitgefühl. Sie will nur alles zerstören, was ihr im Weg steht."

„Dann musst du sie eben noch mehr lieben", antwortete Lyall abweisend.

Ich schnaubte und warf ihm einen ungläubigen Blick zu. „Wenn das alles wäre, würde ich mich nicht vor dem unvermeidlichen Ausgang fürchten."

Ich presste meine Lippen zusammen, während ich über den Gedanken nachdachte, der mir seitdem die Weberin mir bestätigt hatte, was ich zu tun hatte, immer wieder durch den Kopf ging. Lyall hob fragend eine Augenbraue, als ich ihn prüfend ansah.

„Du liebst Amara auch", sinnierte ich laut. „Mehr als einmal hast du alles getan, um sie zu beschützen. Deshalb bitte ich dich, es noch einmal zu tun. Was auch immer nötig ist, lass mich sie nicht töten. Und wenn es dazu kommt, töte mich zuerst."

Lyall wich zurück und seine Augen weiteten sich vor Schreck.

„Versprich mir, mich zu töten, wenn es nötig ist", beharrte ich, als er nicht antwortete.

Sein Gesicht verschloss sich, als meine Forderung ihn aus seiner Schockstarre riss. Zu meiner Bestürzung schüttelte er den Kopf und lehnte sich wieder gegen die Fensterbank.

„Ich kann nicht", sagte er als einzige Antwort.

„Aber du liebst sie!", rief ich empört. „Und komm mir nicht mit diesem Unsinn über den Bund. Der kann dir doch unmöglich verbieten, jemanden zu beschützen, den du liebst!"

Ein seltsamer Ausdruck huschte über sein Gesicht, bevor er erneut den Kopf schüttelte.

„Der Bund gilt für jeden Sterblichen, der nicht mein Partner oder mein Nachkomme ist", erklärte Lyall. Er zögerte, als würde er seine Worte sorgfältig wählen. „Ich kann dich nur töten, wenn du eine Bedrohung für mich wirst."

„Dann sorge dafür, dass ich zu einer werde", schnauzte ich ihn in befehlendem Ton an.

Der gleiche seltsame Ausdruck huschte über sein hübsches Gesicht, bevor er sich in etwas Spöttischeres verwandelte, als er den Kopf zur Seite neigte.

„Willst du so dringend sterben, Welpe?"

Ich unterdrückte den Drang, ihm eine zu knallen. So ärgerlich und widerwärtig er auch sein mochte, ich begann zu vermuten, dass Lyall Sarkasmus und Provokation als Abwehrmechanismus einsetzte, um seine weicheren oder verletzlichen Gefühle zu verbergen.

„Nein, aber ich möchte unbedingt, dass sie lebt, egal, was es mich kostet", antwortete ich sachlich.

Diesmal füllten sich seine Augen mit einer unverkennbaren Traurigkeit, die er nicht unterdrücken konnte. Er warf Amara einen Blick voller Sehnsucht zu, bevor er mir den Rücken zudrehte. Er starrte aus dem Fenster und umklammerte mit den Händen den Fensterrahmen. In diesem Moment wurde mir klar, dass er einen Moment brauchte, um sich zu sammeln. Ich schwieg und fragte mich, welcher Gedanke eine so starke Reaktion bei ihm ausgelöst hatte.

„Amara möchte *mit* dir leben, nicht *ohne* dich", sagte Lyall schließlich mit leiser, leicht aggressiver Stimme. „Also sorge dafür, dass du Erfolg hast. Ich möchte ihr nicht erklären müssen, warum du getötet werden musstest."

Trotz der Wut und Verbitterung in seiner Stimme wurde mir warm ums Herz, und ich empfand eine Welle von Mitgefühl, gemischt mit Schuldgefühlen. Ich konnte niemals bedauern, dass Amara meine Zwillingsflamme war, aber ich konnte nachempfinden, wie tief sein Verlustgefühl in diesem Moment sein musste. Auch die Worte meiner Gefährtin kamen mir wieder in den Sinn. Sie hatte Recht, dass er kein Monster war. Sonst hätte er seinen Konkurrenten beseitigt, während er handlungsunfähig war, und sich ausschließlich auf seine Wünsche konzentriert, anstatt ihre an erste Stelle zu setzen.

„Wenn ich eine Chance auf Erfolg haben soll, muss ich einen sicheren Ort finden, an den ich mich zurückziehen kann", antwortete ich mit leiser Stimme. „Idealerweise wäre das ein Ort der Kraft, um die schwächere Magie der Schutzzauber, die ich setzen kann, zu verstärken. Aber ein geschlossener Raum mit starken Mauern könnte auch funktionieren."

Lyall sah mich mit neutralem Gesichtsausdruck über seine Schulter hinweg an.

„Du kannst es in ihrer Werkstatt versuchen", sagte er. „Die Magie dort ist nicht sehr stark, aber besser als nichts. Alternativ gibt es ein paar Feenringe in den nahe gelegenen Wäldern, aber es wird schwieriger sein, dich dorthin zu bringen, wenn du einmal bewusstlos bist."

„Ihre Werkstatt!", rief ich aus. „Die Weberin erwähnte, dass ich dort Sojakerzen zum Verbannen besorgen sollte, um mich in dieser Nacht zu beruhigen."

„Komm mit. Ich zeige dir, wo es ist", bot Lyall auf geheimnisvolle Weise an.

Etwas an der Art, wie er diese Worte sprach, kam mir seltsam vor. Aber bevor ich weiter nachfragen konnte, griff er nach einem gefalteten Stück Stoff, das auf der Kommode zu seiner Rechten lag, eingerahmt von den beiden großen Fenstern des Raumes, und warf es mir zu. Ich fing es instinktiv auf und sah, dass es eine Hose war.

„Zieh zuerst das hier an", brummte Lyall. „Ich habe keine Lust, den ganzen Tag auf deinen Schwanz zu starren."

Ich schnaubte und gehorchte. Als Lykaner war Nacktheit etwas, worauf wir oft gar nicht achteten. Aber wären unsere Rollen vertauscht gewesen, hätte es mich auch nicht interessiert, wenn der Mann, der mir meine Frau „gestohlen" hatte, mir rund um die Uhr seine Vorzüge vor Augen geführt hätte.

Als ich mit dem Zuknöpfen der Hose fertig war, verließ Lyall den Raum. Ich folgte ihm, als er mich die erste Treppe hinunter zum Erdgeschoss führte und sich umdrehte, um den gesamten Flur zu durchqueren. Wir gingen links am Wohnbereich und dem formellen Esszimmer vorbei, und er öffnete die zweite Tür auf der rechten Seite. Dahinter verbarg sich ein großer Raum, der vermutlich früher als Gästezimmer gedient hatte, nun aber als Amaras Werkstatt genutzt wurde.

Reihen über Reihen von Regalen nahmen die gesamte Rückwand ein. Sie waren ordentlich organisiert und in Bereiche für Kerzen, Parfüms, Seifen, Potpourri und Duftöle unterteilt. Auf jeder Seite der Tür standen lange Theken mit Schränken, in denen die verschiedenen Zutaten und Reagenzien für die Herstellung ihrer Waren aufbewahrt wurden. Einige waren durch die Glastüren der Schränke sichtbar. Ihren Arbeitstisch hatte sie auf der linken Seite an die Seitenwand gestellt. Das breite Fenster darüber bot einen atemberaubenden Blick auf den Hinterhof, der während der Arbeit sicherlich eine reizvolle Kulisse bot.

Ein großer Kessel und eine Feuerstelle nahmen die Mitte des Raumes ein. Das erklärte, warum der Boden dieses Raumes mit Steinplatten ausgelegt war und nicht mit dem Hartholz, das überall sonst zu finden war. Ein wehmütiges Lächeln huschte über meine Lippen, als ich mir vorstellte, wie sie über den Tisch gebeugt arbeitete und gelegentlich aus dem Fenster schaute, um unsere Welpen zu beobachten, die im Garten herumtollten, während ich auf der Jagd war.

Mein Blick wanderte über die verschiedenen Zutaten, die dort ausgestellt waren. Während ich die Reagenzien inventarisierte, die sie besaß, schwirrten mir Gedanken über die verschiedenen seltenen Zutaten durch den Kopf, die ich für sie an abgelegenen Orten beschaffen könnte, an die sich nur wenige wagten oder von deren Existenz sie nicht einmal wussten. Als ehemaliger Ausgestoßener – und später als Führer – hatte ich weite Teile der Welt erkundet und Orte betreten, die klügere Leute gemieden hätten. Vor Aufregung sprühend machte ich mich auf den Weg zur gegenüberliegenden Seite des Raumes, wo sie ihre Kerzen nach Verwendungszweck gruppiert hatte, von fortgeschrittener Hexerei bis hin zu Duft- und Dekokerzen.

Auf der halben Strecke durch den Raum erstarrte ich, als mir ein vertrauter Geruch, den ich nicht ganz zuordnen konnte, mit voller Wucht in die Nase stieg. Er war subtil, aber unverkennbar. Ich schnupperte in der Luft und spürte, wie sich mein Rücken versteifte, als ich erkannte, warum er meine Aufmerksamkeit trotz der unzähligen Aromen im Raum, die von Kräutern, Gewürzen und anderen Duftquellen ausgingen, auf sich gezogen hatte.

Ich drehte meinen Kopf zu Lyall und sah ihn mit schockiertem Gesichtsausdruck an. Er lehnte lässig gegen den Türrahmen und beobachtete mich mit einer Intensität, die mir zunehmend vertraut wurde.

„Riechst du das?", fragte ich.

Er hielt meinem Blick standhaft stand. Einen Moment lang dachte ich, er würde nicht antworten. Dann schüttelte er den Kopf.

„Nein, ich rieche nichts. Was riechst du denn?", fragte er in neutralem Tonfall.

„Es ist derselbe Geruch wie bei Amaras Krankheit, aber er ist … ich weiß nicht … reiner?"

Er nickte langsam, seine Augen ruhten auf meinen, die vertikalen Schlitze seiner Pupillen schienen noch schmaler zu werden.

„Aber das wusstest du doch, oder?", fragte ich, und meine Wut flammte auf.

„Nein, das wusste ich nicht. Aber ich hatte den Verdacht, dass du hier etwas finden würdest, sobald du gesagt hast, dass die Weberin dich geschickt hat, um etwas aus der Werkstatt zu holen. Sie redet nie sinnlos. Jeder Satz hat einen Zweck", sagte er mit einem Achselzucken.

Ich knurrte frustriert und konzentrierte mich wieder auf den Geruch. Er schien unter dem Kessel herzukommen. Ich schob ihn beiseite und untersuchte die Feuerstelle darunter, fand aber nichts Ungewöhnliches. Da der Geruch unbestreitbar stärker wurde, je näher ich dem Boden kam, konnte das nur bedeuten, dass die Quelle darunter verborgen lag. Doch so sehr ich mich auch bemühte, ich konnte keinen Schalter, keine Aussparung und keinen Hebel finden, der das Geheimnis gelüftet hätte.

Der Anblick des Doppelgängers, der untätig danebenstand und mich beobachtete, machte mich wahnsinnig. Half er mir wirklich nicht wegen des Bundes, oder genoss er es einfach, mir dabei zuzusehen, wie ich wie ein Idiot herumrannte, ohne etwas zu erreichen?

„Vergiftet dieses verdammte Ding sie wieder?", fragte ich, plötzlich von diesem beängstigenden Gedanken erfasst. „Vergiftet es *uns*?"

„Du hast Amara die Kette der Weberin um den Hals gelegt. Das Haar des Gespenstes leuchtete nicht. Daher ist sie momentan nicht in Gefahr. Wenn meine Vermutungen bezüglich der Quelle richtig sind, ist es derzeit für niemanden gefährlich."

Ich stieß erneut einen frustrierten Laut aus, bevor ich meine Suche fortsetzte. Da ich bezweifelte, dass Amara sich seiner Existenz bewusst war, vermutete ich, dass sich der Schalter an einer Stelle befand, mit der sie wahrscheinlich nicht häufig in Berührung kam. Ich sah mich im Raum um und entdeckte vier mögliche Stellen, von denen drei die freien Flächen unter den Regalen auf der rechten Seite der Tür waren. Sie waren gerade hoch genug, um ein Paar Schuhe darin zu verstauen.

Aber der vierte Ort sprach mich am meisten an. Es handelte sich um ein schweres Möbelstück, das fast wie eine riesige Wiege mit vier Beinen an jedem Ende geformt war. Es schien aus Bronze oder Kupfer zu bestehen. So oder so war es etwas, das man nur ungern bewegen würde, und definitiv nichts, was Amara alleine heben könnte. Es enthielt verschiedene geformte Formen und Gehäuse, einige aus Holz, andere aus Metall, um ihren Kerzen diese atemberaubenden, einzigartigen Formen zu verleihen. Entlang der Kante der Wiege ermöglichte eine einzelne Stange an der Vorderseite und an den Seiten das Aufhängen von verzierten Ketten und gewebten Schnüren, die wahrscheinlich verwendet wurden, um elegante Muster auf das noch warme Wachs aufzutragen.

Diese Ketten und Schnüre bildeten einen Vorhang, hinter dem sich ein weitaus besser zugänglicher Raum verbarg. Ich ging direkt darauf zu und schob die Ketten und Schnüre vorsichtig zur Seite. Dort war nichts, die Steinplatten auf dem Boden waren genauso unauffällig wie die anderen, die den Rest des Raumes bedeckten. Dennoch beugte ich mich vor, um mit meiner Hand über die Rückwand zu streichen, für den Fall, dass es etwas gab, das ich aus diesem Blickwinkel nicht sehen konnte. Aber sobald meine Hand zur Unterstützung auf dem Boden lag, nahm mein überempfindliches Gehör ein leises Knirschen wahr.

Ich lehnte mich zurück, um den Boden zu betrachten. Keine der Fliesen schien locker zu sein, der Fugenmörtel füllte die Lücken zwischen den einzelnen Pflastersteinen nahtlos aus. Ich drückte erneut, wobei das Geräusch je nach Druckstelle schwächer oder stärker wurde. Die Fliese bewegte sich immer noch nicht, schien sich aber über mindestens sechs Pflastersteine zu erstrecken. Nach einigen weiteren Versuchen stellte ich fest, dass das Geräusch jedes Mal anders war, wenn ich erneut auf eine bestimmte Stelle drückte. Es dauerte einen Moment, bis ich begriff, dass ich jede Fliese in einer bestimmten Reihenfolge drücken musste.

Das ergab Sinn, denn wenn ein einziger Druck erforderlich gewesen wäre, um den Schalter zu aktivieren, hätte man das geheime Versteck versehentlich aufdecken können, indem man einfach ein Möbelstück verschoben hätte. Aber die Reihenfolge erforderte eine bewusste und kalkulierte Anstrengung. Ohne mein verbessertes Gehör hätte ich das nie bemerkt. Und selbst dann, ohne zu wissen, dass es einen versteckten Mechanismus geben könnte, hätte ich, wenn ich einfach darauf getreten wäre, nicht viel darauf geachtet und angenommen, dass sich der Boden im Laufe der Zeit verschoben hatte, wie die quietschenden Geräusche von den Hartholzböden und Treppen.

Ich brauchte nur wenige Versuche, um die Kombination herauszufinden, wobei das Geräusch von einem Druck zum nächsten stetig lauter wurde, bis mich ein knirschendes Geräusch in meinem Rücken erschreckte. Ich drehte mich um und sah einen kleinen Teil der Pflastersteine neben der Feuerstelle in den Boden sinken. Ich eilte dorthin und mir blieb der Mund offenstehen, als ich einen Strauß rötlicher Blumen sah. Zuerst dachte ich, es seien Gloriosa-Blumen, auch bekannt als Flammenlilien. Sie waren ebenso schön wie tödlich. Ihre gewundenen Stiele und fließenden Blätter wiesen jedoch darauf hin, dass es sich um eine andere Pflanzenart handelte.

„Was zum Teufel ist das?", fragte ich.

Lyall näherte sich lässig, schaute in die kleine geheime Nische und hockte sich dann davor, um nach den Blumen zu greifen. Instinktiv packte ich sein Handgelenk, um ihn aufzuhalten, und warf ihm einen „Was machst du da?"-Blick zu. Er schien von meiner beschützenden Geste überrascht zu sein, bevor er wieder auf seine widerwärtige Art grinste.

„Vorsichtig, Jungspund. Sonst könnte ich noch denken, dass du anfängst, dich um mich zu kümmern", sagte er spöttisch, bevor er sein Handgelenk aus meinem Griff befreite. „Wie ich schon sagte, wenn meine Vermutungen richtig waren, dann war die Quelle derzeit harmlos. Und meine Vermutungen *waren* richtig."

Er sammelte die Blumen ein, stand wieder auf und bewunderte sie. Zu meinem Entsetzen hob er sie an seine Nase und atmete ihren Duft tief ein. Er warf mir einen Blick zu und grinste über meinen verblüfften Gesichtsausdruck.

„Diese Blumen heißen Lover's Blight. Sie sind die Unterweltversion der Flammenlilien", erklärte er beiläufig. „Und sie sind tatsächlich die Ursache für Amaras Krankheit."

„Warum sagst du dann, dass sie im Moment harmlos sind?", fragte ich mit angespannter Stimme.

„Weil sie erst tödlich werden, wenn sie verbrannt werden",

sagte er und blickte auf die Feuerstelle. „Große Hitze löst in ihnen eine chemische Reaktion aus, die dann einen geruchlosen giftigen Rauch freisetzt. Ansonsten sind sie nur hübsche Zierpflanzen, deren Duft man bedenkenlos einatmen kann."

„Dann würde der Dampf jedes Mal freigesetzt werden, wenn Amara Wachs in ihrem Kessel schmilzt", flüsterte ich erschrocken, als mir die Zusammenhänge klar wurden. „Aber wer würde das tun? Und warum?"

Er starrte mich an, ohne zu antworten. Ich unterdrückte den Drang, ihm sein hübsches Gesicht zu zerfleischen, und wandte meine Aufmerksamkeit wieder den Blumen zu. Ich runzelte die Stirn, als mir ein weiterer Gedanke durch den Kopf schoss.

„Wenn die Blumen erhitzt oder verbrannt werden müssen, um die Dämpfe freizusetzen, müssten diese hier verwelkt sein. Aber sie sehen frisch aus", sagte ich herausfordernd.

„Ziemlich frisch", stimmte er zu. „Wer auch immer das tut, hat immer noch Zugang zum Haus und hat die Blumen in ihrer Abwesenheit ersetzt. Ich vermute, dass sie vor drei oder vier Tagen hierhergebracht wurden, kurz bevor ich mit Amara angekommen bin."

„Wenn du all das vermutet hast, warum hast du dann das Haus nicht durchsucht?", spie ich wütend.

Er warf mir einen gelangweilten und genervten Blick zu, der mich noch mehr auf die Palme brachte.

„Wie oft muss ich dich noch daran erinnern, dass ich an den Pakt gebunden bin? Ich habe zwar vermutet, dass sie im Haus sein würden, aber ich dachte, sie würden in der Küche oder neben dem Kamin in ihrem Schlafzimmer stehen. Sie hier hinzustellen war clever und teuflisch."

Ich murmelte eine Reihe von Flüchen über diesen elenden Pakt und ihre dummen Psychospielchen.

Lyall lachte leise. „Um ehrlich zu sein, sind wir genauso frustriert, wenn irgendetwas oder irgendjemand uns vorschreibt, was wir tun dürfen und was nicht."

Ich grunzte zustimmend, bevor ich die Blumen in seiner Hand finster anstarrte.

„Wie kann ich diese elenden Dinger vernichten, ohne weiteren Schaden anzurichten, da man sie nicht verbrennen kann?"

Er zuckte mit den Schultern. „Du könntest sie dem Pferd zum Füttern geben. Wie gesagt, sie sind völlig ungefährlich, solange sie keiner starken Hitze ausgesetzt werden."

„Das ist eine großartige Idee", entgegnete ich, erleichtert, dass es kein kompliziertes Ritual erfordern würde, da ich bereits alle Hände voll zu tun hatte.

„Ich kann mich darum kümmern, wenn du möchtest", bot Lyall an und überraschte mich damit völlig.

„Das ... das wäre sehr freundlich von dir", sagte ich überrascht.

Er nickte mir kurz zu und verließ dann leise den Raum. Ich starrte auf die offene Tür und lauschte dem leisen Scharren seiner Schritte, das langsam verhallte, während ich versuchte, mir einen Reim auf diesen seltsamen Mann und die surreale Situation zu machen, in der ich mich befand. Ich schüttelte den Kopf und vergewisserte mich, dass nichts mehr in dem geheimen Versteck war, bevor ich es mit den versteckten Schaltern wieder verschloss.

Ich durchsuchte den Vorrat an Kerzen und fand schnell die Sojakerzen, die die Weberin mir empfohlen hatte. Als ich mich jedoch umdrehte, um den Raum noch einmal zu untersuchen, wurde mir klar, dass ich die Werkstatt niemals als meine sichere Zelle nutzen konnte. Selbst wenn ich den Kessel wegstellte und einen großen magischen Kreis um die Feuerstelle zeichnete, war das Risiko zu groß, dass ich in meinem Wahnsinn den Raum verwüstete oder schon beim Versuch, in den Kreis zu gelangen.

Mit den drei Kerzen unter dem Arm verließ ich die Werkstatt und öffnete die Tür, an der wir auf dem Weg hierher vorbeigegangen waren. Wie ich gehofft hatte, führte sie zu einer weiteren

Treppe, die in den Keller hinabführte. Zu meiner Enttäuschung war es nicht der dunkle und feuchte Ort, den ich erwartet hatte, sondern ein gut isolierter und beleuchteter Raum, der in mehrere Räume unterteilt war, die irgendwann als zusätzliche Gäste-zimmer dienen könnten – obwohl sie derzeit leer standen. Einer der Räume wurde als Vorratskammer und Speisekammer genutzt.

Es war eine dicke Metalltür im hinteren Bereich, die einen Funken Hoffnung in mir entfachte. Sie war nicht verschlossen, obwohl ein schwerer Schlüssel an einem Nagel in der Nähe hing. Überraschenderweise quietschte und knarrte die Tür nicht, wie ich erwartet hatte, sondern öffnete sich leise dank ihrer gut geölten Scharniere. Mein Herz schlug höher, als ich den Raum betrat, der wohl ein alter Keller gewesen sein musste. Er war leer, hatte dicke Ziegelwände und ein erhöhtes Bogenfenster mit dekorativen schmiedeeisernen Gittern. Er war kühl, aber nicht feucht und würde sich perfekt für meine Zwecke eignen.

Ich stellte die Kerzen auf den Boden und rannte zurück in die Werkstatt, wo ich alles fand, was ich für die Schutzzauber brauchte, einschließlich der Reagenzien, die ihre Magie verstärken würden. Ich merkte mir alles, was ich mitgenommen hatte, damit ich es ersetzen konnte, sobald diese Tortur vorbei war. Ohne zu zögern, kehrte ich in den Keller zurück und zeich-nete den Kreis, die Runen und die Schutzzauber, die mich gefangen halten würden, bis ich die Kontrolle über meinen Verstand und meine Sinne wiedererlangt hatte.

Das Schöne an diesem Kreis war, dass ich ihn frei betreten konnte, egal in welchem Zustand ich mich befand. Aber ich konnte ihn nicht verlassen, solange er erkannte, dass ich wild oder wütend war. Die Herausforderung bestand darin, ihn nach dem Aufgang des Vollmonds zu betreten. Normalerweise betrat ich den Kreis oder meinen sicheren Ort mindestens ein paar Stunden vorher. Der Gedanke daran, was in dieser Nacht passieren könnte, verdrehte mir den Magen. Das Einzige, was mir Hoffnung gab, war das Vertrauen der Weberin in meine Fähigkeit, dies zu schaffen, und dass ich Lyall als Unterstützung hatte.

Obwohl der Doppelgänger nicht versprochen hatte, mich zu töten, wenn ich eine echte Bedrohung für meine Gefährtin darstellen würde, wusste ich instinktiv, dass er nicht tatenlos zusehen würde, während Amara abgeschlachtet wurde. Nachdem ich einen letzten Blick auf mein Werk geworfen hatte, verließ ich zufrieden den Raum und ging zurück ins Schlafzimmer meiner Flamme.

Ich fand für jede der drei Kerzen einen geeigneten Platz, löschte das Feuer im Kamin, öffnete die Fenster und zog Amara das dicke Nachthemd aus, das sie getragen hatte. Da es nicht das Kleidungsstück war, das sie ursprünglich getragen hatte, als Lyall sie mir weggenommen hatte, um sie nach Hause zu fliegen, versuchte ich, die instinktive Eifersucht zu unterdrücken, die ich empfand, als ich daran dachte, dass er sie beim Umziehen nackt gesehen hatte.

Auf eine Weise, die ich nicht erklären konnte, glaubte ich aufrichtig, dass er keinen Vorteil daraus gezogen, sich nicht unangemessen verhalten oder aus fragwürdigen Motiven gehandelt hätte. Amara und ich wanderten einige Tage lang den Berg hinauf, ohne Zugang zu einem Gewässer, in dem wir baden konnten. Dann schliefen wir noch ein paar Tage im Freien, während sie vor Fieber schweißgebadet war. Sie so ins Bett zu legen, hätte alles nur noch schlimmer gemacht.

Ich trug sie ins angrenzende Badezimmer und badete sie mit Wasser, das kälter als lauwarm war. Zu sehen, wie weit sich das Gift ausgebreitet hatte, brach mir das Herz. Wie sollte sie noch zwei weitere Tage so überstehen? Ich trocknete ihren Körper sorgfältig ab und zog ihr ein viel leichteres Nachthemd an. Ihr verzweifeltes Stöhnen zu hören, während ich mich um sie kümmerte, zerriss mir das Herz. Es musste doch etwas geben, das ich tun konnte, um ihre Schmerzen zu lindern? Dass sie bewusstlos war, bedeutete nicht, dass sie all das nicht spürte, wie ihre angespannten Gesichtszüge und die Laute, die sie von sich gab, zeigten.

Kurz nachdem ich meine Gefährtin zurück in ihr Bett gebracht hatte, hallten Lyalls Schritte laut im Flur wider. Mir wurde klar, dass er mich auf seine bevorstehende Ankunft aufmerksam machen wollte. Wieder einmal stand dieses rücksichtsvolle Verhalten im Widerspruch zu dem kalten und herzlosen Bild, das er zunächst vermittelt hatte und das für Mitglieder seiner Spezies üblich war. Als wollte er meine Verwirrung noch verstärken, klopfte er an und wartete, bis ich ihn hereinbat, bevor er eintrat.

Seine Augen hatten nicht das für ihn übliche intensive Rot. Sie hatten eine viel blassere Farbe angenommen, die ins Violette tendierte.

„Das hast du unten gut gemacht", sagte er, sobald er hereinkam.

Aus irgendeinem dummen Grund traf dieses Kompliment von ihm eine empfindliche Saite tief in mir, die sich nach einer Art väterlicher Anerkennung sehnte. Es war umso verrückter, als ich Lyall wie jeden anderen Mann in meinem Alter betrachtete. Andererseits hatte er als Halbgott wahrscheinlich schon einige hundert Jahre gelebt.

„Danke", erwiderte ich schüchtern. „Ich möchte die Tür morgen früh noch weiter verstärken, für den Fall, dass meine Schutzmaßnahmen nicht so gut halten, wie ich hoffe."

Er nickte, bevor er einen Blick auf meine Partnerin, den kalten Kamin und das offene Fenster warf. Obwohl er keinen Kommentar abgab und mich nicht seltsam ansah, verspürte ich das irrationale Bedürfnis, mein Handeln zu rechtfertigen.

„Die Weberin hat mir empfohlen, sie so kühl wie möglich zu halten."

Wieder antwortete er nicht, sondern neigte nur den Kopf zur Seite und beobachtete mich schweigend.

Ich trat von einem Fuß auf den anderen und suchte nach Worten. „Danke für alles, was du getan hast, um mir mit Amara zu helfen. Ohne dich hätten wir es nie geschafft."

Er biss die Zähne zusammen und grunzte als Antwort. Ich konnte nicht sagen, welche Emotion in seinem Gesicht überwog: Traurigkeit, Wut oder Resignation. Sie waren trotz seiner großen Bemühungen, einen neutralen Gesichtsausdruck zu bewahren, deutlich zu erkennen.

„Ich wünschte nur ..."

Meine Stimme verstummte, als mir plötzlich ein Gedanke kam. Ich sah meine Frau an, bevor ich Lyall wieder ansah.

„Ich hätte noch eine Bitte an dich", sagte ich mit hoffnungs-voller Stimme, die seine Neugier weckte, obwohl er mich mit zurückhaltendem Blick beobachtete. „Wie du sehen kannst, ist Amara halb bei Bewusstsein und hat Schmerzen. Wäre es dir möglich, sie in eine glückliche Illusion zu versetzen? Die, in der du mich gefangen gehalten haben, war so realistisch. Wenn du etwas Ähnliches tun könntest, ohne dass sie von etwas Bösem verfolgt wird, wäre ich dir auf ewig zu Dank verpflichtet."

Lyall starrte mich mit offenem Mund an, sichtlich verblüfft über meine Bitte. In diesem Moment wurde mir klar, dass ihm dieser Gedanke noch nie gekommen war. Zu meiner Freude sagte er kein Wort und nickte nur. Sekunden später leuchteten die blitzförmigen Streifen unter seiner Haut leicht auf, und meine Gefährtin verstummte. Alle Anspannung wich aus ihrem schönen Gesicht. Wären da nicht die dunklen Adern und der graue Schimmer auf ihrer Haut gewesen, hätte man meinen können, sie schliefe friedlich.

KAPITEL 18

AMARA

M eine Augen flatterten, als ich mich auf einer Wolke schweben fühlte. Ich konnte mich nicht daran erinnern, wann ich das letzte Mal keine starken Schmerzen oder Qualen gehabt hatte. Was mir wie eine Ewigkeit vorkam, war meine Welt nichts als endlose Qual gewesen, mein Körper brannte, als wäre ich in das Feuer der Hölle geworfen worden. Ich blinzelte in das helle Licht, das mich blendete, bevor ich erkannte, dass die Wolke in Wirklichkeit die göttlichste Matratze war, auf der ich je gelegen hatte.

Ich streckte mich, stieß dabei ein wenig damenhaftes Grunzen aus und ließ dann meine Glieder wieder auf das himmlische Kissen fallen, da ich mich fast zu benommen fühlte, um aufzustehen. Ich blieb liegen und blickte mich um, erstaunt darüber, mich in einem prächtigen Raum wiederzufinden. Er sah aus wie ein antiker römischer Palast mit wahnsinnig hohen Decken, skulptierten Säulen und unzähligen hohen Fenstern mit langen, durchsichtigen, weißen Vorhängen. Direkt vor mir, mindestens zehn Meter vom Bett entfernt, standen riesige Fenstertüren offen, die auf eine riesige Terrasse oder einen Balkon führten.

Ich schlüpfte aus dem Bett, die beigen Steinfliesen fühlten sich unter meinen nackten Füßen lauwarm an. Das lange, fließende weiße Kleid, das ich trug, streichelte sanft meine Haut bei jedem Schritt, als ich zum Balkon ging. Erst dann wurde mir klar, dass dies eine Art Palast im Himmel sein musste oder zumindest sehr hoch in den Bergen lag, da ich weit unter mir ein endloses Tal sehen konnte.

Aber es war Lyall, der an der Brüstung lehnte und auf das Tal hinunterblickte, der meine Aufmerksamkeit auf sich zog. Wie bei meinen früheren Begegnungen mit ihm war er barbusig und trug einen weißen Rock, der um seine Hüften drapiert war. Diesmal reichte er ihm bis zu den Knöcheln, im Gegensatz zu dem knielangen Rock, den er bei unserer ersten Begegnung getragen hatte. Als ich näherkam, drehte er sich um und lächelte mich mit einer tiefen Zuneigung an, die von Traurigkeit durchdrungen war und mich völlig aus der Bahn warf.

„Lyall", sagte ich, als ich die Distanz zwischen uns überbrückte.

„Hallo, Amara. Es ist schön, dich wach zu sehen", begrüßte er mich mit sanfter Stimme.

„Wo sind wir?", fragte ich und blickte mich um, auf den imposanten, tempelartigen Palast und die atemberaubende Landschaft, die uns umgab.

„Das ist mein Zuhause im Nephilim-Tal", sagte er wehmütig. „Ich war schon viel zu lange nicht mehr hier."

Ich zuckte leicht zurück. „Nephilim? Bist du ein Engel?"

Er schnaubte und schüttelte mit einem amüsierten Gesichtsausdruck den Kopf. „Niemand würde mich *jemals* einen Engel nennen. Ich bin ein Doppelgänger."

Ich schnaubte. „Du bist viel mehr als das, und das wissen wir beide."

Er lächelte und sein Gesichtsausdruck wurde weicher. Obwohl er nicht antwortete, nahm ich das als Bestätigung und beschloss, ihn nicht weiter zu bedrängen. Wir alle hatten ein Recht auf unsere Geheimnisse.

Ich ging zu dem aus kunstvoll behauenen Steinen gefertigten Geländer und beugte mich vor, um einen Blick auf das Tal in wahnsinniger Tiefe zu werfen. Es sah aus, als wäre dort unten ein Dorf entstanden. Links und rechts ragten weitere beeindruckende Villen aus der Bergwand hervor.

„Ich habe immer gedacht, dass Nephilim Engel sind, oder vielmehr die Mischlingskinder von Menschen und Engeln. Haben sie diesen Ort deshalb so genannt?"

„Das könnte man so sagen. Nicht alle Nephilim haben Flügel. Ursprünglich zogen sie in das Tal, während ihre Eltern sich in diesen Bergen niederließen, um in der Nähe ihrer Nachkommen zu sein. Aber heute leben hier die unterschiedlichsten Wesen. Es gibt Engel, Dämonen, Gefallene, Cambions und sogar Sensenmänner."

„Wow! Das ist ja eine ziemlich eklektische Gesellschaft!", stellte ich beeindruckt fest, bevor mir ein beunruhigender Gedanke kam. „Wie bin ich hierhergekommen? Bin ich gestorben?"

Er stützte seinen Ellbogen auf das Geländer, lehnte sich dagegen und sah mich mit einem seltsamen Ausdruck an.

„Nein, Amara. Du bist noch nicht tot."

„Aber ich sterbe", beharrte ich.

„Ja, das tust du", erklärte er mitfühlend. „Das ist unvermeidlich."

Meine Schultern sackten herab, und eine Welle der Trauer überkam mich. Lange bevor ich mich auf diese Reise begab, hatte ich mich damit abgefunden, dass ich sie nicht überleben würde. Die Begegnung mit Remus änderte alles. Ich hatte keine Angst vor dem Sterben. Ich fürchtete nur, was es ihm antun würde, wieder zurückgelassen zu werden, während jemand, der ihm am Herzen lag, durch das Gift des verfluchten Dämonenwolfes starb.

„Das ist also eine Illusion?", fragte ich, als mir plötzlich alles klar wurde.

Er nickte. „Der Welpe hat mir vorgeschlagen, dich hierher zu bringen, damit du in der realen Welt nicht unnötig leiden musst."

Mein Herz schmolz vor Liebe zu meinem Partner. Wieder einmal bewies er, dass er alles tun würde, um mich glücklich zu machen oder mein Leben leichter zu gestalten. Ich starrte Lyall mit einem flehenden Blick an.

„Bitte kümmer dich um Remus, wenn ich sterbe. Er wird am Boden zerstört sein."

Alle Sanftheit verschwand aus seinem Gesicht, Spannung und ein Hauch von Wut brodelten unter der Oberfläche.

„Er kämpft immer noch darum, dich zu retten", murrte er.

Verwirrt blinzelte ich. „Kämpft? Aber du hast gesagt ..."

„Ich werde ihn dir alles erklären lassen. Ich *hasse* deinen Partner. Jede Faser meines Wesens will ihn töten", sagte er wütend und überraschte mich damit. „Wenn du nicht wärst, hätte ich es wahrscheinlich getan. Trotz allem hat er sich meinen Respekt verdient."

Ich starrte ihn einen Moment lang an. Es kostete mich alle Kraft, seine Worte nicht anzuzweifeln. Trotz allem, was er sagte, wusste ich instinktiv, dass er Remus nicht wirklich hasste. Ich fühlte mich nur schuldig, weil ich der Grund für seine Traurigkeit war.

„Remus ist ein guter Mensch", sagte ich leise.

Er gab einen undeutlichen Laut von sich, der sowohl ein wütendes Knurren als auch ein zustimmendes Grunzen sein konnte.

„Er würde gerne sterben, um dich zu retten, deshalb hat er meinen Respekt verdient", bestätigte Lyall widerwillig.

Aber meine Gedanken blieben bei der ersten Hälfte seines Satzes hängen. „Lass ihn nicht sterben!", rief ich. „Was auch immer für einen verrückten Plan er ausheckt, bitte beschütze ihn. Ich will ohne ihn nicht leben."

Ich zuckte innerlich zusammen, noch während ich die Worte aussprach. So sehr ich sie auch so gemeint hatte, hätte ich mich doch etwas sensibler ausdrücken können, um nicht noch mehr Salz in die Wunde zu streuen.

„Das ist mir durchaus bewusst", sagte er in knappem Ton, obwohl mir der Schmerz in seinen Augen nicht entging.

Er drehte mir den Rücken zu und stützte sich mit beiden Händen auf das Geländer, wobei seine Krallen ausfuhren und sich in den Stein gruben.

„Weißt du, ich wäre auch für dich gestorben, Amara", sagte er bitter, während er in die Ferne starrte. „Ich hätte dir einen viel leichteren und weitaus weniger schmerzhaften Weg bieten können als der, den du beschreitest."

„Ich weiß, Lyall", erwiderte ich versöhnlich. „Aber wir hätten es später beide bereut. Du hast ein gutes Herz. Irgendwo da draußen wird deine Seelenverwandte dich finden und erkennen, was für ein wunderbarer Mann du bist."

Er drehte seinen Kopf nach links, um mich über seine Schulter hinweg anzustarren. „Wirklich? *Du* siehst mein *gutes Herz,* und doch willst du mich nicht. Warum sollte es dann diese hypothetische Seelenverwandte tun?"

„Weil sie für dich bestimmt ist!", entgegnete ich mit sanfter, aber fester Stimme. „Ich gehöre zu einem anderen. So hat es das Schicksal vorgesehen."

„Warum hat die Schicksalsgöttin dich zu mir geschickt, nur um dich mir wieder wegzunehmen?", fragte er wütend, während sein Blick unscharf wurde. „Ist das ihre Art, mich zu bestrafen?"

„Nein, Lyall. Sie bestraft dich nicht. Sie hat mich und Remus gesegnet, indem sie dich auf unseren Weg gebracht hat", sagte ich mit Inbrunst. „Deine guten Taten werden belohnt werden. Das Karma wird es dir tausendfach zurückzahlen."

Wie von selbst legte sich meine rechte Hand in einer tröstenden Geste auf seine Wange. Lyall drehte sich zu mir um, drückte seine Hand auf meine und lehnte sich in meine Berührung hinein. Mein Herz zerbrach, als er die Augen schloss und sein Gesicht einen Ausdruck tiefer Schmerzen und Trauer annahm. Es dauerte nur wenige Augenblicke. Er ließ mich los und trat ein paar Schritte zurück, sein Gesicht plötzlich frei von jeglicher Emotion. Ich fragte mich fast, ob ich mir diese kurze Darstellung intensiver Verletzlichkeit nur eingebildet hatte.

„Ich werde dir deinen Partner bringen", sagte er in einem gesprächigen Ton, bevor er auf unsere faszinierende Umgebung deutete. „Hier hast du freie Hand. Was auch immer du dir vorstellst oder wünschst, wird geschehen. Wenn du Flügel haben und fliegen, einen exotischen Ort besuchen oder ein Festmahl genießen möchtest, das eines Königs würdig ist, musst du es dir nur wünschen. Keine Angst, ich werde dich nicht ausspionieren."

Bevor ich antworten konnte, verschwand Lyall. Einen halben Augenblick später erschien Remus an seiner Stelle und sah völlig verwirrt aus.

„Amara!", rief er, sobald er mich bemerkte.

Ich warf mich in seine Arme. Er hob mich mühelos hoch und wir drehten uns im Kreis, während wir uns küssten. Als er aufhörte, mich zu drehen, setzte er mich nicht ab, sondern hielt mich weiterhin in seinen Armen, sodass meine Füße über dem Boden baumelten. Ich schlang meine Arme um seinen Hals und weidete meine Augen an seinem wunderschönen Gesicht.

„Bei Ferazan, das fühlt sich so echt an!", flüsterte er vor sich hin.

„Es ist eine Illusion von Lyall", erklärte ich leise.

Seine Augen weiteten sich vor Schreck, dann zeigte sein Gesicht einen Ausdruck der Ungläubigkeit, gemischt mit Dankbarkeit.

„Was weißt du denn ... Dieser Doppelgänger überrascht mich immer wieder. Er hat dich hierhergebracht, damit du keinen Schmerz empfindest. Ich habe neben dir geschlafen, als ich hierhergezogen wurde. Ich dachte, das wäre nur ein viel schönerer

Traum. Anscheinend muss ich ihm für noch eine weitere Sache danken."

„Noch eine?", wiederholte ich neugierig.

„Mmhmm. Ich habe dir viel zu erzählen", sagte er mit grimmiger Miene.

Er nahm meine Hand und führte mich zu einer der drei bequemen Sofagruppen auf der riesigen Terrasse. Er setzte sich und zog mich auf seinen Schoß. Ich kuschelte mich an ihn und spielte gedankenverloren mit meinen Fingern mit den kurzen Haaren auf seiner Brust.

Er begann, mir detailliert alles zu erzählen, was passiert war, nachdem mich Ranaels Schlangenschwanz gebissen hatte. Die Art und Weise, wie er sich bei dem Versuch, zurückzulaufen, fast umgebracht hätte, erschreckte mich, aber als ich von seiner Begegnung mit der Hexe hörte, verlor ich fast den Verstand.

„Bei den Göttern! Warum hat sie dich angegriffen?! Wer war sie?", rief ich aus.

„Ich weiß es nicht", antwortete Remus frustriert. „Obwohl ich meine Vermutungen habe. Sie war groß, schlank, hatte sehr blasse Haut und langes blondes Haar."

„Hatte sie irgendwelche besonderen Merkmale, wie eine Narbe oder ein Muttermal?", fragte ich enttäuscht, als er mit entschuldigendem Blick den Kopf schüttelte. „Leider begegne ich in meinem Beruf vielen Wesen. Blasse, schlanke Frauen mit blonden Haaren gibt es wie Sand am Meer, wenn es um Hexen und Arkanisten geht, insbesondere um Nekromanten. Seit ich nach Willow Grove gezogen bin, habe ich unzählige von ihnen getroffen."

Er nickte mit grimmiger Miene. „Das habe ich mir schon gedacht. Aber ich frage mich, ob sie die Person sein könnte, die versucht hat, dich zu vergiften. Es scheint mir sehr günstig, dass ein solch beispielloser Angriff genau dann stattfand, als ich nach Willow Grove zurückkehrte, um die letzten Anweisungen für deine Heilung zu erhalten."

Ich presste die Lippen zusammen, nicht davon überzeugt. „Das scheint mir weit hergeholt und übertrieben aufwendig, nur um mich loszuwerden. Ich bin ein Niemand."

„Nun, jemand ist mit dieser Aussage so sehr nicht einverstanden, dass er einen geheimen Vorratsraum in deiner Werkstatt eingerichtet hat. Er schlich sich regelmäßig in dein Haus, um dort einen neuen Vorrat an Lover's Blight zu deponieren, damit dich die giftigen Dämpfe jedes Mal langsam umbrachten, wenn du deinen Kessel benutztest."

Das machte mich sprachlos. Wer konnte mich und meine Familie nur so sehr hassen? Soweit ich in der Geschichte unserer Familie zurückgehen konnte, hatten wir uns nie Feinde gemacht. Sicher, wir hatten die üblichen Nachbarschaftsstreitereien, aber nichts, was eine solche Vendetta auslösen würde, um meinen Vater und jetzt mich zu töten. Ganz zu schweigen von der entfernten Möglichkeit, dass auch mein Onkel diesem Hexenmeister zum Opfer gefallen war.

„Mach dir keine Sorgen, meine Flamme", sagte Remus beruhigend, während ich fassungslos dastand. „Wir haben die ganzen Liebeskummer-Pflanzen aus deinem Haus entfernt. Ich habe jeden Raum inspiziert, um sicherzustellen, dass es nirgendwo anders noch Verstecke gibt. Lyall ist im Haus, sodass sich niemand unbemerkt einschleichen kann. Ich habe einen Raben zu Misty geschickt. Sie wird einen unserer Schamanen zu dir schicken, der die gleichen Schutzzauber wie um die Hunters Lodge herum anbringen wird. Niemand mit bösen Absichten wird jemals wieder dein Haus betreten können."

„Danke", flüsterte ich mit aufrichtiger Dankbarkeit.

Er fuhr mit seiner Schilderung der Ereignisse fort. Als ich von der unerwarteten Hilfe erfuhr, die Ulric ihm angeboten hatte, verschlug es mir den Atem. Obwohl ich gespürt hatte, dass Ulrics brutale Kommentare über Remus und seine Bemühungen, ihn zu untergraben, von einer tiefen Verletzung herrührten, hätte ich diese plötzliche Wende nie erwartet. Er war mir nicht bösartig vorgekommen, da er ehrlich gesagt hatte, dass er nicht glaubte, dass Remus sich mir aufdrängen würde, sobald wir allein waren. Aber ich dachte, sein Groll gegen seinen Freund säße zu tief, als dass er ihm diese Freundlichkeit zugestehen könnte. Ich wollte glauben, dass dies der Beginn einer Wiederbelebung ihrer früheren brüderlichen Beziehung sein würde.

„Du scheinst nicht überrascht zu sein", sagte Remus mit gerunzelter Stirn angesichts meiner Gelassenheit, nachdem er mir erzählt hatte, was die Weberin ihm über meine Heilung gesagt hatte.

Ich lächelte ihn verlegen an. „Ich habe es Sekunden bevor Ranaels Schlangenschwanz mich gebissen hat, herausgefunden. Ehrlich gesagt ist es mir peinlich, dass ich es nicht früher herausgefunden habe. Das Schlimmste daran ist, dass ich mich, als du zum ersten Mal erwähntest, dass du ein kranker Wolf bist, daran erinnerte, dass die Weberin das erwähnt hatte. Aber ich habe diesen Gedanken verworfen, bevor er sich vollständig ausbilden konnte, weil ich nicht glaubte, dass du die Art von virulentem Gift hattest, die ich benötigen würde. Ich habe das nie wirklich so analysiert, aber ich glaube, mein Unterbewusstsein hat es getan. Ich hasse es einfach, dich in diese Lage zu bringen."

„Du kannst dir dafür keine Vorwürfe machen, meine Gefährtin. Ich hätte es auch herausfinden müssen, ganz zu schweigen davon, dass Lyall ebenfalls angedeutet hatte, dass wir die Worte der Weberin falsch interpretiert hatten, als er dich zum ersten Mal entführt hatte."

„Wir waren beide dumm. Aber zumindest wissen wir jetzt, was zu tun ist."

„Die andere gute Nachricht ist, dass laut der Weberin die Verbindung mit dir, nachdem du geheilt bist, auch mich heilen wird."

Ich erschreckte mich selbst mit dem hohen Quietschen, das mir entfuhr. „Ich wusste es!! Ich wusste, dass die Weberin dir helfen würde, zu heilen! Ich kann nicht glauben, dass es von mir kommen wird. Aber es ist nur richtig, denn meine Heilung wird auch von dir kommen. Wir waren wirklich vom Schicksal bestimmt."

Zu meiner Überraschung schien Remus jedoch nicht mit mir zu jubeln, sondern war verzweifelt.

„Was ist los? Gibt es möglicherweise Komplikationen?", fragte ich vorsichtig.

„Es ist nur so, dass ... ich Angst habe, Amara. Du weißt, dass ich dich liebe und dir niemals wehtun würde, oder?", fragte er und sah mir dabei in die Augen.

„Ja, das weiß ich", entgegnete ich in aller Aufrichtigkeit.

„Aber mein Werwolf ..."

„Nicht, Remus", unterbrach ich ihn streng. „Ich vertraue dir. Ich vertraue dir vollkommen. Wir sind nicht so weit gekommen, um jetzt zu scheitern. Füttere das Biest nicht, indem du dich in Unsicherheit suhlst. Manifestiere das positive Ergebnis, das wir beide wollen und verdienen. Niemand außer dir hätte mich durch diese Situation bringen können. Und ich habe vollstes Vertrauen, dass du mich von der anderen Seite zurückbringen wirst. Es ist Schicksal."

„Meine Liebe", flüsterte Remus, bevor er meine Lippen in einem leidenschaftlichen Kuss eroberte.

Wir blieben eine Weile ineinander verschlungen und genossen einfach diesen Moment des Friedens und der Intimität. Obwohl Lyall mir freie Hand gelassen hatte, diese Traumwelt zu manipulieren und überall hin zu reisen, wohin meine Fantasie mich führte, beschlossen Remus und ich, dieses Angebot auszuschlagen. Stattdessen konzentrierten wir uns aufeinander und auf die Zukunft, die wir uns wünschten. Jetzt war nicht die Zeit, sich von schönen Orten ablenken zu lassen. Alles, was für mich zählte, war, mich mit der Gegenwart meines geliebten Partners zu füllen.

KAPITEL 19
LYALL

Ich flog stundenlang Kreise über Amaras Haus. Obwohl ich bezweifelte, dass Amara und dem Welpen etwas zustoßen würde, fühlte ich mich dummerweise verpflichtet, hier zu bleiben, bis sie geheilt war. Jedes Mal, wenn ich an ihrem Schlafzimmer vorbeiflog, wuchs in mir der Drang, hineinzugehen und ihr Haustier zu töten. Das Schicksal hatte sich geirrt. Amara sollte mir gehören.

Der Geschmack ihrer Erinnerungen verschwand nie von meiner Zunge. Ich wollte sie erneut beißen, um mich an ihrer Perfektion zu laben. Wie konnte eine bloße Sterbliche eine so schöne Seele besitzen? Mein Herz schmerzte bei der Erinnerung daran, wie sie meine Wange auf meinem Balkon gestreichelt hatte. Ich konnte noch immer die Sanftheit ihrer Handfläche auf mir spüren. Die Zärtlichkeit in ihren Augen, als sie mich ansah, stechend in meiner tiefen Sehnsucht nach ihr, die mich zerriss.

Wäre da nicht dieser elende Wolf gewesen, hätte sie sich in mich verliebt.

Wieder einmal kämpfte ich gegen den Drang an, meinen niederen Instinkten nachzugeben und ihm die Kehle durchzuschneiden. Ja, Amara wäre durch seinen Tod am Boden zerstört, aber ich könnte ihr ganz einfach Glück in den Kopf setzen. Tatsächlich könnte ich ihn töten und sein Aussehen annehmen. Sie würde nichts davon merken. Früher konnte ich sie nicht täuschen, da ich sein Blut noch nie gekostet hatte. Aber jetzt kannte ich jede einzelne Erinnerung, die er mit ihr teilte, alles, was er war, sogar seinen Geruch.

Sie würde es nie erfahren, und sie würde mir gehören ...

Ich umkreiste das Haus noch einmal und schwebte vor ihrem Fenster. Der Usurpator kuschelte sich friedlich an meine Frau, während er das Paradies genoss, das ich für sie geschaffen hatte. Ich sollte es sein, der ihr die Wunder der Menschenwelt und der Unterwelt zeigte.

Ich landete auf dem Fensterbrett und wog ernsthaft die Vor- und Nachteile ab. Vor ein paar Wochen hätte ich nicht einmal darüber nachgedacht. Der Elende wäre längst tot. Aber Amaras Blut hatte etwas in mir verändert. Sie hatte etwas in mir geweckt, das sie als meine weiche Seite bezeichnen würde, die ich jedoch als beschämende Schwäche ansah. Ich wollte seine selbstlose Hingabe zu ihr nicht bewundern. Ich wollte mich nicht zurückhalten, um ihre persönlichen Wünsche zu respektieren.

Mein ganzes Leben lang habe ich mir immer gegönnt, was mir gefiel. Wenn ich töten wollte, tat ich es. Wenn es meine neueste Form der Unterhaltung war, Verwüstung anzurichten, Chaos zu verursachen und Angst und Schrecken zu verbreiten, stürzte ich mich kopfüber hinein, bis ich mich langweilte oder ein neues Interesse meine Aufmerksamkeit auf sich zog.

Und das war der Hauptgrund, warum ich mich jetzt zurückhielt.

War Amara nur die neueste flüchtige Leidenschaft, die in mir brannte? Würde ich es in ein paar Wochen oder Monaten leid sein, mit ihr 'Zuhause' zu spielen? Die quälende Stimme in meinem Hinterkopf schwor mir, dass dies anders war. Ich würde sie immer lieben. Außerdem konnte ich ihr das Leben bieten, das der Welpe ihr niemals bieten konnte.

Aber was, wenn die Stimme sich irrte?

Mein altes Ich hätte sich nicht darum gekümmert. Was auch immer passierte, passierte eben. Und wenn sie dabei verletzt wurde, nun ja, so war das Leben eben. Aber ich konnte den Gedanken nicht ertragen, dass ich der Grund für Amaras Kummer oder Leid sein könnte. Zu allem Überfluss hallten ihre Worte immer noch tief in meinem Kopf nach. So sehr ich mir auch wünschte, dass sie mir gehörte, das Schicksal hatte anders entschieden. Eine Illusion zu schaffen, in der sie glücklich ihr Leben mit mir teilen würde, würde auf lange Sicht nur vergiftet sein. Ich wollte, dass sie mich um meinetwillen liebte, nicht weil ich sie dazu gebracht hatte, es zu glauben.

Wir beide hatten etwas Besseres verdient.

Und so sehr ich den Lykaner auch verabscheute, wollte ich ihm doch nicht wirklich Schaden zufügen. In einer anderen Welt und zu einer anderen Zeit hätte ich mir vielleicht eine Freundschaft mit ihm gewünscht. Er schenkte mir ein Vertrauen, das mir noch nie jemand zuvor entgegengebracht hatte. Er vertraute mir das einzige an, das ihm mehr bedeutete als sein eigenes Leben. Und dann dankte er mir mit einer aufrichtigen Dankbarkeit, die mich immer noch ärgerte.

Neun Höllen, wie ich ihn hasse!

Ich ignorierte die spöttische Stimme in meinem Hinterkopf, die mich einen Lügner nannte, und flog zurück zum Eingang des Hauses. Es blieben weniger als dreißig Minuten, bis der Mond seine Vollphase erreichen und das Chaos beginnen würde. Mit schweren Schritten stieg ich die Treppe zum zweiten Stock hinauf. Ich betrat das Zimmer und ging direkt zu Remus. Ich unterdrückte die wenig wohlwollenden Gedanken, die mir durch den Kopf gingen, hob ihn hoch und trug ihn in ein anderes Zimmer am anderen Ende des Flurs.

Zu sagen, dass ich nicht daran gedacht hätte, ihn über das Geländer zu werfen oder ihn die Treppe hinunterstürzen zu lassen, wäre eine Lüge. Natürlich hätte Amara das nicht gutgeheißen. Aber es war kein Verbrechen, wenn ich mit diesem Gedanken spielte. Ich ließ ihn unsanft auf das Bett fallen, verließ dann den Raum und schloss die Tür hinter mir. Was auch immer ich von der Situation hielt, ihn in seiner Werwolfgestalt neben Amara aufwachen zu lassen, barg ein zu hohes Risiko, dass er sie instinktiv töten könnte, bevor er auch nur versuchen könnte, seine wilde Natur unter Kontrolle zu bringen.

Als ich mich Amaras Schlafzimmer näherte, verschwanden alle Gedanken an den Lykaner aus meinem Kopf, denn schon Sekunden bevor ich ihr Zimmer betrat, spürte ich eine fremde Präsenz. Mein Herz setzte einen Schlag aus, als ich Pharos neben dem Bett stehen sah. Mit seinen schwarzen Flügeln, der dunklen Kapuze, die sein Gesicht teilweise verdeckte, und den Knochen seiner Rippen, die durch die Haut stachen, ragte der Engel des Todes bedrohlich über meiner Frau.

„Warum bist du hier?", fragte ich wütend, als ich auf das Bett zuging.

Er hob den Kopf und lächelte mich amüsiert an. Seine roten Augen funkelten verschmitzt, als er eine Augenbraue hob, als hätte ich eine dumme Frage gestellt. Wie alle anderen Sensenmänner, seien es Todesengel wie er oder Grims wie unser Bruder Haroth, waren Pharos' Augen ein wenig eingefallen, die Haut um seine Augen war zurückgegangen und ließ die Knochen sichtbar werden, ganz zu schweigen von den drei Knochenspitzen, die aus seinem Kinn ragten.

Er war ebenso gutaussehend wie furchterregend.

„Hallo auch dir, kleiner Bruder", antwortete Pharos spöttisch. „Und du weißt ganz genau, warum ich hier bin. Amara wird in den nächsten Minuten sterben."

„Das mag sein, aber du kannst sie nicht mitnehmen!", rief ich empört. „Sie wird wiedergeboren werden!"

Er schenkte mir das unerträglich sanfte und beschwichtigende Lächeln, das er normalerweise den Sterbenden vorbehalten hatte, um sie zu trösten, bevor er sie auf die andere Seite begleitete.

„Ja, Lyall. *Hoffentlich* wird sie wiedergeboren. Ob das nun geschieht oder nicht, es wird nicht sofort passieren", erklärte er mit sanfter Stimme. „Es dauert ein paar Tage, bis die Mutation abgeschlossen ist. In der Zwischenzeit muss Amaras Seele an einen sicheren Ort gebracht werden."

„Die Toten kehren nicht zurück, wenn sie einmal hinübergegangen sind!", argumentierte ich wütend.

Er lächelte mich nachsichtig an und nickte. „Wenn sie ins Jenseits gehen, dann hättest du recht. Aber Amara geht nach Erebus. Das ist kein Limbus, sondern nur ein Zwischenreich für Menschen in besonderen Umständen. Charon wird einen schönen Ort für sie finden, an dem sie auf ihre Wiedergeburt warten kann."

Ich verzog das Gesicht und kämpfte gegen den Drang an, weiter zu diskutieren. In gewisser Weise rührte meine Verärgerung eher daher, dass ich es besser wusste, aber meiner Panik erlaubt hatte, mein Urteilsvermögen zu trüben. Verdammt, wie erbärmlich ich geworden war wegen einer Frau, die mich nicht einmal wollte ... Charon, der Fährmann der Toten, würde sicherlich einen schönen Ort für ihre Seele finden, an dem sie warten konnte, bis ihr Körper bereit für ihre Rückkehr war. Ich hasste immer noch den Gedanken, dass sie an einen Ort gebracht werden würde, an den ich ihr nicht folgen oder sie retten konnte.

„Na gut", murmelte ich schließlich.

Pharos lachte auf eine Weise, die mich sofort auf die Palme brachte.

„Was ist so lustig?", fragte ich gereizt.

„Es ist schön zu sehen, dass du dich endlich mehr um jemand anderen als um dich selbst kümmerst", sagte er leise.

Ich fletschte meine Zähne, was sein Lächeln nur noch breiter werden ließ und mich noch mehr ärgerte.

„Das hat mir wirklich viel gebracht", knurrte ich bitter.

Mein Bruder schüttelte den Kopf, als wäre ich ein hoffnungsloser Fall.

„Das hat es doch, du Dummkopf! Es hat dir einen unglaublichen Gefallen getan", entgegnete Pharos.

„Wie denn?", fragte ich wütend. „Indem es mich nach etwas sehnen lässt, das ich nicht haben kann?"

„Indem es dir das Leben gerettet hat", behauptete Pharos mit verhärteter Stimme und ernster Miene.

Ich zuckte zurück, schockiert von seiner Aussage. Obwohl Reaper und Todesengel nicht wie Doppelgänger und Dämonenwölfe an die Wahrheit gebunden waren, war Pharos nie jemand gewesen, der gelogen oder zu Übertreibungen neigte. Er meinte immer, was er sagte. Und auch dieses Mal zweifelte ich nicht daran, dass er es ernst meinte.

„Du warst auf einem dunklen Weg, Lyall", fuhr er gnadenlos fort. „Denk daran, dass ich den Lebensfaden jedes Lebewesens sehen kann. Du, kleiner Bruder, warst auf dem Weg zu einem frühen Tod. Amara gab dir die Möglichkeit, einen anderen Weg einzuschlagen. Zu deinem Glück hast du das getan. Deine Lebenslinie ist nicht mehr verkürzt."

Zu sagen, dass mich diese Worte hart getroffen haben, wäre die Untertreibung des Jahrtausends. Ich konnte so arrogant und überheblich sein, dass ich mich manchmal für unbesiegbar hielt. Da mir nur wenige Dinge etwas anhaben konnten, handelte ich oft rücksichtslos. Meine eigene Sterblichkeit war nie etwas, worüber ich auch nur nachgedacht hätte.

„Vielleicht wäre das ein Segen gewesen", murmelte ich und überraschte mich selbst dabei. „Was ist der Sinn eines leeren Lebens, wenn man einmal das Glück gekostet hat? Es gibt einen Grund, warum sie nicht leben will, wenn er es nicht tut."

„Ich könnte dich gerade richtig hart schlagen", sagte Pharos mit einer Verärgerung, die mich verblüffte. „Hör auf, dich wie ein verwöhnter Bengel zu benehmen. Du hast keine Ahnung, wie viele wunderbare Wege sich dir in den letzten Wochen eröffnet haben. Und einer davon führt zu deinem Glück für immer. Aber du musst den Kurs halten. Mutter hat dir genau das gegeben, was du brauchst, indem sie Amara zu dir geschickt hat."

„Aber wie lange soll ich noch durchhalten?", fragte ich genervt von meiner eigenen weinerlichen Stimme.

„So lange wie nötig", erwiderte er mit einem Achselzucken.

„Ich habe schon zweihundertfünfzig Jahre gewartet! Wie lange muss ich noch warten?", rief ich aus.

Mein Bruder verdrehte die Augen, was in seinem teilweise skelettartigen Gesicht noch unheimlicher wirkte.

„Ich habe bereits zweihundertfünfzig Jahre gewartet!", wiederholte er mit einer unerträglich arroganten Stimme. „Na und? Du nennst Remus einen Welpen, scheinst aber zu vergessen, dass du das auch bist. Denk daran, dass ich dreimal so alt bin wie du. Ich war doppelt so lange wie du in der Hölle von Cornelius' Geist gefangen, bevor Mutter mich befreit hat. Und du hast die Frechheit, dich über Einsamkeit zu beschweren, während du deine Freiheit genießt?"

Ich verzog das Gesicht, angemessen zurechtgewiesen.

„Komm über dich selbst hinweg und sei dankbar für das, was du hast", schloss er streng.

Ich murmelte eine Entschuldigung – ebenfalls eine Seltenheit für mich. Von all meinen Geschwistern – und ich hatte viel zu viele, um sie alle aufzuzählen, da sie alle von verschiedenen Vätern stammten – war Pharos einer der wenigen, zu denen ich eine enge Beziehung hatte. Ranael war mein Gewissen, bis er mir genommen wurde.

Pharos legte mir eine Hand auf die Schulter und drückte sie tröstend.

„Sei getrost, Bruder. Mutter hat zwei Fliegen mit einer Klappe geschlagen. Niemand war besser geeignet als du, um Amara zu retten. Indem du sie gerettet hast, hast du unseren Bruder Ranael seiner eigenen Freiheit nähergebracht. Mutter hat dir großes Vertrauen entgegengebracht. Und du hast es für uns alle geschafft, auch für unseren Bruder. Ich bin stolz auf dich."

„Ich bin stolz auf dich ..."

Das waren Worte, die man nicht oft über mich sagte, wenn überhaupt. Ich schnaubte und zuckte mit den Schultern, um zu verbergen, wie sehr mich seine Worte berührten. Mein Bruder ließ sich davon nicht täuschen, sein Lächeln wurde breiter, was mich noch mehr ärgerte.

Ich suchte nach einer passenden bissigen Bemerkung, als ich eine Unruhe im Hinterkopf spürte. Es dauerte einen Moment, bis ich begriff, dass Remus meiner Illusion entkommen war. Normalerweise wäre das für so gut wie jeden unmöglich, selbst für Halbgötter wie mich. Aber es gab nur sehr wenige Dinge, die meine Kräfte übertrumpften.

Ich blickte aus dem Fenster auf den Vollmond. Im selben Moment ertönte ein schreckliches Heulen aus viel zu geringer Entfernung.

„Du musst eine der wichtigsten Entscheidungen deines Lebens treffen, mein Bruder", sagte Pharos mit sanfter Stimme. „Bleib auf Kurs."

Er drückte mir sanft die Schulter und ging dann zu einer dunklen Ecke des Raumes, wobei sein Gang so fließend war, dass er über den Holzboden zu gleiten schien, wie es Mutter oft tat, wenn sie sich von ihrem Spinnrad zu ihrem Tisch bewegte. Dann verschwand er in den Schatten und wurde völlig unsichtbar. Obwohl ich ihn nicht sehen konnte, ermöglichte mir unsere Blutsverwandtschaft, seine Anwesenheit weiterhin zu spüren. Er würde ein stiller Beobachter bleiben, bis die Zeit gekommen war, Amaras Seele zu ernten.

Mein Rücken versteifte sich, als ich das Krachen einer aufstoßenden Tür hörte. Ich bewegte mich lautlos in die gegenüberliegende Ecke des Raumes, näher an das Kopfende des Bettes, und verwandelte mich teilweise, um mich ebenfalls in die Schatten einzufügen.

Mein Herz zog sich zusammen, als ich Amaras friedliches Gesicht betrachtete. Selbst mit den dunklen Adern, die ihren Körper verunstalteten, und ihrer nun aschfahlen Hautfarbe war sie immer noch atemberaubend schön. Ich konnte nicht viel gegen das tun, was als Nächstes passieren würde, aber ich konnte ihr den Schmerz des Todes ersparen. Indem ich sie in der aktuellen Illusion hielt, würde sie beim Sterben nicht leiden müssen.

Mein Puls beschleunigte sich und mein Rücken verspannte sich, als das dumpfe Geräusch von Krallen näherkam. Ein bedrohliches Knurren hallte direkt vor dem Zimmer wider, bevor die Tür aufsprang. Ich musste mich sehr zusammenreißen, um mich nicht auf die Kreatur zu stürzen, die hereinkam.

Auf zwei Beinen stehend, mit ausgefahrenen Klauen und gefletschten Reißzähnen, stand der Werwolf in der Tür, weißer Schaum klebte an seinem Maulwinkel. Anders als bei einer teilweisen Verwandlung eines Lykaners hatte der Werwolf kein erkennbares menschliches Gesicht. Er hatte einen vollständigen Wolfskopf mit einem viel größeren Kiefer, wahnsinnig glühenden roten Augen und verlängerten Armen. Das Einzige, was er noch mit dem Welpen gemeinsam hatte, war die Farbe des kurzen Fells, das seinen Körper bedeckte, und sein langer, buschiger Schwanz.

Abgesehen davon war von Remus in dieser Bestie nichts mehr zu erkennen.

KAPITEL 20
REMUS

Ich fiel aus einem Ort, den ich nicht ganz verstand, zurück in meinen Körper. Schmerz überkam mich, als ich mich von meiner schwachen Gestalt zu einem Spitzenprädator entwickelte. Ich begrüßte ihn, umarmte ihn. Bald würde er mir erlauben, den endlosen Hunger nach Blut zu stillen, der mein eigenes in Wallung brachte.

Noch bevor ich meine Verwandlung beendet hatte, das Geräusch meiner knackenden und sich neu formenden Knochen noch in meinen Ohren, humpelte ich zur Tür, wobei sich mein Gang mit der Vollendung meiner Verwandlung aufrichtete. Alle Gedanken daran, wild zu laufen und die unzähligen Beutetiere zu jagen, die darum bettelten, von mir zerfleischt zu werden, endeten in dem Moment, als ich die dünne Tür öffnete, die mich in diesem Raum gefangen halten sollte.

Der unwiderstehlichste Duft lockte mich in einen Raum, der nur wenige Schritte entfernt war. Ein Hunger wie kein anderer verdrehte mir sofort die Eingeweide. Speichel flutete meinen Mund, und Blut pumpte durch meine Adern, während die Vorfreude meinen Herzschlag beschleunigte.

Ich griff nach der Türklinke. Mein Verlangen nach Gewalt

fühlte sich betrogen, als ich feststellte, dass sie nicht verschlossen war. Das hielt mich jedoch nicht davon ab, sie aufzureißen. Sie schlug mit einem knackenden Geräusch gegen die Wand, wobei ein Teil des Holzes unter der Wucht des Aufpralls splitterte.

Das gefiel mir.

Ich hätte sie fast mit meinen Krallen in Stücke gerissen, aber der unwiderstehliche Duft meiner schlafenden Beute lockte mich. Obwohl ich mich über diese leichte Mahlzeit freute, fühlte ich mich erneut betrogen, diesmal jedoch um den Nervenkitzel der Jagd, den berauschenden Geruch der Angst und die glückseligen Schreie des Schreckens und des Schmerzes, während ich meine Beute dezimierte.

Der Gestank des Todes, der von der Frau ausging, hätte mich jedoch fast davon abgehalten, weiterzugehen. Ihr Fleisch war verdorben, vergiftet und verfault. Überraschenderweise ekelte es mich nicht so sehr an, wie es normalerweise der Fall gewesen wäre. Das Gift, das durch ihren Körper floss, kam mir bekannt vor. Es war mein Gift, aber nicht ganz.

Dennoch ließ der unterschwellige Geruch der Frau mir das Wasser im Mund zusammenlaufen und meine Eingeweide sich zusammenziehen. Aber es war nicht Hunger, der diese Reaktion auslöste. Etwas an ihr weckte in mir nicht das Verlangen, mich zu ernähren oder sie zu verstümmeln ... Ich wollte sie für mich beanspruchen.

Aber warum?

Die Frau war ein schwaches und hilfloses Wesen, das sichtlich dem Tod nahe war. Sie zu töten wäre eine Gnade. Sie zu töten würde mir das Vergnügen der Zerstörung verschaffen, nach dem ich mich sehnte. Und doch wurde meine Haut auf unnatürliche Weise heiß, während mein Blut kochte und mein Schwanz anschwoll und allmählich erigierte.

Sicherlich war es die Krankheit, die sie befallen hatte, die meinen Verstand verwirrte.

Mit einem kraftvollen Sprung erreichte ich das Bett und landete auf meinen Hinterbeinen zu ihren Füßen. Ich sank auf die Knie und legte meine Hände auf ihre Waden. Eine Welle der Wut überkam mich, als der Aufprall sie nicht weckte, obwohl die Matratze unter meinem plötzlichen Gewicht wackelte. Die unglückselige Frau verwehrte mir den Schrecken, der mir rechtmäßig zustand, bevor ich ihr Leben beendete.

Aber dieser Geruch ...

Ich riss die dünne Decke, die sie bedeckte, weg und schnüffelte an ihren Beinen bis zu ihrem Schritt. Das Blut schoss in meinen Schwanz, der schmerzhaft hart wurde, als ein mächtiges Verlangen meine Lenden in Flammen setzte. Mit einem einzigen Schwung meiner Krallen riss ich ihr dünnes Kleid in Fetzen und kratzte dabei ihre Haut. Ein paar Blutstropfen sickerten aus einem flachen Schnitt direkt über ihrem Bauchnabel. Ein schmerzhaftes Knurren drang aus meiner Kehle, als eine weitere Welle brennenden Verlangens mein Inneres zerriss.

Instinktiv leckte ich das Blut und hätte beinahe meinen Samen vergossen. Ich stieß ein lautes Heulen aus und rieb dann meine Schnauze über ihre Haut, während ich ihren Duft einatmete, ohne auf den Gestank des Todes zu achten, der ihr verführerisches Aroma nicht überdecken konnte. Ich verweilte einen kurzen Moment zwischen ihren Brüsten, wo es etwas stärker war, bevor ich mich an ihrem Hals entlang nach oben schnüffelte.

Eine Flut unsinniger Bilder begann vor meinen Augen zu blitzen. Die Frau lächelte mich mit einem zärtlichen Ausdruck an. Im nächsten Bild küsste sie mich. Ich konnte sie fast auf meiner Zunge schmecken. Dann war sie nackt, ihr Rücken gewölbt, und ihr Gesicht verschmolz mit einem Ausdruck purer Glückseligkeit, als sie vor Ekstase aufschrie. Die Frau kuschelte sich an die Flanke meines Wolfes und rieb ihr Gesicht an meinem Fell. Und dann lachte sie, während sie einen Stock warf.

Ich schüttelte den Kopf, wütend über das, was eine Art

Gedankentrick sein musste. Meine Beute lenkte mich ab, während sie vorgab zu schlafen. Ich schlug mit beiden Händen auf die Matratze zu beiden Seiten ihres Kopfes, um sie zu wecken. Sie blieb regungslos liegen. Wut stieg in mir auf, weil ich ignoriert wurde. Ich packte sie mit beiden Händen an den Schultern, meine Krallen gruben sich in ihr Fleisch, als ich sie schüttelte.

Keine Reaktion.

Der Geruch ihres Blutes zog mich jedoch an. Ich beugte mich vor, um es zu lecken. Aber eine Bewegung am Rande meines Blickfeldes ließ mich meinen Kopf nach links reißen. Der Anblick ihrer pulsierenden Arterie versetzte das brennende Verlangen in meinen Lenden in Raserei. Ihr Duft – in ihrer Halsbeuge noch intensiver – ließ mich jede verbleibende Selbstbeherrschung verlieren.

Die wilde Seite, die am Rande meines Bewusstseins lauerte, übernahm die Kontrolle. Erst als der göttliche Geschmack von Blut meine Geschmacksknospen explodieren ließ – so verdorben er auch war –, wurde mir klar, dass ich sie gebissen hatte. Jeder rationale Gedanke verschwand aus meinem Kopf, als ich mich meiner wilden Seite hingab. Ich stieß ein wütendes Knurren aus, wütend darüber, dass mir ihr Schrecken verwehrt geblieben war. Aber ich würde sie bestrafen, indem ich sie in Stücke riss. Ich öffnete meinen Mund weit und stürzte mich auf sie, um ihr die Kehle herauszureißen, doch ein blendendes Licht schoss aus ihrer Brust.

Ich heulte vor Schmerz und sprang rückwärts vom Bett, weg von dem unnatürlichen Licht, das mir in die Augen stach. Ich hob meinen Arm schützend vor mein Gesicht, blinzelte und versuchte, die Quelle der Bedrohung auszumachen.

Zu meinem Entsetzen näherte sich eine große Silhouette von der rechten Seite des Bettes. Unter dem grellen Licht konnte ich nicht klar erkennen, wem sie gehörte. Dann verblasste es plötzlich zu einem schwachen Leuchten auf der Brust der Frau. Erst dann wurde mir klar, dass es von einer goldenen Halskette ausging, die ich zuvor ignoriert hatte. Aber auch das verdrängte ich aus meinen Gedanken. Der Mann hatte meine ganze Aufmerksamkeit.

Woher kam er? Es gab keine anderen Eingänge zu diesem Raum. War er die ganze Zeit hier gewesen? Wenn ja, warum hatte ich ihn nicht bemerkt?

Er hat keinen Geruch ...

Diese plötzliche Erkenntnis überraschte mich. Alles hatte einen Geruch.

In dem Bruchteil einer Sekunde, den ich brauchte, um all diese Informationen zu verarbeiten, setzte sich der Mann neben die Frau auf das Bett. Er neigte den Kopf, während er die zerfleischte Wunde untersuchte, die mein erster Biss auf dem fleischigen Teil der Schulter der Frau, direkt über ihrem linken Schlüsselbein, hinterlassen hatte. Er schien völlig unbeeindruckt von meiner Anwesenheit zu sein und warf mir einen gelangweilten Blick zu.

„Tsk, tsk. Wie unordentlich! So behandelt man eine Dame nicht", sagte er in einem gesprächigen Tonfall.

Seine Furchtlosigkeit in meiner Gegenwart machte mich wütend. Aber als ich sah, wie er sich vorbeugte und die Lippen der Frau küsste, zerbrach etwas in mir. Ein einziges Wort explodierte in meinem Kopf.

„MEINS!"

Blinde Wut überkam mich. Ich stürzte mich auf den Mann, der sich mit unmenschlicher Geschwindigkeit wegbewegte und mich gegen das Kopfteil des Bettes schleuderte. Er war nur ein paar Meter rechts von mir. Ich sprang vor und schlug mit meinen Klauen nach ihm, aber wieder bewegte er sich mit einer solchen Geschwindigkeit, dass es fast so aussah, als wäre er verschwunden und wieder in der Nähe des Fensters aufgetaucht. Er hob spöttisch eine Augenbraue und grinste provokativ.

Ich brüllte vor Wut und sprang auf ihn zu, in der Hoffnung,

ihn auf den Boden zu drücken, bevor ich mich über sein Gesicht hermachte, um ihm dieses spöttische Grinsen aus dem Gesicht zu wischen. Diesmal wich er meinem Angriff nicht nur aus, sondern wirbelte zur Tür hinaus. Ich prallte hart gegen die Kommode, meine Zähne klapperten, als ich zu Boden sank. Der Schmerz strahlte in meine rechte Schulter aus, die hart gegen die Ecke der Kommode geprallt war. Ich sprang wieder auf die Beine und sah, dass der Mann mit verschränkten Armen und Beinen an der Tür lehnte.

„Hat das wehgetan, Welpe? So unnötige Gewalt", sagte er mit einer höchst unaufrichtigen Miene des Mitgefühls, gemischt mit einem Hauch von Missbilligung. „Du musst dein Temperament zügeln, sonst wird Amara *mich* einem sinnlosen Tier wie *dir* vorziehen."

Amara!

Ich kannte diesen Namen. Er weckte in mir eine starke Sehnsucht und eine rasende Besitzgier. Wütend schlug ich auf die Kommode ein, riss ein Stück Holz heraus und schleuderte die Lampe, die darauf stand, in Richtung des widerwärtigen Mannes. Er wich ihr mühelos aus und zog sich dann schnell zurück, als ich auf ihn zulief. Ein summendes Geräusch hallte hinter ihm wider, als er scheinbar rückwärts aus dem Raum gezogen wurde. Erst als er um die Ecke bog, bemerkte ich, dass ein Paar Insektenflügel an seinem Rücken hingen.

Ich hatte keine Zeit, mir Gedanken darüber zu machen, wie diese Anhängsel plötzlich an ihm erschienen waren. Stattdessen stürzte ich in den Flur und sah ihn nur wenige Meter von mir entfernt. Mir lief bei dem Gedanken an sein Blut das Wasser im Mund zusammen, das mir die Kehle hinunterfließen würde, und an das Geräusch seiner Knochen, die zwischen meinen Zähnen zermahlen würden, während er um Gnade winselte, die niemals kommen würde. Zu meiner Bestürzung leuchteten gerade als ich ihn erwischen wollte die Streifen unter seiner blauen Haut hell auf und blendeten mich. Im nächsten Moment war er verschwunden und wurde durch eine riesige Fledermaus ersetzt, die zum Ende des Flurs flog. Hätte er sich nicht wieder in seine seltsam bemalte menschliche Gestalt zurückverwandelt, hätte ich nicht geglaubt, dass er es wirklich war, der sich in eine andere Gestalt verwandelt hatte.

Diesmal lehnte er sich gegen das Geländer der Treppe, schlug wieder die Beine übereinander und begann, an nicht vorhandenem Schmutz unter seinen Fingernägeln zu picken.

„Kämpfe gegen mich, du Feigling!", knurrte ich, wobei meine Worte für meine eigenen Ohren kaum verständlich waren.

Ich konnte mich nicht daran erinnern, jemals mit Beute sprechen zu müssen. Aber ich konnte mich auch nicht daran erinnern, jemals der Jagd nachgehen zu können. Die vagen Erinnerungen, die ich an meine vergangenen Verwandlungen hatte, betrafen eine Art Käfig, der mich daran hinderte, dem Ruf des Mondes zu folgen.

Aber diese Provokation, das wusste ich mit Sicherheit, hatte ich noch nie zuvor erlebt.

„Du bist meine Zeit nicht wert", antwortete er abweisend. „Ich habe schon größere Bestien als dich zerquetscht, ohne ins Schwitzen zu kommen."

Du wirst für diese Respektlosigkeit teuer bezahlen.

Knurrend und mit gefletschten Zähnen ging ich auf alle viere nieder und rannte auf ihn zu. Seine entspannte Haltung, mit der er mich ruhig näherkommen sah, ließ eine rote Wutwolke vor meinen Augen aufsteigen.

„Weißt du, vielleicht werde ich dich doch töten und dein Fell zu einem dekorativen Teppich verarbeiten", sagte er nachdenklich, während er mich auf sich zustürmen sah.

Kurz bevor ich ihn erreichte, warf er seine Beine über das Geländer der Treppe und rutschte lässig die gesamte Länge des Geländers hinunter bis zum Erdgeschoss.

Ich knurrte frustriert, bevor ich die Treppe hinunterrannte.

„Ja, ich werde Amara auf deinem Fell vor dem Kamin

lieben", spottete er, den Ellbogen auf das Geländer am Fuß der Treppe gestützt.

Die Bilder, wie er meine Frau begattete, ließen mich vor Wut schäumen. Ich stieß ein wildes Brüllen aus und schlug nach dem Gesicht des Mannes, der immer noch lässig an der Rampe lehnte. Zu meiner Bestürzung gingen meine Krallen durch eine Fata Morgana hindurch, die sich in Rauch auflöste. Dann sah ich die Fledermaus wieder, die die Hälfte des Korridors entlangflog, bevor sie nach rechts in eine offene Tür abbog.

Mein Herz schlug höher, als mir klar wurde, dass dem dummen Mann bald die Fluchtmöglichkeiten ausgehen würden. Er hätte das Haus verlassen sollen, anstatt in seinem Inneren Zuflucht zu suchen. Ein einziger Gedanke beherrschte meinen Geist: meine Beute zu fangen und auszuweiden. Ich würde in seinem Blut baden und mich an seinem Herzen laben.

Der Feigling floh weiter und führte mich in das unterste Stockwerk des Hauses. Ich konnte nicht einmal den Nervenkitzel der Jagd genießen. Er hatte mich zu sehr in Rage versetzt, und das Fehlen des Geruchs der Angst beraubte mich dieses zusätzlichen Adrenalinstoßes. Der Elende hatte *überhaupt* keinen Geruch. Er schrie nicht, sondern verspottete mich nur und lachte mich aus.

Ein triumphierendes Brüllen entfuhr mir, als der Narr die gesamte Länge des unteren Stockwerks entlang in einen dunklen Raum am Ende rannte. Es würde keinen Ausweg geben, keine Flucht für ihn. Jetzt war die Zeit der Vergeltung gekommen.

Ich rannte auf allen vieren zum Eingang des Raumes, stellte mich dann auf meine Hinterbeine und füllte den Türrahmen aus. Der Mann stand mit dem Rücken zur Wand, ein trotziger Glanz in seinen roten Augen. Erst dann wurde mir endlich klar, dass er kein mächtiger Zauberer mit leuchtenden Runen auf seinem Körper war. Er war etwas anderes, wie seine roten Augen und vertikalen Pupillen verrieten. Aber was auch immer er war, sein Tod würde durch meine Hand kommen.

„Ich werde mich an deinen Eingeweiden laben!", zischte ich, bevor ich vorwärtsstürmte.

Der Mann blieb stehen, anstatt zu versuchen, wegzulaufen. Ein Gefühl des Untergangs überkam mich, als er mir ein eifriges, fast siegreiches Lächeln schenkte. Irgendetwas stimmte nicht, aber ich war bereits mitten im Sprung.

Dann spürte ich es.

Ein Kribbeln überkam mich, als ich ein Feld voller Magie durchquerte. Wenige Meter, bevor ich halb auf meiner Beute landen würde, prallte ich gegen eine unsichtbare Wand und fiel dann mit einem lauten Knall auf den Steinboden. Halb benommen schüttelte ich den Kopf und sprang wieder auf die Beine, nur um zu sehen, wie sich der gefürchtete vertraute Kreis um mich herum aufhellte, als magische Symbole zum Leben erweckt wurden.

„Nein, Remus. Das wirst du nicht", sagte der Mann fast gelangweilt. „Genieße deine Auszeit, Welpe."

Ohne ein weiteres Wort stolzierte er lässig aus dem Raum und umkreiste den magischen Käfig, der mich gefangen hielt. Ich schrie, heulte und schlug sinnlos dagegen. Ich kannte diese Magie. Ich konnte mich nicht erinnern, wann und wie, aber ich war schon einmal davon gefangen worden. Egal, wie heftig ich gegen die unsichtbare Wand schlug, sie gab nicht nach.

Ich war gefangen.

Ich regte mich, fühlte mich wie wiederbelebt und lag auf dem kalten, harten Boden, meine Wange gegen den unnachgiebigen Stein gedrückt. Jeder Muskel schmerzte, und meine Fingerspitzen taten weh, als hätte jemand versucht, mir die Nägel herauszureißen. Meine Augenlider flatterten, als ich mich benommen aufrichtete. Als sich der Nebel in meinem Kopf lichtete, blickte ich mich im Raum um.

Mein magischer Kreis!

Ich konnte mich nicht an die Ereignisse der vergangenen Nacht erinnern. Aber ich schrie vor Freude, als mir klar wurde, dass ich irgendwie meinen Weg zurück in den Fesselkreis gefunden hatte. Ich sprang auf, doch meine Freude wurde sofort zunichte gemacht. Der Geschmack von Eisen lag auf meiner Zunge, und um meine Krallen und Finger herum waren Blutstreifen getrocknet.

Menschliches Blut.

Amara's Blut.

„Meine Flamme", flüsterte ich entsetzt.

Ich stürzte aus dem Zimmer, die Schutzzauber ließen mich passieren, da ich keine Bedrohung mehr darstellte. Ich rannte die Treppe hinauf und verlor in meiner Eile, meine Frau zu erreichen, fast den Halt. Ich rief ihren Namen, und Angst verdrehte mir den Magen, als ich die Spuren sah, die die Klauen meines Werwolfs auf dem Geländer der Treppe zum zweiten Stock hinterlassen hatten. Ich stürmte in Amaras Zimmer, noch mehr verstört durch die Zerstörung ihrer Kommode, bevor mein Blick schließlich auf meine Frau fiel.

Ein erstickter Seufzer der Erleichterung entfuhr mir, als ich sie friedlich im Bett liegen sah. Sie trug ein anderes Nachthemd als das, das ich ihr zuletzt angezogen hatte. Dieses lag nun zerfetzt neben der Kommode. Ich schnaubte mit widersprüchlichen Gefühlen, als ich eine ordentlich gefaltete Hose darauf liegen sah.

Ich richtete ein stilles Dankeschön an Lyall, als ich mich Amara näherte. Mein Herz zog sich zusammen, als ich feststellte, dass ihre Haut völlig kalt war. Sie atmete nicht mehr und hatte keinen Puls.

Meine Gefährtin war tot.

Aber noch wichtiger war, dass sie unversehrt war. Die bösartige Narbe meines Bisses an ihrem Hals war ordentlich gereinigt worden. Ich musste nicht fragen, wer das getan hatte. Sogar die

Laken waren gewechselt worden, damit sie nicht auf blutbe-
fleckten Decken liegen musste.

Noch einmal dankte ich dem Doppelgänger still. Ich hatte
keine Erinnerung daran, was letzte Nacht geschehen war, aber
die Kratzspuren auf der Kommode und das zerfetzte Nachthemd
meiner Flamme deuteten darauf hin, wie wild ich geworden war.
Ich wusste nicht, wie Lyall es geschafft hatte, mich in meinen
Käfig zu sperren und gleichzeitig sicherzustellen, dass ich
Amara nicht so schwer verletzte, dass eine Wiedergeburt unmöglich geworden wäre. Aber ich war dankbar, am Leben zu sein.

Ich küsste sanft die kalten Lippen meiner Gefährtin, holte die
Hose und zog sie an, dann begann das lange Warten auf ihre
Wiedergeburt.

KAPITEL 21
AMARA

Ich erwachte aus dem wunderbarsten Schlaf meines Lebens. Eine ungewöhnliche Energie durchströmte mich. Ich fühlte mich stark, unglaublich ausgeruht und verjüngt. Das intensive Licht, das mir in die Augen stach, zwang mich, ein paar Mal zu blinzeln, bevor sich meine Augen daran gewöhnt hatten. Obwohl ich schon über einen Monat in diesem Haus gelebt hatte, bevor ich mich auf dieses höchst unwahrscheinliche Abenteuer begab, kam es mir vor, als würde ich es zum ersten Mal sehen.

Die Welt sah heller aus, die Farben waren lebendiger und hatten Nuancen, die mir zuvor nie aufgefallen waren. Jedes Detail fiel mir noch mehr auf, von den Maserungen des Holzes auf dem Boden bis hin zur zarten Struktur des Putzes an den Leisten an den Ecken der Decke. Auch die Schärfe meines Gehörs überwältigte mich, als ich das leise Rascheln der Vorhänge wahrnahm, die sich im kaum wahrnehmbaren Luftzug bewegten, der durch das Fenster hereinströmte, und die sich schnell nähernden Schritte außerhalb des Raumes, obwohl das Geräusch gedämpft war.

Der größte Unterschied war jedoch, dass ich nun die subtilen

Nuancen jedes Duftes wahrnehmen konnte. Und gerade jetzt strömte der liebste aller Düfte durch die geschlossene Tür zu mir herüber und verriet mir die Identität des Neuankömmlings, noch bevor er den Raum betrat.

Nach einem diskreten Klopfen öffnete sich die Tür und Remus trat ein. Die Welle der Emotionen, die mich überrollte, schnürte mir die Kehle zu, sodass ich nicht sprechen konnte.

„Meine Flamme!", flüsterte Remus.

Sein Gesicht verzog sich so, dass ich nicht sagen konnte, ob er lächeln oder weinen wollte. Aber mit ein paar langen Schritten eilte Remus zu mir und zog mich in seine Arme. Er beanspruchte meine Lippen mit einem verzweifelten Kuss, in den er all die Liebe, Verzweiflung, Trauer, Hoffnung und Freude legte, die er in den letzten Wochen durchlebt hatte.

Ich hielt ihn fest und erwiderte seine Liebe und Hingabe mit derselben Intensität. Hier und jetzt, in den Armen dieses Mannes, fühlte ich mich zu Hause. Er löste sich von mir, und ich vergrub mein Gesicht in seinem Nacken und atmete seinen Duft tief ein. Neun Höllen! Er war so berauschend. Es ging über den angenehmen würzigen Duft hinaus. Es war das Gefühl, das sein Geruch in mir hervorrief, das Gefühl, das man empfand, wenn man in eine warme Decke gehüllt war, einen frisch gebackenen Zimtkuchen verschlang oder während eines Wintersturms nach Hause kam und eine heiße Tasse Kakao trank. Remus verkörperte Wärme, Geborgenheit, Sicherheit und Liebe.

Er lehnte sich sanft zurück, um mich ansehen zu können, Zärtlichkeit mit einem Hauch von Sorge auf seinem hübschen Gesicht.

„Wie fühlst du dich?", fragte er.

„Großartig!", erwiderte ich begeistert, bevor ich plötzlich unsicher wurde. „Wie sehe ich aus?"

„Atemberaubend, wie immer", antwortete Remus mit unbestreitbarer Aufrichtigkeit in seiner Stimme.

Obwohl ich beruhigt war, konnte ich nicht widerstehen, vom Bett zu springen und zum Standspiegel in der Ecke des Zimmers zu gehen. Ein kurzer Blick in den Spiegel bestätigte die Wahrheit seiner Worte. Ich sah *tatsächlich* atemberaubend aus, auch wenn ich technisch gesehen „identisch" mit der ursprünglichen Amara geblieben war. Aber jetzt hatte ich noch etwas mehr.

Meine Haut hatte ihre dunkle Farbe zurückgewonnen, ohne den grauen Unterton, der sie in den letzten Stadien meiner Krankheit verfärbt hatte. Sie strahlte einen faszinierenden Glanz aus, als wäre sie von der Sonne geküsst und mit goldenen Reflexen versehen. Ein silberner Ring umgab nun meine Iris und verlieh mir ein überirdisches Aussehen. Meine Brüste schienen etwas voller, aber definitiv straffer zu sein, da sie stolz unter dem dünnen Stoff meines Nachthemds hervorstanden. Meine Taille sah schmaler und meine Hüften runder aus, was mir eine perfekte Sanduhrfigur bescherte, um die mich jede Frau beneiden würde. Obwohl mein Körper völlig weiblich blieb, waren die Muskeln meiner Arme und Beine viel ausgeprägter und deuteten auf eine weitaus größere Kraft hin, als mein ansonsten zierliches Aussehen vermuten ließ.

Ich strich mein lockiges Haar zurück – das länger und voller war als zuvor –, um meine Ohren freizulegen. Ich wusste nicht, wie ich mich dabei fühlen sollte, dass sie immer noch fast ganz menschlich aussahen. Bei genauerem Hinsehen konnte man erkennen, dass das abgerundete Ende etwas spitzer war als zuvor. Allerdings war der Unterschied so subtil, dass niemand vermuten würde, dass ich jetzt ein Werwolf war. Zum Glück hatte meine Verwandlung mich nicht behaart gemacht. Das hätte mir nicht so gut gefallen.

„Ich sehe gut aus", sagte ich schüchtern.

„Mehr als gut, meine Liebe", sagte Remus zärtlich, schlang seine Arme um mich und drückte seine breite Brust gegen meinen Rücken. „In den nächsten Tagen müssen wir dir beibringen, wie du deine neuen Fähigkeiten einsetzen kannst."

„Eigentlich sollten wir sofort anfangen. Ich fühle mich unglaublich unruhig, als würde ich aus allen Nähten platzen."

Remus lachte.

„Unsere Welpen sind genauso, immer voller Energie und rennen überall herum. Es ist anstrengend, sie nur anzusehen."

„Das kann ich mir vorstellen", bestätigte ich mit einem Lachen, bevor ich mich aus seiner Umarmung löste, um ihm ins Gesicht zu sehen. „Wenn sie so etwas empfinden wie ich gerade, müssen sie wild sein."

Er lachte leise. „Das können sie sein. Aber wir sollten dich zuerst füttern. Du bist seit Tagen krank und hast seit Ewigkeiten nichts gegessen oder getrunken. Du musst ausgehungert sein!"

Ich hielt inne, um mich selbst zu beurteilen, und schüttelte dann fast sofort den Kopf. Sicher, ich hätte nichts gegen einen Happen zu essen, aber ich konnte nicht sagen, dass ich hungrig war.

„Ehrlich gesagt brauche ich jetzt vor allem Bewegung. Ich bin so unglaublich unruhig, dass ich gleich die Wände hochgehen könnte", erwiderte ich verlegen, bevor mir auffiel, dass ich unruhig mit den Füßen scharrte. „Es scheint, als hätte die Wiedergeburt meinen Hunger-Zähler zurückgesetzt."

Remus zögerte noch einen Moment, bevor er sich mit einem Nicken einverstanden erklärte.

„Na gut, meine Flamme. Dann lass uns deine überschüssige Energie verbrennen", sagte er nachsichtig.

Ich quietschte vor Freude und rannte fast die Treppe hinunter, bevor ich nach draußen schoss. Im Vorbeigehen bemerkte ich beiläufig, dass die Kommode in meinem Zimmer ausgetauscht worden war und dass Teile des Türrahmens und des Treppengeländers aus neuerem Holz zu bestehen schienen. Ich konnte mir vorstellen, was diese Veränderungen notwendig gemacht hatte, aber darüber würde ich später sprechen. Im Moment wollte ich diesen neuen Körper genießen und die Möglichkeit, die Welt auf eine ganz neue Art zu erleben.

Ich sprang fast die Treppe der Veranda hinunter, machte ein paar Schritte vorwärts und blieb dann auf dem Bürgersteig stehen, der zur Brücke führte. Mit weit ausgebreiteten Armen und meinem Gesicht der warmen Liebkosung der späten Morgensonne zugewandt, atmete ich tief ein. Es fühlte sich an, als würde ich Leben selbst in meine Lungen einatmen und jede Zelle meines Körpers mit einer Energie sättigen, die an das Göttliche grenzte. Sogar die kalten Steine unter meinen nackten Füßen schienen mit mir kommunizieren zu wollen. Zum ersten Mal in meinem Leben spürte ich eine Art von Verbundenheit mit der Natur um mich herum, die über das Physische hinausging.

Dann begann ich ohne ersichtlichen Grund, auf den Wald zuzulaufen, der das Anwesen umgab. Eigentlich hätte ich bei jedem Schritt zusammenzucken müssen, als meine nackten Füße auf den mit Gras, heruntergefallenen Ästen und Steinen bedeckten Boden aufschlugen. Doch es fühlte sich an, als würde ich in den bequemsten Wanderschuhen laufen. Der kurze Rock meines leichten Nachthemds schlug um meine Oberschenkel, während ich wie der Wind rannte.

Schnell holte mich jemand ein, der mir auf den Fersen war: Remus lief neben mir her, ebenfalls barfuß und nur mit einer Hose bekleidet. Die pure Freude in seinem Gesicht spiegelte die Freude wider, die mein Herz zum Bersten erfüllte. Ich war geheilt, frei und teilte eine einzigartige Erfahrung, während ich mein Erwachen zu meinem neuen wahren Selbst umarmte.

Die Bäume flogen mit schwindelerregender Geschwindigkeit an uns vorbei, als wir durch den Wald rannten. Es dauerte nicht lange, bis sich die Haltung meines Partners auf subtile Weise veränderte. Es dauerte einen Moment, bis ich merkte, dass er nicht mehr neben mir herlief, sondern mich tatsächlich verfolgte. Ich machte sofort mit und liebte die Tatsache, dass ich jetzt seine Beute war. Eine sehr willige Beute, die gefangen werden wollte, aber die er sich verdienen musste.

Etwas in mir veränderte sich. Das Adrenalin schoss durch

meinen Körper und ich verdoppelte meine Geschwindigkeit, schlängelte mich um Bäume, zufällige Hügel und Felsbrocken auf unserem Weg, um es ihm schwerer zu machen. Zu meiner Verwunderung ragten Krallen aus meinen Zehen und Fingerspitzen hervor. Sie gruben sich in den Boden und trieben mich mit jedem Schritt weiter voran. Eine kleine Stimme in meinem Hinterkopf schrie, dass ich zu schnell war und bald gegen einen Baum prallen oder mich anderweitig verletzen würde. Aber ich konnte nicht aufhören. Mein Körper schien instinktiv zu wissen, was zu tun war.

Mehr als einmal hätte Remus mich fast eingeholt, seine Hand streifte meine Hüfte oder meinen Arm. Jedes Mal gab mir das einen sofortigen Energieschub, der mich noch schneller vorwärtspreschen ließ. Zu meinem Entsetzen sprang ich, als er sich mir so schnell näherte, dass ich keine Chance mehr hatte, um einen massiven Baum herumzulaufen, stattdessen auf diesen. Die Krallen meiner Hände griffen nach der Rinde Rinde, aber ich blieb nicht daran hängen. Stattdessen stieß ich mich mit den Fußsohlen vom Stamm ab und machte einen Rückwärtssalto über Remus, einen halben Takt, bevor er mich hätte packen können.

Ich drehte meinen Körper in der Luft, sodass ich mit dem Gesicht zum Boden war, und landete auf meinen Händen. Ich stieß mich ab, um auf allen vieren loszulaufen. Allerdings waren meine Bewegungen ungeschickt, und ich fand mich auf dem Bauch wieder. Mein Körper wusste, dass ich es konnte, aber ich machte es einfach falsch. Leider wusste ich noch nicht, wie ich das beheben konnte.

Bevor ich wieder aufstehen und meine Flucht fortsetzen konnte, legte sich der warme Körper meines Partners auf mich und drückte mich zu Boden. Ich versuchte, ihn von mir zu stoßen, aber als seine Zähne sich in meinen Nacken schlossen, fühlte es sich an, als hätte mich ein Blitz in die Wirbelsäule getroffen. Das war zwar nicht wirklich der Fall und verursachte auch keine Schmerzen, aber mein Körper wurde sofort schlaff und ich verspürte das alles verzehrende Bedürfnis, mich der Dominanz meines Alphas zu unterwerfen. Ein winselndes Wimmern stieg aus meiner Kehle empor, als hätte es einen eigenen Willen. Es fühlte sich seltsam an, aber ich verstand, dass einige Wolfseigenschaften nun ein fester Bestandteil von mir waren und instinktiv zum Vorschein kamen.

Remus drehte mich auf den Rücken. Seine pechschwarze Sklera, seine goldenen Augen, die auf exotische Weise leuchteten, und seine Reißzähne, die er in einem bedrohlichen Knurren entblößte, ließen eine Welle der Lust in mir explodieren. Etwas Urtümliches brach in mir hervor. Ich packte sein Gesicht mit beiden Händen und presste meine Lippen auf seine. Remus stieß ein weiteres Knurren aus, diesmal tiefer, hungriger, das direkt in meiner Klitoris widerhallte.

Der Geruch seiner Erregung traf mich mit voller Wucht und wirkte wie ein starkes Aphrodisiakum, das sofort Feuchtigkeit zwischen meinen Schenkeln entstehen ließ. Ich konnte nicht sagen, ob meine starke Reaktion darauf zurückzuführen war, dass ich es jetzt zum ersten Mal wahrnehmen konnte. So oder so, es ließ meine inneren Wände vor Verlangen pochen, gefüllt zu werden.

Remus unterbrach den Kuss und seine Reißzähne streiften sanft meine Haut auf dem Weg hinunter zu meinem Hals. Seine Hände streichelten kühn meinen Körper. Als seine Lippen zu meiner Brust wanderten, stieß mein Partner ein frustriertes Knurren aus. Das Geräusch meines Nachthemdes, das unter einem entschlossenen Schlag seiner Krallen zerriss, machte mir klar, dass der Stoff, der seine Erkundung von mir behinderte, diese destruktive Reaktion ausgelöst hatte.

Das verärgerte mich keineswegs, sondern steigerte meine eigene Erregung. Das fast wilde Verhalten meines Mannes hatte etwas unglaublich Erotisches. Dieser Hauch von Gefahr, der

Gnade einer wilden Bestie ausgeliefert zu sein, die ihr Leben für mich gegeben hätte, war das größte Turn-on.

Ich bog meinen Rücken durch und stöhnte, als sein Mund sich um meine linke Brustwarze schloss. Die Empfindlichkeit dieses neuen Körpers war unglaublich, jede Berührung und jede Empfindung wurde tausendfach verstärkt. Die raue Textur von Remus' Zunge auf meiner kleinen, gespannten Knospe ließ meine Zehen sich krümmen. Ich versenkte meine Finger in seiner seidigen Mähne und hob meine Brust, um mehr Kontakt zu bekommen, während er an meiner Brustwarze leckte und saugte.

Seine linke Hand glitt über meine Taille und mein Becken, bevor sie zwischen meinen Schenkeln verschwand. Ich spreizte meine Beine, um ihm besseren Zugang zu gewähren. Meine Unterwäsche erlitt das gleiche Schicksal wie mein Nachthemd. Aber alles, was mich interessierte, waren seine geschickten Finger, die meine Spalte und meine Klitoris neckten, bevor sie in mich eindrangen. Meine inneren Wände zogen sich sofort um sie zusammen und zogen sie gierig tiefer hinein, um die endlose Leere zu füllen, die nach ihm schrie.

Der Duft meiner eigenen Erregung, kombiniert mit seinem, schürte das Feuer in meinem Inneren noch weiter, in einem Teufelskreis, dessen Intensität exponentiell zunahm. Ich rieb mich an seiner Hand, um mehr Kontakt zu bekommen, während er seine Finger krümmte und begann, mit jeder Bewegung gekonnt über mein empfindliches Nervenbündel zu reiben.

Mein Höhepunkt kam heftig und schnell. Ich schrie den Namen meines Partners, als Wellen der Lust über mich hereinbrachen. Ein ersticktes Stöhnen entfuhr mir, als sich die brennende Hitze seines Mundes auf meiner Klitoris niederließ. Es hätte nicht möglich sein dürfen, aber das Inferno, das in mir tobte, brannte noch heftiger. Ich stieg höher auf, bis mich ein zweiter Orgasmus überrollte, bevor ich mich überhaupt von dem ersten erholt hatte.

Mein ganzer Körper vibrierte vor Glückseligkeit, während mein Partner mich weiter verschlang und mich mit seiner freien Hand streichelte, indes ich langsam in die Realität zurückkehrte. Er küsste sich wieder nach oben und eroberte meinen Mund mit einer Besitzergreifung zurück, die mich an den richtigen Stellen kribbeln ließ. Ich spreizte meine Beine weiter, um meine Wünsche deutlich zu machen.

Er leistete keinen Widerstand.

Remus legte sich zwischen meine Schenkel und schob sich hinein. Der erste Stoß machte mir klar, dass meine Wiedergeburt *alles* zurückgesetzt hatte. Ich knurrte fast vor Frustration, als mein Körper sich ihm widersetzte. Wie immer beschützend begann mein Partner, sich mit langsamen und vorsichtigen Bewegungen in mich einzuführen. Aber ich wollte, dass er alle Vorsicht über Bord warf und sein Tier auf mich losließ.

Ich grub meine Krallen in seinen Rücken. Für einen kurzen Moment befürchtete ich, ich hätte ihm die Haut aufgerissen, was nicht meine Absicht gewesen war. Zum Glück beruhigte mich das Fehlen des Geruchs von Blut. Allerdings hatte es die beabsichtigte Wirkung. Remus knurrte gegen meine Lippen und begann, etwas kräftiger in mich zu stoßen, bis mein Körper nachgab.

Wir stöhnten beide unter dem Schmerz seiner plötzlichen Invasion, begrüßten aber gleichzeitig die Lust und den Schmerz, die sie uns bereitete. Remus machte keine Pause, um mich an seinen Umfang zu gewöhnen, sondern setzte seine Schaukelbewegungen fort, wobei seine Geschwindigkeit allmählich zunahm. Zu meiner Bestürzung zog sich mein Mann plötzlich zurück und drehte mich auf den Bauch, sobald ich unter ihm zu kreisen begann und mehr wollte.

Ich stützte mich sofort auf allen vieren ab. Die Lava, die in meinem Inneren brodelte, brach in mächtigen Strömen flüssiger Flammen hervor, die meine Adern überfluteten. Meine brennende Vorfreude wurde schnell gestillt, als mein Partner sich mit einer kraftvollen Bewegung in mich stieß. Ein glückseliges Knurren vibrierte in meiner Kehle, als ich begann, mich vor und zurückzubewegen und jeden seiner Stöße erwiderte. Derselbe Urinstinkt kam wieder zum Vorschein, als Remus begann, mich tiefer und härter zu nehmen.

Ich stürzte mich in einen Strudel der Glückseligkeit, jeder Stoß seines Schwanzes, jede Liebkosung seines Knotens an meiner empfindlichen Stelle löste elektrische Funken an meinen Nervenenden aus. Seine Krallen, die meine Haut durchbohrten, als er meine Hüften fest umklammerte, ließen meine eigenen Krallen weiter herausragen und sich in den Boden graben. Die leichte Brise streichelte unsere fiebrigen Körper und trug den Klang unserer sinnlichen Stöhn- und Knurrgeräusche mit sich.

Als sich die Lust zu einem weiteren Höhepunkt steigerte, veränderte sich etwas in mir. Ein seltsamer Druck in der unteren Hälfte meines Gesichts bekam endlich seine volle Bedeutung, als ein scharfer Stich mein Zahnfleisch durchbohrte, bevor ein Paar Reißzähne sie absenkten. Meine Wirbelsäule schien sich zu dehnen, und meine Muskeln spannten sich an. Aber Remus' Finger, die meine Klitoris rieben, gerade als sein Schwanz meinen süßen Punkt im perfekten Winkel traf, vereitelten das Phänomen, das sich gerade abzuzeichnen begann.

Ich warf meinen Kopf zurück und schrie auf, als mich die Ekstase zum dritten Mal überkam. Der Laut, der aus mir kam, war eine seltsame Mischung aus einem Schrei und einem Heulen. Remus stieß ein wildes Brüllen aus und verstärkte seinen Griff um meine Hüften schmerzhaft. Zuerst dachte ich, er hätte sich ebenfalls der Wonne hingegeben, aber er bewegte sich weiter unregelmäßig in mir, bis er seine Gefühle wieder unter Kontrolle hatte.

Diesmal, sobald ich meine eigene Fassung wiedererlangt hatte, kehrte das „Phänomen", das sich bereits vor meinem Höhepunkt manifestiert hatte, mit voller Wucht zurück. Meine Reißzähne schmerzten, meine Haut brannte und etwas in meinem Hals schwoll an. Es fühlte sich an, als hätte ich eine Art Drüsen. Aber auch meine Muskeln schlossen sich dem Kampf an, als eine Welle von Energie durch sie hindurchfloss.

Ich zog mich plötzlich mitten im Stoß von Remus zurück. Er schien fassungslos, als ich mich umdrehte, immer noch kniend, und ihm mit einem bedrohlichen Knurren meine Reißzähne zeigte. Seine Fassungslosigkeit wich einer Atmosphäre purer Lust, die meine Brustwarzen schmerzhaft hart werden ließ, während mir noch mehr Feuchtigkeit über meine inneren Schenkel rann. Ich stürzte mich auf ihn und drückte ihn mit dem Rücken auf den Boden. Er wehrte sich nicht und schlug nicht zurück, sondern verzog seine Lippen zu einem wilden Lächeln, das die scharfen Spitzen seiner einschüchternden doppelten Reißzähne entblößte.

Immer noch von meinem Instinkt getrieben, legte ich beide Handflächen auf seine breite Brust, meine Krallen bohrten sich in seine Haut, und ich spießte mich mit einer schnellen Bewegung auf seinen Schwanz. Er warf den Kopf zurück, sein Gesicht verschmolz zu einem Ausdruck purer Glückseligkeit, während er vor Vergnügen knurrte. Mir lief das Wasser im Mund zusammen, und das schmerzende Gefühl in meinen Reißzähnen wurde noch stärker, als ich auf seine entblößte Kehle starrte.

Ich begann, ihn mit ungezügelter Hingabe zu reiten. Bei den Göttern war er schön und ganz mein. Die Welt um uns herum hörte auf zu existieren. Alles, was zählte, war der perfekte Mann unter mir, seine Hände auf meinen Hüften, die mich festhielten, als fürchte er, ich würde verschwinden, sein Schwanz, der mich bis zum Rand füllte, während er sich meinen Bewegungen entgegenstreckte, der Klang unserer Stimmen, die sich zu einem sinnlichen Gesang vermischten, und die unendliche Liebe, die in seinen Augen brannte, die sich mit meinen verbanden.

Ein Kribbeln im Hinterkopf hätte mich fast aus meiner lustvollen Trance gerissen. Ich hätte es beinahe verdrängt, um mich wieder auf das intensive Vergnügen zu konzentrieren, das sich in mir aufbaute. Aber es hielt an und nervte mich wie eine Mücke, die mir ins Ohr summte. Erst als ich ihm meine Aufmerksamkeit schenkte, öffnete sich eine Tür, die ich nie erwartet hätte. Es war nichts, was ich physisch beschreiben konnte. Es fühlte sich an, als wäre ein neuer Kommunikationskanal oder eine neue Bewusstseinsebene entstanden.

Und dann hörte ich seine geliebte Stimme in meinem Kopf.

„Verbinde dich mit mir, meine Flamme", forderte Remus telepathisch.

Meine Augen weiteten sich, und der Schmerz in meinen Reißzähnen verstärkte sich exponentiell bis zu einem fast unerträglichen Ausmaß. Meine Drüsen schwollen noch mehr an. Und eine kühle Flüssigkeit tropfte von den Spitzen meiner Reißzähne. Ich wusste nicht, wie ich darauf reagieren sollte, aber ich bekam auch keine Gelegenheit dazu.

Bevor ich reagieren konnte, schob mein Partner seine rechte Hand zwischen meine Beine und rieb mit seinem Daumen meine Klitoris. Mein Rücken verkrampfte sich, und mein Orgasmus überrollte mich mit der Gewalt eines Tsunamis. Ich schrie nicht auf. Ich brüllte und stürzte mich, geleitet von meinem Instinkt, nach vorne und versenkte meine Reißzähne in seinem Hals. Durch meinen sinnlichen Nebel hörte ich Remus noch wilder brüllen als ich, während sein Samen in mir explodierte und mich bis zum Rand füllte. Gleichzeitig entleerten sich meine Drüsen, als meine Essenz durch meine Reißzähne in ihn floss.

Noch immer auf den Flügeln der Ekstase schwebend, spürte ich vage, wie er meinen Kopf zurückzog und meine Zähne aus seinem Hals entfernte. Dann ließ der Stich seines Bisses in meinem eigenen Hals schnell nach und wurde durch flüssige Glückseligkeit ersetzt, die meine Adern überflutete. Das löste einen weiteren Höhepunkt aus, der mich erschöpft und kraftlos zurückließ, als ich mich glückselig auf seine Brust fallen ließ.

„Ich liebe dich, meine Flamme", flüsterte Remus und schlang seine Arme fest um mich. „Willkommen zurück."

Ich legte meinen Kopf auf seine Brust, lächelte und umarmte ihn fester. „Ich liebe dich auch, Remus. Danke, dass du mich zurückgebracht hast und mich nie aufgegeben hast."

Wir blieben ineinander verschlungen, verbunden durch seinen Knoten und für alle Ewigkeit durch unsere Bindung, Körper und Seele. Mit dem Schicksal, den Göttern und der Natur als Zeugen waren wir eins.

EPILOG
AMARA

In der Woche nach meiner Wiedergeburt und der Verbindung mit meinem Seelenverwandten verbrachten Remus und ich unsere Zeit mit marathonartigen Liebesspielen, er sah mir dabei zu, wie ich unverschämt viel aß – offenbar brauchte mein Körper die Energie, um die Veränderungen, die er durchlief, abzuschließen – und trainierte dann meine neuen Fähigkeiten.

Zunächst glaubten wir, ich würde nur eine Werwolfgestalt haben, die halb menschlich aussah. Zu unserer beider Freude stellten wir fest, dass ich tatsächlich auch eine vollständige Wolfsgestalt hatte. Ich hatte immer noch Schwierigkeiten mit beiden, vor allem wenn es darum ging, auf allen vieren zu laufen. Mein dummes Gehirn wollte meine Hinterbeine in dieser Position viel zu gerade halten. Das führte dazu, dass ich mit hochgerecktem Hintern herumtrabte. Remus neckte mich systematisch, indem er sagte, ich müsse nur fragen, wenn ich eine Tracht Prügel wolle, es sei nicht nötig, mein Hinterteil so zur Schau zu stellen.

Dann rannte er los, bevor ich ihn zu fassen bekam, um ihm selbst den Hintern zu versohlen. Der Schlingel war viel zu schnell für mich. Er war nicht nur stärker, sondern beherrschte auch seinen Körper in all seinen Formen. Dennoch holte ich stetig auf und zweifelte nicht daran, dass es nur eine Frage der Zeit war, bis wir gleichauf waren.

Da meine Gestaltwandlungsfähigkeiten jedoch noch unterentwickelt waren, hielten wir es beide für klüger, mit unseren Pferden den ganzen Weg zurück zum Haus der Weberin zu reiten. Aus einem mir unerklärlichen Grund überkam mich eine plötzliche Welle der Besorgnis, als sich ihr Tor bei unserer Annäherung leise öffnete. Ich wollte glauben, dass es nur die Wächterkobolde waren, die auf den Säulen des Tores saßen, die mich nervös machten. Ihre eulenartigen Augen leuchteten gelb, als sie uns beim Eintreten beobachteten, und ihre Blicke folgten uns noch lange, als wir den Weg zu der bescheidenen Hütte hinaufritten, in der die Weberin lebte.

Wir stiegen von unseren Pferden ab – Remus eilte zu mir, um mir auf entzückend ritterliche Weise beim Absteigen zu helfen – und gingen dann Hand in Hand zur Tür. Sie öffnete sich vor uns und gab erneut den Blick auf die Weberin frei, die bereits an ihrem Tisch saß und uns offensichtlich erwartete. Ein geheimnisvolles Lächeln umspielte ihre Lippen, während ihre violetten Augen entweder schelmisch oder spöttisch funkelten. Aber bei ihr war es wahrscheinlich eine Mischung aus beidem.

Ich schnappte nach Luft, als mich das quietschende Geräusch von Stühlen, die zu ihrem Tisch geschoben wurden, erschreckte. Ich hatte den Stuhl links von der Tür erwartet, da sie dasselbe getan hatte, als ich sie zum ersten Mal besucht hatte. Aber ich hatte nicht mit dem zweiten Stuhl gerechnet, der hinter der offenen Tür versteckt war und ebenfalls über den Holzboden geschoben wurde, um direkt gegenüber von ihr neben dem ersten Stuhl zum Stehen zu kommen.

Ich verzog das Gesicht, als ihr spöttisches Grinsen breiter wurde und bestätigte, dass sie es genoss, ihre Gäste zu verwirren ... oder zumindest mich. Wir nahmen beide vor ihr Platz.

„Süße Ohren, Amara", sagte die Weberin mit amüsierter Stimme.

Meine Wangen wurden sofort heiß. Als Teil meiner Verwandlungsprobleme blieb ich gelegentlich mit spitzen Ohren stecken, anstatt dass sie ihre normale, abgerundete menschliche Form annahmen. Nachdem ich fast eine halbe Stunde lang vergeblich versucht hatte, mich zwischen meiner Wolfs- und Werwolfgestalt hin und her zu verwandeln und dazwischen wieder zum Menschen zurückzukehren, gab ich schließlich auf. Ich hatte gehofft, dass meine Haare sie genug verdecken würden, damit sie es nicht bemerken würde. Aber offensichtlich konnte man vor Cliona Nox nichts verbergen.

„Aber ich bin überrascht, dass ihr beide auf Pferden gekommen seid", fuhr sie mit demselben grinsenden Lächeln fort.

„Ich bin immer noch ungeschickt darin, mich zu verwandeln und als Wolf zu laufen", murmelte ich verlegen.

„Du lernst sehr schnell, mein Schatz", warf Remus mit einer Beschützerhaltung ein, die mich innerlich zum Schmelzen brachte.

Ich schenkte ihm ein dankbares Lächeln, das er mit einem zärtlichen Lächeln erwiderte.

Die Weberin kicherte. „Ja, es kann eine Weile dauern, bis man die Fähigkeit zur Gestaltwandlung beherrscht. Aber ich sehe, dass ihr beide verbunden seid. Gut gemacht", sagte sie und deutete mit ihrem Kinn auf die Bissspur an meiner Schulter, die am Rand meines Kragens kaum zu sehen war.

„Ja, das sind wir, danke", bestätigte ich schüchtern. „Wie du dir denken kannst, sind wir hier, damit ich meine Schuld begleichen kann, aber auch, um nach Remus zu fragen."

Sie neigte den Kopf zur Seite und hob fragend eine Augenbraue.

„Was ist mit Remus?", fragte sie.

Ich rutschte auf meinem Stuhl hin und her und leckte mir nervös die Lippen. „Es geht um das Gift in seinem Blut."

„Darum hast du dich bereits mit dem Bindungsbiss gekümmert", antwortete sie mit einer abweisenden Geste und wandte ihre Aufmerksamkeit dann meinem Partner zu. „Deine Körperflüssigkeiten sind jetzt für andere unbedenklich, es sei denn, du entscheidest es anders."

„Wie bitte?", fragte Remus, dessen Verwirrung meine eigene widerspiegelte.

„Genauso wie du Gift durch deine Reißzähne injizieren kannst, kannst du deinen Blutkreislauf als Abwehrmechanismus damit fluten. Auf diese Weise profitierst du weiterhin von dem Schutz, den es dir bietet, wenn du gefährliche Orte erkundest, da es potenzielle Raubtiere auf natürliche Weise abwehrt."

„Das ist ... das ist fantastisch", sagte Remus verblüfft.

Die Weberin nickte. „Sei jedoch vorsichtig. Die Antikörper, die Amara dir gegeben hat, werden das Gift innerhalb weniger Stunden neutralisieren, je nach der Menge, mit der du dich selbst überschwemmt hast, sogar noch schneller."

„Verstanden", antwortete er mit ernstem Gesichtsausdruck.

„Was ist mit dem Vollmond?", fragte ich nervös. „Wird er ihn immer noch beeinflussen ... und mich übrigens auch?"

Sie lächelte. „Ihr seid beide Werwölfe. Der Drang, euch zu verwandeln, wird bleiben, sobald der Vollmond aufgeht. Das wird sich nicht ändern. Ich kann nicht sagen, ob ihr ihm widerstehen könnt. Das wird nur die Zeit zeigen. Ich kann nur sagen, dass es extrem schwierig sein wird. Allerdings werdet ihr beide keine geistlosen, tollwütigen Bestien sein. Ihr werdet die Kontrolle über eure geistigen Fähigkeiten behalten, und das ist alles, was zählt."

Mein Seufzer der Erleichterung erstickte in meiner Kehle, und mein Herz zog sich zusammen, als ich sah, wie Remus schnell blinzelte, um die Tränen zurückzuhalten, die ihm deutlich in den Augen standen. In diesem Moment wurde mir klar, dass der Fluch, der sein ganzes Leben lang auf ihm lastete, endlich aufgehoben worden war. Zum ersten Mal war er kein Freak mehr, keine Bedrohung, kein Buhmann, vor dem Mütter ihre Kinder warnten.

Ich griff nach seiner Hand und drückte sie sanft. Er warf einen Blick darauf, bevor er wieder zu mir aufsah. Die tiefe Dankbarkeit und Verehrung in seinen Augen überwältigten mich.

„Danke, meine Flamme", flüsterte er.

Ich schenkte ihm ein zittriges Lächeln, überwältigt von meinen Gefühlen. „Nein, mein Liebster. Ich bin es, die dir dankt. Nichts davon wäre geschehen, wenn du dich nicht bereit erklärt hättest, diese Reise mit mir anzutreten und sie bis zum bitteren Ende durchzustehen."

Er beugte sich vor und küsste mich. Es war nur ein kurzer Kuss, aber er drückte alles aus, was man niemals in Worte fassen könnte. Er drückte seine Stirn an meine, und ich dankte still den Göttern und all den Menschen, die auch nur im Geringsten dazu beigetragen hatten, dass dies möglich geworden war. Und dabei hatte alles mit einem Vorschlag der bezaubernden Ronika begonnen, die Weberin aufzusuchen. Ich konnte es kaum erwarten, ihr die gute Nachricht zu überbringen.

Ein klickendes Geräusch riss uns aus diesem Moment der Zärtlichkeit. Verlegen drehten wir unsere Köpfe in Richtung der Weberin und sahen, wie sie einen seltsamen Stift aus einer aufwendig gearbeiteten Schmuckschatulle nahm. Er war aus Holz gefertigt und mit Gold und Edelsteinen verziert. Auch der Stift selbst schien aus Gold zu sein. Aus derselben Schatulle holte Cliona eine Glasampulle hervor, deren Kopf perfekt in das hohle Ende des Stifts zu passen schien.

Sie streckte mir ihre Hand entgegen. Ich verstand sofort ihre unausgesprochene Bitte und legte meine linke Hand in ihre. Ein Schauer durchlief mich, als ich die unglaubliche Weichheit und Wärme ihrer Handfläche auf meiner Haut spürte. Aus einem mir unerklärlichen Grund hatte ich erwartet, dass sich ihre Berührung kalt und unangenehm anfühlen würde, als würde schon die geringste Berührung mit ihr einem die Lebenskraft entziehen. Stattdessen sehnte ich mich danach, in ihre Umarmung gezogen zu werden, die sich wahrscheinlich anfühlen würde, als würde man in das göttliche Licht der Götter gehüllt.

Obwohl sie ihren Blick auf meinen Arm gerichtet hielt, schienen das selbstgefällige Lächeln auf den sinnlichen Lippen der Weberin und ihr diskretes Kichern anzudeuten, dass sie genau wusste, welche Gedanken mir durch den Kopf gingen. Meine Wangen wurden heiß, aber ich schwieg. Cliona drehte meine Hand um, sodass meine Handfläche nach oben zeigte und die Innenseite meines Handgelenks freigelegt war. Sie fuhr mit ihrem Finger über die kaum sichtbare Vene in meinem Handgelenk. Ich staunte, als diese sofort hervortrat. Ein kühles Gefühl breitete sich in einem kleinen Radius um die Vene herum aus. Ich vermutete, dass sie den Bereich mit ihrer Berührung auch desinfiziert hatte.

Cliona stach geschickt mit der spitzen Kante des Stifts in meine Vene. Zu meiner angenehmen Überraschung tat es nicht weh, das Stechen war fast nicht zu spüren. Sie setzte die Glasampulle auf das Ende des Stifts, und sofort begann sie sich mit meinem Blut zu füllen. Fasziniert starrte ich darauf, wie die in den goldenen Stift eingravierten Muster plötzlich aufleuchteten und eine Reihe magischer Runen zum Vorschein brachten. Zu meinem Erstaunen verschoben sie sich und bildeten mehrmals neue Runen, während mein Blut in der Ampulle von innen heraus zu leuchten schien. Als die Runen verblassten, hatte sich mein Blut in eine klare Flüssigkeit verwandelt.

Eine Welle der Unruhe durchzuckte mich, als ich sah, wie die Weberin die Ampulle vom Stift nahm und sie mit triumphierendem Gesichtsausdruck vor ihre Augen hielt. Ihre vertikalen Pupillen weiteten sich und verschluckten fast ihre violetten Iris. Plötzlich richtete sie ihren Blick auf mich, ihre Pupillen verengten sich wieder auf ihre normale Größe. Sie neigte den

Kopf, ein fast raubtierhafter Ausdruck huschte über ihr Gesicht, als sie ihre Hand senkte und die Ampulle in die Schachtel legte, ohne ihren Blick von mir abzuwenden.

„Fürchte dich nicht, kleine Amara. Ich habe versprochen, dass dir dadurch niemals etwas zustoßen wird und dass ich es nur für gute Zwecke einsetzen werde. Das hat sich nicht geändert und wird sich auch nie ändern", sagte sie mit sanfter Stimme, obwohl mir der unterschwellige Unterton von Härte nicht entging.

„Ich wollte dich nicht beleidigen", sagte ich entschuldigend.

Ihr Gesicht wurde weicher, und sie nickte mir steif zu. „Nur ein Narr würde sich keine Sorgen machen, wenn er einen Teil von sich preisgibt, der auf verheerende Weise gegen ihn verwendet werden könnte, insbesondere von jemandem wie mir. Aber unsere Angelegenheit ist damit abgeschlossen."

„Danke, dass du uns das Leben gerettet hast", erwiderte ich verlegen.

„Nein, Kind. Ich danke *dir* dafür, dass du viel mehr Leben gerettet hast, als dir bewusst ist", sagte sie in geheimnisvollem Ton.

Meine Zunge brannte vor dem Drang, weiter nachzufragen, wen sie damit meinte. Remus wandte sich jedoch an die Weberin und erinnerte mich an das letzte wichtige Thema, das ich vergessen hatte anzusprechen.

„Bevor wir gehen, ich habe die Lover's Blight gefunden, die in Amaras Werkstatt versteckt war. Aber wir haben keine Ahnung, wer sie dorthin gebracht hat, wie wir ihn finden können oder wie verwundbar meine Partnerin gegenüber einem weiteren ähnlichen Angriff ist", sagte er mit besorgter Stimme.

Die Weberin lächelte und fuhr sich gedankenverloren mit der Hand durch ihren einzigen langen Zopf.

„Du hast die potenzielle Attentäterin außerhalb des Haunted Woods getroffen", erklärte sie sachlich.

„Also war sie es!", rief Remus aus, und Wut schwang in seiner Stimme mit.

„Mmhmm", bestätigte Cliona mit geheimnisvoller Miene. „Sie wollte dich davon abhalten, Amara zu retten."

„Aber warum?", rief ich verwirrt.

„Und wo kann ich sie finden?", verlangte Remus zu wissen.

„Um dich daran zu hindern, mir dieses Serum zu geben", sagte die Weberin mit einem Achselzucken zu mir und deutete auf die Ampulle in der Schachtel. Dann wandte sie ihre Aufmerksamkeit meinem Partner zu. „Was dich betrifft, du wirst sie nicht finden."

„WAS?! Aber ..."

„Nein, Remus Beltaine!", entschied Cliona in einem herrischen Ton, der mich in meinem Stuhl zusammenzucken ließ. „Deine Rolle in dieser Geschichte ist vorbei. Die Hexe geht dich nichts mehr an. Du hattest eine Chance, sie im Wald zu besiegen. Da diese Chance äußerst gering war, hast du die richtige Entscheidung getroffen, indem du gegangen bist. Jetzt ist es an einem anderen, sie für ihre vielen Verbrechen bezahlen zu lassen."

„Aber sie hat meine Gefährtin bedroht!", rief er empört. „Ich werde nicht tatenlos zusehen und mich vor dem Tag fürchten, an dem sie wieder zuschlägt!"

Sie machte eine verächtliche Geste. „Die Gefahr für deine Gefährtin ist vorbei. Wäre Amara vor ihrer Wiedergeburt getötet worden, hätte ich dieses Serum nicht bekommen können. Hätte Amaras Vater überlebt, hätte das Rad des Schicksals ihn wahrscheinlich dazu gebracht, dieses Serum stattdessen zu liefern. Die Hexe hat nichts gegen dich oder deine Blutlinie, Amara. Du warst nur ein Opfer in einem größeren Krieg. Deine Rolle ist beendet."

„Wir werden sie also nie wieder sehen?", fragte ich erschüttert und wütend über die Herzlosigkeit, mit der diese Fremde unser unschuldiges Leben zerstört hatte.

Cliona schüttelte den Kopf. „Sie hat ihren Fokus bereits auf jemand anderen verlagert, in dem vergeblichen Versuch, das Unvermeidliche zu verhindern."

„Versprich mir nur, dass du sie nicht damit davonkommen lässt", sagte ich mit einer Härte, die sogar mich selbst überraschte.

Ich war nie ein rachsüchtiger Mensch gewesen. Aber diese Frau hatte zu viel Schaden angerichtet, um einfach davonzukommen und nicht die Strafe zu erhalten, die sie verdiente. Der boshafte, fast teuflische Ausdruck auf dem Gesicht der Weberin ließ mir einen kalten Schauer über den Rücken laufen. In diesem Moment verspürte ich fast ein wenig Mitleid mit der Hexe.

Fast ...

„Fürchte dich nicht, Kind", sagte die Weberin mit einer eiskalten Stimme, die voller tödlicher Versprechen war. „Sie wird tausendfach dafür bezahlen. Selbst der Tod wird Mitleid mit ihr haben."

Ich schluckte schwer und war froh, dass ich nicht auf ihrer Feindesliste stand.

„Danke, Weberin. Danke für alles", sagte ich und stand von meinem Stuhl auf.

„Ja, danke", wiederholte Remus.

Ihr Gesicht nahm einen äußerst sanften Ausdruck an, den ich von einer so einschüchternden Frau niemals für möglich gehalten hätte. Er war fast mütterlich.

„Du kannst mich Cliona nennen", forderte sie mit einem seltsamen Ausdruck, der mich sprachlos machte. „Sei glücklich, Amara. Pass gut auf deinen Partner auf."

Etwas an ihr beunruhigte mich. Ich konnte nicht genau sagen, was es war. Ich lächelte sie an, schlüpfte mit meiner Hand in die von Remus und wandte mich zum Gehen. Als sich die Tür vor uns öffnete, erstarrte ich und drehte mich zu ihr um, schockiert von meiner plötzlichen Erkenntnis.

„Deine Augen", flüsterte ich fassungslos. „Sie sind genau wie seine!"

„Wie wessen?", fragte sie, ihr Gesicht plötzlich verschlossen.

„Lyall", antwortete ich und beobachtete ihre Reaktion.

Remus zuckte zurück und sah mich verwirrt an.

„Nein, meine Liebe", verneinte er leise, mit einem Anflug von Besorgnis in der Stimme. „Lyall hat rote Skleren ohne Iris. Das Einzige, was sie gemeinsam haben, sind die vertikalen Pupillen."

Ich legte meine Hand beruhigend auf seine Schulter, während ich den Kopf schüttelte und meinen Blick weiterhin auf die Weberin gerichtet hielt.

„So sehen sie normalerweise aus", räumte ich ein. „Aber wenn er glücklich ist, wenn er seine verletzliche Seite zeigt, verändern sie sich und sehen genauso aus wie ihre, mit weißer Sklera, violetter Iris und vertikalen Pupillen."

Ein seltsamer Ausdruck huschte über Clionas Gesicht.

„Lyall hat dir sein wahres Ich gezeigt?"

Obwohl sie es als Frage formulierte, war es eher eine Feststellung für sich selbst, als versuche sie, eine Information zu verdauen, mit der sie nie gerechnet hätte.

„Ich glaube schon", erwiderte ich vorsichtig. „Er war wunderschön, mit einer göttlichen Aura und ätherischen Flügeln ... oder zumindest leuchtenden Formen hinter ihm, die mich an Flügel erinnerten."

„Der dumme Junge liebt dich wirklich, dass er sich dir so offenbart hat", sinnierte sie nachdenklich.

„Du kennst ihn also doch! Ist er dein Bruder?", fragte ich.

Sie schnaubte, ihr wehmütiger Gesichtsausdruck verschwand und wurde durch ihre übliche spöttische Haltung ersetzt. „Mein Bruder? Oh, wie du mir schmeichelst, Kind! Nein, Lyall ist nicht mein Bruder."

„Weißt du, wo er sich aufhält?", fragte Remus. „Wir haben ihn seit der Vollmondnacht nicht mehr gesehen oder von ihm gehört. Ich möchte nur sichergehen, dass es ihm gut geht und er unverletzt ist."

Cliona sah meinen Partner an, als würde sie ihn zum ersten Mal sehen. „Du bist wirklich einzigartig, Remus Beltaine. Was auch immer du gegenüber Ranael für einen Groll hegst, er hat dir sein beschützendes und gütiges Herz vererbt. Die meisten anderen Männer würden jemandem, der ihre Frau begehrt, Böses wünschen."

„Wir verdanken ihm viel. Ohne ihn wären wir wahrscheinlich nicht hier", erklärte Remus.

Sie lächelte. „Nein, Remus. Ohne ihn wärt ihr beide tot", entgegnete sie mit einer beunruhigenden Endgültigkeit. „Aber ja, Lyall geht es gut. Es hatte keinen Sinn für ihn, zu verweilen und sich selbst zu quälen, indem er auf das starrte, was er nicht haben konnte. Aber sei nicht traurig um ihn. Du hast ihm geholfen, die richtigen Entscheidungen zu treffen." Sie warf einen Blick auf einen kahlen Abschnitt der Wand hinter dem Spinnrad und schien etwas zu untersuchen, bevor sie ihre Aufmerksamkeit wieder uns zuwandte. „Dank dir liegt der Weg zu seinem Glück nun vor ihm."

Ich blinzelte verwirrt, bevor ich zur Wand schaute. Wie bei meinem letzten Besuch war sie völlig leer. Aber das bestätigte, dass sie dort etwas sehen konnte, das für unsere Augen unsichtbar blieb.

„Ich wünsche euch beiden eine gute Reise und genießt euer neues, verlängertes Leben, Amara", sagte die Weberin.

Damit wandte sie sich von uns ab, und der Hocker, auf dem sie gesessen hatte, glitt lautlos zurück zu ihrem Spinnrad. Ich schüttelte den Kopf, unsicher, welche Gefühle ich gegenüber Cliona empfand. Sie weckte in mir eine Mischung aus Angst, Ehrfurcht, Respekt, aber auch einer unerklärlichen Zuneigung.

Remus zog sanft an meiner Hand und riss mich aus meinen Gedanken. Hand in Hand verließen wir den Raum und gingen hinaus in die Freiheit und ein neues Leben voller Möglichkeiten.

REMUS

M it klopfendem Herzen stieß ich die schweren Türen zum
Howl Inn auf. Die ausgelassenen Stimmen im Inneren
verstummten in dem Moment, als sie mich mit meiner Gefährtin
an meiner Seite dort stehen sahen. Mehr als acht Wochen waren
vergangen, seit ich mit Amara von hier weggegangen war, auf
dem Weg zu etwas, das nicht nur als unmöglich, sondern geradezu selbstmörderisch galt.

Obwohl wir siegreich zurückkehrten, fürchtete ich mich auf
dem ganzen Weg hierher vor der Art von Empfang, die uns
erwarten würde. Nachdem ich jahrelang wie ein Ausgestoßener
behandelt worden war, hatte ich mich damit abgefunden, dass ich
nie wirklich willkommen sein würde. Aber jetzt, wo ich eine
Gefährtin hatte, war alles anders. Die Respektlosigkeit mir
gegenüber war mir egal, aber ich würde es nicht dulden, dass
jemand meine Seelenverwandte so behandelte, wie sie mich
behandelt hatten.

Zugegeben, ihr Gift war nie eine Bedrohung für andere
gewesen, aber sie konnten gemein zu ihr sein, nur weil sie mit
mir zusammen war. Mein Rücken spannte sich an, als wir den
Raum betraten und alle Augen auf uns gerichtet waren. Zu
meiner Überraschung waren sie neugierig und nicht feindselig,
wie es zuvor die Norm gewesen war.

„Remus!", rief Misty und eilte hinter ihrem Tresen hervor auf
uns zu.

Wir lächelten, und ihre ansteckende Freude übertrug sich
auf uns. Sie zog uns beide in ihre Umarmung, küsste uns
nacheinander auf die Wangen und umarmte uns dann jede
einzeln so fest, dass uns fast die Knochen brachen. Amara

kicherte über die übertriebene Zuneigungsbekundung der älteren Frau.

Sie hielt meine Partnerin an den Schultern fest, musterte sie von Kopf bis Fuß und beugte sich dann vor, um tief an ihr zu riechen. Unter anderen Umständen wäre dies als äußerst unhöfliches Verhalten angesehen worden. Aber im ganzen Raum taten alle anderen dasselbe, nur auf subtilere Weise.

„Ich wusste, dass du zurückkommen würdest! Ich wusste, dass du es schaffen würdest", sagte Misty mit plötzlich vor Emotionen belegter Stimme. „Du bist nicht mehr krank! Ihr seid beide nicht mehr krank!"

Alle begannen gleichzeitig, ihre Überraschung und Ungläubigkeit zu murmeln.

„Ja, Misty. Wir sind beide geheilt", sagte ich, erstaunt, dass ich noch sprechen konnte, ohne dass meine Stimme brach.

„Und der Vollmond wird ihn nicht mehr wild machen", sagte Amara stolz, legte einen Arm um meine Taille und lehnte sich an mich.

Das Gemurmel wurde noch lauter, als sich auf allen Gesichtern derselbe ungläubige Ausdruck zeigte.

„Das alles verdanken wir dir, meine Liebe", sagte ich, und meine Stimme verriet meine Bewunderung für sie.

Dann wandte ich mich der Menge zu und sah dem Mann in die Augen, der viele Jahre lang mein Bruder gewesen war, bevor sich die Dinge zum Schlechten gewendet hatten.

„Und dir, Ulric. Ohne deine Hilfe hätte ich es nicht rechtzeitig zurückgeschafft. Ich stehe für immer in deiner Schuld", bedankte ich mich.

Ein seltsames Gefühl huschte über sein Gesicht, bevor er mit selbstgefälliger Miene das Kinn hob.

„Das Rudel steht immer hinter seinen Mitgliedern", sagte er sachlich.

„Hört, hört!", antworteten alle einstimmig.

Ich erstarrte, zu fassungslos, um etwas zu sagen. Sein sanftes, fast entschuldigendes Lächeln riss mich aus meiner Benommenheit. Ich blinzelte die Tränen weg, die mir in die Augen stiegen. Mit diesem einen Satz hatte er mich wieder als vollwertiges Mitglied des Rudels aufgenommen, nicht mehr als Ausgestoßener. Als zukünftiger Anführer des Rudels hatte sein Wort großes Gewicht. Aber noch wichtiger war, dass die anderen lautstark ihre Zustimmung zu seiner Aussage bekundeten.

Zu schnell ...

Normalerweise hätte jemand seine Behauptung in Frage gestellt, angefochten oder abgelehnt. Niemand tat dies. In diesem Moment wurde mir klar, dass Ulric wahrscheinlich noch am selben Tag, an dem er mich zur Weberin zurückbegleitet hatte, damit begonnen hatte, den Weg für meine Rückkehr zu ebnen.

„Komm schon", sagte Rolf in einem halb mürrischen Ton und deutete uns an, uns an ihren Tisch zu setzen. „Stell deine Partnerin dem Rest des Rudels vor und erzähl uns dann von deinem wilden Abenteuer."

„Zumindest wird das eine wilde Geschichte sein, die wahrscheinlich mehr Wahrheit enthält als die Lügengeschichten, die Ludvic uns bei jeder Gelegenheit aufzwingen will", sagte Ulric spöttisch und blickte dabei auf ein älteres Mitglied des Rudels, das für seine Übertreibungen bekannt war.

Seine Proteste gingen in der Flut freundlicher Spottrufe und Neckereien der anderen unter.

Ich tauschte einen Blick mit meiner Gefährtin, und mein Herz füllte sich mit Liebe für die Frau, die mir alles gegeben hatte.

„Ich liebe dich, meine Flamme", flüsterte ich telepathisch.

„Ich liebe dich auch, Remus", antwortete sie.

Hand in Hand kehrten wir zu unserem Rudel zurück.

ENDE.

AEGARIM

ARRAPHILON

RANAEL

GHARLAKAN

TENTRIAN

LOVERS' BLIGHT

ÜBER REGINE

Regine Abel ist ein Fantasy-, Paranormal- und Science-Fiction-Junkie. Alles, was mit ein bisschen Magie, einen Hauch von Ungewöhnlichem und viel Romantik zu tun hat, lässt sie vor Freude springen. Heiße außerirdische Krieger, die auf eine coole Heldin treffen, geben ihr ein warmes, wohliges Gefühl.

Bevor sie sich hauptberuflich dem Schreiben widmete, hat Regine sich der anderen Leidenschaft in ihrem Leben hingegeben: Musik und Videospiele! Nachdem sie ein Jahrzehnt lang als Toningenieurin in der Filmsynchronisation und bei Live-Konzerten gearbeitet hatte, wurde Regine zur professionellen Spieledesignerin und Creative Director, eine Karriere, die sie von ihrer Heimat Kanada in die USA und in verschiedene Länder in Europa und Asien führte.

Facebook
https://www.facebook.com/regine.abel.author/

Website
https://regineabel.com

Regine's Rebellen Lesergruppe
https://www.facebook.com/groups/ReginesRebels/

Newsletter
http://smarturl.it/RA_Newsletter

Goodreads
http://smarturl.it/RA_Goodreads

Bookbub
https://www.bookbub.com/profile/regine-abel

Amazon
http://smarturl.it/AuthorAMS